自然主義文学とセクシュアリティ

田山花袋と〈性欲〉に感傷する時代

光石 *Mitsuishi Ayumi* 亜由美

世織書房

目次

自然主義文学とセクシュアリティ

自然主義
滑稽新聞社發行

第12章 女装と犯罪とモダニズム——谷崎潤一郎「秘密」からピス健事件へ……277

【凡例】

(1)引用に際し旧漢字や変体仮名は原則として通行のものに改め、仮名遣い、送り仮名は底本のままとした。又、適宜ルビを省略している。

(2)底本で明らかに誤植・脱字と判断されるものについては「ママ」を付した。また、振り仮名、圏点は適宜省略した。

(3)単行本の書名は『 』、テクストや記事のタイトル、新聞名・雑誌名、論文のタイトルは「 」で表記した。

(4)引用文中の傍線・傍点は特に断りのない限り引用者による。

(5)引用した文中には現在の人権意識に照らして、不適切な表現・概念を含むものもあるが、資料としての価値を考慮し、原文のままとした。

(6)田山花袋のテクストの引用は、『定本花袋全集』(臨川書店)によった。

自然主義文学とセクシュアリティ

序章

自然主義文学とセクシュアリティ

1 自然主義文学と〈性〉

近年、近代日本におけるセクシュアリティが文学において生成される過程が問われている。男女間の性的欲望、同性間の親密さ、または性的欲望、「性的逸脱」と名付けられたもの、ヒステリー化された女性など、セクシュアリティに対する言説は文化のいたるところで生産され、消費されている。「セクシュアリティの近代」が「セクシュアリティの発明」とそれによって「憑かれた時代」(1)と定義されるならば、文学もそういったセクシュアリティの表象に「憑かれた」ジャンルの一つであることは疑いない。

小説の主題としての〈性〉は、現在ではあたりまえのように自動化され、むしろ〈性〉を扱っていない小説を探すほうが困難であろう。

本書は、日本自然主義文学(以下、「自然主義文学」と記す)におけるセクシュアリティ言説の形成と、その流通を対象とした研究である。その際、「文学と性」、作家の「性意識」を探る、という問題の立て方ではなく(2)、近代における「性に関する真理」を産出する装置としての文学の機能を考える。

また、セクシュアリティという視点を導入することによって、同時代の性科学、性愛の言説を同時に検証しながら、〈性〉の規範を表象・再生産する装置としての文学の役割を批判的に検討する。

従来の文学研究において、文学の絶対の自律性や感動の根源といった神話が現在も根強い。しかし、このことが文学とそうでないもの（通俗小説、ポルノグラフィーなど）の差別化を強固にし、読みの儀式、研究様式を決定してきた。いわゆる正典化である。文学は「猥褻性」を消去することによって、「芸術性」を獲得したともいえるのだが、〈性〉という主題は、いつの時代においても「文学的主題」でありつづけている。このような差別化=文学化に働く力とは、〈性〉に関する言説の生産装置としての文学のイデオロギー性であるともいえる。

研究の対象範囲を一九一〇年前後の自然主義文学に設定したのは、自然主義文学が隆盛を極めた一九一〇年代は、性科学、衛生学、精神病理学など、〈性〉に関する知の言説が登場してきた時代に重なることによる。生殖のメカニズムや、男女の性差を科学的に明らかにすることから出発した性科学は、次第に通俗化してゆき、「性欲学」という名のもと(3)、恋愛論、芸術論を取り込みながら時代の〈性〉の規範となっていった。

こうした、同時代の科学的な言説を、自然主義文学が摂取、変容、再構成しながら、同時代の「性に関する知」の言説を形成していったことを探ることも目的としている。

2　セクシュアリティの近代

相馬御風が「世の所謂道徳の及び到らぬ境にこそ真の人生はあるのである。その所謂道徳の皮膚を破つて、そこに真の人生生活の実相を観んとするのが即ち自然主義者の主張である」(4)と主張するように、自然主義文学は、旧来の文学（硯友社文学、ロマン主義文学等）から自らを差別化し、既成の社会的・道徳的価値観（旧習、道徳、家制度等）

に対して「旧套打破」、「現実暴露」という立場を対置させることによって、自らを定位してきた。また、文学史においても「新興文学」「革新運動」として語られてきた(5)。

自然主義文学の評価については、研究史においても賛否両論分かれるが、「自然主義は当時の社会と激しく戦つたところの文学である。単に文学、単に作品であるに止らず、一個の文学運動であつた。新興社会の進歩的人生観を代表して、残存してゐる封建的道徳、伝統、因習に対する文学上の破壊運動であつた。」(6)というように、自然主義が文学の問題にとどまらず、社会に対しての「革新運動」、「破壊運動」として記述されたことが重要である。「旧套打破」「現実暴露」という自然主義文学のラディカルさを印象づける象徴的な言説は、次の島村抱月のものであろう。「旧套打破」のアイテムとして最も破壊力があると認識されていたのが、〈性〉であった。

> 赤裸々の人間、野性、醜描いてこゝに至れば、最も真に近づく、最も痛切である。(中略) 肉感に近づくだけ、其の刺戟は真実になり、随つて痛切になる(7)。

しかし、「暴露」される「現実」の内実は、なにも〈性〉的なものに特化されるわけではない。自然主義の命題――「醜悪な方面も、暗黒な事実も、不正な行為も、何もかもを描かねばならぬ」――は、貧困、偽善、暴力といった社会問題への広がりの可能性を含みながらも、「肉慾も現実の一部である限り、人生の真を描かんための必要に応じては、それの赤裸々な描写も止むを得ない」(8)、「花袋の自然主義はゾラやモオパスサンから出た極端な物質的自然主義で、従来閑却されて来た人間の性慾方面の描写に殊に力を注いだ」(9)というように、「現実の一部」である「肉欲(肉慾)」「性欲(性慾)」の方面が、同時代においてもクローズ・アップされ、「肉欲」「性欲」という言葉だけが一人歩きしてゆく。

おそらく、日本近代文学史上、初めて文学と「肉欲」「性欲」が問題となった自然主義文学の時代、それはまさに、ミシェル・フーコーのいうところの文学における「セクシュアリティの近代」の到来であったといえよう。

　フーコーの「セクシュアリティの近代」の特質を簡略に記すと、次のようなものだ。近代は〈性〉を抑圧したのではなく、「性について語ることを、そしていよいよ多く語ることを、制度が煽り立て」た時代、権力は人々がどのように欲望を抱いているのか多く語らせ、人々は〈性〉について積極的に「告白」することを求められた時代であり〈性の抑圧仮説〉(10)、新しいテクノロジーである性科学は、〈性〉の正常／異常を規範化し、〈性〉を医学・国家による統制・管理の対象とした（性《セクシュアリテ》のテクノロジー）。さらに、「告白という社会的手続きと科学的言説性との間の相互干渉」によって、〈性〉の中に、自らの内面、自己のアイデンティティを見出さざるをえないようなシステム（性《セクシュアリテ》の装置）が作り出される。〈性〉を語ることは自らの「内面」や「真実」を語ることとなり、セクシュアリティは権力に管理されるだけではなく、真理に結びついた特権的な領域となる。こうした、セクシュアリティという「内面」や「真実」を担保する特権的な領域を作り出したのが近代であると。

　柄谷行人「告白という制度」は、田山花袋「蒲団」を赤裸々な〈性〉の告白ではなく、告白すべき対象としての〈性〉を発見した作品であるとし、「蒲団」研究においても、セクシュアリティ研究においても、メルクマールとなった論考である。

　柄谷行人はまずフーコーの理論を援用して、「告白という形式、あるいは告白という制度が、告白されるべき内面、あるいは「真の自己」なるものを産出する」という。続けて、花袋「蒲団」において、告白すべき対象としての〈性〉が見出されたことを次のように説明する。

> 花袋の『蒲団』がなぜセンセーショナルに受けとられたのだろうか。それは、この作品のなかではじめて「性」が書かれたからだ。つまり、それまでの日本文学における性とはまったく異質な性、抑圧によってはじめて存在させられた性が書かれたのである。この新しさが、花袋自身も思わなかった衝撃を他に与えた。花袋は「かくし

て置いたもの」を告白したというのだが、実際はその逆である。告白という制度が、そのような性を見出さしめたのだから(11)。

柄谷のポイントは二つ――「告白という制度」が「告白されるべき内面」「真実の自己」を「産出」すること。そして「蒲団」によって「はじめて」、抑圧／管理される近代の〈性〉が書かれたということである。

柄谷の言うように、「蒲団」によって告白すべき「内面」「真実」としての〈性〉が発見されたとしても、それが性〈性欲〉＝人間の真実として「文学」的に見出されてゆくには、様々な場の力学が働く。自然主義文学が〈性〉＝「真実」の告白という枠組みを強化したことは疑いないが、それだけではない雑多な欲望も自然主義文学は喚起した。それは、「性欲」への関心であろう。一九一〇年前後、自然主義文学は「性欲」という新しい関心事を表現する方法を読者に提供してきた。

近代日本文学において自己の身近な性的体験を「赤裸々」に描くことを可能にした自然主義文学は、田山花袋「蒲団」を嚆矢として、「赤裸々な自己」を告白＝描くことが文学において目標とされ、文学作品において「性的現象」とは単なる素材ではなく、〈性〉という個人的なこと、書くことがはばかられたものを描く、という理論構築によって、〈性〉を語る＝主体＝作者を立ち上げることでもあった。

3　自然主義文学と性欲学

これまで、セクシュアリティの意味として、〈性〉という用語を用いてきたが、用語の面において、厳密にいえば、同時代は「肉欲」から「性欲」、そして「性」への移行期であった。そして、一九一〇年代、自然主義の時代は、性欲学の時代の幕開にも重なる。「性の装置」としての文学と性欲学はどのような関係にあったのか。

古川誠は、近代日本の性欲研究において、一九一一（明治四四）年九月、雑誌「新公論」の「性欲論」特集は、「日本の性欲研究の先鞭」をつけたものであり、「これは、十九人の筆者によって性欲に関してさまざまな角度から論じた特集であったのだが（中略）一般的な読者を想定した雑誌において、はじめて〈性欲〉を正面きってとりあげたという意味で日本の性欲学の画期をなした特集であった」(12)とする。

もちろん、明治初年代より、いわゆる「造化機論」という開化セクソロジーは移入されていたが(13)、一般メディアにおいて、「性欲」が語られるのは一九一〇年代である。「造化機論」は男女の生殖の仕組みなどを解剖学的な見地にたって啓蒙する医学書が中心であるとするなら、性欲学は「性欲そのものあるいは性欲と個人、性欲と社会の関係が問題となる」(14)。つまり、「造化機論」が性的身体の解剖化・可視化であるとするなら、性欲学は「性欲」とは何かを問い、「性欲」の社会的意味を追求する性的内面の社会化といえるだろう。ゆえに性欲学が問題とする範囲は、性科学、生理学、遺伝学、精神医学、衛生学、博物学、人類学、優生学（人種改良論）、教育（性教育）、哲学（精神修養）、心理学、社会学（一夫一婦制、婦人問題、廃娼論など）等、幅広い。

性欲学において、「性欲」とは人間の「内部」にあり、「人間の全存在、人間の本質、さらに言えば内面的本質を規定するという意味」において、「性欲」が「語られる」ようになったことは、自然主義文学の〈性〉の告白と共通している。自然主義文学が人間の「内面」「本質」として「性欲」を発見したのと同様、性科学も「性欲」を人間の「本質」として発見し、〈性〉を語る学問の正当性を主張していった(15)。

また、谷崎潤一郎によれば、自然主義文学の功績は、「性慾の解放」にあったとする。

蓋し西洋文学のわれ〳〵に及ぼした影響はいろ〳〵あるに違ひないが、その最も大きいものゝ一つは、実に「恋愛の解放」、――もつと突つ込んで云へば「性慾の解放」――にあつたと思ふ。明治の中葉頃に栄えた硯友社の文学はまだ多分に徳川時代の戯作者気質を帯びてゐたものゝ、つゞいて文学界や明星一派の運動が興り、自然主義が流行するに及んで、われらは完全に恋愛や性慾を卑しいとするわれらの祖先の慎みを忘れ、旧い社会の犠牲を捨てた（「恋愛及色情」(16)）。

谷崎潤一郎のいう「性欲の解放」は、フーコー的な「性の言説の増大」の意味に他ならない。谷崎は西洋文学経由の「恋愛の解放」、そして「性欲の解放」へと、自然主義文学にまで至る性愛の進化論を唱えているが、そうした〈性〉の解放―進化論へと発展するには、文学場だけではなく、性欲学という科学場においての〈性〉言説の拡大が作用していたことは疑いないだろう。〈性〉を人間の本質や真実として語らしめる「性の装置」は、一九一〇年代、文学においても、性欲学においても機能していたのである。

古川誠は「自然主義文学が性欲学の成立の地ならしをする役割」をしたと述べる。しかし、自然主義文学から性欲学の流行への流れはなだらかなものではなく、一九一〇年代における〈性〉の言説はこの二者の対抗的関係によって形成された。

先述した一九一〇年代の〈性〉の言説を語る場合の一つのトピックである「新公論」の「性慾論」特集の序言にあるように、新しい〈性〉の科学としての性欲学が科学の立場から〈性〉を研究する、〈性〉を一般へ向けて語ることの正当性を確認する手段として、自然主義文学はたびたび引き合いに出される。

例えば、「新公論」の「性慾論」においても、「性欲」特集の趣旨が以下のように謳われている。

厳正なる天意の摂理、必須なる人生の大法たる性慾は、何人の否定をも許さざる実在の心理には相違ないが、是れ真に活人剣たると同時に殺人刀にして、（中略）此の合理と罪悪の限界に対する明確なる学究的智識の欠乏と人性本来の弱点とが偶々固陋不健全寧ろ挑発的な文学論辞の乗ずる所となり、恐るべき蔭翳が近来益々拡大せられんとして居る(17)。

この序言から見られるこの特集のスタンスとは、たとえ科学であっても〈性〉を一般に向けて語ることがタブーであった時代、「厳正なる天意の摂理」「必須なる人生の大法たる性慾」を語るために、「固陋不健全寧ろ挑発的な文学論辞」、つまり当時、性欲描写で話題となった自然主義文学を仮想敵にすることによって、科学的な立場から〈性〉を語ることの正当性を確立するという戦略である。

若いころ小説家を志し、江見水蔭の弟子になったことがあり、医学者となってからもモーパッサンの翻訳などを文芸雑誌に掲載し、後年も田山花袋の作品に感銘を受けたと回想する性欲学者の大御所・羽太鋭治のように文学に親しんだ者もいたが、「性欲学」という新興の学問を意義づけるため、自然主義文学＝間違った性欲知識、性欲学＝正しい性欲知識という構図は、性欲学者の文章にしばしば見られる。

例えば、性科学者・医学史家で、一九〇五（明治三八）年には人性学会をつくり、雑誌「人性」を創刊し、性教育を推進した富士川游は、「今の世に所謂自然主義（真正の自然主義と云ふものはどうか知らぬが）とやらいうもののように、人類の本能たる性慾は、本能そのままに発動せしめてよろしいというのとは、全く反対で、本能をば、自然のままに任すときは、危険であるから、医学と倫理学との知識によりて、これを適当の方針に向わしめようと期するのである」[18]と、自然主義による「本能」の放縦を危惧し、性欲教育の必要を論じる。また、性欲学者澤田順次郎も、「性慾を単に本能として、之れを楽しむべしといへる彼の自然主義派の理解から生ずる弊害は、即ち之れで、此の種の罪悪は、近来益々多くの度を加へて、家庭を破壊し、延ひて社会を紊乱せんとする傾きのあることは事実である」[19]と自然主義文学の弊害を指摘する。このように、性欲学において「自然主義」というキーワードは、性欲学側が「性欲」を正しく語る専門的な学問分野であることをアピールするためにしばしば引き合いに出される[20]。

また、自然主義文学の描く「性欲」とは、社会的害悪であるという指摘は性欲学だけでなく、同時代の自然主義批判の言説にもよく見られるものである。例えば、「放縦淫逸を以て自然状態と為し男女恋愛の上に自然の情欲を恣にせん」とする自然主義文学、未開の「獣的夫婦」関係に文明社会を戻すというように文明の退化を危惧するもの(21)、また、「自然主義論の如きは即ち此の社会主義の言動と両々相俟ちて以て社会の悪風を増長せしむるもの」(22)というように社会主義と同様に社会紊乱の素因となっているという批判、また青少年に与える悪影響を論ずるものも多い。性欲学において自然主義文学が批判の的となるのは、本来、理性により管理され、善導されるべきである性的欲望が、社会に過剰に放出され、同時代の〈性〉の規範を脅かす〈性〉の無法地帯を自然主義的性解放の行く末としてみなしているからである。もちろん、このように批判の俎上に載せられる「自然主義」とは、文学の問題を越えて社会規範、倫理規範を脅かすものの代名詞でしかない。

結果的に、自然主義文学の流行と、それへのバッシング、自然主義文学に対して対抗的に〈性〉の知を語る性欲学の勃興といった一九一〇年代初めの「性欲」への注視と、〈性〉の言説の拡大は、谷崎のいうとおり「性の解放」として認識されていった。

このように、〈性〉を語ることの正当性をめぐっては、文学と性欲学は拮抗した関係にあるわけだが、根本のところでは、〈性〉とは個人のアイデンティティの中核であり、そうした〈性〉のありようを語らしめるという意味では、性欲学と自然主義文学はセクシュアリティの近代を形成する両輪であったのである。

もうしばし、同時代の「性欲」という言葉に注目してみよう。明治から大正、昭和の辞書における「性欲」「色情」「色欲」「情欲」といった〈性〉に関する言葉を調査した斎藤光は、大正期までは「性欲」概念は「文化的標準」としてなかなか定着しないという。「「色欲」、「情欲」、「色情」を比べると、「色情」が優位であり、より基底的な概念であったことをうかがわせる。(中略)「肉欲」「獣欲」「性欲」は、他の四概念と比べると新しいこと」がわかり、「色情」「色欲」などと比較して「性欲」が外来語概念として認識されている。「性欲」という言葉が認識され始めるのは、一九一〇年代であり、標準化、通俗化されるのは一九二〇年代を待たなければならない(23)。

「肉欲」「色欲」「色情」というパラダイムはどうしても、霊/肉の二元論を呼び寄せる。次に引用する「色情愛情弁」(「女学雑誌」一八九一(明治二四)年二月二八日)にみられるように、「肉欲」「色欲」「色情」という〈肉〉のパラダイムは、「霊」や「精神」といった〈愛〉のパラダイムと対義的に用いられ、なおかつ〈愛〉=高等な感情/〈肉〉=下等な感情という差別化を引き起こす。

男女相思ふ時は心の中双方一種特別の情を呈することは心理学上疑ふ可らざる事実なり。(中略)この心情に二様あり。英語を一に「ラツブ」と云ひ一を「ラスト」と云ふ。「ラツブ」は高尚なる感情にして「ラスト」は劣等の情慾なり。(中略)其根本の区別を云はゞ色情は一種の動物本能(Animal Instinct)にして人間があらゆる動物と普通に有する所なり。之に反し愛情は神を除き人間の特有する所にして、人間の万物に霊長たる特色の一なり(二二一~二二三頁)。

「性欲」という言葉が一般化する前の時代、「肉欲」の時代においては、その内実が意味するところは異なっている。例えば、国木田独歩「正直者」(「新著文芸」一九〇三(明治三六)年一〇月)では、「肉欲」は「特別の天性」と説明され、放蕩な父親から「遺伝」した性質、加えて環境の劣悪さが要因となった病的なものというゾライズム的な遺伝と環境の決定論が敢えて説明として加えられている。「正直者」において「肉欲」は「本能」の意味であるが、人間全体のではなく、「私」という特殊な個人の「本能」であり、「病気」と同様のレベルとして捉えられている。また、自然主義以前、菊池幽芳『己が罪』(春陽堂、一九〇〇(明治三三)~一九〇二(明治三五)年)では、ヒロインの女学生環を騙して、妊娠させ、虚偽の婚約まで行った塚口虔三の欲望は「恋に対してはひたぶるに只肉慾あるを解するのみ、(中略)肉欲以外に恋なしちよう恋愛即肉慾論を唱え居る男」とあるように、「肉欲」は「本能」や性的欲望の意味でしかない。

これに対して、〈性〉を示す新しい用語としての「性欲」は、自然主義の時代に定着していったものであり、田山花袋「蒲団」においては、新しい言葉としての「性欲」のコノテーションが巧みに使用されている。第5章や第7章で述べているように、「蒲団」では、時雄の性的欲望は「性欲」、芳子の性的欲望は「肉欲」と使い分けられ、それだけではなく、階層化されている。そして、「蒲団」の「性欲」とは、「煩悶」し、「感傷」するものとなり、「中年」という男性主体を立ち上げ、「性欲」に「煩悶」する男性共同体を形成する。

そして第6章で論じるように、田山花袋「蒲団」発表〔「新小説」一九〇七（明治四〇）年九月〕をきっかけに、「早稲田文学」と「帝国文学」を中心に、文学の素材としての「性慾」の適切さが問われる。「性欲描写論争」と言われるこの論争はそういった素材論にとどまらず、文学や芸術の価値論争とつながり、「性慾」という人間の「卑しい」部分を文学は描くべきかどうか、という題材の選択の問題は、本来あるべき文学の姿、道徳に対する文学のスタンスの問題を呼び込むことになる。この論争を経由したのちは、文学場においては「性欲」というタームが批評用語として成立し、「性欲」の内実は周知の事実のように語られるばかりか、「性欲」を知ることが作品の評価の基準となっていることは、「人生と云ふことにも恋と云ふことにも性慾と云ふことにも何等の正当なる智識を有せない文章である」〔谷崎潤一郎「飇風」評「二六新聞」一九一一（明治四四）年一〇月二五日〕という記述からも明らかであろう。

「性欲」という掛け金は、自然主義文学においては、〈性〉というテーマの獲得だけではなく、〈性〉という「真実」を語る作家という主体の立ち上げ、そして、〈性〉を正しく語ることのできる領域の正当性を文学にもたらした。

ただし、無制限に〈性〉を描くことが肯定されたわけではなく、そこに描かれた〈性〉が正当なものかどうかは、「作家の態度」や「人格」といった裏付け不明な条件に規定され、また、生田葵山や真山青果といった「似非自然主義」やポルノグラフィーを切断することによって可能となる。文学と猥褻の基準は、こうした文壇の力学によって決定されていることがわかるだろう。

4 〈性的現象〉としての文学

自然主義文学における〈性〉の問題は、文学だけにとどまらず、社会現象となる。アンソニー・ギデンズは、「セクシュアリティを理解するために新たな用語がひとたび生まれると、そうした用語によって表現される認識や概念、理論は、社会生活それ自体のなかに次第に浸透していき、その結果、社会生活を新たに秩序づける働きをしていく」というフーコーのセクシュアリティ論の正しさを認めながらも、そうしたフーコーの「権力知」の「一方的」な浸透の仕方に対して、〈性〉に対する知がたえず変動し、作動する過程を「制度的再帰性」の現象として捉える(24)。「性の言説」は、「近代という時代状況のなかで社会活動を構成する基本的な要素であるため、制度的」である一方、「社会生活を記述するために導入された用語が――自動的な過程でもないし、また必ずしも統制されたかたちでもなく、そうした用語が個人や集団の取り入れる行為の枠組の一部になってゆくからであるが――社会生活のなかに日常的に入り込み、社会生活を変容させていくという意味で、この現象は、再帰的自己自覚的」なのである(25)。

自然主義文学が扱った「性」「性欲」という問題は、文学や文壇の問題だけでなく、自然主義文学のイメージとともに、社会へ拡散してゆく。それは、「肉欲満足主義」「肉慾文学」「出歯亀主義」「放縦主義」「半獣主義」「肉派小説」「非国民的文学」といったマイナス・イメージとして流布する一方、「自然主義」とは、人々の〈性〉についての興味／禁忌を喚起しつづける〈性的現象〉でもあった。

金子光晴は、青年のころ、自然主義文学を読んだ体験を次のように回想している。

文筆は、放蕩のはてにえらぶ道楽仕事で、肺結核はまた、文学の好きな青っちょびれた若者のかかる不治の病、社会主義は、お国に盾つく不逞な輩の仲間であるし、恋愛は前途のある青年をきずものにする。（中略）だが、僕ら堕落中学生にとって、文学、とりわけそのころ、健全な社会人から排斥されながらも、文学の主流となってきた自然主義文学は、おとなの性生活をのぞきみする目的だけでも、読みあさるに値するものだった(26)。

「おとなの性生活をのぞきみする」――禁忌と快楽の体験としての自然主義文学の効用、「自然主義文学」は、「文学」という範疇を越えて、〈性〉のメタファーとして、文学以外の分野で流通（例えば、教育界、メディアなど）することは、第10章で論じる。

自然主義文学は自らも「性の言説」を産出するジャンルであり、人々の〈性〉についての興味／禁忌を喚起するという意味で、「自然主義文学」そのものも、〈性的現象〉として流布するのである。

田山花袋「蒲団」の発表を期に、〈性〉を描くことの可否が問われた「性欲描写論争」が文壇内でまきおこる（第6章）。おそらく日本文学史、文化史において初めて〈性〉や「性欲」を描くことの可否が問われたこの論争の意義とは、一つは、批判はあれ、むしろ批判を受けることによって、〈性〉を語ることが文学の意義の一つであることを決定づけたことである。〈性〉とは文学が描くべき重要な問題であり、〈性〉を描くことそのものが文学の営為として肯定されてゆく経緯をこの論争から見ることができる。

しかし、文壇外では「猥褻文学」としての自然主義のイメージが流布してゆく。

「蒲団」の発表の翌月、後藤宙外は、「新小説」の「随感録」に次のように記した。「所謂自然派の作を読むのに、（中略）人生の最大事は殆ど生殖慾の上にのみ懸るといふ趣のが非常に多いことである。（中略）自然派と色情狂と云ふ問題は近き将来に起つて来るであらう」(27)。後藤宙外の予言どおり、その半年後に起こった出歯亀事件によって、人間の醜悪なもの、つまり性欲までも直截に観察し、告白するという自然主義のイメージと、出歯亀の「覗き」趣味が接続され、自然主義＝出歯亀＝色情狂という図式が流布することになる(28)。

自然主義文学を揶揄する文章は枚挙にいとまがない。例えば、「病的文壇　肉慾文学（所謂自然主義）」(29)では、「今の文壇は病的文壇である。色魔の文壇である。己の自堕落、放蕩を恣に描く破廉恥漢の文壇である。恰で色情狂、出歯亀の文壇と云つて可い」というように、自然主義は、「肉欲」「性欲」を好んで描く文学というイメージのみがクローズアップされて、同時代の「出歯亀事件」と同等に扱われる。

性欲描写論争、そして出歯亀事件をきっかけにゴシップ的な扱いではあるが世間の注目は自然主義文学に集まる。そして、自然主義文学は「性欲」を描くことを趣旨とする「色情狂」文学であり、自然主義の別名としての「出歯亀主義」「肉慾文学」という言葉が世間に広まり、自然主義バッシングがまきおこる。

権力、メディアによって、風俗壊乱、猥褻と眼差されることは自然主義文学の受難ではない。むしろ、こうした文壇内外のバッシングを受けることによって、自然主義文学を擁護する側は、自然主義文学の正統性・有用性を主張する。その過程において「文学」としての自然主義の価値づけが行われるのである。自然主義文学の「文学」としての価値形成は、文壇内部のみで進行するものではなく、自然主義文学を取り巻く状況、それとの距離化、差別化によってより強固になるものと思われる。

本書は文学における「性」「内面」の産出だけでなく、性欲学、自然主義文学、教育学、メディアといった様々な場が、〈性〉について語ろうとした時代——「性の言説化」に参与した時代として一九一〇年代を捉え、その中での自然主義文学の果たした役割を考えてゆくものである。

5 〈性欲〉から〈変態性欲〉へ

では、自然主義文学と性欲学の流行を経て、一九一〇年代の「性の解放」はどのような進化をみせるのであろうか。三つの方向性を指摘しておきたい。

一つめは、のちの厨川白村『近代の恋愛観』（改造社、一九二二（大正一一）年一一月）につながる性愛一致への方向である。「性慾を浄化して、真に人間らしき性的結合となすものは、性慾の人格化であらねばならぬ、そこに貴き恋愛関係は成る」という、〈性〉の肯定、〈性〉と恋愛との必然的な結びつきを示す方向である。例えば、小泉鐵「三つの勝利」には、次のような一節がある。

自分は純真に愛することが出来、運命の保証の出来る女でなければ一緒に性慾を満足さすことを欲しないのであつた。（中略）純真な愛だけが心と共に肉体とのすべてに満足を与ふる事が出来る唯一つのものであると信じてゐた。性慾は自分には単なる肉体のことではなかつた。それ以上に深い心のことであつた(30)。

「心」の問題としての「性欲」。まさに厨川の「性慾の浄化」「性慾の人格化」へとつながる方向性を示している。自然主義の反動として、理想主義、霊を重視した白樺派的な恋愛観、性欲観を物語っているが、同じ白樺派においても、「性慾の浄化」、肉から離れた「心」の問題としての「性欲」が中心だったわけではなく、こうした恋愛と結合した〈性〉の肯定とは、また別に、二つめの方向性は、生理的な問題としての「性欲」そのものの肯定である。例えば、志賀直哉は、一九一一（明治四四）年一月二六日の日記に、「健康が欲しい。健康なからだは強い性慾を持つ事が出来るから。ミダラでない強い性慾を持ちたい」(31)と記している。語ることすらタブーであった「性欲」という問題を日記という秘められた記述ではあるが、「性欲」そのもののエネルギーを素直に渇仰、信仰する世代が登場したことをこの日記の文章は物語っているだろう。

また、武者小路実篤「世間知らず」には次のように、「性欲」そのものの強弱が問題となっている。

その内に不意、自分が人並みより性慾がよわいのではないかと思つた。それが今日の不愉快の原因をつくつたのではないかと思つた。さうしてさう思つたのが不安でもあり、希望でもあつた。二人の間は性慾ばかりでつながつてゐるのかも知れないと思へたと共に、今に性慾が頭をもたげると共に、C子が好きになれると思つたから。何しろ自分の体力が弱いのがいけないのだ。ねむかつたのがいけないのだと思つた。さうして之から身体をよくしてやらうと思つた(32)。

自然主義文学が描いた「性欲」は、「肉」「野性」「醜」としての「性欲」で、だからこそ赤裸々に暴露することに意義があった、というのが自然主義論者の主張である。柄谷行人の指摘にもあるように(33)、こうした〈性〉を暴露する＝「告白」するということ自体が、告白される「内面」としての〈性〉を見出さしめたのであり、「告白・真理・性の三つが結合」し、〈性〉そのものに「真実」、「真理」という形而上学的問題を読み取る回路ができたのである。

しかし、自然主義次世代である、志賀直哉、武者小路実篤には、こうした自然主義的屈折は見られない。健康な身体には、健全な性欲が宿るということを素直に信仰できる世代、まさに谷崎が言う自然主義の「性慾の解放」の恩恵に浴した世代の登場である。

そして、三つめの「性慾の解放」が、「変態性欲」の登場である（第12章）。

菊池寛は、一九一四（大正三）年、自然主義から大正の新文学への移り変わりを次のように語っている。自然主義文学の特色は「性慾の描写」であり、一時は「猥褻」文学という揶揄も含めて話題となったが、すでに「私たち」はその性描写に食傷気味ですらあると。

近代文芸頽廃の一特徴は性慾の描写であった。殊に自然主義は性慾を題材とする事をお家物《はこ》のやうに心得て居た。（中略）自然主義が日本文壇に侵入した四十年頃には私たちは食傷するほど性慾の描写を味はされた。気の早い連中は自然主義を猥褻の同意語《シノニム》のやうに思つて居た、然し此連中の描いた性慾は万人通用の性慾である、いかに猛烈な性慾を描かれてあつても夫は決して異常ではなかつた。私が茲《ここ》に説かうとする病的性慾が文学と交渉を開いたのは谷崎潤一郎氏及び山崎俊夫氏の作品に依つてゞある。（中略）あれ（「捨てられる迄」）を読んで普通の異性間に於ける恋愛的冒険《リーベスアヴエントオイエル》と看過して全篇を裏付けて居る病的性慾に何等の注意を注がないものが共に近代文芸を語るに足らぬ、（後略）(34)

菊池寛によれば、自然主義文学は、「性欲」を描いたが、それは「万人通用の性慾」であった。そして、「病的性慾」と文学の交渉が開かれたのは、谷崎潤一郎と山崎俊夫であったとしている。そして、菊池寛は山崎俊夫を「日本文壇に於て同性恋愛と云ふよりも同性性慾を新しい文学の形式に盛つた者」とし、谷崎潤一郎の「少年」を「サディスムス」の物語、「捨てられる迄」の主人公を「マゾヒスムスの患者」であるという。しかし、ここで菊池は谷崎潤一郎や山崎俊夫の作品に描かれた「病的性慾」を、否定的な価値とは捉えていない。むしろ、平凡な「性欲」を描いた自然主義文学に対して、新しい「近代文芸」の描くべき積極的な価値として「変態性欲」を持ち出しているのだ。

菊池寛の発言には、〈性〉という切り口で、旧文学としての自然主義文学と、一九一〇年代の新しい文学を切断しようとする意図を読み取ることはたやすいであろう。しかし、自然主義文学は「性欲」という掛け金を使って、文学において〈性〉を描くことを正当化したのと同様、また、菊池も「変態性欲」という掛け金を使って、一九一〇年の新しい文学の自律を試みている。

しかし、自然主義的「性欲」と、「変態性欲」では、その後、異なる展開を見せる。特に谷崎においては、「変態性欲」をパフォーマティブに演じる人物が登場し、さらには、「変態性欲」が作家のアイデンティティとなる。〈性〉の越境は、性欲学においては「病的性欲」「異常心理」として排除されるものである。第11章で論じるように、性欲学や自然主義的リアリズムの眼差しによって、〈性〉の越境は、〈異常〉とされるが、一方では、「変態性欲」のロマン化ともいえる現象が起こる。

「性欲」から「変態性欲」の時代へ——谷崎が〈変態性欲〉をパフォーマティブに演じられる文化的な素地、そうした谷崎の「変態性欲」テクストを受け入れる〈性〉の文化的状況までを描き出すのは、本書の範疇を越えるが、〈性〉を描くことの文学的特権化は、自然主義文学と「性欲」の時代に形成されたことは間違いないであろう。

6　各章の要旨

第Ｉ部　自然主義文学と欲望の問題系

第Ｉ部では、田山花袋の諸作品を、同時代の処女言説、夫婦における性愛・生殖言説などの性欲学の言説に開くことによって、「性欲」をいう掛け金を糧に田山花袋の自然主義文学が離陸してゆく様子を描き出す。同時代の性科学によって規定される〈性〉のあり方は、一方では生殖関係としての夫婦関係を男性に強要し、夫婦関係から逃亡する男性を生み出す（「罠」）。また、一方では、少女＝処女言説は、禁止される身体としての少女への快楽を生産する（「少女病」）。

第１章「恋する詩人の死と再生——田山花袋「少女病」」では、「少女病」というテクストを通して、田山花袋が「自然主義」作家として、「成長」しようとする欲望を検証した。「少女病」というテクストは、近代的恋愛のパラダイムを形成した北村透谷的ロマンティシズム＝詩の世界を切断し、「性欲」という新しい自然主義の概念を導入する。「性欲」、「小説家」と対立するかのような「恋愛」、「詩人」、「青年」という要素を作り出し、それを自ら切り捨ててゆく（「少女病」を患う主人公を死なせる）ことによって、「自然主義小説家」としての「成長」を準備する。少女に憧れる主人公（「正常」な大人の「本能＝性欲」が欠如した男性）の死は、「恋愛」＝「詩人」から、「性欲」＝「小説家」への成長を欲望する死と再生の儀式である。「詩人」から「小説家」へ、「恋愛」の時代から「性欲」の時代へといった文学史における進化論的な発達史ではなく、あえて切断、境界線を作り出すことによって、「自然主義文学」は自らの輪郭線を形成するのである。

第2章「〈少女〉という快楽――田山花袋「少女病」をめぐって」では、大正期の少女小説・少女文化が花開く以前の、〈少女〉の誕生と、〈少女〉という言葉が喚起する欲望の誕生を田山花袋「少女病」を例に考えた。

近代において形成された〈少女〉というモラトリアムな時期は、〈少女〉と〈処女性〉が結合し、少女の価値は、〈純潔〉に求められる。家の娘としての少女の価値は、〈処女〉の価値であり、〈処女〉の誕生は、〈少女〉たちの誕生でもある。一方、田山花袋「少女病」のように、〈少女〉の身体それそのものが快楽装置として記述される。近代において〈処女〉の価値が浮上するのは、禁止されつつも、それゆえに欲望するという〈性〉の快楽装置とともにである。

第3章「生殖恐怖？――夫婦の性愛と田山花袋「罠」」では、主体的にも、性的にも「男らしさ」を要求する明治の夫婦の性規範を参照しながら、田山花袋の「白紙」、「罠」という短編をとおしてうかがえる、花袋の夫婦の性愛観を考察した。

明治の夫婦観は、近世の「女大学」の封建的規範の影響力が強い中、新しい夫婦観も浸透してゆく。一夫一婦制を提唱する啓蒙雑誌では、〈性〉を排除した愛を紐帯とした夫婦関係を求める一方、性科学では、生殖器などの生理学的分析から夫婦の紐帯を生殖器・性交に求める。明治三〇年代には、この二つの言説が接続され、生殖・本能の肯定が恋愛論・結婚論の中に現れてくる。こうした夫婦観の変遷は、国家主義的な言説も盛り込みながら、夫婦に完全なる愛、性交を求める。「本能」、「性欲」を人間の赤裸々な「真実」として、価値付与してゆく自然主義の言説に対して、これらの短編における「生殖」、「本能」嫌悪は逆行しているように見えるが、この嫌悪感は生殖する女、本能に動かされる女といった女性の〈性〉への嫌悪であり、女性＝生活者・生殖者、男性＝芸術家・作家というように非対称的な対比によって、自己を「文学者」として定位するのである。

第4章「『独歩集』における性規範――「正直者」「女難」を中心に」では、国木田独歩「正直者」「女難」の同時代評の推移を追うことによって、自然主義作家として再評価されてゆく独歩を、テクストに描かれている「肉欲」との関連で追ってみた。「正直者」「女難」に描かれている欲望は、遺伝であったり、運命であったりするのであるが、過去の自分を回想するという語りの形式をとることによって、語り手は自らの欲望を客観的、批判的に見る位置に置く。「正直者」を支える性規範における、性的欲望の価値転換は、「肉欲」を「文学」として語られることが可能な対象にし、そして、その「肉慾」つまり、性的欲望の中に、欲望をこえた何ものかが存在するのではないかという自己解釈の枠組みを提供してくれるのである。

第Ⅱ部　性欲・感傷・共同体

第Ⅱ部では、〈性〉が「真実」や「人生」と隣接して語られ、〈性〉＝人間の真実という言説の産出の過程を自然主義文学において検証した。そして、その際、文学にとって、〈性〉はいかに描かれるべき対象となったのか、〈性〉を語ることが、作家の特権となり、ひいては、「文学」という領域の特権化へつながる過程を考察する。

これまでのフェミニズム、ジェンダー研究は、男性の欲望に彩られた女性の身体を脱構築し、また身体の歴史性の虚偽を暴いてゆく作業を行ってきた。その反面「男性＝普遍、女性＝特殊」といった性差の枠組みを知らず知らずに後追いし、「男性の身体性」への解析へとは向かわないというこれまでの研究の限界を乗り越えるため、ここでは男性の「性欲」「身体性」を問題にする。男性が何を欲望し、どのような欲望に貫かれ、性的他者である女性を描出し、またどのように性的主体としての男性主体を構築したのか。そして、〈性〉＝人間の真実という言説を形成してゆく過程を、田山花袋のテクスト、性欲をめぐる論争を中心に分析した。

第5章「〈告白〉と「中年の恋」――田山花袋「蒲団」」では、「蒲団」によって「はじめて」、抑圧／管理される近代の〈性〉が書かれたとする柄谷行人の論考を起点として、〈告白〉という制度によって見出された〈性〉とはどのようなものであったかを考察した。

まず、発表当時、「蒲団」は〈性〉の〈告白〉よりも、「中年の恋」という文脈で受容されていたことを検証し、

「蒲団」に描かれている「中年の恋」という〈欲望〉の語り方を分析した。「蒲団」において、性的欲望も含めた時雄の「中年の恋」への願望を抑圧するのは、近代家族における婚姻外性交への規制と、素人女性の処女性への規制である。そうした近代の性道徳規範を背景に、恋愛・性愛市場に素人女性が参入することによって、家の娘としての素人女性は、男性にとってその処女性が規制されるものでありながら、同時に、恋愛・性愛の対象として欲望されるアンビバレントな存在となる。そこに、男性主人公の「煩悶」が誕生する。しかし、「蒲団」において〈性〉の「煩悶」「苦悶」は、「性欲」が抑圧される苦しさではなく、その時に、実行されなかった欲望、未遂の行為を「語る」ことによって生じる「心」の苦しさである。つまり、「蒲団」とは、時雄の〈遂行されなかった欲望〉を描いた物語である。

第6章「田山花袋「蒲団」と性欲描写論争――〈性〉を語る／〈真実〉を語る」では、田山花袋「蒲団」とそれに端を発した性欲描写論争を考察することによって文学がいかに〈性〉を小説の主題として発見したのか、文学がいかに〈性〉を語る特権性を得たのかという問題を検討した。

田山花袋「蒲団」に端を発した性欲描写論争は、「性欲」という言葉の猥褻性を消去し、性欲＝人間の真実、生のエネルギーという読み換えを行い、〈性〉を描くことの文学的必然性を唱えた。文学における〈性〉に対する知の所有は、〈性〉に関する知の所有者としての作家の立場を強化し、作家の意図を「正しく」理解できる読者を教育する、つまり文学的〈読み〉の性教育によって支えられるわけである。また、「肉慾小説」の切断などを通じて文学史的正当性を確保してゆく。以上、自然主義文学は〈性〉を語る特権を獲得してゆく過程を検証し、近代の〈性〉の言説と文学の共犯性を明らかにした。

第7章「日露戦争後の文学と性表現――〈性欲〉に煩悶する時代と〈感傷〉の共同体」では、日露戦争後の文壇を席巻した自然主義文学、とくに〈性〉や「性欲」の問題を赤裸々に描いたとされる田山花袋「蒲団」を中心に、日露戦後の〈性〉の言説の拡大を日露戦争前後の「煩悶」する世代の登場との関係で捉えた。

日露戦争後、青年たちは、成功青年、享楽青年、煩悶青年の三つの階層に組織化される。立身出世ブームにのった

「成功」青年たちの、力・権力・所有への拡張的志向性を持った〈男らしさ〉の規範からすれば、日露戦争をはさんでの「煩悶」「悲哀」「苦痛」といった感傷的な内面へと沈潜してゆく〈男らしくない男〉の共同体において、彼らがしばしば悩む恋愛や性欲の問題は、〈男らしさ〉の規範においては軟弱、「女々しい」と否定されるものである。しかし、自然主義文学は、日露戦後の〈煩悶〉する男性たちを、〈感傷〉の共同体に取り込む。新たな男性主体の成立を〈煩悶〉や〈性欲〉という言葉に求めた〈感傷〉する共同体が、女性を排除したうえで成立することを、「蒲団」における〈性欲〉という言葉の発見にみる。

第8章「自然主義の女——永代美知代「ある女の手紙」をめぐって」では、田山花袋「蒲団」、「縁」のモデルとなった永代（岡田）美知代の書いた小説「ある女の手紙」から、女弟子、女性作家が見た自然主義文学を検討した。彼女が同時代的にまた師匠花袋から学んだ自然主義文学とは、客観描写を通して人生の「真実」へ至るという理想であった。しかしこれらの理念は書き手としての女性作家のアイデンティティを分裂状態に置く。そのような自然主義教育を受けた美知代が、「蒲団」、「縁」という花袋の物語を、美知代の側から描いたとき、「失敗作」としてしか評価されない彼女のテクストには、自然主義文学自体が孕む男性中心ジェンダー構造の「ゆがみ」が表出しており、彼女のテクストそのものが自然主義文学を相対化する可能性を持っていると考えた。

第Ⅲ部　自然主義と権力・メディア・セクシュアリティ

芸術的価値というものは芸術作品そのものに内在するのではなく、同時代の文化的状況、文壇の権力関係などのエコノミーによって決定される。

第Ⅲ部では、自然主義文学が生産する〈性〉の言説は、無批判に受容されたわけでなく、文壇内外からも「猥褻文学」「反道徳」「肉慾文学」などのレッテルを貼られ、自然主義の作品はたびたび発禁を受けるなどしている。しかし、かえってこのような自然主義文学への抑圧が、文学史では自然主義文学＝〈性〉の解放として語られることの要因となり、また、結果的にこうした文壇内外からの批判が、自然主義文学の〈性〉を語る特権を強固にしたことを明らかにする。

また、自然主義のリアリズムの視覚は、肉体的性差の「自然」（男／女）を基準として、「不自然」なものを排除してゆくジェンダーの視覚でもある。自然主義は文学の問題にとどまらず、同時代の性規範に大きな影響を与えたと思われる。

第9章「〈発禁〉と女性のセクシュアリティ――生田葵山「都会」裁判を視座として」では、生田葵山「都会」の発禁事件を通じて、女性のセクシュアリティの問題を考えた。

生田葵山「都会」をはじめ、姦通、買売春、不倫といった女性の性的な事柄が描かれている場合、風俗壊乱として処罰されるケースが多い。権力側にとって本当に厄介な問題は、「風俗壊乱」的小説を描く作家たち、またそれを掲載する新聞雑誌といったメディアではなく、そうしたメディアを媒体として噴出する女性の過剰なセクシュアリティなのである。また、「姦通」を争点とすることによって、文学と権力は、女性のセクシュアリティの可視化／不可視化の絶え間ない運動を繰り返す。

第10章「猥褻のシノニム――自然主義と諷刺漫画雑誌」では、明治後半、全盛を誇った自然主義文学は世間では、出歯亀事件、塩原心中事件の影響もあり、「猥褻」の同義語として揶揄の対象であった。諷刺漫画雑誌の挿絵、川柳などから、自然主義が、性的な事柄の隠喩として用いられ、自然主義は青年子女の堕落を促すもの、また、覗き、変態行為といった自然主義のイメージ形成とその流通を考察した。後半は諷刺漫画雑誌「滑稽界」を分析することにより、そうした自然主義の意味作用を利用した「諷刺」の方法、抵抗文化としての諷刺漫画の可能性と限界を考察した。

第11章「女形・自然主義・性欲学――視覚とジェンダーをめぐっての一考察」では、明治期後半から大正期にかけて、性差の境界線を執拗に構築するリアリズムの「視覚」の形成を、自然主義・演劇・性科学の三つの分野から検討した。

女形を「女装男子」として「不自然」な存在とする言説は次の四点から形成されている。

1　演劇改良論から女優待望論の流れ

2　照明などのテクノロジーの発達が観客に与えた「より良く見える」という心性・意識

3　男／女の〈性〉の二分法へ還元し、そこから逸脱するものを「異常」と見なす性科学の移入

4　現実をありのままに見る・再現するというテーゼによって見る、観察するといった「視覚」を重視し、対象の〈性〉を描写・再現というかたちで「自然」なものとする自然主義のイデオロギー

自然主義文学・演劇・性科学、領域は異にするが、その根底にあるのは近代のリアリズムへの志向であり、見た目の男らしさ、女らしさを身体の〈性〉へと還元してゆく視覚全能のシステムである。自然主義的な＝ヘテロセクシュアルな性規範が、男女の性差を「自然」と捉える視覚を生み出し、セクシュアル・マイノリティへの差別的な視線を生み出したことを考察した。

第12章「女装と犯罪とモダニズム――谷崎潤一郎「秘密」からピス健事件へ」では、「変態性欲」としての〈女装〉をパフォーマティブに演じる主人公を通じて、「変態性欲」のロマン化と大衆化の過程をたどってみた。

一九一〇～二〇年代のモダニズムの一面を変態や異常を消費する人々の出現として捉え、〈女装〉〈変態〉〈犯罪〉というキーワードで谷崎潤一郎「秘密」に描かれた女装を分析した。「秘密」では、セクソロジーの言説を背景に、〈女装すること〉ではなく、〈女装という変態を演じること〉に快楽を見出し、女装をロマン化する。しかし、同時に、着脱可能な〈表層〉のドラマとしての女装が「秘密」以後の映画や探偵小説の中で消費されることも暗示している。

第Ⅰ部　自然主義文学と欲望の問題系

秘密通信
滑稽新聞社發行

第1章
恋する詩人の死と再生
……………田山花袋「少女病」

1 語り手の「少女小説」批判

「少女病」というテクストは評価の定まりにくいテクストである。

吉田精一は「少女病」を「蒲団」の「前奏曲」とする。「結末こそこしらへてゐるが、主人公の生理を赤裸々にうがつてゐる所は、作者自身の恥部を裸にして衆人の眼の前にさらしたやうなもの」であって、すでに「蒲団」のテーマである「かくすことなく、自分の真実の姿を暴露しようといふ気構へ」が見受けられるという。また「人間の生理、といつても性欲を重視し、それを中心に人生を見ようとする態度」が示されているとする(1)。「自然の力に対する詠嘆が生理・性欲の問題に結びついて行く過程」が認められ、そこに「蒲団」につながる「契機」を見るのは和田謹吾である(2)。平野謙は「少女病」から「蒲団」への変化をさらに積極的に「自己改革」と意味づけ、「花袋は『少女病』から『蒲団』にいたる作家コースのうちに、一個の自己改革をくわだてたともいえる」とする(3)。

吉田、和田、平野は「少女病」を「蒲団」につながる作品としながらも、どことなく中途半端さを感じている。その原因は、おそらく現実暴露の作品＝「蒲団」という評価から遡行して、「活きた人生、といふより自分の生ま身をさらしものにし、かくすことなく、自分の真実の姿を暴露しようといふ気構へ」(4)、「蒲団」につながる「自己改革」(5)への意志を見たいという研究者の欲望が、このような「蒲団」前史としての「少女病」評価を産み出したのであろう。

中村光夫が『風俗小説論』(6)において指摘しているように、「破戒」に比べて、「蒲団」が過剰に評価されてしまったことの日本文学史に与えた「不幸」はぬぐい去りがたい。「少女病」から「蒲団」への変化を田山花袋という作家の「自己改革」と読み、『少女の恋』などの「少女小説」風作品における「少女に対する空想的憧憬に生きる中年文士」を「戯画化」し、過去の「少女小説」作家というレッテルを「自己批判」、「自己処罰」することによって、自然主義作家として脱皮・成長を遂げる田山花袋を夢想するというような進化論的な文学史への欲望にこれまでの先行論は貫かれていたのではないか。

本章では、このような「蒲団」を一つの頂点として「少女病」を眺め返す作業を批判しつつ、「少女病」というテクストの内部において、自然主義作家として脱皮・成長をはかろうとする語り手の欲望を見出してゆきたい。なお、本章で用いる脱皮・成長とは、先行論者たちの「自己改革」（または「自己批判」）という文脈とは、その目標とするところが違うことをあらかじめ断っておく。

先の論者たちが、「少女病」から「蒲団」にいたる過程を自然主義作家・田山花袋の成長物語として読んでいることの理由に、二つのテクストにおいて、語り手が主人公を説明する際に、「少女病」杉田古城、「蒲団」竹中時雄（古城）の倦怠、煩悶の理由として、「少女小説」家というレッテルから逃れられない状態を前提としていることが上げられよう。

「少女病」において、杉田古城は、「文学者」でありながら「雑誌社」に勤めている。彼の書くものは「あくがれ小説」（少女小説）で「文壇の笑草の種」となっている。編集長からも「不相変美しいねえ、何うしてあゝ綺麗に書けるだらう」、「少女萬歳《をとめ》ですな！」とからかわれる。

この「あくがれ小説」とは、「少女病」と「蒲団」の間に出された『少女の恋』（隆文館、一九〇七〔明治四〇〕年七月）という作品集（全一三篇）などをさしていると思われる（雑誌「少女世界」、「文芸倶楽部」などに発表した詩歌も含まれるかもしれない）。花袋自身も『少女の恋』序文において「題名を『少女の恋』とせしは、青年男女の恋を記せし物語多きが為めなり。稚き恋物語よとて笑ひて捨て給へ」と書いている。扉絵にはパラソルをさす庇髪の女学生風の少女、中扉絵には森の木立の中、バイオリンを弾く帽子をかぶった少女の挿絵が描かれており、ロマンチックな香りに満ちている。

先の先行論にみられるような、「少女小説」家から「自然主義作家」への「成長」という道筋は「蒲団」の竹中時雄における次のような心理からも推測される。

> 後れ勝なる文学上の閲歴、断篇のみを作つて未だに全力の試みをする機会に遭遇せぬ煩悶、青年雑誌から月毎に受ける罵評の苦痛、渠自からは其他日成すあるべきを意識しては居るものゝ、中心これを苦に病まぬ訳には行かなかつた（一）。

竹中時雄の創作は「少女病」のように、「少女小説」であるかどうかははっきり書かれていないが、「青年雑誌から月毎に受ける罵評」とあるので、「文壇の笑草の種」（「少女病」）である状況は「少女病」と通底している。しかし、「蒲団」の竹中時雄が、「少女小説」、「美文新体詩」から脱皮して、「一生作《ライフウオーク》」を作る野心はあるが、「文学者」としての力量のなさと「平凡」な日常生活に縛られて実行できない「煩悶」に捉えられているのに対して、「少女病」の杉田古城の場合は、「一生作」への意志はなく、その「煩悶」を少女をテーマにした「美文新体詩」を作ることによって慰めようとしている。

「少女病」というテクストは、近代的恋愛のパラダイムを形成した北村透谷的ロマンティシズム＝詩の世界を切断し、「少女病」を患う主人公を「死」という形で葬り去る。「性欲」「小説家」と対立するかのような「恋愛」、「詩人」、「青年」という要素を作り出し、それを自ら切り捨ててゆくことによって、「自然主義小説家」としての「成長」を準備すること、これが「少女病」というテクストの持つ位置の役割ではないだろうか。「少女小説」家から「自然主義」作家への田山花袋の転換は、一人の作家の「成長」として語られる。田山花袋は『東京の三十年』において、島崎藤村『破戒』、国木田独歩『独歩集』といった周囲の文学者の出世を横目にみて、「何かかかなくちやならない」が、書けないことに「半ば失望し、半ば焦燥し」(7)という焦りと停滞の中から「蒲団」という作品が生まれたかのように述べる回顧的な語りにおいて、「蒲団」と「蒲団」以前に亀裂を設けている(8)。しかし、このような「成長」は自然に行われたわけではないであろう。作家の「成長」という一つのステージから別のステージへの飛翔を可能にする切断と再生の物語が作られて行く過程を「少女病」を中心として追ってゆきたい。

「詩人」から「小説家」へ、「恋愛」の時代から「性欲」の時代へといった文学史における進化論的な発達史ではなく、あえて切断、境界線を作り出すことによって、「自然主義文学」は自らの輪郭線を形成するのである。

2 「少女病」における恋愛と創作

杉田古城は、雑誌社への通勤電車の中や路上で美しい少女を見ると、つい見とれたり、匂いに耽ったり、またはその少女の家を確かめたくなる。この杉田古城のストーカー行為すれすれの危険な行動は、テクストの中頃にある友人たちの会話において、性欲の病気として意味づけられ、また語り手によって「若い女に憧れるといふ悪い癖」(三)、「男は少女にあくがれるのが病である」(四)と語られる。友人、語り手は、杉田古城の「若い女に憧れる」心性、行為を「病気」というレベルにおいて解釈されるようなネットワークを共有している。詳しくは後述するが、「少女病」

というタイトルからも、杉田古城という一人の異質な性癖を持った男性を描き出すという意志にテクストは貫かれている。同時代評においても、「デカダンな不健全な男」(9)、「四十近い、家には妻子もある男で妙に少女を見ると一種の性慾がムラムラと湧くといふ不思議な人物」、「病人」(10)というように性欲の病気を患った逸脱した人物として捉えられていることがわかる。

このような周囲の意味づけに対して、杉田古城自身は、「若い女に憧れる」ことを「悪い癖」や性欲の病気といった逸脱したものとして捉えてはいない。彼にとって「若い女に憧れる」ことは、恋愛という概念に属する行為であったということが重要である。少女に憧れても、もうその少女の恋愛の相手となる年齢でないという気持ちが、「もう自分等が恋をする時代ではない」(五)という諦念を呼び覚ます。「若い時に、何故烈しい恋を為なかつた」(五)とも嘆く杉田古城の少女への憧れは、青年時代の恋愛の代償としての「少女病」なのである。しかし、この恋愛とは、杉田古城が若いころまったく恋愛体験がなかったとか、恋愛が成就しなかったということではないだろう。彼の妻は「恋人で娶つた妻君」(二)であるわけだから、彼の意味する「恋」とは、まさに「恋を恋する」対象としての恋愛、恋愛そのものが憧れの対象であった。

このことは、彼が少女の固有性ではなく、少女という記号性に憧れていることからもわかる。「鳶色のリボン」、「おろし立て白足袋」、「美しい着物の色彩」といった衣装へのフェティシズム、「肉附きの好い、頬の桃色の、輪郭の丸い」、「美しい眼、美しい手、美しい髪」といった少女らしい肉体の部分への視線、また「華族の令嬢」といったように上流階級への憧れが作り出した物語など、杉田古城の少女への眼差しは徹底して少女という記号性に向かう。

明治四〇年前後のメディアが「堕落女学生」という物語を作り出したということはいくつかの論考に詳しい(11)。しかし、「少女病」における女学生は、周囲のメディアが作り出す「堕落」というイメージではなく、杉田古城にとって美への憧れとして喚起される。このことはメディアによる「堕落女学生」といった価値づけに対して彼が自由であったというわけではない。「蒲団」における「堕落女学生物語」が「「女学生」の〝主体〟を封じ込めようとする想像力」(12)に貫かれているとすれば、「少女病」もまた別の「少女」物語において「少女」の「主体」を封殺する「想像力」に貫かれている。「美しい姿の唯一つ」で好いから、「白い腕《かひな》」に包まれたなら、「屹度復活する。希望、奮闘、勤勉、必ず其所に生命を発見する。この濁つた血が新らしくなれる」（五）というように、少女は少女を超え、「俗悪な此の世の中」から逃れるための女神と化す。そして、杉田古城が「少女」を通して見ている世界は、「美文新体詩」という芸術表現の世界なのである。

雑誌社の編集長から、「おのろけ」の「美文」だねとか、「少女を持出して笑はれ」ても、「懲りることもなく、艶つぽい歌を詠み、新体詩を作る」（五）杉田古城にとって、少女に憧れることと、美文、新体詩を作ることは同一の欲望から出発しているといえる。

> 即ちかれの快楽と言ふのは電車の中の美しい姿と、美文新体詩を作ることで、社に居る間は、用事さへ無いと、原稿紙を延べて、一生懸命に美しい文を書いて居る。少女に関する感想の多いのは無論のことだ（五）。

「少女病」において、「少女」に憧れることは、彼の「快楽」という感覚に統合されることによって、「詩」を書くことのメタファーとして語られている。そして「詩」は「恋愛」の言葉として機能する。「少女」に憧れ、憧れを「詩」にし、過ぎ去った日の「恋愛」感情を追体験し、この循環に埋没することが彼の「詩」と「恋愛」がわかち難く結びついた世界、「極楽境」の形であった。

3　恋する詩人

「もう自分等が恋をする時代では無い」（五）という杉田古城の嘆きの言葉は、かつて、恋をするにふさわしい時代があったことを示唆している。それは、「中年」男性の杉田古城にとっては、過ぎ去った青年時代を懐かしむ言葉であると同時に、恋愛という言葉に人々が過剰な理想と期待を寄せた時代でもあった。そして、「詩」が「恋愛」を語る言葉としてその価値を確立した時代でもある。

杉田古城の三七歳という年齢を、「少女病」発表の一九〇七〔明治四〇〕年現在と考えれば、彼の青年時代は、明治二〇年代前半にあたる。この時期の「恋愛」のメルクマール、そして近代的な恋愛観に大きな影響を与えた北村透谷の存在は不可欠であろう。

「厭世詩家と女性」に代表される透谷の恋愛観は　近世的な「恋」と「情欲〔肉欲〕」が渾然とした「色恋」の世界を超克し、精神と肉体という二元論的切断をし、「精神」を「霊性」にまで高める近代的恋愛のパラダイムを開いた。「恋愛は人生の秘鑰なり」というあまりにも有名な文句は、「人生」、世界へ個人を開いてゆく力を「恋愛」は有し、「個人」として完成してゆくには「恋愛」という現象を通過しなければならないという脅迫的な観念を植え付けることにもなる。青年をして「恋愛」を経験することが同時に「人生」を経験することであり、「恋愛」というハードルが〈成長〉の契機となる。「恋愛」なくしての「人生」とは無意味であるという意識は、「恋愛」は麗しいものであると同時に、自己が試される「困難」として立ちはだかる。

青年から大人への成長過程において、「恋愛」が「人生」の扉を開く鍵であるというような透谷の恋愛観は、「恋愛」を経過することによって、人は大人になり、とくに失恋という経験は、人をひとまわり大きくする、より豊かな人間性を獲得するチャンスであるといったセラピー的な言い回しと同様に、〈恋愛―成長〉幻想を生み出す。

そして、〈成長〉の契機としての「恋愛」は、人間の一生の時間に青年期を作り出す。「恋愛」に囚われ、迷い、煩悶する時期が「青年期」としてくくり出されるのである。

透谷的恋愛文化圏にいた島崎藤村の『若菜集』という恋愛詩が、近代の恋愛のディスクールに与えた影響は、中山弘明「『若菜集』の受容圏――《藤村調》という制度」[13]、紅野謙介「女子教育と『若菜集』――恋愛の政治学」[14]

などに詳しい。近代化によって、ムラ社会的共同体の崩壊、都市への若者層の流入などによって、近世的ムラ社会の婚姻のシステム（若者宿や娘宿での夜這いの習俗、村内婚姻など）が機能しなくなる一方、キリスト教的な恋愛観の輸入は理想としてあっても、実際異性と自然に出逢う場は、教会、カルタ会など限られており、「恋愛技術」(15)を習得していない未熟者が出現する。そうした「恋愛願望が自閉的に濃縮」され、「表現行為の世界の中で再生産」(16)するしかない若者にとって、『若菜集』の恋愛詩の世界は、まさに恋愛行為を「詩」という表現行為において代行するものであった。

「恋愛」による青年期の創出は、同時に「詩人」の創出でもある。

「厭世詩家と女性」は「恋愛」の謳歌であり、また同時に「詩人」の賞揚でもある。「恋愛」という「人生の秘奥を究むる」のは詩人であり、「恋愛に対すること常人よりも激切」であり、自らの作った「恋愛」という「天地の中に逍遥する者」が「詩人」なのである。そして、この透谷の夢想する「詩人」のジェンダーは男性である。女性のその敏感な素質は「詩人」と共通するが、反面女性は「醜穢なる俗界」につながっており、「婚姻」関係を結ぶことによって、「詩人」の「恋愛なる牙城」を破壊してしまう。

また、「恋愛の厭世家を眩せしむるの容易なるが如くに婚姻は厭世家を失望せしむる事甚だ容易なり」と、北村透谷は恋愛と結婚との間の「断絶」、結婚に対する「幻滅」を「あたかも「詩人」の特権のように」描くのである(17)。理想や挫折もふくめて「恋愛」を謳うことは、「詩人」の必要条件であり、「詩人」の特権であった。「恋愛」を謳うことによって、詩人は「詩人」となるのである。

田山花袋は明治二〇〜三〇年代にかけて、「詩人」を主人公とする失恋小説をいくつか書いている。例えば「小詩人」（「小桜緘」一八九三（明治二六）年七月）(18)においては、「詩人」＝恋する人という認識が見られる。「宇宙の美を謡はむとする詩人」である「我」は散歩の途中に見かけた少女に恋をする。しかし、その少女への「押へ切れぬ妄想」のために詩作は進まず、旅行に出掛ける。その旅上で「我」は「著作の熱を得ざるとき、かの少女を思やれば、著作の熱則起ずといふことなし」というように、今までになく筆が進む。著作を書き上げ、帰ってみると、その少女は従兄と結婚する約束で結納まで済まされていた。婚礼の宴会を抜け出した「我」は書斎の中で、「かの傑作の原稿」を涙で「名残なく濡し尽」すのである。「我」において少女への恋愛の情が、旅上という恋愛相手の不在の場において著作への熱情に転化してゆく。相手が不在であるからこそ、恋愛幻想は肥大化し、その肥大化した内部の空虚を詩の言葉で充実させようとしているともいえる。そして、彼女が人妻になるショックから、「我は詩人なり。少なくとも宇宙の美を唄ふ詩人なり。妻を娶ツて一生を条例の中に過さむとする彼等とは異れり」と叫ぶ。まさに北村透谷のような「恋愛」と結婚の幻滅を、この「我」は生きている。

杉田古城は、このような「恋愛」と「詩」、「詩人」の結びつきを生きようとしているのであるが、彼の周囲では「美文、新体詩」を「おのろけだね」と否定してゆく文壇の勢力、つまり、明治四〇年代においては、透谷的恋愛の時代が懐古的に眺められ、島崎藤村『春』（緑蔭叢書、一九〇八〈明治四一〉年一〇月）のように、そのような青春共同体からの脱皮、そして追憶することによって青春を切断する、青春時代からの「成長」がめざされている状況があった。これは自然主義文学が否定的に用いる「センチメンタル」という批評言語にも表れている。

千篇一律のアイ　ラブ　ユー小説は必ずしも小説家を待たずとも、誰れでも知つて居る。それで二十前後の青年男女は別として、もう三十前後になると、同じ人情を味ふにも余程科学的批評的に傾いて来て居る。専門的になつて居る（迷羊「小説の主人公」「読売新聞」一九〇七〈明治四〇〉年九月二二日）。

透谷的なロマンチック・ラブ・イデオロギーは読者の中に既に流通し、飽和状態にあり、新しい「恋愛」の、それも「科学的批評的」で複雑な「恋愛」物語を読者が求めていることがわかる。また、「アイ　ラブ　ユー小説」は「二十前後の青年男女」のものであり、「三十前後」の読者には物足りないということは、複雑な人間関係を描く自然主義文学は、成熟した読者の出現に支えられているかのように語られる。

『少女の恋』にみられる恋愛（または失恋）を装飾する誇張表現、感情表現、比喩表現といった「ローマンチック」な言葉の装飾は「一部の青年少女からは喜んで読まれる」（「新刊 少女の恋」）(19)要素であるが、所詮「青年少女」の域を出ないという否定的な感触が込められている。「少女病」に罹ると「平生は割合に鋭い観察眼もすつかり権威を失つて了ふ」（三）、つまり、自然主義に必要な客観的な「観察眼」にとっては、「恋愛」とは現実を曇らす鏡なのである。

「当時は前代文学に反抗する意味もあつて「センチメンタル」といふことを文学上の最大罪悪のやうに思つてゐたのだ」(20)という正宗白鳥の回想のように、自然主義文学は「アイ ラブ ユー小説」的「センチメンタリズム」を否定し、恋愛、青春、センチメンタルという青年的な要素を脱皮して、現実直視、客観、暗面描写へと「成長」したかのように自己形成してゆく。

作家たちが現実として年齢を重ねていったということもあろうが、「恋愛」は「青年少女」の遊戯となり、青年が恋愛詩によって感情教育された時代は過ぎ去り(21)、「行末とても不幸多く薄命多き詩人」、「恋愛の美しさを知りたる」詩人（田山花袋「わすれ水」）といった〈恋する主体＝詩人〉の特権性が失われた時代において、杉田古城の「少女病」とは未成熟の病いとして切断されてゆくのである。

「中年」の「恋する詩人」としての杉田古城の疎外感は、さらに友人の唱える「本能主義」によって相対化される。透谷的「恋愛神聖論」が明治二〇年代の青年の「恋愛」の輪郭を形作ったのであれば、明治三〇年代の時点で透谷的「恋愛神聖論」に変わり、思潮にインパクトを与えたのは、高山樗牛の本能主義的なパラダイムであろう。

4　性欲の病い、青年の病い

テクストの中盤、杉田古城の「若い女に憧れる」病気について友人たちが、あれこれ原因を詮索する場面において、彼らは杉田古城の「病気」を第三者の客観的な観点から説明しようとする。

『若い時、あ、いふ風で、無闇に恋愛神聖論者を気取つて、口では奇麗なことを言つて居ても、本能が承知しないから、つい自ら傷けて快を取るといふやうなことになる。そしてそれが習慣になると、病的になつて、本能の充分の働を為ることが出来なくなる。先生のは屹度それだ。つまり、前にも言つたが、肉と霊とがしつくり調和することが出来んのだよ。それにしても面白いぢやないか、健全を以て自らも任じ、人も許して居たものが、今では不健全も不健全、デカダンの標本になつたのは、これといふのも本能を蔑《ないがしろ》にしたからだ。君達は僕が本能万能説を抱いて居るのをいつも攻撃するけれど、実際、人間は本能が大切だよ。本能に従はん奴は生存して居られんさ』と滔々として弁じた（三）。

この部分では主に二人の友人の会話が展開され、一人は「性質」であるといい、もう一人は「若い時分」に「独りで余り身を傷つけ」る「習慣」のため、「生理的」に「何処か陥落《ロスト》」し、「本能を蔑にした」ため「肉と霊とがしつくり調和する」ことができなくなったためだという。「独りで余り身を傷つけ」る「習慣」とは「手淫」のことを指しており、この二人の対立点は「性質」＝先天的か、「生理」、「習慣」＝後天的かの点にある。そして注目したいのが、引用したような「本能万能説」を説いている後者の友人である。

「本能万能説」を唱える友人の思想的バックボーンの一つに高山樗牛の「美的生活を論ず」があるだろう。樗牛は

「美的生活を論ず」（『太陽』一九〇一（明治三四）年八月）において、人間の内部には「本能」＝「性欲」(22)という個人、社会、国家を通じて活用されるべきエネルギーがあることを指摘する。「人生の至楽は畢竟性慾の満足に存する」し、その本能の最大の発現が「恋愛」である。中村光夫によれば、高山樗牛の本能主義は、当時の青年たちに「新しい人生態度への啓示」を与えたという(23)。樗牛の「個人的欲望」は、「本能（性欲）」→「種族保存」→「国民性情」といった拡大をみせるわけだが(24)、このような国家レベルに統合される「欲望自然主義」へと、当時の青年たちは直接に統合されたわけではないであろう。樗牛の「本能」は自己実現としてのエネルギーの暗喩であり、狭義の性的欲望をさしているわけではないが、同時代の読者にとって、「性欲」＝「本能」が、「性欲」＝男女間の性的な欲望、行為へとズレて解釈されることは必至であろう。

明治三〇年代の小説においても、北村透谷的恋愛神聖論のパラダイムが切断されつつあったのである。

また、樗牛が「本能」、「性欲」という言葉を使うとき、これらは「国民的性情」として国家や社会につながってゆくものであった。「本能」といった概念が、男女を親密に結びつける単なる生理という意味ではなく、その言葉以上のものと結びついて行く傾向があるのは、恋愛によって個人を社会的関係に開いて行くとする透谷にも通じるところがある。樗牛の「本能」＝「性欲」は、個人から国家へと限りなく開いてゆくものであり、「抑圧」すべきものではない。「本能万能説」を唱える友人が、「本能を蔑」にしてはいけないと言いながらも「節慾」や若い時の「手淫の害」を説いている矛盾は、樗牛的本能主義に性欲学の言説を接ぎ木しているからである。

「少女病」の病因は、「本能万能説」を唱える友人によって、「手淫の害」説として説明されるが、それを強調する環境要因とでもいうべきものは電車という装置である。

電車は都市の郊外化がもたらした乗り物という意味を超えて、「情欲の挑発」される乗り物として危険視されるものであった。原真男『色情と青年』（衛生新報社、一九〇六（明治三九）年一〇月）でも、男女が接近する場としての電車の危険性が、「過ぎし昔の女子蟄息の時代と異りて、時勢は余儀なく男女交際の途を開き、今日に於ては我国に於ても、男女互に相接するの機会甚多きに立至り。（中略）学校に於ては男学生と女学生は卓を共にし。汽車電車馬車にては、余儀なく男女互に膝を接せねばならぬ場合もある」（五七頁）(25)というように指摘されている。電車は新しい「快楽」を提供する装置として注目される。

「少女病」のストーリーが代々木の停留所からお茶の水で甲武線に乗り換え、水道橋、飯田橋、市ヶ谷と電車の進行に沿って進められ、「込合つた電車の中の美しい娘、これほどかれに趣味深くうれしく感ぜられるものはないので、（中略）得ならぬ香水のかをりがする。温かい肉の触感が言ふに言はれぬ思をそゝる」（四）という杉田古城のような感情も、そういった都市社会における交通の発達がもたらした、女性との「接触」によって誘発される新しい「快楽」としての側面を持つ。

また、「本能万能説」を説く友人が考える杉田古城の「少女病」の原因を整理すると次のようになろう。杉田古城は若い時分に「恋愛神聖説」を唱え、正常な「本能」の要求を抑圧して、「本能が承知しないから、つい自ら傷けて快を取るというやうなこと」＝自慰行為をしてしまった。そして若い時の自慰行為が「習慣」化してしまい、「病的」＝「少女病」になつてしまったのである。「少女病」の原因は、この友人によると自慰行為の「習慣」化であるという。「先生、屹度今でも遺つて居るに相違ない」という言葉の背後には、「自慰行為」とは禁止されるものであると同時に、その対処は青年時代に行われ、完了されるべきものであるということが言外に示されているのではないか。

「手淫」の青年への弊害は様々な性欲学の書物の中で語られている。森鷗外「性慾雑説」（『公衆医事』一九〇二（明治三五）～一九〇三（明治三六）年）、大鳥居弁三・澤田順次郎『男女之研究』（光風館、一九〇四（明治三七）年六月）、原真男『色情と青年』（丸山舎書籍部、一九〇六（明治三九）年一〇月）などの性欲学の書物において、「手淫の害」は身体疲労、生殖器障害、神経衰弱、時には精神病までを引き起こすものと当時は考えられていた。特に「男子にして此徳操なき反性的行為を敢てする者は、青年学生に多」い（羽太鋭治『生殖衛生篇』家庭社、一九〇七（明治四〇）年九月）と言われ、まさに「青年の堕落と失敗と罪悪との全部は殆ど放縦なる色情が其源であると信ず」（『色情と青年』

自序、前掲書）る中での最大の罪悪として扱われていた。

これらの「手淫」に関する言説において、「手淫」とは主に青年の病であり、自らの「制欲」によって積極的に自己管理できる生理的欲求であると考えられていた。杉田古城において問題なのは、「三十八九」の成人になってまでも、この「手淫」＝青年の病をしているという疑いであり、青年期において治療されなかった「手淫の害」は成人において継続され、その病の刻印は、彼の「少女病」が既に治療不可能であることを意味している。

「少女病」の主人公・杉田古城をとりまく、語り手や友人たちの性規範は、少女に憧れるというのは「十八九とか二十二三とか」であれば「さういふこともあるかも知れん」が、「三十八にもならうと」している男性が少女に憧れるということは普通考えられない、性的に正常な発達を遂げていれば、「すぐ本能の力が首を出して来て、唯、あくがれる位では何うしても満足が出来」ないという、「正常」な青年男子に欠かせない「本能」という欲望の内在を前提にしている。

これらのことから、友人や語り手のネットワークは、杉田古城を「性欲」の病人として語るばかりではなく、いつまでも青年の病から脱出できない、「本能」＝成人男性の正常な「性欲」が「欠落」している不完全な大人として位置づける役割を果たしている。

5　イニシエーションの擬制

田山花袋は「キス以前」（『中学世界』一九〇六（明治三九）年七月）という作品において、「無邪気」な「初恋」の経験を描き、その結びにおいて「けれど恋しいのは接吻《キス》以前の人々、今でも時々思ひ出すよ」と、「恋」と「恋」でないものを「接吻」という行為の以前以後によって分けている。「巧名と恋愛、若い血のめぐつて居る頃には、要するに唯是れのみだ」と、若さを自嘲することによって、成熟した大人の余裕をうかがわせる。「初恋」を思い出、過去のものとして語ることは、語り手の現在の「成長」を示す効果がある。

　未成熟／成熟、青年／大人という区別は、成長することを前提にその区分は発生し、境界線が存在するかのように語られることによって、境界線の前後の区分が実体化するのだから、その境界線を引くことに働く意志を問題にしなければならないだろう。

　「少女病」において語り手は、杉田古城を統一的な人間に描こうとしない。冒頭部分において、遠景から描写される杉田古城は、「もうあの人が通つたから、あなたお役所が遅くなります」、「トツトと小きざみに歩くその早さ！演習に朝出る兵隊さんもこれにはいつも三舎を避けた」というように通勤路の住人から時計がわりにされるほど、規則正しい人間として描写される。「外見の礼儀正しさ」、規律化された身体が「近代人」の条件であるとすれば、この「男」の規則正しさは、家庭生活、社会生活、あらゆる場面においても、「自己の身体」の扱い方においても、ロベール・ミュシャンブレッドの論じる「自己抑制できる新しい人間」として印象づけられている[26]。しかし、この規則正しさも実際は少女を見るために電車に遅れないようにする行為であり、語り手から性欲の病いに罹った「逸脱」した人間であることが徐々に知らされる。また「中年」でありながら、少女に憧れることが奇妙な行動であるかのように意味づけられる。そして、彼の容貌と資質の落差も語られる。「猛獣とでも闘ふといふやうな風采と体格」(三)と甘美な「美文新体詩」を書く詩人のイメージが「好い反映《コントラスト》」であると揶揄される。

　このように、語り手や周囲によって構築される杉田古城という一人の人間は、常に分裂した人間として描かれる。この分裂は彼自身が認める分裂ではなく、あくまでも語り手や周囲の人間によって認められる分裂であり、「少女病」という認識は彼自身のものでなく、あくまでも語り手たちのものである。

　杉田古城は「あくがれて」ばかりで、「客観的」に物事を見ることができない人物であり、逆にそのような人物を語り手は客観的に分析しようとしている。「少女病」から「蒲団」へのつながりを考えると、「杉田古城」が「竹中時雄」になるのではなく、「少女病」の語り手が「竹中時雄」になるのである。「少女病」では、「此主人公は名を杉田古城と謂つて言ふまでもなく文学者」と「文学者」は「あくがれ小説」を書く文学者で「云ふまでもなく」の部分に皮肉が込められている。一方、「蒲団」において「文学者だけに、此の男は自から自分の心理を客観するだけの余裕を持つて居た」と、「文学者」に与えられる客観性と自負心は、おそらく「少女病」の語り手のものであろう。こう考えると杉田古城の事故死は、新しい語り手の誕生のための切断であったと理解できる。

杉田古城は「詩人」、「恋愛」、「手淫」といった青年をイメージするマイナス要素（状況において相対的でしかないのだが）を担わされることによって、未成熟、未完成な人間として描出されてゆく。最後の場面において、彼は「華族の令嬢」らしい少女に見入っていたために満員電車から転げ落ち、向かいから走ってきた「下りの電車」に轢かれて、「黒い大きい一塊物」となってしまう。彼の死を、そういった未成熟、未完成というイメージからの断絶と捉え、「蒲団」の語り手へのイニシエーションの儀式と見るならば、彼の死後の空白には、「詩人」から「小説家」へ、「恋愛」から「性欲」へといった自然主義作家として「成長」する新たなステージが待っている。

「人間の生理、といっても性慾を重視し、それを中心に人生を見ようとする態度」（吉田精一）や「自然の力に対する詠嘆が生理・性慾の問題に結びついて行く過程」（和田謹吾）のように、以後自然主義が用いて行く「性欲」という「掛け金」が、「少女病」においても不十分であるが見出されているのではなくて、「性欲」、「小説家」と対立するかのような「恋愛」、「詩人」、「青年」という要素を作り出し、それを自ら切り捨ててゆくことによって、「自然主義小説家」としての「成長」を準備すること、これが「少女病」というテクストの持つ役割ではないだろうか。

第2章 〈少女〉という快楽
………田山花袋「少女病」をめぐって

1 〈恋愛〉の発見／〈少女〉の発見

〈恋愛〉の発見は、文学テクストに大きな影響を与えた。まず、〈恋愛〉というテーマの発見、そして、〈少女〉〈素人〉ヒロインの誕生である。

〈恋愛〉というテーマは、北村透谷をはじめ、明治の啓蒙思想家の間で見出された新しい思想であることはこれまで論じられてきたとおりである(1)。そして、彼らの恋愛啓蒙活動は、近代ロマンチック・ラブ・イデオロギーの発生として、しばしば、否定的に語られる。例えば、上野千鶴子は北村透谷「厭世詩家と女性」(2)について、「恋愛」と「結婚」の間の断絶、「結婚」に対する「幻滅」の責任をもっぱら女性の側においた北村透谷の〈恋愛〉観を批判する(3)。恋愛への幻想と幻滅を「あたかも「詩人」の特権」のように描き、「「恋愛」の精神的な特権化」こそ、男性にとっての〈恋愛〉であり、男性にとっての〈文学〉だったのである。そこでは、女性は排除されるが、一方〈恋愛〉という関係性において、〈恋愛〉の対象としての女性＝ヒロインは、男性＝〈文学〉に求められる。

また、〈恋愛〉の発見は、女性を聖女（処女）と娼婦の二つのカテゴリーに分類した。男性の〈恋愛〉の対象となるのは、どんな女性でもいいわけではない。彼らの〈恋愛〉にふさわしい女性が求められる。「厭世詩家と女性」において、精神的な恋愛観念の確立は、肉欲の否定とともに語られる。そして、透谷は、「夫れ高尚なる恋愛は其源を無染無汚の純潔に置く」（「処女の純潔を論ず」(4)）と、恋愛と純潔の必然的な結びつきを論じるが、一方、「嗚呼処女の純潔に対して端然として襟を正しうする作家遂に我が文界に望むべからざるか」と、これまでの文学において、こうした精神的な恋愛の対象となるヒロインがいないことを嘆く。

透谷が〈恋愛〉求めたのは、「人界に於ける黄金瑠璃真珠」である〈処女の純潔《チャスチチイ》〉、そしてその〈純潔〉を備えた新しいヒロインだった。

恋愛は精神的に高尚なもので、肉欲は卑しいものであるという対立図式は、透谷をはじめ、恋愛啓蒙家がよく用いるパターンである。しかし、この対立図式は、女性を二分してゆく図式でもある。キリスト教的な恋愛観をはじめ、男女平等主義（「愛」によって、男女平等の文明社会が実現されるという考え）においては、しばしば、「色」を売り物にし、男性の「肉欲」の対象となる芸娼妓は「賤業婦」として排除・蔑視されてゆく。芸者・娼妓をヒロインとした近世文学の伝統から、近代文学は新しいヒロインを求め始めた。透谷の言葉を借りれば、〈純潔の処女〉、そして、その具体的な対象となったのが、女学生をはじめとする未婚の女性・少女たちであった。

二葉亭四迷は、こうした理念的な恋愛教の広まりと、現実とのギャップを、「平凡」（「東京朝日新聞」一九〇七年〔明治四〇〕年一〇〜一二月）において次のように語っている。小説を書くためには、「大《おほい》に人生に触れて主観の修養」をし、恋愛を実践し、そして、「若い女の研究」をしなければならない。恋愛の相手を探すが、下宿のお神さんは年をとっている。下女は「喰ひ足りない」「没趣味」だ。「売女」を買うにも「大店は金が掛り過ぎる」。かといって安い「小店」の娼妓は「下女にも劣る」、「どうも素人の面白い女に撞着《ぶつか》つて見たい。今なら直ぐ女学生といふ所だが、其時分は其様な者に容易に接近されなかつたから、私は非常に煩悶してゐた」（四九）(5)――「平凡」の物語の時間はおそらく明治二〇年代後半であり、恋愛の観念ばかり広まっても、実際にその相手となる女性は少なかったのだ。〈恋愛〉の発見は、新しい女性像・ヒロイン像の誕生を要請する。そして、求められたのは、下女でも芸娼妓でもなく、「女学生」をはじめとした〈素人〉の女性たちだったのである。その代表的な存在が、二葉亭四迷の「平凡」においても待望されていた「女学生」ということになろう。

本章で注目したいのは彼女たちのセクシュアリティ、そして彼女たちをめぐる男性の欲望である。なぜならば、〈恋愛〉のパートナーとして、〈素人〉が〈玄人〉女性（芸者、娼妓など）にかわって見出されたとき、そこには大きな困難が待ち受けている。

見取り図は次のとおりだ。精神的な〈恋愛〉は、肉欲・性欲を否定する。したがって、相手の女性たちに求められるのも〈純潔〉つまり〈処女性〉である。〈恋愛〉の理想化は、肉欲の否定・性交の否定でもあるわけだ。かといって〈処女〉の素人女性たちが、まったく非肉欲的な存在であるというとそうではない。後述するように、非性的な〈処女〉を記述する言説は、性的であり、エロティックな眼差しに貫かれている。

また、〈恋愛〉がしたい男性は、パートナーに〈処女〉を希求する。しかし、〈恋愛〉の遂行は、肉欲・性交の禁止でもある。小倉敏彦は、北村透谷をはじめとする明治一〇〜二〇年代の啓蒙思想家による「恋愛論」の主張は、「①恋愛は伝統的な性愛習俗とは異なり、精神的交流を本意とする。②恋愛は両性間の人格の尊重、男女の人間的平等によって成立する。③恋愛は婚姻の前提となる」という三つに要約できるという(6)。もちろん、これは理念であって、実際は、こうした恋愛論の背後にある女性蔑視、男性の特権化は先の上野が指摘するとおりである。この小倉の分類を順番にそって言い換えれば、①婚前交渉・セックスは禁じられ、②人格、平等といった理念のもとでは、一方的な性的欲望は抑圧され、③結婚にいたるまでの一定の恋愛期間が存在するということは、性的欲望が禁止される期間が存在するということでもある。つまり、〈恋愛〉は性的欲望の禁止とともに、その期間が継続することを前提とするわけだ。〈恋愛〉主体である男性は、パートナーとしての素人女性に対して、このような禁則がかけられるのである。

しかし、この禁則は男性にとってまったくの苦痛だったわけではないだろう。なぜなら、〈恋愛〉の発見以降も、男性は〈恋愛〉をすることやめたり、〈恋愛〉主体から降りたりすることはないからだ。

2 〈少女〉の誕生と〈処女〉の価値

田山花袋「少女病」(7)は、文学テクストと〈少女〉というテーマを考える上で、興味深いテクストである。〈少女〉といえば、吉屋信子の少女小説や、竹久夢二の絵、または、川村邦光が『オトメの祈り』(8)で論じたような「オトメ共同体」(少女文化)を思い浮かべるだろう。しかし、これら大正期の少女文化以前、〈少女〉という存在に着目し、小説に描いたのは、この「少女病」が早い例ではないだろうか。

「少女病」というのは、田山花袋の造語である。主人公の杉田古城は、東京郊外の貸家に住み、毎日電車で出版社に通勤する。小説家であるが、彼の書くものは「あくがれ小説」(少女小説)ばかりで「文壇の笑草の種」となっている。

そんなさえない男、杉田は通勤電車の中や路上で美しい少女を見ると、つい見とれたり、その匂いをかいだり、ときには、その少女の家を確かめたくなって後をつけたりするのが、ひそやかな楽しみである。この杉田の少女に対する行動は、語り手によって「若い女に憧れるといふ悪い癖」「男は少女にあくがれるのが病である」と語られる。彼は実際に女性に手を触れたり、行動を起こすわけではない。ただ少女を見つめ、妄想するだけである。

テクストの中では、彼が憧れる女性には、「少女」「少女《をとめ》」「娘」「令嬢」「女学生」という言葉が使われているが、頻繁に使用されるのが「少女」という言葉である。小説のタイトルも「少女病」である。なぜ、「娘病」「女学生病」「乙女病」ではなく、「少女病」なのか。おそらく花袋は〈少女〉という言葉に、ほかの言葉にはない、新しさを感じ取っていたのであろう。

本章では、田山花袋「少女病」を手掛りに、大正期の少女小説・少女文化が花開く以前の、〈少女〉の誕生と、〈少女〉という言葉が喚起する欲望の誕生を論じてみたい。

そもそも〈子供〉という概念が近代の産物であるということは、フィリップ・アリエス『〈子供〉の誕生』(9)に詳しいように、〈少女〉も近代になって誕生した概念である。大塚英志は、〈少女〉は「近代社会が産み落とした存在」であるとする。

近代より前に〈少女〉はいなかった。存在したのは性的に未成熟な幼女と成熟した女の二種類だけである。ところが近代社会は、女性を家と家のあいだで交換される「モノ」として、位置づけようとした。そのため、社会は女性を初潮をむかえ性的に成熟しながら、それが一人の男に使用されるまでのあいだ、とりあえず大切に未使用のまま保存し、さらにその商品価値を高めようと考えた。女の商品価値を高めるために「学校」をつくり、そこで娘たちを教育しようとした。はっきりいって囲い込んだのだ(10)。

大塚の定義を、近代以前の民俗社会における未婚の女性の位置づけから補っておこう。

近代以前の民俗社会においては、大塚の論じるように女性は「性的に未成熟な幼女と成熟した女の二種類」に分類されていた。幼女から成人女性への成長を共同体で認める儀式が、成女式である。

民俗社会では、一三歳ごろに、成女式が行われる。成女式の儀礼は地方によって違うが、一般的に、髪上げ、鉄漿《かね》付け、腰巻を贈られる「ユモジイワイ」などが行われていた。成女の基準は初潮である。初潮を迎えることで、大人の女性となるのだ。成女式を迎えれば、女性は集団社会の一人前の労働力として認められる。また、結婚も可能となる。近代以前の共同体においては、女性は、幼女から、初潮を境界線として、一人前の女性になる、というライフサイクルを営んでいた。そこで線引きされるのは、労働力であるかどうか、生殖力があるかどうかという判断だけである。

大塚は、〈少女〉は近代の産物というが、具体的には、いつごろから〈少女〉というモラトリアム期間が一般において認識され始めたのだろうか。少年・少女雑誌研究の知見を借りれば、明治三〇年前後と推測される。

一九〇二（明治三五）年、初の少女雑誌「少女界」が金港堂から発行された。先行する子供向け雑誌としては、「少年園」（少年園、一八八八年創刊）、「少年世界」（博文館、一八九五年創刊）が創刊されている。本田和子や久米依子によれば、当時の「少年」という言葉には、男女の区別はなく、たんに年少の男子・女子両方をさす言葉であった可能性が高い。例えば、「少年園」の表紙には、男子だけではなく、女子も描かれており、対象読者を厳密に少年・少女と分けていたわけではなく、「少女」という言葉そのものも了解されていなかった(11)。

では、〈少女〉が、「少年」や「少年男女」から離陸するのは、いつごろからなのだろうか。一八九五（明治二八）年九月、「少年世界」に初めて「少女」欄が開設された。この「少女」欄の誕生に注目した続橋達雄は、この時期には、編集者側に〈少女〉という読者層が意識され始めていたのではないかと指摘する(12)。また、久米依子は、「日清戦争など国家主義が進行した明治二十年代後半から三十年代の時代状況こそを考慮する必要がある」べきで、「時代の中で鮮明になり始めたジェンダーを年少者にも追認する囲い込みの場」として「少女」欄を捉えている(13)。

また、初の少女雑誌、「少女界」の発刊以降、「少女世界」（博文館、一九〇六〜一九三一年）、「少女の友」（実業之友社、一九〇八〜一九五五年）、「少女画報」（東京社→新泉社、一九一二〜一九四二年）、「少女」（時事新報社、一九一三〜一九二四年）、「新少女」（婦人の友社、一九一五〜一九一九年）、「少女新聞」（東京社、一九一六〜？年）と、少女向け雑誌の発刊が相次ぐ。

こうした少女雑誌の発刊ラッシュの背景には、一八九五（明治二八）年一月、高等女学校規定制定、一八九九（明治三二）年二月、高等女学校令の公布など、女子教育の拡充、生徒数の増加があげられる(14)。

少女雑誌に限っていえば、明治三〇年前後に、教育の普及によって、女子児童・女学生の総数も増えたことから、出版社側が〈少女〉という読者層を明確に意識し始め、さらに、自らを〈少女〉と自認し、少女雑誌を手に取る少女たちが登場してきたといえよう。

では、いったい何歳くらいから何歳までの女性が〈少女〉と認識されていたのか。これらの少女雑誌は、雑誌社の編集方針によって、娯楽系・良妻賢母系・教育系に別れるが、その対象はだいたい「児童」よりも年長、大人以前の、小学校高学年から女学生までであったという(15)。現在、少女というと小学校高学年から高校生くらいまでをさすだろうか。しかし、明治期の〈少女〉の年齢層はやや幅広いと思われる。

「少女病」においても、杉田の憧れの対象である「少女」たちとは、二二、三歳らしい「栗梅の縮緬の羽織をぞろりと着た格好の好い庇髪の女」(一)、「肉付きの好い、頬の桃色の、輪郭の丸い、それは可愛い」(一)女学生、「星――天上の星もこれに比べたなら其の光を失ふであらう」と思うくらい目の表情の美しい娘(四)、「華族の令嬢かと思はれるような少女」(四)、「四ツ谷からお茶の水の高等女学校に通ふ十八歳位の少女」(四)など、現在の〈少女〉イメージより年齢層が高い。澤田順次郎『図解・処女及び妻の性的生活』では、〈処女〉の年齢は、具体的には、法的に結婚が許可されてから、父母の保護を離れる「満十六歳以上、二十五歳以下の女子にて、結婚せず、又未だ結婚したことのない者」(16)とある。

これらのことを考え合わせると、初潮を迎える一三歳前後から、親の許可がなくても結婚できる二四歳くらいまでが、当時の〈少女〉の範疇だったのではないだろうか。

ちなみに、現代の法律では、〈少女〉という概念は存在しない。少年法では、「『少年』とは、二十歳に満たない者をいい、『成人』とは、満二十歳以上の者をいう」(第二条)と定義されており、男女問わず二〇歳未満の者は〈少年〉である。

近代は、〈少女〉期という子供でもない、大人でもないモラトリアムな時期を女性のライフサイクルに組み込む。それは女性を家や男性の所有物・財産とする家父長制社会の産物であった。

また、矢川澄子は、少年と少女を比較して、「女性であり、未成年であることによって、少女は幸か不幸か、もろもろの社会的利害関係からはじめから解放された立場にある。このことのメリットははかり知れない。同年輩の少年ならばどこかで囚われかねない義務観念や、立身出世、権力志向とかいったもろもろの上昇願望から、少女は少女であるがゆえに自由であり、どこまでも純粋な客観の立場に徹することができるのである」と少年と少女の差異を論じている(17)。少女たちは社会に対して「どこまでも純粋な客観の立場に徹することができる」かどうかは疑問であるが、少年たちに背負わされた立身出世や権力志向といった精神的成長を求められないという点において、精神的未成熟が許された存在である。しかし、社会的利害関係からの解放はまた、社会関係からの阻害でもある。

そして、家父長制社会において、〈少女〉の価値は、性的な価値でもある。成熟していながらも、それを将来の夫のために、一定期間保存し、ここぞというときに役立てることが期待される。いわゆる〈処女〉の価値の浮上である。

近代になって〈処女〉の価値が重んじられることについては、いくつかの観点から論じられている。まず、明治一〇～二〇年代、日本に性科学の知識を紹介した造化機論などによって、〈処女膜〉という言葉が翻訳、紹介され、この〈処女膜〉の発見が、処女という概念を生み出し、処女性が尊重されるようになった発端であるという説がある。例えば上野千鶴子は「日本人はそれまで、処女膜の有無によって定義されるような処女性にこだわったことはなかった」と処女膜の発見が処女性の尊重という考えを生み出したとする(18)。

だが、赤川学は、処女膜の発見＝処女性の尊重に対して、一定の修正が必要だとしている。まず処女膜の存在そのものは、古くから知られていた。わが国最初の西洋の解剖学の翻訳書である『解体新書』（一七七四年）では、女性の生殖器の説明のところで、「処女ハ、膜必ズ陰器ノ内ニ在リ、子宮ヲ隔ツ」とある。また、開化セクソロジーにおいては、処女膜は性交をする以前にも「偶然」に失われてしまうことがあり、処女膜がないからといって、処女ではないことはないという記述がなされている。これは、「処女膜の有無というかたちで処女性を要請されてきた女性にとって、抑圧というよりはむしろ福音の意味を持つ啓蒙的な言説というべきだろう」としている(19)。

また、処女性の尊重は近代が生み出したという考えに対しては、性交相手が処女かどうかこだわる男性は近代以前にもいたという観点から小谷野敦が異議を唱えている[20]。例えば、遊廓で遊女が始めて客をとる「初店」や、芸者の世界での「水揚げ」、または処女の意味での「初物」「新鉢」という言葉が古くからあるように、処女の女性を男性がありがたがる傾向は近代以前からあったわけである。

また、「初店」や「水揚げ」は花柳界というかぎられた空間での儀式である。武士などの支配階級や、町人などの都市階層を例外として、人口の八割以上が生活していた伝統的な習俗社会においては、そもそも娘の〈処女性〉というのは意味をなさなかったことは、赤松啓介らの「夜這い」の研究でも指摘されている。

伝統的な習俗社会においては、一定年齢に達した若者たちは、それぞれ「若者組」「娘組」という年齢階梯集団に編入させられ、共同生活を行う。「若者組」「娘組」は、基本的には農業技術や機織などの生産技術を伝授する生産集団であるが、ムラ内部での配偶者選択システムでもあった。システム内のルールにのっとれば、婚前交渉も可能である。いや、婚前交渉を行ってから、自分の配偶者選択を行うのが婚姻成立までの過程であり、婚前交渉の禁止は近代になってから課せられた規律である。もちろん複数人との交渉も、それ自体が不貞とされていたわけではない。複数人との性交渉も、気にいった相手を探すまでの過程でしかない。こうした婚前自由恋愛、婚前交渉が伝統的な習俗社会のシステムとして了解されていた[21]。

こうした「夜這い」の習俗は地方によっては、戦前まで残っていたという。明治期はまさにこうした「夜這い」のシステムが、近代的な結婚観・恋愛観に駆逐されてゆく時期であったわけである。北村透谷「処女の純潔を論ず」で、〈処女《をとめ》〉[22]＝娘の価値を〈純潔〉においた北村透谷の主張は、当時、大部分の人々において、意味不明のことだったかもしれない。なぜなら、多くが伝統的な性愛システム（夜這い）において婚前交渉を経験しているわけだから、当時の人からすれば、「処女《をとめ》の純潔」とは成立しえないものだったろう。

処女性をありがたがったり、それに拘泥する男性は歴史的に見て普遍的にいたと思われるが、では、近代の場合は何が特異なのであろうか。おそらくそれは〈処女〉そのものにセクシャルな欲望を見出していった点であると思われる。もちろん、「初店」や「水揚げ」という言葉の背後に、男性のセクシュアルな欲望がないわけではないが、「初店」や「水揚げ」を望む男性は、性的な欲望だけではなく、自分が初めての客であるという自負（独占欲）や、同性間での優越感（ステイタスや経済力の誇示）が大きな喜びとしてあったと推測される。

ここでいう〈処女〉に対するセクシュアルな欲望とは、欲望の喚起と禁止という相反する側面を持つ。伝統的な習俗社会においては、性交渉の対象ではない幼女と、性交渉・結婚の対象となる成人女性との間に、猶予期間はない。しかし、性的な成熟から結婚まで一定の期間を〈少女〉として過ごし、生理的・身体的・性的に成熟しながらも、それらの価値を結婚まで行使することを禁止される〈少女〉たちの将来は生殖力＝母になることを期待されるが、〈いま〉はとりあえず、娘として家の保護下に置かれて大切に育てられる。生理的には初潮を迎えているので、生殖能力は備わっているが、それを〈いま〉は使用してはならない身体、それが〈少女〉なのである。〈少女〉の価値とは〈処女〉の価値であり、〈処女〉の誕生は、〈少女〉たちの誕生でもある。

3　〈少女〉という快楽装置

「少女病」における「若い女に憧れるといふ悪い癖」「男は少女にあくがれる」病は、前章で述べたような、性的に成熟しながらも、その〈性〉は〈処女〉として封じ込められている〈少女〉たちの〈性〉に対して欲望する男性の徴候を描き出している。

杉田は電車の中で出会う〈少女〉たちに対して、単なる「憧れ」だけを抱いているのではない。

込合つた電車の中の美しい娘、これほどかれに趣味深くうれしく感ぜられるものはないので、今迄にも既に幾度となく其の嬉しさを経験した。柔らい着物が触る。得られぬ香水のかをりがする。温かい肉の触感が言ふに言はれぬ思をそゝる。ことに、女の髪の匂ひと謂ふものは、一種の烈しい望を男に起させるもので、それが何とも名状せられぬ愉快をかれに与へるのであつた(四)。

杉田は視覚・嗅覚・触覚などあらゆる感覚から、〈少女〉の身体を感じ取ろうとする。いつも同時刻に代々木から電車に乗ってくる口もきいたことのない女学生の「娘」を見たときも、「唯相対して乗つて居る、よく肥つた娘だなアと思ふ。あの頬の肉の豊かなこと、乳の大きなこと、もう立派な娘だなど、続いて思ふ。」(二)というように、彼女たちの成熟した身体への欲望を示している。杉田の欲望は非常に即物的であるが、この欲望は決して実行されるものではない。彼の頭の中、妄想においてしか喚起されない欲望なのである。

〈少女〉のセクシュアリティは、妻・母ではないという点において、非成熟であるが、初潮を向かえ、第二次性徴〈胸や尻がふくらむ〉という点では成熟している。そして、成熟した身体は、成熟しながらも〈少女〉という期間は、触れること、性的欲望の対象にすることが禁止される。「少女病」の杉田も〈少女〉たちの成熟した身体を「あの頬の肉の豊かなこと、乳の大きなこと」と確認しながらも、それに決して触れずに、〈少女〉という禁止された身体の向こうに、性的に成熟した身体としての〈少女〉を妄想することに快楽を得ているのである。

杉田にとって、〈少女〉の身体は、それそのものが快楽装置なのである。そして、成熟した〈性〉でありながら、性的対象としては禁止がかかっているがゆえに、妄想はさらに膨らむという、誘惑と禁止の快楽装置でもある。

こうした、性的に成熟しながらも、その〈性〉を封印・禁止されている〈少女〉が、男性の性的欲望の対象として、また、それ自体がセクシュアルな記号として語られるのは、〈処女〉についての記述も同様である。

例として、澤田順次郎『図解・処女及び妻の性的生活』における〈処女〉の記述をみてみよう。〈処女〉は次のように定義される。

第一には、破瓜期に達して、身体が美しく、成熟して居らねばならぬ。それで
第二には、生殖機能が開始して、異性に接しさへすれば、妊娠する程度に、発達して居らねばならぬ。併し
第三には、決して異性の肌に触れてはならぬ。身は飽くまでも、純潔無垢であらねばならぬ(23)。

一見、生物学的・科学的な知見に拠って立っているようでありながらも、〈少女〉の身体と同様、その身体は性的成熟と「純潔無垢」を併せ持った身体として眼差される。

次に、澤田は「これから筆路を進めて、処女の体格から、性的方面に及んで、観察しやうと思ふ」(五八頁)として、「処女の肉体美」を論じる。その肉体美を賛美した文章をいくつか上げてみよう。

「処女の肉体美は、美の極上と謂はれている」(五八頁)。その中でも、「胸を飾る二つの乳房と円く隆起した二つの臀部とは、最も美しく、且つは肉感に富んで、生殖器と密接に関係して居るところに、深い〳〵意味がある」(六一頁)。「少女、言ふまでもなく未婚にして、異性に触れたことのない、純真の処女に於ける臀部は、円くして高く隆起して居る」(六五頁)。――〈処女〉の身体は「純潔無垢」であらねばならないとしながらも、〈処女〉を観察し、記述するこれらの筆致は、エロテッィクな視線に貫かれている。

〈処女〉の身体に封印された〈性〉はまったく非性的なものではない。成熟した身体に封印された〈性〉は、男性に新たな欲望を喚起させる。そして、「純潔」「無垢」なものとして封印されながらも、それ自体がセクシュアルな記号として喚起され続けるのである。

また、「身は飽くまでも、純潔無垢であらねばならぬ」と〈性〉から遠ざけられる〈処女〉の身体であるが、〈処女〉の身体を語るとき、こうした命令(〈処女〉への女性のセクシュアリティの囲い込み)だけではなく、〈処女〉や〈少女〉の身体がいかに、不安定で、損なわれやすいか、囲い込むのが困難かということが、〈処女〉に対する言説に

おいてしばしば見受けられるパターンである。特に、澤田をはじめ、〈処女〉や女性の身体を記述するセクソロジーの言説では、女性特有の生理から、いかに〈処女〉や〈少女〉の〈性〉に対して配慮が必要かが述べられる。〈少女〉たちが女性・婦人一般ではなく、〈少女〉という固有の時期を過ごす存在として認知され始めたのは、先述した少女雑誌研究では、明治三〇年前後ということであった。

セクソロジー文献をあたるにあたって、一つの指針として、「春機発動期」「春情発動期」（思春期・第二次性徴）という項目を手掛りとした。これらの項目が、セクソロジーの文献に登場するのは、管見では明治三〇年代以降であり、少女雑誌の登場とほぼ時期を同じくする。やはり〈少女〉の誕生の時期は明治三〇年代以降とみられるだろう。

まず、セクソロジーにおいて、女性は、生殖器の特徴から説き起こされ、次に月経・妊娠といった女性固有の生理作用によって記述されるのが定石である。

「月経」という生理、または「妊娠」という女性特有の生殖能力のために、「女子は生殖的なり、即ち人の妻となり母となる者なり」（『女子新論』金港堂、一九〇一〔明治三四〕年四月、一八頁）、「又女子は男子に比して其の全身が著しく生殖作用を中心として作られて居る」（小隠『男女小観 一名男と女』松雲堂、一九〇七〔明治四〇〕年一〇月、六一頁）というように、女性は〈生殖的身体〉として記述される。

女性の身体を〈生殖的身体〉として記述する意図は、女性を妻・母親という性別役割に囲い込むためであることは明らかであろう。このために〈生殖的身体〉としての女性は、成熟した性的身体をほしいままに使用することは禁止される。「女子に取つては「性」の思想は極めて神聖純潔なもので、男子に於けるが如き、愛情を外にした肉慾などは決してない」（小隠『男女小観』前掲書、六一頁）――ここでも、女性には性欲はない、またはあっても男性に対して受身であるという根拠から、女性は快楽としての〈性〉を剥奪され、〈生殖的身体〉へと囲い込まれる。

生殖器還元主義のセクソロジーにおいては、女性の身体、女性そのものは、性的な存在として記述される。

このため、妻として、母としての生殖的身体を全うすることが求められる一方で、そこから逸脱することへの注意が常に喚起される。女性は感情的・受身的であるために、性的に堕落しやすい存在でもあるからだ。

セクソロジーでは、恋愛の場面においても、性交の場面においても、男女の性的差異は、男性は能動的、女性は受動的とされる。女性の性欲の有無については、女性には性欲はないという立場から、女性の性的欲求や快感を認める立場まで両極が存在するが、それらに共通するのは、性欲があってもなくても、それは「受動的」であるということである。小田亮の言葉を借りれば、この女性性欲受動説とは、「男の主体性の確立にとって脅威となる女の性欲を、男の働きかけによってのみ開花するものとすることで無害化」する、男性の主体性・性的支配を確立するための戦略であったわけだ(24)。女性の性欲の過剰はヒステリーに還元され、性欲の欠乏は不感症へと病理化される。

こうした女性の生殖的身体の特質から、特に配慮が求められるのが、〈少女〉期、〈処女〉という身体である。

先述した「月経」においても、とりわけ、月経が始まる「春機発動期」、つまり〈少女〉期は、最も注意を要する時である。この時期の変化は、精神的・身体的すべてに及ぶが、とりわけ生殖器への注視が重要であるとされる。「男女の発育はすべて、生殖器の状態に因るものと謂ふを得べく、随つて、生殖器の発達の如何は、彼等の育成上に、殊に注意せざるべからざる要件」（大鳥居弁三／澤田順次郎『男女之研究』光風館、一九〇六（明治三九）年六月、九七～九八頁）というように、生殖器への配慮が求められる。そのため、性教育においても、「月経期の終日及び其後に性慾が亢進して女子の性慾器官は刺戟を強く受ける」ため、「月経期」は「心身共に最も注意を要する」ときとして注意がうながされる（金谷幸太郎『性慾教育』藤田文林堂、一九一四（大正三）年一一月、一二四頁）。

また、〈少女〉期は内的要因（初潮などの春機発動）からも、外的要因（男性からの誘惑など）からも、常に危機にさらされている存在である。例えば、アウグスト・フォーレル『性慾研究』（大日本文明協会、一九一五（大正四）年八月）では、「女子殊に処女」が恋愛をする場合、「男性的大胆及び傀偉の惑溺的驚歎、恋愛と抱愛、即ち外部的主宰と内部的恋愛に対する憧憬の混合より成立す。此の惑溺は女子の受働《ママ》的なる性慾的役目と連結して興奮の状態を惹起す。」」（一五五頁）と外界からの刺戟（男性からの誘惑）と女性の受動的な「性慾的役目」によって、〈少女〉は不安定で、惑溺しやすいと論じられる。

こうした〈少女〉〈処女〉への配慮は、セクソロジーに特有のものではない。生殖器に還元するか、精神に還元するかの違いこそあれ、〈少女〉期は不安定なもの、外界からの刺戟を受けやすく、常に堕落の危険と隣りあわせの時期として語られる。

北村透谷からの系譜をひく恋愛論においても、〈処女〉は純潔・無垢なるがゆえに、外界からの刺激を受けやすく、また男性の誘惑・誘導によって堕落の危機に瀕している存在であると語られる。「処女の時代」は、「其心最も外物の感化を受け易く、（中略）又その純潔なる丹田に荊棘の種子を播下せしめざるよう十分の注意を要する」ものなのである（緑岡隠士『少女』警醒社、一九〇三〔明治三六〕年九月、八頁）。

正岡芸陽『婦人の側面』（新声社、一九〇一〔明治三四〕年四月）第四章「処女」は、処女の純潔を賛美した文章である。しかし、「処女」は「世に最も清きもの」であると同時に、「世に最も弱きもの」でもある。なぜならば、処女は「未だ外界の刺戟」を受けていない「白紙」だからである。文章は処女賛美から一転して、その処女の純潔がいかに守りがたいかを憂えている。たとえ、処女の純潔が尊いといっても、今の世には、「恐るべき手段を以て処女の純潔を犯して自ら楽しむ、世に恐るべく憎むもの多し」、「今の紳士、今の富豪、今の青年は争って処女の純潔を犯さんとす」「処女は彼等によりて常に狙はれ常に弄ばれつゝあり」（二二〜二三頁）――といったように、処女はその純潔を尊ばれるだけではなく、純潔ゆえに、誘惑・堕落・惑溺の危機に瀕しているのである。

これらの言説は、異性からの誘惑の危機感をあおり、堕落を戒め、女性たちに〈処女〉の尊さを刷り込み、〈少女〉たちのセクシュアリティを純粋無垢な〈処女〉に囲い込むようにしむける、男性による女性の〈性〉の所有・管理として理解できよう。しかし、それだけなのだろうか。

女性の性欲受動説をはじめ、女性の〈性〉や身体への注視は、「男の主体性の確立にとって脅威となる女の性欲を、男の働きかけによってのみ開花するものとすることで無害化」（小田亮、前出）する男性側の言説戦略である。しかし、一方でこれらの〈処女〉である〈少女〉たちへの配慮は、女性の〈性〉を封じ込めるだけはなく、男の働きかけがあれば、身体的には成熟している〈処女〉〈少女〉たちは、女性として開花するのではないか、というようなセクシュアルな妄想へと男性をかきたてるものでもある。

そもそも、女性を生殖的身体として記述してゆくセクソロジーの語り方そのものが、科学の衣装を身にまとった「発情装置」である。女性の身体を解剖し、肉体の隅々まで（特に生殖器）を記述する視線は、女性の身体を管理してゆくというだけではなく、先述した澤田の「処女の肉体美」のように、記述の仕方そのものがフェティッシュであり、生殖的な身体として女性を囲い込む一方で、性的身体としての女性を喚起させる回路も作り出しているのである。

4 「少女病」という新しい欲望

田山花袋の「少女病」は、〈少女〉の誕生とともに生まれた、〈少女〉をセクシュアルなものとして楽しむ、新しい快楽、新しい欲望のあり方を告げている。しかし、一方で彼の新しい欲望は、語り手、友人たちに相対化される。「少女病」の語りは、語り手の言葉で、または友人のうわさ話という形で、杉田古城の「若い女に憧れる」心性・行為を「病気」というレベルで解釈しようとする。杉田の「若い女に憧れるといふ悪い癖」「男は少女にあくがれる」病の原因は、友人たちの口から次のように説明される。

『若い時、あゝいふ風で、無闇に恋愛神聖論者を気取つて、口では奇麗なことを言つて居ても、本能が承知しないから、つい自ら傷けて快を取るといふやうなことになる。そしてそれが習慣になると、病的になつて、本能の充分の働を為ることが出来なくなる。先生のは屹度それだ。つまり、前にも言つたが、肉と霊とがしつくり調和することが出来んのだよ。それにしても面白いぢやないか、健全を以て自らも任じ、人も許して居たものが、今では不健全も不健全、デカダンの標本になつたのは、これといふのも本能を蔑《ないがしろ》にしたからだ。君達は僕が本能万能説を抱いて居るのをいつも攻撃するけれど、実際、人間は本能が大切だよ。本能に従はん奴は生存して居られんさ。』（三）

友人の一人はもって生まれた「性質」であるといい、もう一人は「若い時分」に「独りで余り身を傷つけ」る「習慣」、つまり手淫（オナニー）のために、「生理的」に「何処か陥落《ロスト》」したのだろうという。この二人の対立点は「性質」＝先天的か、「生理」、「習慣」＝後天的かの点であるが、当時のセクソロジーの俗説、とくに手淫の害悪の言説に裏打ちされている。

明治初期の開化セクソロジー以降、とくに手淫が罪悪視・害悪視されることについては、赤川学がセクソロジー文献を詳細に調査し、詳述しているのでそちらを参考にしてほしい(25)。これらの友人たちによる、杉田という人物の解釈は、性的な行為がその人の人格までをも定義する、性的な逸脱を記述する場合の典型である。

また、杉田の「少女病」の原因を手淫という性的な逸脱と捉えるこれらの友人たちとは別に、〈少女〉に憧れることそのものが滑稽だ、愚かしいと笑う人々の視線も存在する。さきほどの友人たちのように、杉田を〈性〉の病人にまでしないにしろ、周囲の人々は、杉田の少女への憧れを、変な癖、笑いのたねとして見ている。雑誌社の編集長は、杉田の美文や少女小説を冷笑する（「またおのろけが出ましたねと突込む。何ぞと謂ふと、少女を持出して笑はれる」（五））。

「少女病」の同時代評においても、「四十近い、家には妻子もある男で妙に少女を見ると一種の性慾がムラ〱と湧くといふ不思議な人物」（「五月の小説界」「趣味」一九〇七〔明治四〇〕年六月、四七頁）とあるように、杉田の〈少女〉への憧れが、同時代の人々に、理解されているとはいいがたい。

では、彼らにとって杉田の何が理解しがたいことだったのだろうか。杉田のように、〈少女〉に欲望することは、彼らにとっては成人男性として、はずかしいこと、異常なことと認識されていたのではないか。そして、〈少女〉に憧れ・欲望の対象としてみなすこと、それ自体が彼らには考えもつかなかったのではないか。

杉田の「少女にあくがれる」病、「少女病」は「病気」とはされているが、病的な症状ではない。この杉田の〈少女〉への欲望は、セクソロジーにおいて病理的な性欲（色情狂、変態性欲）とみなされる小児性愛・小児嗜好といったものではない。当時のセクソロジーでも、異常性欲としての「色情性小児嗜好」についての記述はあるが、その対象年齢は、およそ五～一〇歳の児童である。また、少女性愛をさすロリータ・コンプレックス（ロリコン）という言葉が登場するのは、一九五〇年代以降である。

彼らが杉田の「少女病」を冷笑するのは、〈正常〉な成人男性であれば、性的欲望の現実的な処理の仕方を知っているはずだという考え方からだろう。〈正常〉な成人男性であれば、なにも〈少女〉に憧れたり、〈少女〉を欲望の対象にせずとも、もっと現実的な〈性〉の解決策はあるはずだと。

現に、当時は男性の性的欲望を消化する場所としては、遊廓や私娼窟などがあった。「蒲団」においても、日常生活に倦怠を覚える男・竹中時雄は、こうした倦怠・煩悶を解消するのは、「此の年頃に賤しい女に戯るゝもの、多いのも、畢竟その淋しさを医《いや》す為めである」（二）と、性的欲望の消化だけではなく、煩悶解消の手段として「賤しい女」（芸娼妓・売春婦など）の存在をあげている。

おそらく、杉田の周囲の男性にとって、自己の性的対象としての女性のカテゴリーは、妻か妻以外の女性（芸娼妓・妾）だけであり、〈少女〉という存在に欲望を抱く彼の行為を理解できないのである。理解できないだけではなく、彼らにとっては〈少女〉に性的欲望を感じる杉田のほうが、成人男性として異常と認識されていたのではないか。

近代以前から処女を好み、ありがたがる人はいた一方、性交の対象としては、相反する言説も存在する。例えば、「処女《むすめ》と年増とはその陰ことなり、陰門は婦人二十三、四より三十四、五歳までを交合《まじわり》ざかりの本味《ほんあじ》というのみ」（『閨中紀聞　枕文庫』一八二三〔文政六〕年）(26)とあるように、この近世の性愛書においては、〈処女〉との性交は劣るものとされていた。こういったことからも、近代における〈処女〉の価値の上昇は一様に行われたのではなく、杉田のように〈少女〉への欲望を理解できない層も存在したのだ。

〈少女〉の誕生は、〈処女〉の価値の浮上でもあった。〈処女〉を珍重するのは近代の産物とはいえないのは、先述したとおりであるが、近代において〈処女〉の価値が浮上するのは、禁止されつつも、それゆえに欲望するという〈性〉の快楽装置とともにである。〈少女〉たちが〈性〉から遠ざけられるほど、彼女たちに向けられるセクシュアルな欲望は快楽の度合いをますのだ。

〈少女〉は単なる妻や母の予備軍ではない。〈少女〉は〈処女〉と認識されていたが、それゆえ逆説的に〈少女〉はセクシュアルな欲望を喚起する存在であったことを、田山花袋「少女病」は〈発見〉したのだ。

〈処女〉規範は、少女たちに性交経験を禁止し、家のため、将来の夫のために〈性〉を一定期間封じ込めることを課した。しかし、封印された〈性〉はまったく非性的なものではない。成熟した身体に封印された〈性〉は、男性に新たな欲望を喚起させる。

明治時代、女学生が登場したとき、遊廓では海老茶袴をはいて、女学生に扮した娼妓が出現し、人気だったという。現代の性風俗の一つ、イメクラを彷彿とさせるエピソードである。イメクラは教師と生徒、上司とOL、痴漢など、本来であれば性関係が禁止されている設定を、セクシュアルに再演することで、楽しむ性風俗の一つである。ハードルが高いほど、成功したときの喜びは大きい。〈性〉の規範、〈性〉に対する禁止事項は、われわれを管理・抑圧するだけではなく、その規範・禁止そのものが、新たな欲望を喚起する装置＝快楽装置になりうるのである。

第3章 生殖恐怖？

……………夫婦の性愛と田山花袋「罠」

1　田山花袋の描いた夫婦

「不図――／『妻が死んだら……』と思つた。死んだら、死んだら……と五度ばかり頭脳で独りで繰返して言つた。死ねば、自分の運命は確かに一変する。今までの古い、厭々した生活を離れて、再び新しい面白い人生に入る事が出来る」（「女教師」）(1)、「其の時、妻君が懐妊して居つたから、不図流産して死ぬ、其の後に其の女を入れるとして何うであらう」（「蒲団」）(2)――田山花袋はしばしば、そのテクストの中で、新しい恋を手に入れるために、妻の死を願う。

田山花袋には『妻』という、リサ夫人との結婚生活を、前半は妻（お光）、後半は夫（中村勤）の視点から描いた長編小説があるが、『妻』連載の前後に花袋は「白紙」、「罠」という短編を描いている(3)。ゴンクール風の「印象的平面描写」によって描かれている『妻』とは対照的に、「白紙」は、「色情狂になつたある文学者の日記」という実験的形態をとり、「罠」では、「僕」の夫婦生活、「生殖」、「本能」への懐疑、不満が、一人称の主観的な文体によって吐露されている。

小林一郎が指摘しているように、花袋は一九〇九（明治四二）年前後、『生』、『妻』、『縁』と「平面描写」を実践しながらも、「不安」、「白紙」、「藁」、「罠」といった主観的要素の強い短編を平行して同時期に描いている(4)。『生』、『妻』、『縁』、または『田舎教師』などの長・中編小説において、描く対象から離れて見る態度を貫こうとした花袋の創作態度と相反するこれらの短編テクスト群は、これまであまり問題にされてこなかったが、『妻』というテクストが、夫と妻という夫婦を軸にして、多様な人間関係の中に夫婦を位置づけたテクストであるとすれば、「白紙」、「罠」は男性の視点から、「妻」という異性との、「生殖」、「本能」の「悲劇」を中心化して描いているテクストである。この意味において、花袋のみならず、同時代の男女観、夫婦観を考える上でも興味深いテクストである。「白紙」、「罠」に共通するのは、「肉」、「本能」、「生殖」といった言葉への嫌悪感、「生殖」する女性、「懐妊した女」への嫌悪感である。

家制度によって規定された、いわゆる前近代的な家族形態から、明治以後、産業化、文明化の要請の中で、前近代の共同体・親族関係から独立し、外部社会から切断された「家庭」という内面的な、情緒的な結びつきを持つ「近代家族」へ——こうした家族形態の変化、家族観の変化の中で、夫婦の関係性も変容を迫られた。夫婦（または夫婦と子供）という単位がクローズアップされてくる「近代家族」において、これまで、「一夫一婦制度」、「家庭《ホーム》」の思想、または、「良妻賢母」という観点から、「家庭の女王《ホーム》」、「内助」、「母親」といった妻の役割、そして、男性は仕事、女性は家事・育児といった性的役割分業の再生産が中心に論じられてきた。

しかし、夫婦という単位のクローズアップは、異性と「生殖」、「性交」する関係性を、どのように認識し、言説化していったかの過程でもある。夫婦という関係を、男女という生物学的性差へ還元していった場合、男性にとって、妊娠・出産する「妻」という存在は、〈性〉のパートナーでありながら、そうした生殖機能の根本的差異によって印象づけられ、不可解な、また嫌悪すべき存在となることがある。

「白紙」、「罠」における、生殖する女、本能に動かされる女への男性側の嫌悪感は、近代家族が夫婦という単位に集約される歴史において浮上してきた、セクシュアリティをめぐっての偏見でもある。

2 「罠」における生殖嫌悪

「罠」の冒頭は、モーパッサンの「The Bed」の読後感から始まる。

> 何処の家にも醜悪なるものが必ず一つある。それは寝室だ。
> モウパツサンの作にもThe Bedといふのがあつて、人生とベツドとの関係がいろ〳〵な風に書いてあつたのを覚えて居る。
> 人間はベツドで生れてベツドで死ぬといふことが書いてあつた。

モーパッサンの「The Bed」という作品は次のようなものである(5)。ある夏の午後、「私」は「競売館《オテル・デ・ヴァント》」で、「ルイ十五世風の愛すべき袍衣」を買った。その中から四通の手紙が出て来た。それは「アルジャンセ師様みもとへ」と書かれた恋文であった。三通目は単に「媾曳きの約束」。四通目は、病気で寝床に伏せっている女性が、恋人である「アルジャンセ師」へ、寝床の中で考えた「寝床の物語」の構想を書き綴っているものである。

花袋「罠」の冒頭にある「人間はベツドで生れてベツドで死ぬといふことが書いてあつた」というのは、この女性の手紙の中に、「寝床というものはわたくしたちの全生涯ですわ。生れるのもそこでですし、人を愛するのもそこでですし、死ぬのもそこでですもの」という文章をさしている。

彼女は「寝床」には人生のすべての物語が刻まれる、と手紙の中で恋人に伝える。例えば生まれたばかりの子供と寝ているベッドの様子。また恋人たちが「接吻」し、「人間としての無上の歓喜」をうたうベッド。「二人の寝台は、波の高い海のように、動いたり、たわんだり、また生きてでもいるように、喜ばしげにつぶやいたりします。なぜならその上で愛の無我の神秘が成就されるからです」――彼女は恋人との体験をなぞるように、筆を進める。「寝床」はまた「死」の床でもある。「終り果てた希望の墓」であるベッド。その上で人は苦悶のうちに死を迎える。「寝床」は人生の喜びや悲しみのすべてが凝縮している「人生の象徴」であると彼女は書く。

このモーパッサンの小品は、「僕」が偶然手に入れた女性の手紙に、恋人との思い出が染み込んだベッドの上で、人生や人間について思いをめぐらす女性のロマンチックな感想が書き綴られている、というものだが、「寝床」から思い浮かべる人生観でもあり、また、見知らぬ女性の恋文をこっそりと読むエロティックな快楽が漂っている。

しかし、花袋の「罠」は、「寝室」や「寝床」にまったく別方向の印象を抱いている。

この「The Bed」を読んで、「家庭改良論者も寝室に就いて一考することがあるだらうが、一体何んな風に考へて居るかそれを聴き度いと思ふ。」という「僕」は、モーパッサンの小品に描かれた女性のロマンチックな人生観を、「家庭改良論者」の扱う家屋の構造という現実的な問題にずらす。ここで「僕」の言う「家庭改良論者」とは、一夫一婦制を提唱し、また、進んだ家族関係として、夫の両親と若い夫婦の別居を勧め、さらに西洋の風習に倣い、子供と夫婦の寝室を別にすることを提唱する者たちのことであろう(6)。つまり、愛情や性交を夫婦単位として考える者たちである。

続けて「僕」は友人に「一体本能といふ奴が癪に触るといふこと」や、結婚式の「床盃」とは親による「子女の性慾の一種の保証」であり、「あれ位不思議な醜悪な不自然なものはない」と論じる。「けれど寝室がなければ人生もないのだ。寝室を撲滅すれば家庭も撲滅しなければならんのだ。情ないが仕方がない。／しかし醜悪なるものは矢張醜悪に眼にも映れば心にも映る」(一)――「夫婦」の親密性の象徴としての「寝室」。しかし、「家庭」の機能の第一には「性交」→「生殖」という義務があり、「僕」は、そのことについて「醜悪」と考えている。

「僕」にとって、「寝室」とは、モーパッサンの小品に描かれた女性のようにロマンチックなものではなく、「男女の間の悲惨なる関係」を象徴する場である。

結婚当初の「美しい夢」は、「男も女もある満足を得さへすれば」覚めてしまい、男は「『あんな女を恋人にしたのかなア。』」と思うようになる。そしてその時から「男女の間の悲惨なる関係」、「平凡と単調」の生活が続く、という「僕」は、基本的には、「女教師」、「蒲団」の男性主人公と同じ悩みをかかえた存在である。

「蒲団」の竹中時雄の妻は「嘗ては恋人」であったが、「今は時勢が移り変」り、「旧式の丸髷、泥鴨のやうな歩き振、温順と貞節とより他に何物をも有せぬ細君」となってしまった現在、その妻と一緒にいることが「時雄には何よりも情けなかつた」――生活と芸術活動の停滞を、妻の無教養と無理解に転化し、日常生活の倦怠を、新しい若い恋人の出現によって打破しようとする時雄。「罠」には若い女性こそ現れていないが、そのぶん夫婦関係に焦点が当てられ、現実的な妻と、煩悶する夫の構図がきわだっている。

この構図の対比は文体にも表れている。「罠」に特徴的なのは、短文をたたみかける文体、「！」の多用、そして印象の連鎖である。「平凡と単調！／実に平凡だ、単調だ。世の中に何がある。何んな色彩がある。何んな興味がある。饑渇と飽満、不平と得意、それが本能の力に翻弄されて、人生の表面にさゞ波を立て、居るばかりだ」（二）というように、語り手＝「僕」の主観を短文でたたみかけることによって、苛立ちや鬱屈した状態を表現しようとしている。

その一方で、妻の言葉は会話体で読者に伝達される。「長火鉢の傍でせつせと裁縫をしてゐる妻に、／『いつも同じ顔をして居るなア。』／と言つて見た。妻は笑つて、／『また始まりましたね。』」（二）――日々の「平凡と単調」に苛立ち、鬱屈している夫とは対照的に、妻はその返答も現実的であり、明瞭である。

この妻の「現実的」対応が、ますます「僕」をいらいらさせる。そして、「現実的」というのは、生活者としての妻だけでなく、「生殖」する女性としての妻を意味している。

北村透谷は「厭世詩家と女性」で、妻とは、「想世界」の住人である「詩人」＝男性を「現実界」に束縛する「愛縛」と論じ、結婚の幻滅を語った(7)。花袋も「蒲団」などで、文学者としての自己に無理解な妻を嫌悪するが、「罠」に特徴的なのは、妻という存在を「性交」する対象、「生殖」する存在というところまで生物学的に解剖し、結婚すると「肉体的」、「現実的」になる妻を嫌悪し、さらに「性交」、「生殖」という行為で結びつく男女、その行為の動因である「本能」までも、呪詛の対象にしているところである。「白紙」でも、「懐妊した女！／凡そ世の中に何が浅間しいつて、懐妊した女ほど浅間しいものがあるか。」、その女の腹を「鋭利な短刀」で抉ってやりたいとまで狂気をもって語られる。

しかし、これは単純な生殖する女性への嫌悪ではない。「罠」でも「児を産んで初めて現実に触れて来る」妻、「肉慾の上にも覚めて来る」妻を見て、そうした生殖する女性から否応にも想起させられるのが、「生殖」、「本能」といったもので結びつかざるをえない夫婦関係である。

「僕」にとって結婚当初の「愛」が醒めたからと言って、妻とは別れられない。そこには「愛」の代わりに「肉体的」な関係が出来ている。そして、その「肉体的」な関係は、「男女の間の悲惨なる関係」であっても、逃れることができない。「離れた心を合せやうとする努力」、「美しい家庭をつくらうとする努力」をしてみようとするが、それは「皆な空しい努力」である。「愛」ある「美しい家庭」を作ろうと努力すればするほど、「却つて生殖とか本能とかいふものゝ目的には適つて居るのだ」(一)――「空しい努力」、つまり「本能」だけの、愛のないセックスによって、人間は「生殖」してゆく。そして、「僕」は「生殖」の場である「寝室」や、「本能」が厭でたまらない。

後述するように、明治二〇年代、一夫一婦制、新しい「家庭《ホーム》」を建設しようとする啓蒙主義者は、現実社会に対して、家庭を私的な、「慰安」の場所、「愛」という情緒で満たされた場所にしようとした。

しかし、毎日、「同じ道を通つて、同じ町を曲つて、同じ社に出勤」し、「勤惰計《タイムレジスター》」を機械的に押し、つまらない仕事をする「僕」にとって、「家庭」とは、「慰安」が得られる場ではない。「寂寞なる人生に本能の跳梁――没交渉の人間の離れ難い肉の束縛」(六)――会社での孤立、外部社会での「寂寞」を慰めるのは「愛」ではない。家庭に待っているのは、「本能の跳梁」や「肉の束縛」であると「僕」は感じている。肴屋の新婚夫婦も、喧嘩ばかりしている姉夫婦も、そして「僕」と妻も、「生殖」「本能」に騙されながらも、子を産み、「闘争と煩悶と苦痛と矛盾」の一生を送るのだ――と。

結婚によって恋愛という幻想が覚めてゆく、といった図式は、先に述べたとおり、北村透谷「厭世詩家と女性」に代表されるようなロマンチック・ラブ・イデオロギーの幻想と幻滅の延長線上にあるものだ。

しかし、自殺という、ある意味、「幻想」維持によって夭折した透谷に対して、花袋は、「現実に触れて来る」妻との関係を描き続ける。

「総ての悲劇……総ての暗闘、総ての殺傷は皆なこれから起るのだ。これから、此の肉の問題から。」(「白紙」)、そして、夫婦、または男女が「愛情」もなく一緒に暮してゆけるのは、この「生殖」、「本能」という「罠」にはまっているからだ、そして、人々はこの「罠」にはまっていることに気付きもしない(「罠」)――「生殖」嫌悪、「生殖」の舞台となる「寝室」嫌悪、ひいては(妻との)性交嫌悪、そして悲劇の原因となる「本能」への嫌悪――明治四二年前後に、花袋という一人の男性が、夫婦という関係性にみた「悲劇」の原因を探るために、明治の夫婦の性愛についての言説を見てゆこう。

第三節では、「女学雑誌」(8)を中心に、啓蒙的雑誌における夫婦観を見てゆき、第四節では、性科学での夫婦観を対比して見てゆきたい。

あらかじめ、見取り図を示しておけば、明治二〇年代から、新しい「家庭」を提唱する啓蒙雑誌では、結婚・夫婦に「愛」という精神的概念を求める。一方、同じ頃、造化機論として広まった明治のセクソロジーは、男女の性器の構造をはじめ肉体的構造から両性の差異を説きおこし、「生殖」、「交合(交媾)」、「性交」といった肉体的行為、男女・夫婦の結合の秘密が、科学的な立場から語られる。夫婦の価値を「愛」に求めるのか、「生殖」に求めるのか。

やがて、明治三〇年代になると、結婚論、婦人論、女子教育論などでは、性科学での「生殖」や「情慾」、「色欲」の肯定が、「愛」の言説に接続される。

3　明治時代の新しい夫婦観

1　『女大学』から「良妻賢母」まで

明治時代には、人々はいったいどのような夫婦観を持っていたのだろうか。

やはり全体にわたって大きな影響を与えたのは、貝原益軒撰作と伝えられる『女大学宝箱』（享保元年）(9)であろう。「婦人は別に主君なし、夫を主人と思い、敬い慎みて事《つか》うべし。軽しめ侮るべからず。（中略）女は夫をもつて天とす。返す返すも夫に逆らいて天の罰を受くべからず。」(10)という夫主妻従の儒教的倫理観は、明治になっても萩原乙彦『新撰増補女大学』（一八八〇（明治一三）年）、関葦雄編『改正女大学』（同年）、西野古海『新撰女大学』（一八八二（明治一五）年）、石山福治解『懐中女大学』（一九〇九（明治四二）年）などに引き継がれた(11)。

牟田和恵によれば、享保版『女大学』に説かれているのは「舅・姑と夫、婚家に対する務め、日常生活と家政についての注意」など、「妻」、「嫁」としての務めであったが、明治版『女大学』は男女同権論などの西洋近代思想を受け入れたものもある中(12)、国民意識と直結した「女性の母性」の強調が新たに書き加えられている(13)。また、明治三〇年代において、中層以上の家庭や女子教育機関では、享保版『女大学』が修身教材として使われ、指原安三『新編女大学』（一八九六（明治二九）年）、加藤弘之・中島徳蔵『中等教育明治女大学』（一九〇六（明治三九）年）など「明治におこった忠君愛国の精神や教育勅語の趣旨とを結びあわせた婦徳を強調した教科書」が刊行されている(14)。

こうした儒教的な道徳を否定する形で、明治初めには、「明六雑誌」などの啓蒙雑誌を中心に新しい文明国としての夫婦倫理――一夫一婦制が唱えられた。ここで注目されるのが、「家」に代わって、夫婦という単位、家庭という単位がクローズアップされてくることだ。「夫婦ノ交ハ人倫ノ大本《たいほん》ナリ　其本立テ而シテ道行ハル　道行ハレテ而シテ国始テ竪立ス」（森有礼「妻妾論ノ一」「明六雑誌」一八七四（明治七）年八月）というように、夫婦↓家庭↓国家といった近代家族のイデオロギーが成立する。

そしてこの夫婦という単位、家庭という単位が、「家庭《ホーム》」の思想として理想的に語られるのが、明治一〇年代後半から二〇年代である。

巌本善治の「女学雑誌」に見られるように一夫一婦制度、「家庭《ホーム》」の思想が喧伝され、精神的慰安、家政、育児、娯楽など様々な価値が家庭、夫婦関係に求められるようになる。

『女大学』的な旧夫婦観を否定し、新しく進んだ西洋文明を模倣して構築された「家庭《ホーム》」の思想が普及してゆく中で、人々は夫婦の関係、夫婦の情交について、どのような意識改革を迫られたのか。

牟田和恵のいう「家族イデオロギー」は雑誌に限れば、総合雑誌、啓蒙雑誌、婦人雑誌、教育雑誌などの多くの媒体によって浸透していった。明治二〇年代に総合雑誌、啓蒙雑誌に登場した新しい「家族」論も、明治二〇年代後半から明治三〇年代頃に転換点を迎え、「家庭や家族は公論の対象から除外」され、明治二〇年代後半に続々と刊行された婦人・家庭雑誌（「女鑑」、「家庭雑誌」、「家庭」、「婦人之友」など）へと「すみわけ」が行われる(15)。

記事の内容も、一夫一婦制、良妻賢母、家庭、夫婦、家庭教育といった公論、「愛」や「敬」など抽象化された精神論、また、一夫一婦制、理想の家庭の実現を阻止すると考えられていた妾、娼妓を対象とした廃娼論、姦淫論など、そして、家事、料理、育児の実用的な記事に至るまで多岐にわたる。こうした「家族イデオロギー」や「良妻賢母論」については、牟田和恵、小山静子らの先行研究に詳しい(16)。

なお、ここで言う「夫婦観」とは、夫婦とはいかなるものか、夫婦を結びつけるものは何か、夫婦が守るべき価値とは何か、といった夫婦に求められる価値や基準のことである。さらに、この価値観とは、強制的であれ、啓蒙的であれ男性から女性に求められるもの、というジェンダーの非対称性の上に成り立っているのは言うまでもないだろう。「理想の妻」、「理想的な家庭」が語られていても、それは「男性にとって」という前提があるのは、これまでの近代家族研究が明らかにしているところである。

例えば、良妻賢母の規範は、女性にあるべき妻・母の姿を求め、男性中心的な近代家族の一員に女性を組み込んでいった。いかに「啓蒙的」「理想的」な夫婦観、家庭観であっても、それは女性を社会生活から排除し、家庭内労働に縛り付ける「価値観」であった。

しかし、先述したように男性にとって都合のよい価値観であるにしても、男性＝抑圧者、女性＝被抑圧者の図式だけでは、田山花袋が「白紙」や「罠」で感じたような、「愛」への不信感、「生殖」、「本能」への恐怖感とも言える、男女の性的な関係をめぐっての、男性の心性を説明できないのではないか。本章では、そうした女性にとって抑圧的な「価値観」の存在を批判的に捉えた上で、同じ夫婦観、家庭観が男性に与える心理的抑圧、そして花袋「罠」の主人公のように、「愛情」、「生殖」から逃亡する男性像の出現について明らかにしてゆきたいと考えている。

2 「女学雑誌」における夫婦観——「愛」と「清潔親密」

明治二〇年代から、「女学雑誌」を始めとする数々の啓蒙雑誌は、「家庭《ホーム》」という概念を新しく形成していった。小山静子は、これらの雑誌における「家庭概念」を次のようにまとめている。

まず、「家庭とは、「男は仕事、女は家事・育児」という、近代的な性別役割分業が行われる家族と考えられていること」。そこでは、「母としてのあるべき資質や態度」が求められる。次に、「「一家団欒」「家庭の和楽」が家庭論においては追求すべき価値とされ、家族構成員の心的交流に高い価値が付与されていること」。家庭とは、外部社会とは隔てられた「愛や親密さといった情緒的結合」の空間であり、そこでは、醜業婦の話題や、卑猥な「寄席」、「俗謡」といった「俗悪さや猥褻さ」がタブーとされる。最後に、「家庭にあって子どもは大人とは異なる特別な存在として位置づけられ」ること。労働力としての子どもから、「愛護され、教育される存在」としての子どもの誕生である(17)。

こうした「家庭概念」、良妻賢母論において、夫婦一対の思想、夫婦の性的役割分業、妻の「内助」などが唱えられるわけだが、「女学雑誌」では、小山が述べるように、「愛や親密さといった情緒的結合」ばかりが強調され、セクシュアルな関係としての夫婦観は皆無といっていい。

もちろん、啓蒙雑誌、婦人雑誌という性質を考慮しなければいけないだろう。しかし、これらの良妻賢母論が、セクシュアルなものを隠蔽・排除して成り立っていることは重要である。

まず、創刊から間もない一八八五（明治一八）年八〜九月、「婦人の地位」(18)では、男女の「天質同権」を唱えながらも、その内実は、「平常家内の関係に於てハ男を主とし女を副とし女ハ男の保護をうけ女ハ男を扶助せる」という、性的役割分業を要求した上での「同権」であり、その上に「ハッピー、ホーム」（幸なる家族）が成り立つことを論じている。

しかし、この「婦人の地位」で注目したいのは、「男《をのこ》と女《ななご》との交情《なかあひ》」の三段階を論じている部分である。その三段階とは「第一は色の第二に癡《ち》の時代第三に愛の時代」であり、「色とハ動物の牝牡が相ひ交接するに似たる如きたゞ肉体上の情慾にして癡とハ所云る情より出るもの愛とハ則ち真正の霊魂より発するもの」と、動物的「交接」、「色」、「情慾」を最低段階とし、「真正の霊魂より発する」愛を最高段階に位置づけ、「我国現今の文明」は、「半開の時代を脱してや、開化の域に入らんとするの景況《ありさま》」であり、「男女《なんにょ》の交情」――ここでは既婚男女、つまり夫婦に限られるわけであるが――については、「癡情の時代ほぼ過ぎて或ハ愛の界に進まんとするの時代に有り」と、愛への進化は文明の進化、開化の段階と一致すると論じる。

これは、「女学雑誌」という雑誌が、啓蒙主義、開化主義、理想主義といった思想に貫かれている結果であろうが、この雑誌の恋愛観・愛情観の根底には、「「ラップ」は高尚なる感情にして「ラスト」は劣等の情慾なり」(19)という、愛＝高尚、情欲＝劣等という、「情慾」否定のバイアスがかかっていることも理由である。

また、文明国として理想的な夫婦の有り方は、国家を構成する国民としての家族へ回収される。「一家齊《とゝ》のひ一家和して一国和し一家強うして一国強し」（「日本の家族（第七）一家族の女王」）(20)となるのは、日清戦後の状況を反映しており、牟田、小山らの先行論にあるように家族の概念を拡大した国家イデオロギーの確立を物語っている。「男《をのこ》と女《ななご》との交情《なかあひ》」で至上とされるのが「愛の時代」であるように、夫婦の紐帯は、「色」、「情慾」ではなく、「真正の霊魂」より発する「愛」である。「一家の根本は夫婦に在り夫婦相思の愛は即ち一家和楽《やわらぎ》の大根底」（「日本の家族（第六）家族幸福の大根底」社説）(21)であり、「婚姻の使命」は「愛することに由て天の霊性を開発し、以て善を作《な》さんが為」（方寸子「婚姻箴（愛山生に次す）」随感）(22)である、というように、「女学雑誌」の多くの記事では、家庭の基礎となる夫婦の精神的「愛」、「霊的」な結びつきを重んじる。

さらに、「夫婦両人の交際」は「清潔親密《きよらかしたしき》」であることが望ましいとされ（「日本の家族（第六）家族幸福の大根底」社説）(23)、「神聖なる、高潔なる恋愛の現実」（赤司曙花「社会主義の結婚及び家庭観」女学）(24)が理想とされるように、「高潔」、「清潔」という要素が強調されていることが重要である。

「姦淫論（下）男女夫妻」（社説）では「男女清く交はり夫妻潔く愛する」ことが重要であり、人間の「善徳」、「悪徳」は男女の交わりによって決る。「左れば男女清徳を踏み、夫婦至潔至愛にして初めてよく人間の最純最美なるものを伸し、此の純美の情いよ〱天地の粋を感悟吸入して益《ますま》す性格を高め遂に万界の霊長となる」。ここでも「情慾」、「色」を否定して、進化、文明化を促す文脈が用いられながら、夫婦の「至潔至愛」が最上のものとされる(25)。

3　セックスを排除した「愛」の理想

「愛」、「霊性」、そして「清潔親密」な関係を夫婦に求めるとすると、どうしても性交や生殖といった夫婦の機能と齟齬をきたす。そうした夫婦の性的な部分はどのように語られ、処理され、隠蔽されてゆくのか。

杜鵑子「結婚の真意義」では、結婚とは「相互情人の愛念を満足せしめ、生涯同伴共働者を得せしめ、新家族を形成せしめ、次時代を起さしむるの意義」があると生殖、子孫繁栄の意義を認めながらも、これは「結婚の副意義」にすぎず、真の意義は「真に霊性的の意義を以て解すれば、結婚は、人性円満の発達を目的とするもの」であるという。結婚の意義は、生殖、子孫繁栄よりも、専ら精神的、霊的な夫婦の結びつきの強化として語られる(26)。

また、「男女交際論（第三）其効益」（社説）(27)では、夫婦間の性交について、「更らに一歩を進めて考ふるに、肉交とは素《も》と夫婦の間にのみ行なはるべきものにして、宇宙空間二人の男女の外に断じてあるまじき所ろの交際なり。」と夫婦間に限定された「肉交」を認めながらも、「肉交は迚《とて》も情交と比較すべき程の交際にあらず、甚はだ狭く、甚だ卑しく、甚はだ厭き易き所ろのものと信ぜり。故へに試みに彼の夫婦に就て其両様の軽重如何を問ふべし、誰とても肉交を軽ろんじて情交の大切なることを答ふべし」というように、「肉交」より「情交」＝「愛」の重要性を説く。遂には、「吾人の理想によれば、人間は遂に肉交を以て一種の義務と心得、仕方なくして夫婦肉体の交わりを為すの日に至らんと信ず」と、「肉交」＝セックス義務説まで登場する。

さらに、「愛」の神聖、霊性を追求するため、「肉の愛」、「肉」からの完全離脱を唱えるものもでてくる。白衣「楽き真の家庭（上）」（家政）(28)では、「肉の身を結び付け、肉の愛を全ふするが為の夫婦には非ずして、夫《つま》は婦の肉を捨て、婦は夫の身を去るなり。肉に奉つるもの如何で真《まこと》の夫婦の愛を知らんや、神の愛に住む者のみ、誠に高き、誠に厚き、愛恋の快楽を知るを得べきなり」と、肉体や身体を消去し、完全に精神的な「愛」が理想とされるに至る。

肉体、セックスを排除した夫婦関係とは、いかなるものであろうか。その一つのモデルが「友情」関係である。男尊女卑の旧弊を克服するために、「夫婦は当に朋友なるべし、決して主従なる可らず」（「細君内助の弁（上）」社説）(29)というように「朋友」、「友情」の比喩はよく使われる。「婚姻論（二）」（社説）(30)では、「夫妻は之れ天地間唯一の同等者なり、初めて同等者の間だに行はる、べき真の友情を味はふことを得」と、夫婦の親密性を「友情」という関係で説明する。

「婚姻は神聖の事なり」（「婚姻論（六）」社説）(31)、「夫れ婚姻は人生至重の大典」（大澤栄三「配偶論」論説）(32)、「婚姻は人間一生の大事なり、軽々敷致すまじきぞ」(泣血生「婚事雑感」論説)(33)というように、明治二〇年代から広まっていった、「家庭《ホーム》」の思想における夫婦観の特色は、「婚姻」を人生の一大事とし、配偶者選択の重要性を説く。そして、夫婦関係の紐帯は「愛」であり、その「愛」は「清潔親密」、「霊的」なものでなければならない。「色」、「肉欲」、「情欲」は、野蛮、未開化の状態であり、「愛」、「霊性」の実現こそが求められた。

「女学雑誌」では、「家庭《ホーム》」建設に至るまでの、結婚の「神聖」、そして重要なファクターである子供、または家政・家庭教育については力説されるが、結婚から子供へいたる、性交、生殖については、否定というよりも無視されている。

明治二〇年代から三〇年代までの啓蒙雑誌の夫婦観は、「愛」を前面に出し、セクシュアルなものを隠蔽し、「愛」の理想を先鋭化することによって成り立っていた。これは、麗しい「家庭《ホーム》」を築くための「愛」という義務の発生であり、特に夫への愛、子供への愛、「内助」という献身——「愛情」という自己犠牲が女性に求められる(34)。

こうした「愛」という義務の発生は、女性を家事労働、「母性」に束縛する装置となっているのだが、これまで見てきたように、結婚、家庭、夫婦観では、「男女相愛」、「霊性」の愛は、理念的には男女平等に求められる。では、夫婦間における「愛」のイデオロギーは男性にどのような影響を与えたのか。

「女学雑誌」に掲載された北村透谷「厭世詩家と女性」は、「女学雑誌」が啓蒙する家庭、夫婦間の「純潔」なる「愛」の思想を裏切る恋愛至上主義論である。

透谷は「想世界」における「恋愛」を至上のものとし、「実世界」における「婚姻」は、その「恋愛」の理想を破るものとして、「結婚」に対する「幻滅」を語る。

怪しきかな恋愛の厭世家を眩《げん》せしむるの容易なるが如くに婚姻は厭世家を失望せしむる事甚だ容易なり。(中略)婚姻が彼等をして一層社界を嫌厭せしめ、一層義務に背かしめ、一層不満を多からしむる者是を以てなり。かるが故に始に過重なる希望を以て入りたる婚姻は後に比較的の失望を招かしめ、惨として夫婦相対するが如き事起るなり。（中略）婚姻によりて実世界に擒せられたるが為にわが理想の小天地は益狭窄なるが如きを覚へて、最初には理想の牙城として恋愛したる者が後には忌はしき愛縛となりて我身を制抑するが如く感ずるなり（北村透谷「厭世詩家と女性（下）」）(35)。

結婚後も「愛」は継続するのか。この問いに対して、透谷は明らかに不可能と言う。結婚すれば、女性は「忌はしき愛縛となりて我身を制圧する」者となり、透谷は「結婚」の「幻滅」の理由を専ら女性に求めた。「嗚呼不幸なるは女性かな、厭世詩家の前に優美高妙を代表すると同時に醜穢なる俗界の通弁となりて其嘲罵する所となり」（「厭世詩家と女性（下）」）(36)という「詩人」の嘆きは、「恋愛」の対象として女性を発見し、さらに「恋愛」の特権化によって、さらなる「幻滅」を招くという「罠」に自ら陥ってゆく男性の典型であろう。

妻に幻滅を感じ、新しい恋を夢想することによって、日常生活の倦怠の打開を図ろうとする花袋作品の男性主人公も、透谷の恋愛至上から結婚幻滅への系譜として捉えられる。「愛」の理想化／義務化は、皮肉にも男性にとって、家庭からの逃避、夫婦「愛」からの逃避を促したようだ。

一方、透谷と花袋が決定的に違うのは、透谷のロマンチック・ラブ・イデオロギーは、「春心」（情欲、本能）から発生する「恋愛」は否定し、「生理上にて男性なるが故に女性を慕ひ女性なるが故に男性を慕ふ」のは「禽獣」と等しいとするように、「恋愛」から徹底的にセクシュアルなものを排除してゆくのに対し、花袋を含め自然主義派は、人間の「本能」を第一と考え、「性欲」は人生の真実、という価値づけをするところである。「本能」、「性欲」に人生の美的価値、エネルギーを見出した高山樗牛の美的生活論を経由して、自然主義文学も、「本能」、「性欲」に積極的価値を見出してゆく。

以下、見て行くように、「本能」、「性欲」の価値上昇は、同時代的な流れでもあり、それが恋愛や結婚や生殖と結びつくことによって、上野千鶴子がいうところの「性＝愛＝結婚」の三位一体説、近代恋愛結婚イデオロギーに至るわけである。もう一方では、社会の単位としての家族、生殖関係としての夫婦が、国家の管理に置かれてゆく。

4　性科学における夫婦観

一八七〇年代から一九七〇年代に刊行、または雑誌に掲載された性科学・性教育のテクストにおける夫婦間性行動に関する言説をたどった赤川学「夫婦間の性行動のエロス化と規格化」では、夫婦間性行動に関する七つの言説要素を挙げている(37)。

①　生殖行為としての夫婦セックス（＝快楽否定）
②　国家・社会の原点としての夫婦関係
③　快楽としてのセックス、霊肉（性愛）一致
④　夫婦和合の要はセックスにあり
⑤　セックス前の準備行為／性愛技巧／オルガズムの一致／性交体位
⑥　セックスは夫婦に限定する（⑥'または限定しない）
⑦　適切なセックスの頻度（過度のセックスに伴う害）

⑤については、一九二〇年代から現れる言説であるが、その他については、一八七〇年代から変容しながらも、まんべんなく存在するという。

そして、夫婦の性愛については次のような変遷があるという。「開化セクソロジー」では、セックスは生殖行為とし

てのみ高い価値を認められる傾向にある」。しかし、開化セクソロジーにおいても、快楽を認める言説が中心的になり、やがて「生殖と性慾が分離し、ついで性慾は愛情と結びつき、両者の一致が夫婦関係において追求すべき価値」となる、いわゆる「生殖と性愛の分離」が起る(38)。

赤川学の分析で興味深いのは、明治期の性科学言説において、③快楽としてのセックス、霊肉（性愛一致）、④夫婦和合の要はセックスにあり、という「夫婦間のエロス化」が進むことである。

例えば、ファウラー『男女之義務』では、交媾を「猥褻醜恥」という者があるが、それは誤りであり、「交媾ハ女子に於て児を設くる為めに。最も貴重すべき事業なり」、「生殖器ハ神聖中の神聖なる者」である、というように、生殖行為としてのセックスの重要性を主張する一方、「愛情ハ何処より来るや。曰く生殖器より来れるなり」、「男女相愛するハ。同寝交媾を欲するにあり」というように夫婦に限定した上での、生殖器―愛情発生説が登場する(39)。

また、矯風散史『通俗衛生　色情交合論一名子の出来る自在法』では、「新たに子を挙るのは夫婦の義務にして、又た此れほど快楽《たのしみ》なことは夫婦間に於て無いのである、左れば夫婦が子を得る為めに行ふ交合、即ち生殖の作用《はたらき》と云ふものは、実に大切」という、生殖―快楽説も登場する(40)。

夫婦とは何か、どうあるべきか、という夫婦観において、未婚の男女と夫婦を決定的に分けるのは、「生殖」関係である。そして、夫婦に「生殖」という生理的結合を求める一方、「愛情」、「快楽」という精神的紐帯を加味する。

赤川によれば、「夫婦間性行動のエロス化」は、「オナニーや同性愛や婚前・婚外セックスに対する規制強化の代補として進展」(41)する、つまり夫婦間性行動の「規制緩和」は、他の性行動の有害性との「比較衡量」から行われる。

しかし、一方では、「規制緩和」という名の「囲い込み」によって、「生殖」、「交媾」が夫婦の義務として、赤川の指摘する②国家・社会の原点としての夫婦関係、つまり生殖→種族保存→国家という枠組みへと閉じてゆく。「愛情」を基にした「家族イデオロギー」が、国民を国家に編入させる装置であったのと同様の軌跡をたどるわけである。

明治二〇年代、「女学雑誌」などの啓蒙雑誌では、セクシュアルな部分を隠蔽した「愛」の言説があふれる一方、性科学の文献では、「愛」、「夫婦」の紐帯として、「生殖器」の機能、「交媾」、「性交」が肯定的に語られる。つまり、啓蒙雑誌における「家庭」の思想が、「愛情」という義務を発生させ、性科学では「生殖」、「交媾」が夫婦の義務となるわけだ。赤川学の論じるような夫婦間の性行動の「エロス化」と「規格化」は、「愛」や「性交」、「本能」、「情慾」、「性欲」という言葉をどのようなパラダイムへ位置づけるかという問題に関わってくる。

そして、明治三〇年代になると、夫婦関係の根本に「生殖」関係を置き、そこから〈愛〉が発生するという〈愛―生殖〉融合説が、婚姻論、婦人論、女子教育論に登場してくる。

5　愛情／生殖／イデオロギー

一八九九〈明治三二〉年二月、高等女学校令が公布され、全国に公立の女子高等学校が設立されるようになると、女子に関する問題が活発に議論され、数多くの婦人論、結婚論、女子教育論が出版される。

今回は、『国立国会図書館蔵明治期刊行図書目録第二巻』「社会・経済産業・統計の部　婦女問題・廃娼論」に掲載されている書物から、明治三〇年代、四〇年代の、結婚、夫婦について記載のある資料を分析した。

これらの資料は、性科学文献にみられるような、科学的・生物学的視点からの「生殖」本位ではなく、啓蒙雑誌的な「清い愛」を重視しながらも、そこに、「生殖」関係としての夫婦関係を基礎としながら、「愛情」と「情慾」、「色欲」の共存発展、生殖に基づいた愛、愛情に基づいた生殖を唱える、〈愛―生殖〉融合説がみられる。

1　愛情＝生殖関係としての夫婦関係

「詳かに女子の性質を分解し」、「任務・行為・権利・職業・教育」を推論し、「愛情と色欲との区別をなし」、「羞恥と敬順との出所を明かにし」、「貞操の易ふべからざる所以」（一頁）を弁じることが目的とする『女子新論』（金港堂、一九〇一（明治三四）年四月）においては、「夫婦情」は次のように説明されている。

まず、「夫婦情は生殖的より来るものにして」、子供ができて、そこに成立する一種の「情緒」である。しかし、「色欲」は夫婦を夫婦たらしめる「自然の妙機」であるが、「色欲」と「愛情」をしっかり区別して、「以て、色欲を慎み、真正の愛情を発達せしむべきなり。」というように、「夫婦情」は、「生殖的」から発生するが、「生殖的」から発生する「色欲」を抑制し、「清き愛、正しき愛」を発達させることを求める（一四四〜一四六頁）。

同様に、鹿島桜巷・千葉秀浦『結婚の秘訣』（也奈義書房、一九〇七（明治四〇）年二月）では、「結婚は即ち生殖を意味す、生殖は即ち伝承を意味す、伝承は即ち発展を意味す」（序）と、結婚＝生殖を唱える一方、「其結婚は必ず恋愛の結合なる可らず」（序）、「言ふまでもなく、結婚は相互の恋愛を情慾的に発展するものなり」（三章）というように、「生殖」をベースにした「恋愛」と「情慾」との共存発展が唱えられる。

他にも、男女異性が「相引く」のは「主として生理上の関係に基く。所謂生殖器の関係是也。（中略）これ生殖器に陰陽両性の差ある為めならずや」（桐生悠々『婦人の本然』弘文社、一九〇三（明治三六）年八月、一六頁）と、愛情という精神的な紐帯より以前に、物質的に存在する「生殖器」が、男女の紐帯であると論じるものや、「一男一女の永久なる結合に於いてのみ、真の愛情は存在することを得。男女自然の要求は性慾の満足なければ、素より之れを達することを得す」（上杉慎吉『婦人問題』三書楼、一九一〇（明治四三）年一一月、九二〜九三頁）というように、「性慾」の満足が「真の愛情」の達成には不可欠だとするものなどがある。

2　交合と愛情

次に、「交合」＝セックスについては、性科学文献において赤川学が分析した④夫婦和合の要はセックスにあり、という言説が、セックスは夫婦の愛を高めるというかたちで表れている。

小田疇三郎『結婚哲学』（市田元蔵・発行兼印刷者、一九〇六（明治三九）年二月）では、「結婚の最大目的は、愛なる麗しき家庭を作るにあり」（六一頁）と、啓蒙雑誌の夫婦＝愛情至上説を踏襲しながらも、愛は交合から起るものではないが、「両性の交合は愛を向上せしむる性質のもの也。」（三八頁）というように、「交合」＝セックスへの許容度は高まっている。

小隠編『男女小観　一名男と女』（大阪・松雲堂、一九〇七〔明治四〇〕年一〇月）では、夫婦男女の目的が、「神聖なるホームに入りて美はしき夫婦の合一作用を完成」（七頁）することにあると、一夫一婦制を推奨し、啓蒙雑誌の「家庭《ホーム》」の思想の延長にありながらも、男女の「肉交」を否定せず、むしろ、「男女一度び肉体の快楽を交換するに至て、爰《ここ》に益々其恋が其真相を高め、愈々其愛情を濃厚ならしむるを見るに至ては、吾人は肉交を以て恋を完成するものと云はざるを得ず」、「其一度び肉体を交換するに至て、爰に始めて情的夫婦作用合一して、恋愛愈々強固に、益々濃厚に、世間の外聞も非難も終には其顧みる処にあらず」（六〜七頁）というように、「肉交」は夫婦の「恋愛」を「強固」にするのに必要なものであるとしている。

このように、明治三〇年代、四〇年代の結婚・夫婦観では、第一に、「神聖なるホーム」の形成が唱えられながらも、「結婚は即ち生殖を意味す」（『結婚の秘訣』序、前掲書）というように、「生殖」関係としての夫婦が前提となる。次に、啓蒙雑誌の夫婦＝愛情至上主義では、卑しいもの、否定されるべきものであった「情欲」、「色欲」は、「生殖」関係に必要な動因として、また「結婚は相互の恋愛を情欲的に発展するものなり」（『結婚の秘訣』前掲書）、「一男一女の永久なる結合に於いてのみ、真の愛情は存在することを得。男女自然の要求は性慾の満足なければ、素より之れ（＝「真の愛情」）を達することを得す」（『婦人問題』前掲書）というように、「愛情」と「情欲」、「性欲」の共存発展が唱えられる。

さらに、「交合」、「交接」という行為は、その「愛情」を高めるものであり、「交接的関係無くば、決して夫婦の真情はあるの理無し」（湯朝観明『結婚論』文禄堂、一九〇六〔明治三九〕年四月、一六三頁）というように、夫婦―愛情―セックスの結びつきが必然とされる(42)。

明治三〇年代、四〇年代における結婚・夫婦観において、「生殖」や「性交」への許容度が高くなったのは、生殖→子孫繁栄→国家繁栄といったナショナリズムへの貢献という限定の中で、認められるものだったことは言うまでもない(43)。

3　完全なる男女、完全なる生殖

明治二〇年代からの啓蒙雑誌における夫婦愛のイデオロギーは、「愛」を至上命題としたために、「性交」、「生殖」というセクシュアルなものを排除してきたが、生殖という単位としての夫婦、「夫婦和合の要はセックスにあり」という性科学の夫婦の性行動に関する言説を、「愛」という精神論に取り入れることによって、明治三〇年代、四〇年代には、夫婦とは、生殖という行為を行い、愛という精神的な繋がりによって維持され、性交によってその愛を増す、という愛と生殖の義務を負わされた夫婦観が現れてきた。

しかし、「生殖」、「性交」の肯定は、決して〈性〉の解放ではない。これらの結婚・夫婦観において、男女でより「生殖」的なのは、出産し、育児をする妻であり母である女性である。ここでも「家庭《ホーム》」の思想にあるように、「女子は天性愛情の厚き者たり」(『女子新論』前掲書、一七頁)と、女性の資質を「内助」、「育児」に必要な「愛情」そのものとする一方、その愛情は「女子は生殖的なり、即ち人の妻となり母となる者なり」(同、一八頁)、「殊に生殖的なる体質を有する女性の任務」(加藤咄堂『女性観』東京・山中孝之助、一九〇四〔明治三七〕年一一月、六四頁)というように、女性の「愛情」、「生殖」は、妻・母となるべき女性の「天性」、「天職」と説明される(44)。

男性＝仕事、女性＝家政・妊娠・出産・育児という性的役割分業は、女性の資質は「愛情」である、そして、生理的機能によって、妻・母の役割を「天性」、「天職」と価値づけることによってより強固になる。一方、「生殖」する関係として夫婦が規定されるとき、男女には完全な肉体、完全なセックスが求められる。

「完全の男子と称する者ハ。交媾の要務に於て男子の本分を尽すにあり。故に最良の造効を遂げ。児を設くるものハ。則最良の男子にして。是と遂ぐる能ハざるものハ。男子に非るなり」、女子も「俊傑の児」を産むことは「殊に女子の名誉にして。婦妻たる者の模範たるべし。」（ファウラー『男女之義務』王山堂、一八七九（明治一二）年三月、六頁）、「子孫繁殖の慾望を充さんとして遂げ得たる生殖」をするために必要な「自然的に十分なる色慾の発動」は「必ず生殖器の健全なるを要す」（大鳥居弁三・澤田順次郎『男女之研究』光風館、一九〇四（明治三七）年六月、六七～六九頁）、「自然的十分なる色欲の発動」には、「生殖器の健全なるを要す、即ち健全なる生殖器にして、始めて適当に且十分なる色慾の発動を得、又男女生殖上最も円満なる関係を生ぜしむべく、斯て又始めて吾人はそが生殖の本能を完うし、人生無常の快楽と幸福とを享有し、色慾の満足に、併せて子孫繁栄の大慶を得るなり」（隔恋房主人『色情衛生男女生殖最新書』大阪・西田愛之助発行、一九〇五（明治三八）年四月、五一頁）というように、理念上、完全なセックス、完全な生殖能力が、夫婦に求められる。

6　自然主義文学と「本能」

これまでみてきたように、明治三〇年代からの結婚観・夫婦観においては、それまで卑しいとされてきた「本能」、「情欲」を、「生殖」、「愛情」の原動力として組み込んでいった。

第Ⅱ部でくわしく見るように、自然主義文学も、「肉欲」や「本能」を賤しいものではなく、人間の「現実」、人生の「真実」として、文学で語るべきもの、として位置づけていった。こうしてみると、「本能」、「情欲」、「性欲」は、夫婦・家庭を単位とした国家イデオロギーの言説強化への掛け金、また自然主義が文壇での地位を確立するための掛け金として働いていたことがわかる。

花袋自身も、「罠」と同年の一九〇九（明治四二）年に出版された『小説作法』において、「本能の力」は「自然の力」であり、「真理」に到達するために必要な「本能」を次のように力説している。

本能といふものを卑しいもの、やうに人は皆な言ふ。又、本能は抑圧すべきもの、打克つべきものとしてゐる。（中略）これは皆な芸術と実行とを一所にしてゐるもの、言葉で、多く取上げて議論するには当たらない。けれど作者はこの本能に到達して事象を観察しなければ、到底深い真理に達することが出来ぬ。

本能の囁きは自然の囁である。本能の力は、自然の力である。本能の顕はれは自然の顕はれである。本能はすべてのものを征服して行く（「第八編　今の文芸と昔の文芸／四　本能といふこと」）(45)。

しかし、「罠」、「白紙」における「本能」、「生殖」嫌悪は、こうした、「本能」、「生殖」の文学的価値上昇と逆行している。

「総ての悲劇……総ての暗闘、総ての殺傷は皆なこれから起るのだ。これから、此の肉の問題から。」と始まる「白紙」は、この『小説作法』の四ケ月前に発表され、「自由とは何だ。自由とは何だ。そんなものが此の世の中にあるか。あり得るか。皆なその力の為めに十重にも二十重にも縛られて、勝手に身動きが出来なくなつて居るではないか。右も左も前も後も、皆なその暗い壁だ、本能の暗い壁だ」と結ばれる「罠」は、『小説作法』の四ケ月後の発表である。

「本能」＝「自然の力」（『小説作法』）、「本能」＝「悲劇」（「白紙」）、「本能」＝「暗い壁」（「罠」）――この花袋の「本能」観の揺れは、どのように解釈すればいいのだろうか。

「作者はこの本能に到達して事象を観察しなければ、到底深い真理に達することが出来ぬ」（一六二頁）という『小説作法』の文章が、当時、論壇を賑わせていた「芸術と実行」問題で、自然主義文学批判に対するエクスキューズ、または自然主義側の論理構築（タテマエ）だとすれば、花袋の「本能」観は、「真実」や「自然」といった高尚なものでなく、「白紙」や「罠」にあるような、暗く、醜く、悲劇的なものなのか。

実際、「罠」の同時代評においても、「「罠」に依つて見ると、田山君は寝室と云ふもの、性慾と云ふもの、本能と云ふものをひどく汚ないものとして、無心の子供までをその汚いもの、結果として憎んで居られる。従来田山君の言明された態度に依ると、寝室でも、性慾でも、決して醜なもの、汚いものではない筈だ。此の作は田山君自身の告白であらう。然らば、田山君は之れまで自身で言明されたやうな自然主義者ではない。矢張り一個の道徳家である。決して蒲団の臭ひなぞを嗅いで喜ぶ人ではない」(「晩秋夜話」)(46)と、「本能」、「性欲」を尊重する自然主義作家としての花袋の変節を「罠」に見ている。

また、次のように理解することも可能であろう。文学的には「よい本能」と「悪い本能」があるのだ。「自然」や「真理」に繋がるのが「よい本能」であり、快楽、堕落に繋がるのが「悪い本能」なのだ。こう考えれば、「芸術と実行」の問題にも重なるし、また、同時代の性欲の諸刃のやいば説――「真に活人剣たると同時に殺人刀」(「新公論」特集・性慾論、序文)(47)である「本能」としての「性欲」は、「個人の内部に場所を与えられているのだが個人のコントロールのきかない存在に転化する可能性がある」(48)という性欲観とも重なるだろう。

「罠」における「僕」の「本能」に対するスタンスは、本能という「罠の中に入つて居ても罠と知らずにはまつて行く人間が羨ましい」、若い夫婦は「本能に騙されて居る中が羨しい」、また「白紙」においても「自由にならぬのが口惜しい、其(=恋、肉―引用者)勢力に支配せられるのが情けない。世界に何故己ばかりかう不幸に生れ付けられた?何故、他人のやうに、平和に無神経に暮して居られるやうに生れて来なかつた」と、自己は他人に比べて「本能」に目覚めている、というスタンスである。

「本能」に騙されて、夫婦生活を営んでいる他人は、「本能」に鈍感なるがゆえに平和な生活を営み、「本能」に目覚め、明晰な自分は「平凡と単調」、「闘争と煩悶と苦痛と矛盾」の生活を送らなければならない――こうした彼と我の差異は、「本能」への無自覚と自覚の差であり、動物的な「本能」に支配されている彼等凡人を見る、『小説作法』に表れているような文学者=知識人の視線に重なる。

「罠」の同時代評において小宮豊隆は、「此の小説は「本能は人生の罠だ、人は本能の罠に段々と陥いつて身動きが取れなくなる」と云ふ命題を説明するものであるが、其命題が、あの小説の中で決して具体的に描き出されては居らぬ」、「一種のセンチメンタリズムの変形」と批判している（「十月の小説」）(49)。小宮の言葉を使えば、「罠」という小説は、「本能」の「罠」という「命題」を「具体的」に描かないことによって、「本能」＝「真実」という文学的命題にアクセスできる文学者である「僕」を特権的に語る小説なのである。「センチメンタリズム」になるのは、そうした文学者の「闘争」、「苦悩」へ共感する回路を持たない人間を排除しているからであり、その代表が「妻」なのである。

7 「生殖」「本能」から逃亡する男たち

「僕」が思い悩む現在の生活の「平凡と単調」、「闘争」、「苦悩」、「悲劇」は、すべてこの「生殖」、「本能」に原因があるという。しかし、花袋が「白紙」や「罠」において、「本能」という言葉でさしている内容は、夫婦間に発生し、葛藤する「本能」であったり、「本能」の力に支えられている「生殖」であったり、「生殖」する妻、「懐妊した女」への嫌悪であったりする。

どうも、この時期の花袋にとって、自分を狂わせ、総ての「悲劇」を引き起こす「本能」や「生殖」の問題は、妻との関係に投影されているようだ。では、なぜ「生殖」する妻、「懐妊した女」が嫌悪の対象となるのか。それは、「生殖」する妻は、「僕」に夫・父親としての無能さを突きつけ、〈男らしさ〉の自信を揺るがす存在だからである。

第5節の「3　完全なる男女、完全なる生殖」でみてきたように、愛／生殖イデオロギーの究極地点は、完全なセックス、完全な生殖能力のある夫婦であった。これは、女性にとってはシングル、不妊を排除する言説であり、男性にとっては、〈男らしさ〉の質が問われる言説である。

広津和郎「神経病時代」(『中公公論』一九一七〔大正六〕年一〇月)において、神経病、神経衰弱から引き起こされる「陰萎・性交不能(性的不能・インポテンツ)」という、「〝男らしさ〟をおびやかす脅威的な医学的ディスクール」の流布によって、「〝男らしさ〟を病む」、「性欲の病」、「セクシュアリティの病」が蔓延したことを論じたのは川村邦光であるが(50)、花袋「罠」の場合、愛情/生殖に濃縮される夫婦関係に対する嫌悪は、一つは、子供が生まれ、夫である自分を省みなくなった妻への苛立ち、「子が生れると、夫に対する妻の愛情が薄らいでそれに集る。夫などは何うでも好いといふ形になる」という、性別役割分業システムによって運営される家庭で、母子関係から疎外される夫の不満という形で表れる。

その不満は、「男が保留された本能作用を自由に家庭以外に縦にするのも止むを得ないぢやないか。」と夫婦関係で消費されない欲望を、「家庭以外」の女性で満たそうとするのも「止むを得ない」と肯定され、妻の母化、家庭における愛/生殖の義務化が、同時に「家庭以外」の女性へと男性を逃避させる根拠として使われている。

一夫一婦制、「家庭《ホーム》」の思想は、妾、娼婦などの存在を「美しい家庭」を壊すものとして排除していったが、「家庭」における愛/生殖の義務化が強固になればなるほど、家庭から逃亡する男性が出現する。

そして、さらに「愛情」によって結びつき、「生殖」によって子孫を繁栄させなければならない家族、社会や国家の一単位としての近代家族イデオロギーは、男性に家父長や父親としての責任をつきつける。

いつものように、子供の面倒をめぐって、夫婦喧嘩が起る。妻は子煩悩の男の人はたくさんいるという。しかし、「僕」は「そんなことはちつとも面白くないから駄目だ」、「子供は女でなくつては育てられないやうに出来て居るから情けないんだ」という。すると妻から「それぢや、男は一家の主のやうに、妻に対しても子に対しても立派に厳かに男らしくして居れば好い」といわれると、「立派に、厳かに男らしくとは、何ういふことだ」、「働いて、金を沢山取つて、後の万一のことを考へて、亭主が死んでも、楽に暮して行けるやうにして置いて遣れば、それで好いんだらう」と夫は腹を立てる。

「生殖」する、子供が生まれる、そして、「一家の主」として男性は生計を立てなければならない——性的役割分業システムは、「一家の主」としての〈男らしさ〉を男性に要求する。「生殖」する妻とは、夫にそうした責任や義務を押し付けてくる愛／生殖イデオロギーを具体化した存在として夫の「僕」の眼に映る。

二葉亭四迷「出産」(51)でも、妻の出産に臨んで、産婆を呼びに行ったり右往左往する夫をコミカルに描きながらも、子供が生まれるとなると、「自分に似た者が一人此世へヒヨツコリ」出て来る、「いつの間にか自然と子といふものが出来て、僕は人の親になる」、そうした「漫然生殖慾に任せて、己《ひと》に齊しきものを出来《でか》したのは、果して之を目出度い事として慶すべきであらうか、如何《どう》か?」と夫婦の「生殖慾」の結果できた子供が「不思議」で、「気味が悪く」思える。

「妊娠する女」、「生殖慾」の結果の子ども——これらは、男性にとって、「一家の主」として〈男らしさ〉が示せるかどうかを問いかけてくる存在でもある。近代家族のイデオロギーは、男性にも〈男らしさ〉の価値観を要求する。それが出来ないとき夫は、妻を嫌悪し、「愛情」、「生殖」、「本能」そのものを呪詛し、家庭・夫婦関係から逃亡する。「寺——さうだ、寺より外に逃れる処がない」と泥濘の道を歩く「僕」であるが、結局は「本能の暗い壁」から逃れることができないと嘆く。

夫婦の愛情／生殖イデオロギーは理想化、先鋭化されればされるほど、そこから脱落する男性を生み出す。ここで取り上げた花袋の小説の他にも、文学では、社会的に疎外され、家庭でも疎外される男性が、苦悩する知識人として描き出されるケースが多々ある。そこには、男らしくない自己を語る主体の〈男らしさ〉というまた別の男性性の構築があるが、この問題は第7章で考えたい。

第4章

『独歩集』における性規範
……………「正直者」「女難」を中心に

1　自然主義文学の〈起源〉としての国木田独歩

本章の大きな見取り図として、近代の恋愛や〈性〉の語られ方、そして、それぞれの間にどのような力学が働いているのか、また、恋愛や〈性〉に対する価値づけはその時々によって可変するものであるが、小説における恋愛や〈性〉の語りにおいて、男性と性的欲望というものが不可分なものとして立ち現れる経緯を、『独歩集』の受容を中心に見て行きたい。

従来、近代の〈性〉と恋愛の言説の変遷は、北村透谷の恋愛神聖論→高山樗牛の本能論→厨川白村の性―恋愛―結婚の三位一体説という流れで語られてきた。しかし、樗牛と厨川の間、つまり、今回あつかう『独歩集』や、そして自然主義文学の時代における〈性〉や恋愛の相関関係については、樗牛の本能論の影響、またはゾライズムの影響として処理される傾向があった。ここではその明治三〇年代の樗牛から大正期の厨川の空白期間の〈性〉と恋愛の規範を繋ぐ新たな線が抽出できればと考えている。

さらにつけ加えれば、「欺かざるの記」での恋愛神聖論から、臨終近くに発せられた性欲讃美の言葉まで、独歩自身も明治の〈性〉と恋愛の変遷を歩んでいるのである。

第Ⅱ部で論じる自然主義的「性欲」の発見に先んじて、小説テクストにおいて「肉欲」を扱った国木田独歩のテクストを見ることによって、「肉欲」言説と「性欲」言説の位相の違い、そして、独歩の死後、自然主義文学の流行の中で、独歩の「肉欲小説」が再評価される過程を追ってみたい。

国木田独歩の「正直者」(「新著文芸」一巻四号、一九〇三〈明治三六〉年一〇月)、「女難」(「文芸界」二巻七号、一九〇三〈明治三六〉年一二月)は、ともに『独歩集』(近時画報社、一九〇五〈明治三八〉年七月)に収められた。

「正直者」「女難」については、評価の時期は①「正直者」「女難」初出当時(明治三六年)→②『独歩集』(明治三八年)→③独歩の死後(明治四一年)の三つに大きく分けられる。

まず、初出当時の評価は、正宗白鳥の独歩論、独歩追悼号における内田魯庵、草村北星の回顧記事にあるように(1)、まったくといってよいほどなされていない。回顧文は「忘れられていた天才独歩」という物語を用意するものであったとしても、一九〇三(明治三六)年時点での雑誌の月評、小説評の欄でもこれらの作品の評価はほとんど見当たらない(2)。

しかし、初出から約二年後、一九〇五(明治三八)年に刊行された『独歩集』において評価は一転する。中でも評価が高いのは「女難」「正直者」である。

独歩集を読んで先ず感じたのは「女難」と「正直者」である、取材の上より言ふも、技術《アート》の上より言ふも申分のない作で、恐らく明治の文壇が生んだ多い作品中でも、取り立てて誇りとするに足るものであらう(萩声子「独歩集を読む」「新古文林」一九〇五〈明治三八〉年九月、一二三五頁)。

他にも、『独歩集』を評価するものたちは「女難」か「正直者」、あるいは両者を上げている(3)。そして、独歩の死後、「新潮」、「新声」、「趣味」、「中央公論」、「新小説」などの雑誌が続々と追悼特集を組む中で、独歩評価は決定的となる。

追悼特集の中でも、先の花袋のように、片上天弦も「正直者」、「女難」をはじめとする『独歩集』の作品を、「もどかしい、胸のもだ〳〵するやうな、肉の悲哀である、あくまでも執着煩悩の悲哀である」(4)と、自然主義文学の文脈に読みかえる。

独歩死後、自然主義文学の文脈において「正直者」「女難」は〈再発見〉されるわけであるが、その時、「肉の悲哀」「性欲」「肉欲」といった性的欲望を肯定する言説が同時に語られる。これは自然主義文学にひきつける独歩評価の再編の影響ばかりではない。ここで、田山花袋「蒲団」が「肉の人、赤裸々の人間の大胆なる懺悔録」(島村抱月)、つまり、主人公竹中時雄の性的欲望の赤裸々な告白として、自然主義文学のメルクマールとなる素地が、「蒲団」に先立つ一連の独歩の作品、『独歩集』の反響にあると仮定してみたい。

『独歩集』が出されたときには、すでに「肉欲」や「性欲」を卑しいものとしてではなく、性的欲望を肯定的に語る「恋愛論」が登場していた。例えば、「正直者」の場合であれば、父親の遺伝によってどうしようもない「肉欲」に支配されている主人公であるが、語り手の機能が、常に読みの地平を読者の現在に送り返すようになっており、読者は、読者の現在の性的欲望肯定のパラダイムで、「正直者」を読む／共感するしくみになっている。まず、欲望の問題系として、欲望はどこからくるのか、独歩のテクストに描かれる欲望の質を同時代の状況から照らし出してみたい。そして、その欲望に読者を共感させる仕組みを、欲望の語られ方から検証してゆこう。

この場合、男女の〈性〉は非対称に構成されているのであるから、男女同様には語れないことは勿論である。今回は「正直者」「女難」という、遺伝や運命によって、「肉欲」＝性的欲望の方向づけをされた男性の話であるので、男性の性的欲望に限ることを最初に断っておきたい。

2　欲望はどこからくるのか

フーコーの言い方に倣えば、欲望に起源などなく、あるのは、欲望にまつわる言説の実践だけである。解剖学的な生理機能の説明も、リビドーといった精神分析的な説明にしても、欲望を実体化させるための〈語り〉の行為でしかない。独歩の時代、性的欲望を語る術語としての、第Ⅱ部で詳述するような「性欲」という言葉はまだ確立されておらず、「性欲（性慾）」「肉欲（肉慾）」「情欲（情慾）」「色欲（色慾）」「色情」「春情」「獣欲（獣慾）」など、様々な用語が揺れていた。語り得ない欲望を名づけようとする意志は、新たな欲望や不安を生み出し、「欲望や感情に自己の解釈の枠組」が求められるという事態が発生するということである(5)。得体の知れない欲望の中に、自己という存在の本質があるという錯覚、欲望の枠組みと自己の枠組みが重なるとき、そこに社会に生存する男性という「自己」が登場する。

では、「正直者」において、主人公に内在する性的欲望はどのように認識されるものなのか。

「正直者」において、性的欲望（「肉欲」）は、物語内部では、「ところで私の境遇の低いのと、それから私には或特別の天性《うまれつき》があるのとで、私の演じて来た芝居が誠に浅間しい、醜いものとなつたのであります。」、「私が前に、自分に特別の天性があると申したのは肉慾のことです」というように父親からの「遺伝」または環境による決定として説明されている。

父親に早く死なれて、天涯孤独となった「私」は、小学校の教員となるが、下宿の大家の親娘に気に入られ、特に娘のおしんから「愛情」と「信仰」をよせられ、とうとう肉体関係を結んでしまう。おしんに対する欲望は、母親の死後、大勢の妾と共に暮らし、家庭というものを作らなかった父親からの遺伝のためであると語られる。

明治時代、「遺伝」という言葉には、ある種あらがいがたい重圧があった。親から子へ「特別の性質、性癖、特別の心力、若くは加之のみならず、狂質すらも」遺伝し、（ホリック（守矢親国訳）『生殖器新書』博文館、一八九七（明治三〇）年一一月、四二四頁）、また「不幸にも強き情慾を受け継ぎたる幼年者」は「毫も之を抑制することならん乎、終に其身体と道義心とは共に死滅を免かれざるべし（中略）殊に遺伝としての情慾の悪魔は其勢ひ最も凄まじきものなり」（ドクトル川瀬元九郎「衛生雑話」「中学世界」一九〇三（明治三六）年七月、一一八〜一一九頁）というように、「狂質」「遺伝としての情慾」は遺伝に起因するものと考えられていた。

遺伝ということに注目すれば、ホリックのように遺伝病に拘らず「神経病」や「性癖」までもが遺伝するという言説は、明治期においては一般的に見られることである。「性癖」の遺伝、「肉欲」の遺伝は不可避であり、当事者としては操作できない、克服できない欲望＝宿命である。放縦な欲望が悲劇を招いても、その原因は遺伝であるので、自分ではどうにも回避できるものではない。まさに、「殊に遺伝としての情慾の悪魔は其勢ひ最も凄まじきもの」（川瀬「衛生雑話」前掲）なのである。

一方、「女難」は、遺伝ではなく、占い師が尺八師の「女難」の運命を予言するという、「予言」による決定論である。その「女難」とは、幼いとき異様に可愛がってくれたおさよに始まり、友人の妹・お幸に惚れられて、情交を重ねるうちに妊娠、その事実を知った「私」＝尺八師は一人で逃亡するというものである。それから、上京して、長屋の大工の女房お俊と不倫関係を結ぶが、眼が悪くなりお俊に見放されるという運命をたどる。

「女難」における主人公の「放縦な欲望」は、「こゝまでお話したので厶《ござ》いますから、これから私の女難の二つ三つを懺悔いたしましよう。売卜者《うらないしゃ》はうまく私の行く末をトひ当てたので厶います」というように、予言された「女難」の最終的な運命とは「女難と一所に目を亡くして了」うこと、つまり、失明である。

遺伝による「肉欲」に拘らず、放縦な欲望の結果に罹患する性病（花柳病）、とくに梅毒が、失明の原因になるという臨床結果が知られている(6)ことから、「盲目」という設定には、尺八師が占いという迷信的な運命に翻弄されている背後には、数々の情交、不倫といった性的な放縦によって、性病に冒されたということが暗示されている。

「正直者」にしろ、「女難」にしろ、遺伝、予言という当事者がどうすることもできない欲望の素因を物語内部に設定している。このような生物学的または運命論的決定論において、欲望とは、遺伝として自分の身体に組み込まれながらも、個人の意志を超えている。しかし、後に分析するように「正直者」「女難」には、そうしたどうすることもできない欲望を抱えた登場人物の語りを、読者の現在へと送り出す語り手が機能している。つまり、性的欲望に捉えられることを肯定的に語り、それを許容してゆくような同時代的な性規範である。

欲望の語り方を見る前に、『独歩集』によって「正直者」や「女難」が再評価される明治三〇年代後半までには、どのように性的欲望を肯定する枠組みができているのか、欲望を肯定的に語る、同時代の高山樗牛の本能主義における欲望の位置づけをみておきたい。

北村透谷の恋愛神聖論は、恋愛と「肉欲」を分離させ、恋愛＝神聖、高尚／肉欲＝卑しいものという階層化をし、恋愛の神聖性を唱えるという図式が基本である。例えば次の一節がその図式をよく表しているだろう。

> 生理上にて男性なるが故に女性を慕ひ女性なるが故に男性を慕ふのみとするは人間の価格を禽獣の位地に遷す者なり、春心の悖発すると同時に恋愛を生ずると言ふは古来似非小説家の人生を卑しみて己れの卑陋なる理想の中に縮少したる毒弊なり、恋愛豈単純なる思慕ならんや、想世界と実世界との争戦より想世界の敗将をして立籠らしむる牙城となるは即ち恋愛なり（北村透谷「厭世詩家と女性」）(7)。

これに対して、樗牛の本能主義のパラダイムは、透谷が否定した欲望＝「本能」に積極的な価値を見出してゆく。高山樗牛「美的生活を論ず」（「太陽」一九〇一（明治三四）年八月）においては、恋愛と性欲の関係が次のように語られる。

（二）道徳的判断の価値：「吾人は道徳其物の価値の甚だ貧少なることを思はざるを得ず。（中略）善と云ひ不善と云ふものの畢竟人間知見上の名目に過ぎずして、人生本来の価値としては殆ど言ふに足らざるものに非る乎。否乎。」

（三）人生の至楽：「幸福とは何ぞや、吾人の信ずる所を以て見れば本能の満足即ち是のみ。本能とは何ぞや、人性本然の要求是也。人性本然の要求を満足せしむるもの、茲に是を美的生活と言ふ。／道徳と理性とは、人類を下等動物より区別する所の重もなる特質也。然れども吾人に最大の幸福を与え得るものは是の両者に非ずして実は本能なることを知らざるべからず。蓋し人類は其の本然の性質に於て下等動物と多く異なるものに非ず。（中略）必ずや人生の至楽は畢竟性慾の満足に存することを認むるならむ。」（三四～三五頁）

（六）美的生活の事例：「恋愛は美的生活の最も美はしきもの、一乎。是の憂患に充てる人生に於て、相愛し相慕へる少男少女が、薔薇花かほる籬の蔭、月の光のあかき磯のほとりに、手を携へて互に恋情を語り合ふ時、其の楽みや如何ならむ。彼等の為す所を以て痴態と笑ふ勿れ、か丶る痴態は真に人を羨殺するに足るものならずや。」（三七頁）

樗牛の「美的生活」論は、道徳、知性、共同体からの解放の手段として、「欲望」＝性欲を肯定的に語るという戦略である。その論法は、まず人間を動物と同様な「本能」を持つ存在として規定し、その欲求にしたがうことが「幸福」であり、「幸福とは何ぞや、吾人の信ずる所を以て見れば本能の満足即ち是のみ。本能とは何ぞや、人性本然の要求是也。人性本然の要求を満足せしむるもの」つまり、「美的生活」の実現であるとする（文中の「性慾」という言葉は、性的欲望（sexual desire）というよりも、「本能」（instinct）という意味であろう）。「本能」の肯定による性の解放の言説の一つとして受け取られるが、解放の戦略の中で、動物的「本能」を持つ存在として人間を規定していること、つまり、「本能」や「欲望」自体が、生物学的宿命によって人間の内部に存在していることを樗牛は認めているわけである。

樗牛の「美的生活」論は、北村透谷の恋愛至上主義のパラダイムを転倒させて出現してきたわけだが(8)、同時代の他のテクストを見ても、明治三〇年代の半ばには、透谷的恋愛至上主義は懐疑され、動物としての人間、「肉欲」への肯定的評価も見られる。

例えば、小栗風葉「青春」(9)では、主人公欽也の思想的変遷は、透谷的恋愛神聖論の敗北から樗牛的本能への変遷として描かれている。春の巻において、自作の詩『顕世《うつしよ》』の解釈で、本能主義を否定し(「本能の満足、本能主義と云ふものは、根本に破綻を持つてる説で、本能主義の究極は自滅である」)、「理想的な神の世界」「美の境」を憧憬している欽也であるが、ヒロイン繁との恋愛、経済的困難、繁の妊娠と堕胎罪による投獄を経験し、最後、秋之巻においては、「恋は矢張肉慾の満足に外ならぬ」という結論に至る。

また、三島霜川「聖書婦人」(10)では、純愛、純潔を唱える女学生むら子の恋愛論の立場を、彼女に愛を捧げられた宣教師は、霊の下の肉、純愛の裏の「肉的苦悩」、人間＝肉欲の動物という立場から反駁してゆく。精神世界の代弁者たる宣教師が肉欲説を唱え、そして、結果的に、むら子の自殺によって、精神的恋愛論の敗北を意味していると思われる。

しかし、注意してみたいのは、樗牛は「恋愛」をまったく否定しているわけではなく、「恋愛は美的生活の最も美はしきもの、一乎」とその「本能」を発揮するために、「恋愛」という形を求めていることである。つまり抽象的な「本能」という欲望に形式を与えるのは「恋愛」という行為であり、「恋愛」を通じて「本能」を実現化し、またそこにおいて「美的生活」という自己実現を果たすという図式である。

問題なのは、透谷対樗牛という対立や、透谷的恋愛パラダイムから樗牛的本能パラダイムの移行ではない。透谷の恋愛神聖論も明治三〇年以降も依然信奉され、維持されている。重要なのは、恋愛と性欲の問題が同時的に顕在化した場合、以前の二つのパラダイムをどのように接合し、新しいパラダイムを作って行くか、であり、その時期において、独歩の果たした役割である。

3　性的欲望は内在する

透谷において、すべての人間に性的欲望が内在しているという生理学的知識は、「恋愛」を賞揚する以上は、否定または隠蔽しておかなければならない科学的な事実であった。「生理上は」という言葉からも透谷においては性的欲望の生理学的知識は踏まえられていると思われる。

その生理学的知識を援用する同時代の性科学では、欲望そのものがどこから発生するかは、生理器官、または脳・神経の働きから説明される。

例えば甲田良造『奇思妙構　色情哲学』（金港堂、一八八七〈明治二〇〉年六月）では「恋慕」には、「其一、皮相《うはべ》より来るの恋情、其二、才能或は技芸より起るの恋情、其三、生殖器作用より起るの恋情、其四、意中を察するより起るの恋情」（二五頁）とがあり、恋愛発生源の「生殖器作用」＝本能は否定されるものではない。また「色情的機能の最高にして枢要なる中央局は即ち脳の皮質なり」（クラフト＝エビング『色情狂編』日本法医学会、一八九四〈明治二七〉年五月、一二頁）、「春情《いろけ》は先づ生殖器の為めに喚起せらるゝこと論を待たず」（ホリック『生殖器新書』博文館、一八九七〈明治三〇〉年一一月、三七三頁）というように、「恋愛」「恋情」の発生源として生殖器が肯定されるように、性的欲望の自明性も肯定されるが、同時にそれは、抑制不可能性（「健強ナル男子ノ窒欲（＝性欲抑制）ハ一大難事ナリ所以者何ト云フニ此自然欲ハ甚ダ猛烈ニシテ」森鷗外「性欲雑説」『公衆医事』一九〇二〈明治三五〉年～一九〇六〈明治三九〉年）なものであり、「按ズルニ十全健康ナル者ノ窒欲シテ害ヲ受クルコトナキは明白ナリ」というように、男子の性欲は自明であるからこそ、「制欲」の必要が語られる。

ここで、性的欲望の発生原因が、感覚器官としての生殖器か、神経中枢としての脳にあるのか、科学的な議論は本論にとって重要でない。重要なのは、欲望そのものが、生殖器や脳という解剖学的、生理学的知識によって、人間にはすべて「内在」しているという認識である。

高山樗牛のように本能主義を肯定する言説も、それに反する恋愛神聖論、または制欲主義、禁欲主義の言説も、初めに欲望ありきという前提を自明のものとして語られている。いや、欲望が人間に内在していることを前提にしないと、これらの言説は成立しない。欲望や本能を視座として論を展開する点では、透谷、樗牛のパラダイムは繋がっているといえる。

「正直者」「女難」は、「遺伝」や「予言」という特殊な性的欲望を描いているが、しかし、〈男性〉読者は、彼らを特殊な「病的」人間として隔たって見ているわけではないだろう。『独歩集』に寄せられた多大な共感に見られるように、欲望が普遍的に内在するという「真実」によって、「正直者」や「女難」の「私」と、同じ〈男性〉という視点を共有できる。

関肇は、「正直者」の語りは読者を男性というジェンダーとして構成すると指摘している(11)。それは「肉慾」という「特別の天性《うまれつき》」は「特別」でも何でもなく、すべての人間〈男性〉に共通する生理学的真実という言説に支えられて、である。

同様な「遺伝」でも、島崎藤村「老嬢」（「太陽」一九〇三〈明治三六〉年六月）のように、女性の場合は、女性の学問、独身主義が、狂気という結末を招き、読者主体は、彼女を「狂人」として対象化する視点を共有する。小杉天外「はやり唄」（春陽堂、一九〇二〈明治三五〉年一月）、徳田秋声「春光」（「文芸界」同年八月）、永井荷風「地獄の花」（金港堂、同年九月）にしろ、遺伝や、それにともなう「罪」をひきうけるのは女性なのである。

「老嬢」では「へへへへあんなに学問なすつて、御嫁にも行つしやらねえとは。だが、奥様、あゝいふことも統を引くものと見えやして、あの方の御父さんも酷く学問には御凝りなさりやしたよ。御気の毒な、狂《きちがひ》になつて、座敷牢で御死去《おなくなり》になりやしたからなア」「畢竟《つまり》、御父さんからの遺伝だらうねえ――瓜生さんの彼様《あんな》に孤独《ひとり》で居たいといふ性質は。御覧な、狂になるやうな人は皆孤独で居るのが好きだから」というように、遺伝と狂気の関係は、外部の人間（男性的語り手）から語られる。この共有される視点は、テクスト内の人物とは隔たって、男女の性差の非対称性から構成される視点であろう。

男性の性的欲望が、生物学的本質に基づくという本質主義として容認されてゆく過程が、男性による女性支配を可能にする「近代国民国家の性管理システム」であり、これは、従軍慰安婦をはじめとする女性への性暴力、売春、ポルノグラフィーなどを肯定する論理の基盤になりうるという、大越愛子のような指摘がある(12)。

大越の立場に立てば、高山樗牛の「本能」の肯定や、「正直者」「女難」における遺伝や運命として変えられない欲望のあり方は、男性性欲の本質主義を強化するものであるといえよう。

しかし、「正直者」「女難」においては、男性の性的欲望とは、支配的なイデオロギーとして、直截的に現れてこない仕組みとなっていると思われる。

「正直者」に即して言えば、このテクストの内部には、〈性〉に対する異なる三つの性規範が存在する。一つは、「肉欲」という性的欲望に支配されている「私」の性規範（主人公の現在）、二つ目は、複数の妾を囲って家庭を顧なかった、つまり旧性風俗を体現している「父親」の性規範（旧世代）、そして、「私」の行動を「容易ならぬ罪」、「父親」の行動を「不倫なこと」として認識する語り手の持つ性規範（語りの現在）である。

この三つの時空が複合して、錯綜して語られる中で、これらのテクストに現れる欲望の意味が探られなければならないだろう。特に、自己の体験を語ってゆく「語り手」が形成する時差の問題は重要である。

4　欲望の語られ方

欲望が「遺伝」や「予言」という自己の支配範囲を超えているのであれば、おしんという女性を棄てた「正直者」

表　独歩テクストにおける手紙や第三者の回想として、間接的に時差をもって語るという構造の例

作品名	間接的に時差をもって語る構造の例
「湯ケ原より」	書簡（小山→内山）
「鎌倉夫人」	迫田→「自分」（小説家）への書簡体
「第三者」	往復書簡体（大井⇔武島）
「正直者」	「私」→ 読者
「女難」	「尺八師」→「或男」→（聞き手）
「夫婦」	書簡、回想 →「自分」

の「私」や、お幸を孕ませ、お俊と姦通した尺八師は、「遺伝」や「女難」という運命に弄ばれた悲劇の人物となる。しかし、その〈語り〉の時差に注目すると、別の物語が見えてくる。

国木田独歩の作品は、書簡、第三者の語りといった間接的な手法によって物語を展開する作品が多いが（「表」参照）、特に〈性〉や恋愛を扱ったものにその傾向が顕著なようである。〈性〉や恋愛の体験を、手紙や第三者の回想として、間接的に時差をもって語るという構造である。

このように「正直者」では、過去の自分の体験を語っているのであるが、同時に語りの現在に読者の意識を送り返す語り方をしている。さらに、語り手は、過去の自分の行為に対して、語りの現在という地点から、「けれど、情けないことに、親子の情といふものを知らない人間ですから、うれしいとは思ひましたが、たいして感動もしなかつたのです」「すると例の慾情が燃えあがりましたから我知らずおしんに摩寄りました。何と浅間しい人間ではありませんか」と反省的な身振りを見せている。つまり、「肉慾の満足」に支配された過去の「私」の性規範とは、異なった立場から、語り手は過去の自分を相対化できるような位置にいる。

また、それは、「けれども私は決して正直な者ではないのです。なまじ正直者と他《ひと》から思はれたばかりに容易ならぬ罪を今日まで成し遂げて生涯の半ばを送つて来たのであります」「何故父は、さる不倫なことをして居たかとふ理由は知りません、けれども父の子なる私の性質から推測しますると、父は唯だ肉慾の満足を得るばかり女を置くことを知つて、家庭などのことには全然《まるで》心を動かさなかつたのだらうと思はれます」とあるように、欲望の質について善悪の価値判断する語り手である。

さらに、「正直者」の語りの特性として、「遺伝」のため、自己の欲望の抑制はきかないが、自己の置かれた状況を客観的に観察できる性質を挙げ、布石としての語り手の客観性を用意している。

しかし誤解をふせぐ為めに一言します、私は決して世の中のこと悉く芝居と同じだといふ説を持て居るのではありません。たゞ前に説きました如き、私共のやうな性質を持て居る連中は、何処かに冷いところがあつて、身に迫つて来た事柄をも、静かに傍観することが出来るのです、それですから極く真面目な、誠実な顔をしながら、而も克く巧んで物事を処置することが出来ます。既に巧んで処置するといへば、其処に芝居らしい趣があるではありませんか。

「正直者」において、過去の「私」と、語りの現在にいる「私」が連続しているか、どうかという問題は後述するが、少なくとも、読者を常に語りの現在へと送り返す機能を持った語り手の現在は、「私」の性規範と、父親の性規範を客観的に判断できる立場に立ち、そのことは同時に判断の基準となる語りの現在における性規範を顕在化させる。そして、「見たところ成程私は正直な人物らしく思はれるでせう。たゞ正直なばかりでなく、人並変《ちが》つた偏物らしくも見えるでせう」と読者に呼びかける語りの方法は、語りの現在と読者の現在を同時的なものとして錯覚させる。

また「女難」の場合においては、語り手からの呼びかけではなく、「(と或男が話しだした)」と挿入することによって、「或男」が語る尺八師の物語を、〈語る―聴く〉という、語りの場に読者を参入させる方法を用いている。語りの現在に送り返す機能、読者に呼かけたり、語りの場に参入させたりする機能は、読者にとっても、読者の現在が抱えている性規範を参照軸として呼び覚ますはずである。

それでは、語りの現在が、過去の「自分」の行為を「容易ならぬ罪」、父親の妾囲いを「さる不倫なこと」と判断しえる〈性〉の規範とはどのようなものか。最後に『独歩集』の構成をふまえたうえで、「正直者」の結末を見ながら、この問題を考えてゆきたい。

『独歩集』掲載作品を初出とともに示すと、次のようになる。

第二短編集『独歩集』（近事画報社、一九〇五〈明治三八〉年七月）

献辞（田山花袋へ）

序「予の作物と人気」

「富岡先生」「教育界」一九〇二〈明治三五〉年七月

「牛肉と馬鈴薯」「小天地」一九〇一〈明治三四〉年一一月

「女難」「文芸界」一九〇三〈明治三六〉年一二月

「第三者」「文芸倶楽部」一九〇三〈明治三六〉年一〇月

「正直者」「新著文芸」一九〇三〈明治三六〉年一〇月

「湯ケ原より」「やまびこ」一九〇二〈明治三五〉年六月

「少年の悲哀」「小天地」一九〇二〈明治三五〉年八月

「夫婦」「太陽」一九〇四〈明治三七〉年七月

「春の鳥」「女学世界」一九〇四〈明治三七〉年三月

『独歩集』は、冒頭に「富岡先生」、最後に「春の鳥」を置き、「牛肉と馬鈴薯」→「湯ケ原より」→「少年の悲哀」→「夫婦」は雑誌の掲載順序に沿って並べられているが、「牛肉と馬鈴薯」／「湯ケ原より」の間に、「女難」「第三者」「正直者」を挿入する形になっている。

作品順と初出年を見ると、①『独歩集』の中心に〈性〉や恋愛の問題を中心に扱った作品を並べていること、②この三つの作品の発表順序は「正直者」・「第三者」→「女難」である(13)から、「女難」、「正直者」を入れ替えていること。この二つの意図が構成に働いていることがわかる。

①については、〈性〉や恋愛の問題を中心に扱った作品を一カ所に集めることでまとまりをつけたと考えらえるが、②「女難」、「正直者」を入れ替えているのはなぜであろう。

「正直者」と「女難」の差異とは何か。一つは、「女難」の盲目の尺八師も、語り手（つまり、盲目の尺八師の「女難」の運命を聞いている「自分」）も、過去の出来事に対して、懐旧、哀惜の情を抱いているということである。尺八師は、自分の「女難」の人生の最後、お俊との姦通、失明、そして、お俊か情夫の大工の親方にもらわれて行く時に、「これは皆な罰《ばち》だと思ひますと、母の憔悴《やつれ》た姿や、孕だまゝ置去りにして来たお幸の姿などが眼前に現れるので厶います」というように、自己の行為を「罰」として語り、「私は今でも母が恋しくつて恋しくつて堪らんので厶います」と母やお幸へのことを追懐している。そして盲目の尺八師の話を聞き終えた語り手は最後に、「盲人は去るに望んで更に一曲を吹いた。自分は殆ど其哀音悲調を聴くに堪へなかつた。恋の曲、懐旧の情、流転の哀み、うたてや其底に永久《とこしへ》の恨をこめて居るではないか。／月は西に落ち、盲人は去た。翌日は彼の姿を鎌倉に見ざりし」と尺八師の運命に対して、哀しみの情という、聞き手としての感想を文語調の詠嘆として加えている。

これに対して、「正直者」の語り手は、決して、「哀み」や「懐旧の情」を吐露することはない。平岡敏夫は「正直者」の結びに「最後の一文の持つおそろしさ」を指摘している(14)。その不気味な結末は次のとおりである。

> その後私も二度とおしんには遇ひません。破談後一週間経つて、私は夜そつと下宿屋の前を通りましたら戸が閉まつて、「かしや」の札が闇の中を薄く張つてあるのを見ましたばかりです。
>
> 正直者の仕事の一つがこれです。いづれ其中、外のをもお話いたしませう。

「かしや」になっているのは、「女難」の筋から推測しても、おしんが妊娠したからであり、世間体により引越しを余儀なくされたと読むのが妥当であろう。また、『独歩集』の構成、つまり「女難」→「正直者」という順序で読むことによって、妊娠の暗示は有効となる。そうであるならば、語り手はその事実を隠蔽している可能性があるわけで、この意味においては、語り手は決して「正直者」ではないのである。（しかし冒頭で「決して正直者でない」といっているので、これもまた真である。が、冒頭の「正直者」のパラドックスは、告白の真実性を付与する戦略である。）

このような「正直者」のラストに、「〈残忍、冷酷」な加害者〉〈としての自己〉」「認識者たる自己の発見」を見る先行論もある(15)。この結末は、後期の独歩（「窮死」「竹の木戸」）に影響されてか、語り手の自己認識の客観性の確かさ、として受け止められているようである。

しかし、結末の「不気味さ」は、これまで、おしんという女性を陵辱してきた「私」という男性が、語りの現在においてもなお、存在して、読者に向かって語りかけているということである。「私」が行った行為よりも、それを語っている語り手の存在のほうが不気味なのではないか。

語り手は過去の「肉慾の満足」行為を「罪」と記述しているが、それでも、「肉欲」が悪ではなく、悶え、苦しむ男の美学の対象となる語りの現在の性規範において、こういった倫理的判断が、無効化されてしまう構造こそ指摘すべきであろう。

思い出してみたいのは、独歩の同時代評価において、読者は、「肉の悲哀」や「人生の秘密の一部」を掴んだような感覚を得ているということである。「正直者」や「女難」の「私」の行動が、単に性的欲望にのみ動かされている本質主義的な欲望の持ち主であると即断できない理由はここにある。

飯田祐子は「彼らの独歩――『文章世界』における「寂しさ」の瀰漫」(16)において、「文章世界」の投稿青年の間に瀰漫している「独歩」への、「寂しさ」「悲哀」による「共感」と、それらを青年アイデンティティを保証する感情の装置と指摘している。同様に、青年読者の感受性の紐帯として、「恋愛」「失恋」というタームもあるだろう。ならば、独歩の追悼記事の中で紹介された独歩の来歴、とくに、佐々木信子との恋愛歴が独歩を読み解く場合の重要な要素となったことは疑いない。「鎌倉夫人」における女性の裏切り、「病床記」における恋愛談、「欺かざるの記」における青春の恋愛と挫折の追憶は、恋愛（失恋）のスペシャリストとしての独歩像を生み出し、それによって恋愛、性の悩みを抱えている青年読者の「共感」を得たのではないか。いや、こういう言い方は正確ではないだろう。恋愛に悶え、〈性〉に悩む「独歩」の姿こそが、青年たちの身振りを規定してゆく(17)。

「正直者」の語り手や読者が共有する性規範とは、性的欲望の価値上昇によって、過去の「私」の行為に対する批判的視点を失わせてゆくものである。「正直者」は、決して「恋愛」ということは全面に出てこないが、「正直者」を支える性規範における、性的欲望の価値転換は、「肉欲」を「文学」として語ることが可能な対象にし、そして、その「肉欲」つまり、性的欲望の中に、欲望をこえた何ものかが存在するのではないかという自己解釈の枠組みを提供してくれる。

自然主義文学、そして白樺派に続く、性的欲望や放蕩な生活を美化して「文学」に昇華するシステムは、性的欲望の内容を「恋愛」や「人生の真実」に変換する、同時代の性規範にあると思われる。

5　自然主義の中の独歩

独歩の死後、相馬御風は「「正直者」「女難」の二篇は、肉慾を最も大胆に描いたもので、肉慾小説の最初のものと見る可く」と国木田独歩の「正直者」「女難」を回想する(18)。田山花袋「蒲団」には言及されていないが、おそらく「蒲団」以前に「肉欲」を果敢に暴露した自然主義文学として国木田独歩を再発見しているものと思われる。

また、一九〇八〔明治四一〕年、田山花袋は追悼記事の中で、「肉慾小説」作家として独歩を以下のように位置づけている。

その時代に肉慾小説が二つある。「女難」と「正直者」とが是だ。これは肉慾が人生に及ぼす影響を書いたもので、決して肉慾そのものに興味を以て書いたものではない。実の所国木田君は肉慾小説の祖である。以前にはあんなものはなかつたのだ(19)。

花袋が「肉慾小説」と言っているのは、否定的な意味ではない。〈起源〉とは、語りなおされる行為、事後的な語りの中でしか生まれてこない。つまり、極めて語りの現在のポジションに関わる行為であるから、「蒲団」を発表したのちの花袋の立場からすれば、とかく自然主義＝本能満足主義と非難されがちであった自然主義文学を、独歩の死を追悼するムードを利用して、自然主義全体の底上げを謀ってゆこうとする意図も、透けて見えるであろう。

また、独歩の死後に編纂された文学史では、独歩は「端的な勁健な筆致を以て、人間の生慾本能を抉ぐり出し、心理の機微を穿つて其の境遇運命の変転を描いてゐた。（中略）氏の深刻な内観は、必ず人生の裏面に隠れた意義真相の何物かを発見して、独創的な描写に依つて是を暗示する、独歩の作には、真面目な高い意味での教訓が多かつた」(20)とするように、生前の独歩は自分は自然派ではないと否定していたが、死後、「人間の生慾本能」をえぐり、「人生の裏面に隠れた意義真相の何物かを発見」する自然主義作家として、自然主義文脈の中で語りなおされるのである。

第Ⅱ部　性欲・感傷・共同体

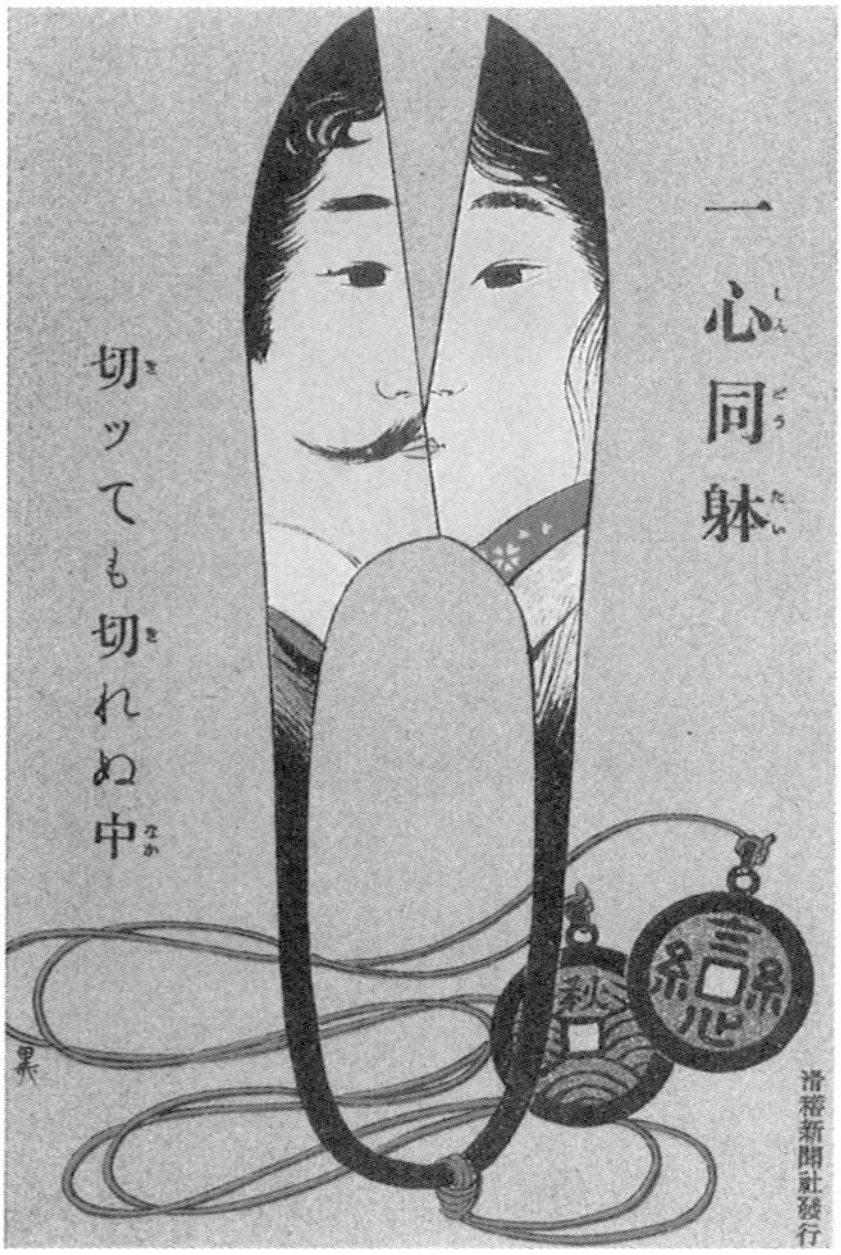

一心《しん》同《どう》躰《たい》
切《き》ッても切《き》れぬ中《なか》
滑稽新聞社發行

第5章 〈告白〉と「中年の恋」
………田山花袋「蒲団」

1 「蒲団」における〈告白〉

「此の一篇は肉の人、赤裸々の人間の大胆なる懺悔録である」(1)という島村抱月の同時代評をはじめとして、「蒲団」は、主人公・竹中時雄＝作家・田山花袋の〈告白〉として読まれてきた。主人公を作者と同一視する読みのモードを生み出した「私小説」の流れの中で、「蒲団」＝〈告白〉小説としての読みは強化され、花袋本人も「かくして置いたもの、壅蔽して置いたもの、それを打ち明けては自己の精神も破壊されるかと思われるようなもの」を「開いて出して見よう」(「私のアンナ・マール」)(2)と「蒲団」＝〈告白〉小説のモードを補強する。「蒲団」をこうした〈性〉の「赤裸々」な〈告白〉として読む読みのモードは、以後の「蒲団」評価、ひいては自然主義文学の評価を形成してゆく。

「蒲団」は何を〈告白〉したのか、あるいは〈性欲〉の〈告白〉か否か、という従来の問いの立て方に転換をはかったのは柄谷行人である　柄谷行人は、「告白という形式、あるいは告白という制度が、告白されるべき内面、あるいは「真の自己」なるものを産出する」というフーコーの理論を援用し、〈告白〉という制度が、〈性〉という内実を産出させたとする。

花袋の『蒲団』がなぜセンセーショナルに受け取られたのだろうか?それは、この作品のなかではじめて「性」が書かれたからだ。つまり、それまでの日本文学における性とはまったく異質な性、抑圧によってはじめて存在させられた性が書かれたのである。この新しさが、花袋自身も思わなかった衝撃を他に与えた。花袋は「かくして置いたもの」を告白したというのだが、実際はその逆である。告白という制度が、そのような性を見出さしめたのだから(3)。

「蒲団」によって「はじめて」、抑圧/管理される近代の〈性〉が書かれたとする柄谷であるが、また、一方では「《蒲団》では、まったくとるにたらないことが告白されている」と、「告白という制度」によって見出された〈性〉は「とるにたらない」ものであったと判断する。

さらに柄谷の「蒲団」=告白によって産出された〈性〉説をふまえた小田亮は、「蒲団」で「性欲」という言葉が使われているところが四カ所あるが、それらは実際に性行為に結びついていないと指摘し、「性欲は、その痕跡を探し出すものであったり、その満足が抑制されるものとなっている。つまり、これらの「性欲」は、その場で充足されるものではなく、自己の内面で「煩悶」するものなのである」と、「煩悶」するものとしての「性欲」を発見した小説が「蒲団」であるとする(4)。

また、小谷野敦は、従来の「蒲団」は〈性〉という「罪」の告白であるという読みに対して、田山花袋「蒲団」が話題となったのは、「罪」の告白ではなく、「恥」の告白だったからであるとする。その理由としては、「日本の倫理—美意識のなかに、「性」を罪とする意識はもともとあまりなく、そのかわりに、「感傷」を「恥」とする意識のほうが、徳川後期以降の男性性の美学のなかに根強くすえつけられていたのだ。「転倒」は、ここで起こる。読者は、ほんとうは「感傷という恥」の告白を読まされているのに、それを「性という罪」の告白だと思い込んで」しまったからであると性愛の日本文化史の観点から論じる(5)。

「此の一篇は肉の人、赤裸々の人間の大胆なる懺悔録である」と評した島村抱月も、これまでの作家は「多く醜なる事を書いて心を書かなかつた。『蒲団』の作者は之れに反し醜なる心を書いて事を書かなかつた」とも言っている(6)。たしかに「蒲団」は、同じく中年男性が若い女性に恋をする小栗風葉『恋ざめ』のように、手を握ったり、接吻をしたりという「事」は、描かれていない。徹底して、女弟子・横山芳子に対する思い＝「心」が〈告白〉されている。

この意味では、「蒲団」における〈性〉とは、実行されるものではなく、「心」や欲望の問題である。柄谷行人の論じるように、「蒲団」によって〈告白〉されているのは、「事」に至ることを禁止される〈性〉、抑圧されるものとしての〈性〉であり、ゆえに小田亮が論じるように、「蒲団」において〈告白〉されているのは抑圧されることによって生じる「性欲」の「煩悶」なのであろう。しかし、「蒲団」のインパクトはこれだけであろうか。

たしかに、柄谷の論じるように、「蒲団」は〈告白〉という制度によって、それまでにない〈性〉のありかたを描いた小説であるだろう。しかし、「蒲団」において〈告白〉されることによって見出された〈性〉は、西洋キリスト教文化圏のような「罪」には結びつかない。「性慾と悲哀と絶望とが忽ち時雄の胸を襲つた。時雄はその蒲団を敷き、夜着をかけ、冷めたい汚れた天鵞絨の襟に顔を埋めて泣いた。／薄暗い一室、戸外《おもて》には風が吹暴れていた」と結ばれる「蒲団」における〈性〉は、「罪」であるというよりも、小谷野の論じるように、「感傷」に近いものである。

では、〈告白〉という制度によって見出された「蒲団」における〈性〉は「とるにたらない」ものなのか、「煩悶」なのか、「感傷」なのか。

いまいちど、発表当時の「早稲田文学」の「『蒲団』合評」に戻ってみたい。この合評において、島村抱月の「此の一篇は肉の人、赤裸々の人間の大胆なる懺悔録」以外にも、「恋愛の裏面にある肉慾、その肉慾の底にひそんだ怖ろしい力」（小栗風葉）、「三十五六の男の性慾を書いたもの」（中村星湖）というように、「肉」「肉欲」「性欲」に言及したものもあるが、それよりも多くの論者が言及しているのが「中年の恋」である。

「早稲田文学」の合評の冒頭、記者が「蒲団」のあらすじを紹介している文章からして、主人公時雄の煩悶を「一方に性慾、一方に徳義と云ふ矛盾の間に立ちて更に激しい煩悶」としながらも、それが主ではなく、「中年の恋の経路を心理的」に描こうとするところに作者の主眼があると紹介している。合評においても、「切実な中年の恋の煩悶が感じられるのはたしかである」（小栗風葉）、「中年の男性に共通の不満足の情」（片上天弦）、「今日此頃の三十五六歳の人の感じ、それがよく現はれて居る」（松原至文）、「『蒲団』では、寧ろ中年過の、青春の血のさめ果てた淋しい人を假りて描かれた生活の悲哀なり苦痛なりが、却てより多くわれ等現代青年の胸に触れる」（相馬御風）というように、中年の男性の心境への共感、「中年の恋」の煩悶に言及したものが多く見られる。「蒲団」は「性慾」を描いたとする中村星湖も、その「性欲」を「三十五六の理智の拘束ある性慾」と言い換えている。

当時、「蒲団」の評価ポイントは「性欲」よりも、「中年の恋」にあったことがわかる。しかし、同時代評価や「蒲団」以後、小栗風葉「恋ざめ」など「中年の恋」を描いた作品やその評価に現れる「中年の恋」言説は、事後的に形成されたものなので、厳密には「蒲団」に描かれているのは「中年の恋」とはいいがたい。しかし、同時代の評者・読者たちが、「中年の恋」というキーワードで「蒲団」から何を読み取ろうとしていたのか、また、花袋や風葉たちが「中年の恋」という言説によって、どのような批評のモードを作り出そうとしたのかは見えてくるだろう。

本章ではまず「中年の恋」というモチーフの成立過程を確認した上で、「告白という制度」によって見出された「蒲団」の〈性〉を「中年の恋」というキーワードで読み解いてゆきたい(7)。

なお、ここでの「中年」のジェンダーは、男性のみに限られてくる。「中年」女性の恋の場合、島崎藤村「旧主人」（「新小説」一九〇二〈明治三五〉年一一月）、小栗風葉「姉の妹」（「中央公論」一九〇九〈明治四二〉年六月）などのように、これらは「中年の恋」ではなくて、妻の不貞として扱われる。彼女たちの「恋」はまさに身の破滅へのとば口であり、堕落へのきっかけでしかない。

2　「中年の恋」の流行

この時期、「中年の恋」が流行語であったのは、「「中年の恋」といふ事も文壇の流行語となつたが、これは、自然主義の重《ママ》な作家が三十も半ば過ぎて、凡庸な過程生活に倦んで、新たな恋を夢みるやうになつたゝめである」(8)という正宗白鳥の回想からもうかがえる。「中年の恋」が流行語となったのは、白鳥の言うように明治初年前後から一〇年代に誕生した自然主義作家たちが中年の域に入ったことが大きな要因であろう。そして、一九〇七〔明治四〇〕年の「蒲団」のインパクト、それから、「蒲団」の成功に力を得て書いたといわれる小栗風葉「恋ざめ」〔新聞「日本」一九〇七〔明治四〇〕年一一月一八日～翌年一月四日〕の連載、「蒲団」を収めた『花袋集』〔易風社、一九〇八〔明治四一〕年三月〕、そして、後述する花袋の「中年の恋」宣言たる序文が掲載された『小説増補　恋ざめ』〔新潮社、一九〇八〔明治四一〕年四月〕があいついで発表、刊行されたことによる。戦後、出版された『恋愛モダン語隠語辞典』〔堀江書房、一九四七〔昭和二二〕年三月〕にも「中年の恋」という項目があり、流行語としては息が長かったと思われる(9)。

田山花袋や小栗風葉の回想によれば、彼らは一九〇四〔明治三七〕年あたりから「中年の恋」についての小説を書きたいと考えていたようである(10)。

小栗風葉は「『蒲団』合評」〔「早稲田文学」一九〇七〔明治四〇〕年一〇月〕において、おおよそ次のように「中年の恋」の腹案が、もともと自分にあったと語っている。風葉いわく、「青春」〔「読売新聞」一九〇五〔明治三八〕年三月～翌年一一月〕の執筆時に、すでに「中年の恋と云ふやうな一種の煩悶」を書こうとして花袋に相談し、それを聞いた花袋は「非常に同情」したという。そのころ既に「蒲団」のヒロインのモデル岡田美知代は上京しているので、この花袋の「同情」もうなずける。また、相馬御風や真山青果よれば、風葉が「恋ざめ」を執筆し始めたのが、一九〇六〔明治三九〕年一〇月、翌年春には「恋ざめ」の一節を御風と青果に聞かせていたらしい(11)。「蒲団」発表の一年以上前に風葉は「中年の恋」のモチーフを温めていたことになる。

しかし、田山花袋の弟子の白石実三の回想によれば、「蒲団」を執筆する以前に、風葉が「中年の恋」を題材にした「恋ざめ」という小説を書いているという噂を聞いた花袋は、「僕の話したようなことを書くのかも知れない……」と呟いたという(12)。先述の風葉の言葉からすると、「中年の恋」というモチーフは、自分がすでに一九〇四〔明治三七〕年あたりから持っていたもので、風葉が花袋に相談し、専売特許は自分にあるという感じである。しかし、白石の回想からは、「中年の恋」の案については、花袋が風葉に話し、風葉が花袋に抜けがけて「恋ざめ」を書こうとしていたと受け取れる。

結果的には、花袋は『恋ざめ』の序文で、「風葉君が『恋ざめ』の序文を書けといふ。『恋ざめ』は中年の恋を書いたものだ。貴様も中年の恋の経験はある筈だ。日露戦争の頃、貴様の牛込の薬王寺前の宅で夜更けまで話をしたことがあつた。あれを書けとのことだ」と語り、風葉も『恋ざめ』の冒頭で、「私の親しくして居る文学者が、嘗て僞うといふ事を言つた。是までの日本の小説に描かれた恋は、多く皆青年の恋で、中年の恋―究り妻子あり、生活あり、社会と云ふもの丶有る、壮年の男の切ない恋を写したものは殆ど無いと言つても可い」と花袋に花を持たせている。

一方、山本昌一「風葉『恋ざめ』ノート（一）」(13)によれば、「中年の恋」が文壇で騒がれていたころ、島崎藤村も「種の為、女―談話―」〔「早稲田文学」一九〇八〔明治四一〕年三月〕で、自分は一九〇四〔明治三七〕年一月に花袋と中年の「ロンリーライブズ」について語り合い、すでに一九〇四〔明治三七〕年一月に妻子のある画家が、若い音楽家の女性に恋する「水彩画家」〔「新小説」〕という作品を発表していると述べている。藤村も「中年の恋」の先駆者は自分であると遠まわしに言っているように聞こえる。

日露戦争の頃に花袋と風葉、花袋と藤村が「中年の恋」のようなことについて語り合ったのは確かであろう。しかし、これらはあくまで事後的な回想なので、これだけでは「蒲団」や「恋ざめ」や、もしくは「水彩画家」が「中年の恋」というテーマを主眼として描かれたとは断定できない。しかし、のちに詳しく見てゆくように、この時期には中年男性が若い未婚の素人女性に恋をするというパターンの小説は、「蒲団」以前も以後も確かに存在し、ある種、文学のモードとなっていたことがうかがえる。そして、「蒲団」のインパクトによって、それらは「中年の恋」小説と事後的に呼ばれることになる。

3 「新しい恋」と「蒲団」

まず、花袋本人が「中年の恋」を定義している「『恋ざめ』序文」を見てみたい。花袋は「蒲団」を書いたあと、「中年の恋」のマニフェストともいえるべき文章を、同じく「中年の恋」小説である小栗風葉『小説増補　恋ざめ』の序文に掲げる。

花袋の言う「中年の恋」とは、簡単にまとめてみると次のようなものである。「中年の恋」とは、三十代、妻子ある男性の「恋」であり、「中年」は、「激しい凄じい複雑な実際生活」に接触しているため、青年時代の「感情的、衝動的な部分」がなく、「経験的な知識的」な世代であり、「善悪美醜に対する標準」を持ち、「自然力の圧迫を充分に胸を開いて受け得る人間」である。そして、「人間の自然性」をそなえているがゆえに、実社会においては「多く精神上肉体上の矛盾と衝突とに遭遇」する世代であるという。そして、「明治の新しい青年者はやがて明治の新しい中年者」であり、「青年時代の恋に比して、複雑で客観的で、そして苦痛に富んで」、「分別盛りの経験に富ん」でいるのが「中年の恋」であるという。

ほぼ「蒲団」の内容に即した「中年の恋」の解説といえよう。花袋のいうように「中年」とは、実社会においては「多く精神上肉体上の矛盾と衝突とに遭遇」する世代であるとすれば、その「恋」は「蒲団」においてどのように表現されているのだろうか。

「蒲団」において、男性である時雄と女性である芳子の性的欲望は、「性欲」／「肉欲」というように使い分けられている。欲望のジェンダー化と男性共同体の問題については、第7章で詳しくみてゆく。また、「性欲」という言葉も本文中には四カ所しか使われていない。「蒲団」において時雄の性的欲望を示すとき、多く用いられている言葉は「恋」である。

小石川の切支丹坂から極楽水に出る道のだら〳〵坂を下りようとして渠は考えた。「これで自分と彼女との関係は一段落を告げた。三十六にもなつて、子供も三人あつて、あんなことを考えたかと思うと、馬鹿々々しくなる。けれど……けれど……本当にこれが事実だろうか。あれだけの愛情を自身に注いだのは単に愛情としてのみで、恋ではなかつたらうか。」

数多い感情ずくめの手紙——二人の関係はどうしても尋常ではなかつた。妻があり、子があり、世間があり、師弟の関係があればこそ敢て烈しい恋に落ちなかつたが、語り合う胸の轟、相見る眼の光、その底には確かに凄じい暴風が潜んでいたのである。機会に遭遇しさへすれば、その底の底の暴風は忽ち勢を得て、妻子も世間も道徳も師弟の関係も一挙にして破れて了ふであらうと思われた。少くとも男はさう信じて居た（一）。

「蒲団」の構成は錯時法が使われているので、この冒頭部分は女弟子・芳子に、田中という大学生の恋人がいることが発覚した時点での時雄の心情である。時雄は、芳子の心情を「あれだけの愛情を自身に注いだのは単に愛情としてのみで、恋ではなかつたらうか」と推測している。つまり、ここでの「愛情」は師弟関係におけるプラトニックな恋愛であり、「恋」とは肉体関係も含めた男女の関係であることが推測できる。「二人の関係はどうしても尋常ではなかつたが」とある「烈しかつた。妻があり、子があり、世間があり、師弟の関係があればこそ敢て烈しい恋に落ちなかつたが」とある「烈しい恋」とは、現実にはならなかったが、婚姻外の実質的な男女関係のことであろう。このように時雄にとって、芳子との関係性の先には、「恋」という肉体的、性的な男女関係が想定されていたものと思われる。この意味では時雄は霊肉一元論者である。

「恋」というのが、性的関係も含めた（もしくは視野にいれた）欲望であることは、そもそも竹中時雄が芳子と出会う前から「新しい恋」に憧れていたというところからも想像できるだろう。そして、時雄の芳子に対する「恋」は、芳子本人の魅力によって誘発されたものではないというのは注意を要する。

時雄は芳子の存在を知る前から、日常生活の倦怠を打破するため、「新しい恋」を求めていた。「道を歩いて常に見る若い美しい女、出来るならば新しい恋を為たいと痛切に思つた」（二）というように、「平凡なる生活」「淋しい」生活から抜け出すための手段として、彼は若い美しい女性との「新しい恋」を夢見ていた。竹中時雄の「恋」は〈日常からの逃避願望〉から発している。

さらに、時雄は自己の〈日常からの逃避願望〉を、「三十四五、実際此の頃には誰にでもある煩悶で、此の年頃に賤しい女に戯るゝもの、多いのも、畢竟その淋しさを医《いや》す為めである。世間に妻を離縁するものも此の年頃に多い」（二）というように、中年男性一般の願望として説明していることも重要である。「賤しい女」とは娼妓、芸者、私娼、妾等の玄人女性をさすものと思われる。公娼制度が存在し、公娼制度外でも待合や私娼窟等のグレーゾーンで買春が可能であったこの時代、性欲の満足だけであれば、こうした「賤しい女」で、仕事の不満、家庭の不満を晴らすことはできたのである。しかし、時雄の欲する「新しい恋」は、少なくともこうした玄人女性を対象にしたものではない。彼が自ら欲する「新しい恋」のシュチュエーションとして妄想するのは、次のような場面である。

　出勤する途上に、毎朝邂逅《であ》う美しい女教師があつた。渠はその頃この女に逢ふのを其の日〳〵の唯一の楽みとして、その女に就いていろ〳〵な空想を逞うした。恋が成立つて、神楽坂あたりの小待合に連れて行つて、人目を忍んで楽しんだら何う……。細君に知れずに、二人近郊を散歩したら何う……。いや、それ処ではない、其の時、細君が懐妊して居つたから、不図難産して死ぬ、其の後にその女を入れるとして何うであろう。……平気で後妻に入れることが出来るだらうか何うかなどと考へて歩いた（一一）。

時雄の「新しい恋」の対象は、玄人女性ではなく、「美しい女教師」＝素人女性であらねばならない。もし、妻が亡くなったら「平気で後妻に入れることが出来るだらうか」と妄想しているところから、恋愛から結婚まで想定していること――要約すると、芳子と出会う以前の時雄の「新しい恋」とは、素人女性との精神的かつ肉体的恋愛関係であり、結婚願望まで含むもの、といえる。しかし、この「新しい恋」は〈日常からの逃避願望〉の裏返しであるので、実際に実行されるものではない。つまり、「蒲団」における時雄の「恋」は、恋愛や〈性〉への直截な欲望の表れではなく、日常生活の不満足、妻の無理解といった欠如を補填する妄想としての欲望である。

「蒲団」の物語は、時雄が〈日常からの逃避願望〉としての「新しい恋」を渇仰していたところに、横山芳子という、まさに理想的な「ハイカラの女」が現れる、という流れになっており、妄想でしかなかった「新しい恋」に、生身の「恋」の対象が出現するわけである。

また、芳子の恋人・田中が登場する以前においても、時雄は芳子に性的な欲望を抱いていると推測されるのが、「この機会がこの一年の間に尠くとも二度近寄つたと時雄は自分だけで思つた」（一二）と、その二度の機会が回想的に語られる場面である。一度目は、「自分の不束なこと、先生の高恩に報ゆることが出来ぬから自分は故郷に帰つて農夫の妻になつて田舎に埋れて了はうということを涙交りに書いた」芳子から「厚い封書」が来た時である。この封書を受け取った時雄は、「その手紙の意味を明かに了解した」とある。そして一晩どのような返事を書くか眠らずに「懊悩」したが、翌朝、「厳乎たる師としての態度」を示した返事を書き送る――とある。

ここで明らかに時雄は芳子の「厚い封書」の内容を誤読している。おそらく芳子は文学者としての自己の才能の限界、文学修行の行き詰まりを、師匠・竹中時雄に相談しただけであろう。しかし、「その手紙の意味を明かに了解した」という時雄は、その手紙を芳子からの求愛の手紙であると誤読している。「農夫の妻になつて田舎に埋れて了はう」という芳子の泣き言を、「農夫の妻」になるくらいなら、先生の「妻」となりたいというメッセージとして受け止めたのではないか。だから、もし芳子を妻にしたらと考えたから、「穏かに眠れる妻の顔、それを幾度か窺つて自己の良心のいかに麻痺せるかを自ら責め」と妻への罪悪感にさいなまれたのである。

また、二度目の「機会」、姉の下宿に芳子が一人留守番しているところに時雄が訪れた時、芳子は「白粉をつけて、美しい顔」をして座っていた。時雄を見る芳子の顔は、「いかにも艶かし」く、「女の表情の眼は輝き、言葉は艶めき、態度がいかにも尋常でなかつた」、「その白い顔には確かにある深い神秘が籠められてあつた」と描出される。この場面で時雄は、芳子の表情から艶めかしさ＝セクシュアルなものを感じ取っている。「白い顔」がセクシャルな欲望の記号であることは、この下宿先での出来事に続く次の場面で、「ある深い神秘が籠められて」いる芳子の顔が、「絶えざる欲望と生殖の力」によって「蒼白い顔」となっていることからもわかる。

このように、錯時法をもって語られる「蒲団」は、第二章の中ほどで「今回の事件とは他でも無い。芳子は恋人を得た」と明かされるまでの回想部分において、時雄の「新しい恋」への欲望が語られ、また二度目の「機会」において、「この時、今十五分も一緒に話し合つたならば、何なつたであろうか」と時雄と芳子が男女の関係になりかけたことが語られるが、結局は実行されなかったことが示される。

「新しい恋」を欲しながらも、師弟の関係の壁を越えられない理由については、時雄自身が「渠は性として惑溺することが出来ぬ或る一種の力を持つて居る。この力の為めに支配されるのを常に口惜しく思つているのではあるが、それでもいつか負けて了ふ。征服されて了ふ。これが為め渠はいつも運命の圏外に立つて苦しい味を嘗めさせられるが、世間からは正しい人、信頼するに足る人と信じられて居る」（四）と説明されている。時雄が妄想を実行に移せない理由としては、彼が道徳的、理性的であるというよりも、実行するに足る強い意志や勇気に欠けていると解釈したほうがよいであろう。また、彼が「惑溺」できない要因はこうした時雄の内的な性格だけではなく、彼を取り巻く外的な性規範も関係している。

「蒲団」は「それまでの日本文学における性とはまったく異質な性、抑圧によってはじめて存在させられた性が書かれたのである」という柄谷行人の仮説を借りて考えてみると、時雄が内在すると思っている「性欲」は、「抑圧」によって認識されることになる。この「抑圧」は、キリスト教的「罪」の意識からの抑圧でもなく、性科学的な〈性〉を正常／異常と差別化して〈性〉を管理する抑圧言説でもない。

「蒲団」において、性的欲望も含めた時雄の「新しい恋」への願望を抑圧するのは、近代家族における婚姻外性交への規制と、素人女性の処女性への規制である。少なくとも田中という芳子の恋人が現れる以前の時雄にとって、〈性〉を抑圧する動機となっているものは、この二つであろう。そして、さらに田中の登場以後、「温情なる保護者」という自己規制が加わる。

次に、婚姻外性交への規制と、素人女性の処女性への規制についてみた後、「蒲団」における欲望と語りの問題について考えてみたい。

4　婚姻外性交と処女性への規制

まず、近代家族における婚姻外性交への規制であるが、牟田和恵は明治二〇年代以降の啓蒙雑誌による一夫一婦制による理想の家庭論、そして、廃娼運動の盛り上がりなど「売淫を罪悪視する近代的性道徳観」の形成によって、「婚姻という制度外の性交が罪悪視された」と指摘する(14)。

家制度によって規定された、いわゆる前近代的な家族形態から、明治以後、産業化、文明化の要請の中で、「前近代」の共同体・親族関係から独立し、外部社会から切断された「家庭」という内面的な、情緒的な結びつきをもつ

「近代家族」において、夫婦関係は特に重要とされた。「平常家内の関係に於てハ男を主とし女を副とし女ハ男の保護をうけ女ハ男を扶助せる」、「一家ハ平和に治まり家内ハ親睦に交ハりて此世に在らん限り「ハツピー、ホーム」（幸なる家族）を得て楽み極まりなかるべき也」(15)、「一家の根本は夫婦に在り夫婦相思の愛は即ち一家和楽《やわらぎ》の大根底たるなり」(16)といった、「一家団欒」「家庭の和楽」が明治二〇年代からの啓蒙的家庭論において唱えられる。こうした家庭の幸福を阻害するのが、婚姻外性交の対象である芸娼妓などの玄人女性とされる。「ホームを美しくせんとには、先づ一夫一婦の制を断守せずんばある可らず、一夫一婦の制を確かにせんとせば、先づ公娼を全廃せずんばある可らず、公娼を公けに存してホームの整はんことを望は、悪疫大流行の地に家族を安んぜんとするに似たり」(17)というように芸娼妓は家庭の幸福の敵とみなされる。啓蒙主義における家庭の理想の喧伝と廃娼運動は表裏の関係である。

また、妾についても明治初年の「明六雑誌」上の、森有礼「妻妾論」、福沢諭吉「男女同数論」、阪谷素「妾説ノ疑」などにおいて、男女平等の観点上、道徳倫理上、文明国としての体裁上の理由などからその存在が否定されてゆく(18)。さらに、一八九八（明治三一）年七月七日から九月二〇日まで「萬朝報」紙上で連載された告発記事「弊風一斑　蓄妾の実例」により、妾を囲う性風俗に対する世間一般の風当たりは強まる。

近代的性道徳観は、娼妓や妾といった婚姻外の男女の性的関係を否定、もしくは社会的、倫理的に規制してゆくのであるが、実際にそうなっていないことは、公娼制度のもと遊廓文化が温存され、芸者のようなグレーゾーン買売春が賑わい、私娼といった密買売春が横行していたことをみれば、廃娼言説における理念と実態の乖離は明らかであろう。

こうした乖離を支えていたのが、男性に寛容で女性に厳しい〈性〉のダブルスタンダードである。明治以降の近代家族は、一夫一婦制を規範とし、夫婦間にセクシュアリティを限定する近代的性道徳観をモデルとして示しながらも、一方では、公娼制度を温存し、男性の買春を認め、婚姻外性交も「男の甲斐性」という風俗的雰囲気を容認してゆく。

金子光晴は明治社会の男性の性文化を次のように回想している。

女は処女であることが要求されるが、男は、先輩や同僚の強制によって、いやがるものをむりに登楼を誘い、娼婦に童貞を破らせて、その困惑閉口するさまをみて、うさ晴らしにし、「一人まえの男」になったと、ほめそやす。（中略）結婚はしても、しばらくすると、男たちは、酒色に夜をふかし、おそく帰宅するようになる。朋友のつきあいであり、客筋のもてなし役であり、それがまた立身につながるという口実ができる。明治の社会は、そういうことも、家妻に遠慮してできない男を、風上にもおけない敷かれ男といって軽蔑した(19)。

先に述べたように「蒲団」の中にも、「三十四五、実際此の頃には誰にでもある煩悶で、此の年頃に賤しい女に戯るゝもの、多いのも、畢竟その淋しさを医《いや》す為めである。世間に妻を離縁するものも此の年頃に多い」とあり、婚姻外性交の対象として、「賤しい女」＝買売春が一般的な手段として当然視されていたことがわかる。

また、同時代評価で「近代思潮にふれて「中年の恋」を意識しつゝ行つてる」(20)と評される後藤宙外「曇天」（「太陽」一九〇八〔明治四一〕年六月）は「中年の恋」の諷刺的パロディとも読めるのだが、そこでは「宅《うち》の嬶など、と違つてね。そりやア実に親切ですからね。それに諸事萬事高尚で、品格で、僕が行くと悦《うれ》しがつてね。痒い所へ手の達《とゞ》く待遇《もてなし》だから溜らない。遂行きたくなるね。それに引換へ、宅の細君は僕を人様の前でも何でも、カラもう頭ごなしと来るから、此方にやア自然居られなくなるんだ」（一〇三頁）と口うるさい妻から逃避する先は妾宅であるのが当然という口ぶりで語られる。

「蒲団」はこうした「浮気は男の甲斐性」というもの言いを許容する性風俗文化を背景としながらも、時雄の「新しい恋」への欲望は、芸娼妓等の「賤しい女」によって満たされるものではないことが重要である。時雄の「新しい恋」への欲望の対象は、あくまでも素人女性なのである。しかし、素人女性を欲望の対象とすることには、また別の規制が生じる。

近代家父長制下において、娘の〈性〉は家長である父に従属・所有されるものであった。娘の〈性〉は結婚するまで守らねばならない。そのときに家の所有物としての処女としての価値が生まれる（このことは第2章で詳しく述べたのでそちらを参照してほしい）。国の父親から芳子の身体を預かっている時雄が、もし、芳子と性的な関係に陥ってしまったら、家の娘としての芳子の価値を時雄は奪うことになり、それはすなわち芳子の父親の所有権を侵害することになり、非難されるのは当然である。

また、こうした素人女性の処女性への規制は、「蒲団」において、妻の姉や親戚という世間の眼として描き込まれている。芳子が父に連れられて、時雄の家に来た時、妻の姉は「あゝいふ若い美しい女を弟子にして何うする気だらう」（二）と心配する。また、一月程は芳子を自分の家に同居させる時雄であるが、姉の家に移さざるを得なくなったのは、「妻の里方の親戚間などには現に一問題として講究されつゝあること」（二）が理由である。家と家の体面を重んじる親戚＝世間の眼からすれば、時雄と芳子の間に万が一、間違いがあってはならないという考えからであろう。

また、芳子の処女性を注視しているのは、時雄の妻である。時雄の妻は物語の表面に現れてこないが、妻の眼差しから芳子の処女性をめぐる女性同士の葛藤を読み取ることができる。

もし、竹中時雄の恋の相手が、芳子という素人女性ではなく、妾や芸娼妓であったなら、妻の態度はどうであっただろうか。玄人女性であれば、不愉快な思いはするが、家庭を崩壊させない程度の遊びなら、許容されるのだろうか。恋の対象が玄人女性であれば「蒲団」はまったく別の話になるであろうし、それは向島の芸者であった飯田代子との愛欲を描いた後の『百夜』や『恋の殿堂』のような話となるので、余計な憶測でしかないのだが、新派役者である河合武雄の妻栄子が、ある談話記事で夫の恋愛関係について語った、「人気商売とは云ふものゝ、人情ですから妾をおく事と……素人に関り合ふ事だけは罪だと思つてよして下さいと頼んで居りますの」（磯村春子『今の女』文明堂、一九一三〔大正二〕年七月）という言葉を思い出すと、妻にとって夫の「恋」の相手が素人女性と玄人女性では違う意味を持っている。小説を書くために神戸から上京してきた若い女学生・芳子が、夫の「女弟子」として同居することを知った時雄の妻は「手伝に来ている姉から若い女門下生《でし》の美しい容色であることを聞いて少なからず懊悩した」(二)とある。

ヒロインとしての女学生の登場は、恋愛・性愛市場への素人女性の参入でもある。「蒲団」をはじめとする「中年の恋」小説が、一夫一婦制の産物であるとすれば、恋愛・性愛市場へ参入してきた女学生は、妻にとっては、その素人性ゆえに妻の座を脅かす存在となる。玄人女性なら金銭で解決ができ、万が一離婚になっても、本妻を追い出し、玄人女性を家に入れるとなると、世間的には夫のほうの甲斐性が疑われる。しかし、同じ素人女性に妻の座を奪われるとなると、家庭の主婦としてのよりどころだった愛情や奉仕といった存在意義自体を奪われかねないこととなる。「蒲団」は、前述のような妻の恐れる事態にはならない。芳子が文学青年である田中と交際していることが知れると、妻の態度は一変する。「芳子に恋人があるのを知つてから、危険の念、不安の念」を無くし、交際をめぐり田中と師匠・両親との間で苦悶する芳子に同情すら寄せるようになる。

「蒲団」の後半は、田中と交際していることが発覚した芳子の処女性をめぐって、時雄や芳子の父親といった男性たちの憶測が飛び交うのに対して、妻はこのように一転、余裕の態度をみせ、男たちの滑稽さを傍観しているようである。この時雄の妻の変化は、すでに恋人がいる芳子が、時雄と関係を持つことがないという安心感からであろうが、処女性の有無が男性たちによって詮索されつつある芳子とは、時雄の妻にとって、恐れるべき素人女性ではなくなったからではないか。

処女性を女性の何にもかえられないものとして尊び、女性の価値そのものとする考えが、玄人女性をさげずむ視線を生み出すことは、『青鞜』で繰り広げられた貞操論争などを見ても明かである。また、結婚制度の外側に、玄人女性を対置し、同じ女性をセクシュアリティによって差別化する力学は、結婚制度の正当性と維持存続に貢献する力学であった。明治時代の妻たちが、夫の「恋」や遊びを忍従し、または諦観と引き換えに家庭生活を守ったとするならば、女性同士の憎悪や差別化といった代償を支払った上なのである。

このように「蒲団」は芳子の処女性をめぐり、その虚偽が暴かれ、時雄という師から田舎の父へと芳子の身体が譲り渡されるという、素人女性の〈性〉の所有をめぐる物語という一面を持つ。

時雄の「新しい恋」への願望を抑圧する背景には、近代家族における婚姻外性交への規制と、素人女性の処女性への規制という、近代の性道徳規範がある。一方、女学生の登場は、恋愛・性愛市場に素人女性が参入することであり、家の娘としての素人女性は、男性にとってその処女性が規制されるものでありながら、同時に、恋愛・性愛の対象として欲望されるアンビバレントな存在となる。

「蒲団」においても、芳子はクリスチャンの家系の家の娘としては〈非＝性的〉な存在であり、「堕落女学生」として見られた場合は、〈性的〉な存在である。芳子と田中の間に性関係が発覚したのち、時雄は、「あの男に身を任せていた位なら、何もその処女の節操を尊ぶには当らなかつた。自分も大胆に手を出して、性慾の満足を買えば好かつた。かう思うと、今まで上天の境に置いた美しい芳子は、売女か何ぞのように思はれて、その体は愚か、美しい態度も表情も卑しむ気になつた」(九)と思っているところからも、芳子という素人女性の存在は、〈非＝性的〉な存在である「処女」から、容易に〈性的〉な存在である「売女」に変換される。

禁止されるがゆえに欲望される存在となった芳子の〈性〉は、時雄の「新しい恋」という〈妄想〉の対象となり、禁止されるがゆえに欲望すること自体が時雄の「煩悶」となるのである。しかし、だからといって、「蒲団」において、婚姻外性交の規制と処女性への規制という二つの抑圧が、「告白」としての〈性〉を語らしめる要因であるとはいえない。これは広く、近代社会の一夫一婦制の問題であり、「蒲団」の「中年の恋」の特質を語るものとはなりえない。では、「蒲団」の「中年の恋」の特質とは何か。それは、婚姻外性交の規制と処女性への規制によって抑圧されるものとして語られる〈性〉が、事後的に「煩悶」として語りなおされることにあると思われる。

5　事後的に語りなおされる欲望

「蒲団」は、第一章で竹中時雄が「今回の事件」（＝女弟子・芳子に恋人ができたこと）を知った直後の時点から始まり、第二章、第三章では三年前にさかのぼり、岡山に住んでいた芳子から弟子になりたいという手紙を受け取り、芳子が上京、そして、芳子の恋人発覚に至るまでの師弟の関係が描かれる。第四章の冒頭では、物語の時間は第一章の時点に戻るという錯時法の手法が使われている。こうした語りの手法、プロットの効用については、すでに棚田輝嘉、藤森清、生方智子らによって論じられている(21)。

棚田輝嘉は、「蒲団」の語りを「若い二人の男女の肉体関係という〝事実＝犯罪〟を語るために創造された虚構の物語」とし、時雄の視線によって「芳子と田中の肉体関係という〝犯罪〟を語るという方向で体制化されている」とする(22)。また、肉体関係という芳子の「罪」という方向に体制化された語りの背後に、女学生の堕落は決定づけられているという「堕落女学生」言説の存在があることは、渡邉正彦、藤森清、菅聡子、平石典子、高橋重美らによって指摘されている(23)。

確かに、第一〜三章までの錯時法の語りは棚橋の言うように、時雄を煩悶させた出来事の謎を解く推理小説的な導入でもあるし、先述したように二度の「機会」を回想する場面において、誘惑を仕掛けた側は芳子で、師匠としての時雄はすんでのところでそれを思いとどまった、という印象を読者に与えるように書かれている部分は、第四章以降の「堕落女学生」物語につながる伏線としても読める。

しかし、「若い二人の男女の肉体関係という〝事実＝犯罪〟を語る」ことだけが「蒲団」の語りの目的ではないだろう。問題としたいのは、「若い二人の男女の肉体関係」という「事件」を語りながら、そこに時雄という男性主体の欲望をいかに投影させてゆくのか、出来事を事後的に語る場合の欲望の語りの効果である。

まず確認しておきたいのは、芳子に田中という恋人がいることが発覚したあと、芳子との出会いから恋人発覚の落胆を事後的に語る場面において、時雄の欲望は語りなおされているという点である。その時はなんでもなかったものが、田中というライバルの出現によって、時雄は田中の欲望を模倣して、芳子への「恋」を認識するというルネ・ジラールの「欲望の三角形」的な解釈もできるであろう(24)。

しかし、内面の欲望や「煩悶」を語るなら、例えば「蒲団」と同じく若い女性への「中年の恋」を描き、男性主体の「煩悶」を描いた小栗風葉『恋ざめ』のように、主人公男性の一人称の回想として語る方法もあったはずだ。「蒲団」と『恋ざめ』の語りを比較した金子明雄は、「性欲をめぐる事件を描かずに性欲をめぐる「煩悶」」を描いた「蒲団」に対して、「恋ざめ」は、語る「私」を前景化せず、「ほぼ一貫してその時その場の私に焦点化した語りが持続」し、「「告白」の迫真性を確保する語りの手法」を取っていると分析する(25)。芳子への欲望を語るのなら、『恋ざめ』のように一人称の語りによって、「告白」の迫真性を演出するほうが、より真実味を獲得することができるだろう。「蒲団」の語りは時雄に焦点化した一人称に近い三人称の語りであるが、なぜ、一人称の「告白」文体を採用せず、三人称の語り、錯時法という間接的な語りの方法を選択したのだろうか。おそらく「中年の恋」を語るにはこうした語る対象、語る出来事を距離化・客体化した語りが必要とされたと推測する。

再度、錯時法で語られている「蒲団」第一〜三章の意味を検証してみよう。冒頭部分での「二人の関係は何うしても尋常ではなかつた」という時雄の認識は、芳子に恋人がいることが知らされているので、時雄の思い込みでしかないのであるが、二度の「機会」を回想する場面において、二人の「語り合ふ胸の轟き、相見る眼の光、其の底には確かに凄じい暴風が潜んで居た」と芳子の欲望を読み取る時雄は、先述したように誘惑を仕掛けた側は芳子で、師匠としての時雄はそれを思いとどまった、という印象を読者に与えるように書かれている。時雄も、芳子と同じくらいの激しい欲望を抱えていたが、「師弟の関係があればこそ敢て烈しい恋に落ちなかつた」のは、時雄の師匠としての抑制力であったと語られる。「絶えざる欲望の力」にあらがえない女性の誘惑に対し、性的欲望を抑制できる男性は、その抑制心のおかげで「妻子も世間も道徳も師弟の関係も一挙にして破れて了ふであらう」(一)事態には至らなかった、というのが、「蒲団」が最初に提示する枠組みである。つまり、「蒲団」は時雄の芳子への〈欲望〉を描いた物語ではなく、時雄の〈遂行されなかった欲望〉を描いた物語である(26)。

自己の欲望を語る場合、語り手において欲望が内在していることが自明とされる。これは、「三十五六歳の男女の最も味うべき生活の苦痛、事業に対する煩悩、性慾より起る不満足等が凄じい力でその胸を圧迫した」(七)という部分からも時雄にとって性欲が内在するのは自明のことと認識していることがわかる。しかし、「蒲団」の事後的な語りにおいて重要なのは、この内在する「性欲」が抑圧されて生じる「煩悶」「苦悶」「苦痛」が訴えられているように見えながらも、そうではない点である。

「蒲団」において〈性〉の「煩悶」「苦悶」は、「性欲」が抑圧される苦しさではなく、その時に、実行されなかった欲望、未遂の行為を「語る」ことによって生じる「心」の苦しさである。語りの現在時から語られる時雄の「煩悶」は、事後的に語られるからこそ、芳子の何気ない態度も自分を誘惑しているように再解釈され、その誘惑と葛藤して、また婚姻外性交の規制と処女性への規制という社会的性規範と葛藤して、とうとう実行されなかった欲望が「心」の問題として浮上してくる。

さらに、錯時法の語りで生まれるのは、事後的に芳子の心理を分析する時雄という男性主体である。「けれど……けれど……本当にこれが事実だろうか。あれだけの愛情を自身に注いだのは単に愛情としてのみで、恋ではなかつたらうか」(一)と「蒲団」第一~三章は、芳子の心理の分析に向かう。生方智子はあたかも「事件」が、「芳子の時雄への性的欲望の発露が妨げられたことが原因」として語られる第一章から第三章までのプロット展開の意義を、「芳子の「心理」探求とは、時雄自身の「心理」を観察するための行為となって」いると指摘し、「心という不可視の対象を明らかにするための探求の型」に、「心身を相関させるパラダイム」の発現、心理学的な「無意識」の萌芽をみる(27)。たしかに、「蒲団」第一~三章は、芳子の「心理」を模索しながら、そこに映し出されるのは、「けれど文学者だけに、此の男は自から自分の心理を客観するだけの余裕を持つて居た」文学者・時雄の姿である。

また、「蒲団」における時雄の欲望を「中年の恋」として語りなおすことによって、抑圧される「中年」という男性主体のイメージは強固となる。

花袋による「中年の恋」マニュフェストともいえる「『恋ざめ』序文」をもう一度思い返してみたい。「恋ざめ」序文における花袋の主張を言いかえれば、次のようになるだろう。「青年」に対して、「中年」は社会や世間から「分別」（＝婚姻外性交の規制と処女性への規制の抑圧といった近代的な性規範や社会的倫理観）を要求される。一方、「人間の自然性」（＝性欲）をそなえているがゆえ、実社会においては「多く精神上肉体上の矛盾と衝突とに遭遇」し、「煩悶」する。しかし、中年は「自然力の圧迫を充分に胸を開いて受け得る人間」でもある。そうした社会／自然、倫理／反倫理の「矛盾」の「複雑」さを引きうけるのが「中年」の「自覚」であり、その「複雑」さを描くのが「中年の恋」であり、それは「新しい文学」であると。

「人間の自然性」（＝性欲）とは「人間」の内部にある「自然」であるが、「自然」であるからには「人間」には制御できない外部的なものという二重の意味を担っている。この二重性が「中年の恋」の「複雑」さを支える根拠となっている。また「世間」から規定される「中年」とは、妻子があり、異性間のエロスは家庭の中だけ、という一夫一婦制（婚姻外性交渉の禁止）によって、「人間の自然性」が抑圧されているから、「矛盾との衝突」による「複雑」さが醸成されると理解するならば、「人間の自然性」（＝性欲）とは、本質的で、自明のものではなく、こうした制度や関係性において生産されるものなのである。

このように、「中年の恋」は、抑圧されたものとしての〈性〉が前提にされている。しかし、「抑圧」されているから、〈性〉を解放しようというラディカルな意志に支えられているものではない。中年の抑圧された〈性〉とは、あくまでも「中年の性の抑圧仮説」であり、「抑圧」「矛盾」「複雑さ」を引き受ける身振りが、「中年」男性という主体を立ち上げ、「中年の恋」というモードを生み出す。

「中年」は、「激しい凄じい複雑な実際生活」に接触しているため、実社会においては「多く精神上肉体上の矛盾と衝突とに遭遇」する世代であると花袋は言う。また、青年時代の「感情的、衝動的な部分」がなく、「経験的な知識的」な世代である。『恋ざめ』のように一人称による語りは、この青年／中年の分類でゆけば、「感情的、衝動的な部分」にある「青年の恋」である。しかし、婚姻外性交の規制と処女性への規制の抑圧を受け、「多く精神上肉体上の矛盾と衝突とに遭遇」する「中年の恋」とは、「矛盾と衝突」によって〈遂行されなかった欲望〉を認識したときに生じるものである。「蒲団」における時雄の「性欲」が、本能や性行為に結びつくものではなく、「悲哀」「煩悶」につながるのはこのためである。

このように考えると、「蒲団」の「中年の恋」において、婚姻外性交の規制と処女性への規制は、中年男性への社会的規制としては「抑圧」であるが、「煩悶」を生み出す装置としては不可欠なものであることがわかる。さらに、芳子の恋人発覚以降、二人の関係は「神聖なる恋」であるという芳子たちに対して、「温情なる恋の保護者」の位置に立たざるをえなくなった時雄は、「保護者」という自らが課した道義上の立場も加わり、自らの内に、「煩悶」を生み出す装置を抱え込む。

「蒲団」において〈告白〉という制度によって見出された〈性〉とは、婚姻外性交の規制と処女性への規制という社会的な規制、そして、「温情なる恋の保護者」という内的な自己規制という三つの規制からの「抑圧」によって生じるが、そこに見出されるのは〈遂行されなかった欲望〉であり、その〈遂行されなかった欲望〉を語ることで生まれるのが「煩悶」する男性主体なのである。

6　「中年の恋」と「厭妻的小説」

登張竹風は、一九〇七〔明治四〇〕年一〇月に雑誌「新小説」の「我観録」欄に掲載された文芸時評で「厭妻的小説」(28)として、二葉亭四迷「其面影」、小栗風葉「おと娵《よめ》」、国木田独歩「節操《みさを》」、田山花袋「蒲団」の四編をあげている。登張によれば、この四作品に共通するのは、以下のような点である。

四人の三十五男は、地位境遇の相違はさて置き、何れも、妻と連れ添うて幾年とかを経て、恋愛といふ蜜のやうな甘い奴は、何時の間にやら逃げ失せた頃で(中略)附け入るべく、弄ぶべく、必ず一人の仇し女が現はれて来て居る。三十五男はこゝに於て煩悶する。総じて四人男の人となりを見るに、何れも煮え切らない、愚図々々した、妬き心の強い、何う見ても女房の尻に敷かれそうな、とても生存競争に勝てさうもない、涙もろい、意気地の無い、女々しい、神経質の、デカダン的の、男から見ても厭気のさす性質《たち》である。

登張の言う「厭妻的小説」とは、主人公は三十代の中年男性で、すでに、妻への愛情を失っており、そこに別の魅力的な女性が現れるが、その男は常に煩悶し、「女々しい」男たちが登場する小説である。登張は、田山花袋が「蒲団」で描き、『恋ざめ』の序文で定義した「中年の恋」小説とは、裏を返せば「厭妻的小説」であると皮肉っているのである。

登張が上げた四作品の他にも、田山花袋「女教師」(「文芸倶楽部」一九〇三(明治三六)年六月)、島崎藤村「水彩画家」(「新小説」一九〇四(明治三七)年四月)、同「並木」(「文芸倶楽部」一九〇四(明治三七)年六月)、田山花袋「悲劇?」(「文芸倶楽部」同年四月)、小栗風葉「老青年」(「早稲田文学」一九〇六(明治三九)年三月)、同「わき道」(「太陽」一九〇八(明治四一)年三月)、後藤宙外「曇天」(「太陽」一九〇八(明治四一)年六月)など、「厭妻的小説」＝「中年の恋」小説と呼ばれうる小説が、この時期、少なからず描かれている。

関肇は「中年の恋」が文学において主題化される過程を次のように説明している(29)。まず、日露戦後の「閉塞した社会状況」において、「青年男女の甘美で情熱的な恋愛はもはや物語としての喚起力」を失った。島崎藤村『破戒』、夏目漱石『漾虚集』、国木田独歩『運命』などの「無恋愛小説」がこの事態を裏付ける。そして、恋愛よりも「人生根底の問題」「生活の問題」(『早稲田文学』一九〇六〔明治三九〕年一〇月)の要求が生まれ、生活問題と恋愛問題が結合されている「中年の恋」を主題化した「蒲団」が恋愛小説の枠組みを組み換えていったと分析する。

関の論に付加するならば、「中年の恋」小説の主たる書き手である自然主義作家たちが「中年」の域に達したこと、そして、近代化の流れ、または近代家族の形成において、一夫一婦制が規範化され、婚姻外性交への規制、処女性への規制という近代の性規範が形成されたこと、さらに、そこに女学生という素人女性が恋愛・性愛市場に参入してきたことによって、「中年の恋」小説は成立するといえよう。

小谷野敦は、「蒲団」において「作者その人と思われる地位ある男」が、「素人娘」に片恋をする「感傷」を描いたことがセンセーショナルだったという(30)。たしかに女学生との恋愛を描いた小説なら「蒲団」以前にも小杉天外「魔風恋風」や小栗風葉「青春」があるのだが、青年学生と女学生という組み合わせではなく、「蒲団」はこうした恋愛市場に参入してきた女学生に執着し、「性慾の悲しみ」に懊悩する中年男性の姿を描いたところに、「中年の恋」としての同時代的インパクトがあった(31)。

「中年の恋」小説に登場する素人女性は、若さと教養を兼ね備え、男性にとっては、玄人女性のように資本を投資することなく手に入る存在である(もてる、もてないは別としてだが)。「昔の恋人」であったが現在は「旧式の丸髷、泥鴨のやうな歩き振、温順と貞節とより他に何物をも有せぬ」時雄の妻という旧世代の女性に対して、芳子は、新しい時代の教養を身につけた「ハイカラ」な女学生である。若くて、美しい上に、「其の身が骨を折つて書いた小説を読まうでもなく、夫の苦悶煩悶には全く風馬牛で、子供さへ満足に育てれば好い」という妻に欠けている、文学の知識を備えた芳子は妻にないものを夫に提供してくれる。

しかし、「蒲団」は若い女学生か、古い妻か、という人生や家庭の危機を賭しての決断を時雄に課しているのではなく、「温順」な妻、家庭という居場所を確保した上で、安全な位置から「妄想」が語られている(32)。先に挙げた四つの「厭妻的小説」でも、「其面影」を除き、三つは夫婦関係を解消していない。一夫一婦制の強化と、婚姻外性交への規制は小説の主人公たちを「厭妻」へと向かわせる。一夫多妻が容認される社会においては、家庭や妻からわざわざ逃避する必要はない。尾崎紅葉「三人妻」のように、妾を囲い、妻妾同居状態を形成すればいいだけだからである。

国家公共の領域である〈公〉領域と、家庭という〈私〉領域、そして、花柳界というもうひとつの〈私〉領域が形成された近代において、男性主人公たちは、「家庭への逃走」と「家庭からの逃走」という二つのパターンに分かれると喝破したのは水田宗子である(33)。前者は、「闘う家長」であり、後者は「色好みの男」である。しかし、もう一つのパターンを付け加えるなら、「中年の恋」小説群のように、素人女性へ逃走する男性主人公たちがいる。この時期、社会でも認められず、家庭でも日常生活に倦怠を感じ、芸術家としての孤独を感じている中年男性の前に、芸術の理解者としての若い素人女性が登場し、彼女との関係を夢見る、もしくは関係を深めるが、様々な理由でその恋は結実せず、結局中年男性は煩悶する――という物語が、書き手―読者共同体で「中年の恋」小説として共有される。自然主義文学を批判的に見る側からすれば「厭妻的小説」に、肯定的に見る側からすれば「中年の恋」となるわけである。

7　「中年の恋」対「青年の恋」

最後に「中年の恋」というモードが自然主義文学の進化論に果たした役割をみておきたい。

「中年の恋」という言葉自体から、そもそも「恋」は青年のもので、「中年」とは「恋」の主体になりえないというイメージが一般的であったことがわかる。また、「煩悶」という言葉も藤村操の華厳の滝の自殺から流行した青年たちをイメージさせる言葉である。中年期にさしかかった自然主義文学者たちが、文学の主要なモチーフである恋の悩みを青年の手から取り戻すためにはどうすればいいか。そこで考え出されたのが「中年の恋」というレトリックであろう。「中年の恋」小説の隠れたテーマは世代間闘争である。「蒲団」も時雄という「中年」世代の文学者と、田中という若い世代の文学者（志望）が、芳子をめぐって対立している。

花袋、風葉、藤村ら「中年の恋」小説の書き手は明治四〇年代には、三〇代、四〇代であり、後進の若い作家世代が登場し始めている時期にあたる。「中年の恋」小説群にも、「まだまだ吾等の時代だと思つてるうちに、何時の間だにか新しい時代が来て居る」（島崎藤村「並木」）ことを痛感し、自分たち中年は、「時勢におくれて将来に発達の見込み」（田山花袋「少女病」）もなく、「何だか思想上にも物質上にも、時代の圏内から青年に押退けられて行くやうな感がする。（中略）恋にも亦青年に押退けられるのだ。あゝ、我々の最う時代では無い！」（小栗風葉「恋ざめ」）と、時代の流れに取り残され、青年たちに圧迫される中年男性のイメージが共通して登場する。一方、若い世代に属する真山青果は、「中年の恋」の流行に対して、「蒲団が出る、恋ざめが出る。近頃は謂ゆる中年の恋でなければ恋扱ひもされぬ時代となつた。極めて悪しき、詛ふべき時代だ」(34)と若い世代からの苦言を呈している。

また「中年の恋」という言葉は、自然主義文学が世間から揶揄されていた「肉欲主義」という非難を「恋」という言葉において、巧妙にずらしている。花袋『恋ざめ』序文のように、「中年の分別盛りになつてからも自然力の圧迫を充分に胸を受け得る人間」たる自分達は「性欲」という「自然力」を、分別と「自覚」をもって描くことができ、真に〈性〉の問題に取り組めるのは「明治の新しい中年者」であり、自分たちこそ新しい文学の方向を開く「先駆」者であると主張する。「青年の恋」から「中年の恋」へ、「恋愛」から「性欲」へ――この発展形式を、文学の進化論のメタファーとして語るのは花袋だけではない。

恰好人類の最初の文芸が、天真なる感情の流露した詩歌となつて表はれましたやうに、人間の胸に初じめて宿つた「恋」は恁んな韻文的の恋であります。けれども人類の文芸の成熟進歩が、韻文より一転して冷静な散文に成つたやうに人間の中年（第二期）の恋は亦冷静な性慾的――散文的の恋に成つて表はれます。

近来自然派小説作家中に現実暴露の一部として中年の恋を描いて居るものがあるのは、確に好い問題を捉へたと言つても宜しい。（中略）是は初めの狂熱的恋愛感情の反動が他に性慾と云ふ出口を見出したのと、今一つは、韻文的恋愛の形式が、思索し、瞑想するところの、散文的恋愛の形式に進化したからの結果でありましやう（守田有秋「韻文的恋愛と散文的恋愛」「東京二六新聞」一九〇九（明治四二）年六月一日）。

文学は、「青年の恋」＝ロマンティシズムから、「中年の恋」＝自然主義文学に発達するという進化論は、あくまで自然主義文学側に立った進化論でしかないのだが、自然主義文学を成熟したかたちの文学として進化論的に位置づける際に、「性欲」という概念が使用される。テクストとは別のレベルで、「性欲」という言葉によって、自然主義文学が〈性〉を描く特権的なジャンルとして自己定位してゆく過程や、日露戦争後の〈性〉に「煩悶」する男性共同体を形成する過程については、第6章、第7章で検討してみたい。

第6章 田山花袋「蒲団」と性欲描写論争
………〈性〉を語る／〈真実〉を語る

1 〈性〉を語る特権

明治のある時期に〈性〉を小説に描くこと、それ自体が議論されることがあった。「性欲描写論争」と名付ける、田山花袋「蒲団」の発表に端を発した論争である。

現実の世界をありのままに、客観的に描くという自然主義文学のテーゼは、作家の身辺環境を描くことを可能にした。作家にとっては、「あらゆること」が小説の材料になるのだ。自然主義文学は、作家の身辺的なミクロな世界の表象に、文学的普遍性を与えることによって成功したと言ってもいいだろう。

しかし、〈性〉にまつわることもそういった材料の一つであるが、現実の「あらゆること」を描くことが可能になったと言っても、〈性〉に関係することはタブーであり、抑圧が働いていた。というよりも序章で論じたように「抑圧の仮説」を利用し、タブーであったからこそ、「蒲団」のように、「性欲」という現象、言葉に対する社会的抑圧を「現実暴露」という文学的特権へと転化することが可能になったわけである。

平野謙のように「蒲団」の主人公の「滑稽」で、「子供じみ」た振舞いから、「性慾描写の是非などをひきだすこと自体が理解しがたいもの」(1)であると切り捨てることも可能であろうし、また、自然主義文学全般に対して「セックスそのものを文学の主題にしようという意識、セックスが人間存在のなかで持っている意味を探求しようという意識は、ほとんど認められ」(澁澤龍彦)(2)ない、というように、自然主義文学における、〈性〉、「性欲」の理解未熟を指摘する意見もある。

しかし、自然主義文学において実現されなかった、ほんとうの〈性〉や、「性欲」のあるべき姿などを求めることは無意味であると同様に、自然主義文学において、〈性〉の「真実」が描かれている(または、描かれていない)という物言いも、明らかに無意味である。今できることは、自然主義文学の主題として〈性〉がいかに見出されてきたか、さらに文学において〈性〉を語ることがいかに正当化され、「性欲」という言葉の内実を作ってゆくか、また、〈性〉を語る特権をいかに文学の側に引きつけて行くか、といった〈性〉と文学の歴史的結合の問題を一九〇七(明治四〇)年から一九〇八(明治四一)年にかけての自然主義文学に見ることである。本章で問題にしたいのは、個々のセクシュアリティの文学的表象ではない。それを可能にする前提としての、文学がいかに性的現象を小説の主題として発見したのか、文学がいかに〈性〉を語る特権性を得たのかという問題である。

2　性欲描写論争について

現在からすれば「性欲描写」という表現も妙な感じがするであろう。小山内薫編『文芸新語辞典』(春陽堂、一九一八(大正七)年九月)には、「性慾描写(名)性慾の事を書いたもの。主に小説に就いて言ふ。自然派芸術は赤裸々に此描写を試みたのである」(一八三頁)(3)とある。雑誌の同時代評で「性欲」を扱っている小説と言及されているものをいくつか読んでみても、その内容は恋愛、姦通、不倫、情事など男女の性的欲望を扱ったと思われるもの、同性への欲望（のちに「変態性欲」とカテゴライズされるもの）、人間に限らず動物などの妊娠、出産などの生殖行為（広義の「性欲」から「生殖欲」と区別されるもの）など多様であり、現在の目から見るとどこに「性欲」を扱っているのか判然としないものもある。性欲描写論争においては具体的に小説のどの場面が「性慾の事」にあたるかは問題にされていない。むしろ個別例、具体論を避けることが論争の戦略であったと思われる。「肉欲」や「色情」でもなく「性欲」という言葉が文学的にどのような意味を獲得していったかは後に述べるが、「蒲団」ではたった四カ所しか使われていない「性欲」という言葉が一人歩きして、同時代の〈性〉という幻想を作り上げる過程に性欲描写論争があったといっていいだろう。

性欲描写論争は「蒲団」が発表された翌月（一九〇七〔明治四〇〕年一〇月）、「帝国文学」の「蒲団」批判、自然主義文学批判に始まる（次頁掲載「記事一覧」のアルファベットは論争記事に対応している）。「早稲田文学」「帝国文学」の論争は、他の雑誌にも飛び火し、一九〇八〔明治四一〕年八月までのほぼ一年間、文学、性欲・肉欲、道徳・教育といった論点が抽出される。

「帝国文学」の論者（衣水）は時評「自然主義派の作物　花袋氏の「蒲団」」(a)において「蒲団」の「主眼」は「性慾の描写」であり「性慾を抑へむとする苦悶」を「露骨」に描いていると非難し、これは「蒲団」の問題だけではなく、近年の自然主義文学の問題傾向であるという。さらに「性慾の描写」は芸術がわれわれに与える「美感」に相当しない、「不快」であるという。この「帝国文学」の論に対して、翌月「早稲田文学」が反論する（社同人「時言」(b)）。「芸術の対境は人生の全部だ。性慾も人生の事実だ。（中略）それを題材としたとて何の不思議があらう。要はその事実を如何様に芸術の上に攝取するかの問題」であるという。

男女間の交渉、セックス、姦通など性的な主題が文学の題材となったのは、もちろん自然主義文学が初めてではない。しかし、この論争において、初めて「文学」の題材としての「性欲」が問われることになった。これは、単なる素材論ではない。性欲描写論争とは「性欲描写」の可否を議論するだけでなく、同時に、文学や芸術の価値論争とな

【性欲描写論争・記事一覧】

発行年月	論者名	論文・記事名	論文・記事掲載雑誌	記号
一九〇七（明治四〇）年				
一〇月	衣水	「自然主義派の作物　花袋氏の「蒲団」（時評）」	「帝国文学」	a
一一月	社同人	「時言」	「早稲田文学」	b
一二月	衣水	「解嘲」	「帝国文学」	c
一一月・一二月	佐々醒雪	「文芸雑考　文芸に顕はれたる獣慾（上・下）」	「中央公論」	d
一二月	無極	「肉慾と芸術」	「帝国文学」	e
一九〇八（明治四一）年				
一月	小栗風葉	「肉慾と文芸の調和（室中偶語）」	「新潮」	f
一月	柳川春葉	「肉慾と文芸の調和（室中偶語）」	「新潮」	g
一月	徳田秋江	「肉慾と文芸の調和（室中偶語）」	「新潮」	h
一月	生田長江	「肉慾と文芸の調和（室中偶語）」	「新潮」	i
一月	小栗風葉	「教育と小説（青年男女に小説を読ましむる可否）」	「太陽」	j
二月	片上天弦	「性慾描写の問題に就いて（帝国文学の一記者に答ふ）」	「早稲田文学」	k
二月	松原至文	「肉感描写の意義」	「新声」	l
三月	北澤寒泉	「自然主義に就いて」	「太陽」	m
三月	徳富蘇峰	「明かに外道である（肉慾描写について）」	「文章世界」	n
三月	山路愛山	「小説は道徳書ではないから（肉慾描写について）」	「文章世界」	o
三月	三宅雪嶺	「露骨が漸次婉曲になる（肉慾描写について）」	「文章世界」	p
三月	津田弔星	「自然主義と題材」	「文章世界」	q
四月	片山孤村	「文芸と肉情」	「新小説」	r

四月	長谷川天渓	「自然派に対する誤解」	「太陽」	s
四月	長谷川天渓	「自然主義と本能満足主義との別」	「文章世界」	t
八月	真山青果	「性欲描写につきて」	「新潮」	u

っていることともつながる。「性欲」という人間の「劣情」、卑しい部分を文学は描くべきかどうか、という題材の選択の問題は、本来あるべき文学の姿、道徳に対する文学のスタンスの問題を容易に呼び込む。

3　〈性〉を語ることの条件

「性欲描写」の可否をめぐって行われた一連の論争については、「帝国文学」「早稲田文学」「新潮」「太陽」「新声」「文章世界」「新小説」「趣味」「明星」「中央公論」の文芸雑誌、総合雑誌一〇誌を調査対象とした(4)。調査期間は一九〇三（明治三六）年から一九一二（明治四五）年である。調査を一九〇三年から開始した理由は、相馬御風が「明治文学講話」（佐藤義亮編『新文学百科精講後編』新潮社、一九一四（大正三）年四月）において、「（国木田独歩の―引用者）「正直者」「女難」の二篇は、肉慾を最も大胆に描いたもので、肉慾小説の最初のものと見る可く」と回顧していることから、「正直者」、「女難」が発表された一九〇三（明治三六）年からとした。

また、一九一二（明治四五）年で区切ったのは、後述するように、この時期になると、性欲を描くことが自動化し、性欲の内実が問われることなく「性欲」という言葉が一般化し、性欲描写の可否問題から、いかに性欲（本能や生殖欲であれ、逸脱と呼ばれる「肉欲」「獣欲」であれ）を描けているかに、問題の照準が移行したと思われるためである。

わかりやすくするために、性欲描写反対派、肯定派、条件付き肯定派の、大きく三つの立場に分けて整理してみる。

反対派は先の「帝国文学」記者のように反自然主義文学の立場と重なる。彼らは「飽くまでも美といふものを標準として文芸の価値を定めるべきもの」(c)と、文学の本質は「美」であると定義する。恋愛と性欲の対比で言えば、恋愛を描いた小説は読者に「美感」を与え、性欲を描いた小説は「劣情挑発」的である、という。おおよそ反対派は「性欲」＝「劣等の感情」(a)、「動物性の反面」(c)、「肉慾」(n)、「肉情」(r)としてこれを文学から退けるかわりに、「美」や「ヒューマニチイー」といった観念を持ち込む。

それでは賛成派はどうであろうか。賛成派は「性欲」は、「人間本来」の「本能の衝動」(t)であり、「人生の現実」である以上、醜でも善でもない(s)とする。「人生の真に触れ、人生現実の姿を、飾らず、偽らず描かうとする上は、どうしたつて、肉慾の方面も描かずにはゐられない」(f)のであり、人間の「性欲」を直視することは、人間の真実、人生の事実を直視することであり、それを「赤裸々」に描くのが自然主義文学であるという論理を取る。さきの「早稲田文学」の論(b)のように賛成派は、自然主義文学は人生・現実そのものを描く、そして、性欲も人間の現実である、ならば、文学＝「性欲」の表現であるという三段論法によって、何を描いてもそれは「文学」的昇華として理解されるわけである。

賛成派と反対派の相違は「性欲」という言葉の意味内容の理解の相違から来ている。反対派は「性欲」を「人間の精神状態中最も卑」しい「劣等の感情」(a)、「動物性の反面」(c)であるので、小説の「題材」として「性欲」はふさわしくないとする。賛成派は、「性慾も人生の事実」(b)、「人生の一要素、真の一面」(j)であり、そういった「人生の事実」そのものに「美醜」という価値は発生しないし、また事実をありのままに描く自然主義文学は、そういった「人生の暗黒面」(f)、「人間の半獣的方面」(m)も描くことが目的であるとする。賛成派、反対派は一見正反対のようであるが、「性欲」＝人生の事実、人間の本能であるから「赤裸々」に表すというのと、醜い部分であるから隠すというのは「性欲」の向こう側に人間の本質、本能を認めている本質主義的な点では同じ方向性を持っている。

問題なのは、条件付き性欲描写肯定論と名付けるものである。これはどういったものかというと、「作家の態度」さえ厳粛なら、本能、性欲といった人間の醜い面を描いても問題はないという立場である。肯定論が、「性欲」＝人間の真実の普遍性を全面的に肯定する立場であるのに対して、この「条件付き」というのは、「性欲」は「人間の真実」であることは肯定するが、それよりも、芸術化、文学化する過程において、作家の態度、動機、技量が大きなポイントを占めることになる。

例えば、「どの程度まで肉慾を描くことを許すか」ということについては「人生の真を描く上に於て、(中略)如何なる点まで深く突つ込んで書いても、決して差し支へない」のであるが、ただ「それを描く時の作家の態度」が肝要で、「作家の主観さへ厳粛なら、閨房中のことを大胆に描写しても差し支へない」のであり、「どれだけ深く肉慾を描いても、実感を挑発すること」もないし「風教を害すること」もないのである(f)。また、性欲を題材とする作品が不快感を起こさせるのは題材の責任よりも作者の「題材の取扱ひ方」の責任(k)であり、作者は「書かねばならぬから書く」(j)という「真面目な欲求」(f)、芸術的欲求に基づいて、「性欲」を描き、その態度、動機、主観が「厳粛」でありさえすれば、そこには人間の真実としての「性欲」、芸術化された「性欲」が立ち現れるとする。「作家の態度」という基準を持ち出すことによって、テクストの評価を作家個人の「主観」や「人格」に還元することは、次の馬場孤蝶のような発言に拡大する。

(肉欲を—引用者)何処まで書いては可かぬと云ふ制限は一寸出来難い、唯だ描写の態度、筆者の人生に対する信念如何で、其の善悪を定めなければならぬものと思ふ。文学に肉慾描写の行はれ、所謂危険なる思想の現はれるのは、文学者が堕落したからではなく、退いたからでもなく、反つて高尚になる、学問が出来、識見人物倶に挙つた結果である。人生の進歩を期し、人間の進歩を助けたいと思ふ人々は、先現代の文学者の信念、努力に対して一応の尊敬を表すべきであらう(馬場孤蝶「文壇漫語」「新声」一九〇九〔明治四二〕年九月、四六頁)。

ここに現れているのは、「作家」とは「性欲」について正しい知識を持っている人々であり、彼らは「性欲」のみならず、人生、生活についても真摯な態度で望んでおり、そのような作家であれば、「文学」において「性欲」を描くことは必然的に可能であるということである。その際に「性欲」において「劣情」や「獣欲」といったマイナスのイメージは切り放され、「人生」「生活」「真実」といった観念的なパラダイムに「性欲」の文学的意味内容は変換される。性欲描写論争とは、「作家」は「性欲」を正しく語ることができる人という言説を固定、拡大する論争であったといえる。

4　読者と禁欲

さて、もう一つ重要なのは、文学とその鑑賞者である読者との関係である。小説が青少年を堕落させるという言説はよく見うけられる。例えば、実業之日本社長・益田義一は、次のように述べている。

私は近頃の学生が堕落して来たのは確に此の恋愛小説及び新聞の三面記事が此原因をなしたものであらうと思ふ、何となれば是等の記事中には人の情慾を挑発し劣等なる本能を発動せしむるものが甚だ多いからである（「恋愛小説を排す」「新声」一九〇九〔明治四二〕年六月、一二七頁）。

青少年が堕落する誘引を小説に求めるこれらの批判に対して、「堕落」する少年が問題なのか、「堕落」を描いた小説が問題なのか、という読者の問題も争点となる。

先に、「性欲」を語るプライオリティを作者が獲得するプロセスを見てきたが、文学が〈性〉を語るのと同様に、「人生」についても語ることができるという特権性を確かなものにするためには、読者の教育も必要なのである。ひらたく言えば、セックス・シーンや姦通、不倫といった「いやらしい」場面を読んでも、「欲情」することなく、その場面を通じて、「人生の真実」を読みとる回路を作ることである(5)。

性欲描写論争の後半では、小説の「性欲描写」が公衆道徳や青少年に与える影響にまで論議が展開する。反対派からは、小説が青少年の性的堕落の誘因であるという批判が行われるのに対して、性欲描写（条件つき）肯定派は、小説だけが青年を害するというが「売春婦すら公認」している社会(j)、また「貸座敷」や「待合」のように文学の他にも青年を誘惑するもの(m)があり、一概に文学だけが青年を堕落させるものではないという反論や、肉欲的小説の挑発に乗らないような青年を作るのが教育の役目(m)であると教育家、道徳家へ反撃に出るものもある。しかし、これらのように社会環境や教育に青年の堕落の原因をすり替えてゆくのではなく、文学の享受の現場において、読みの作法を求める片上天弦(k)の考え方は注目すべきであろう。

天弦によれば、「性欲描写」を読んで、「現実の事実に対して生ずると同様の実感」、つまり性的に淫らな気持ちを起こすのは「芸術家がその事実を十分に芸術化し得なかつたといふ、芸術家その人の技量の未熟不十分」なためか「鑑賞者が芸術品に対してすら常に卑劣な実感を起こすといふ、鑑賞者その人の鑑賞力の幼稚不十分」のどちらかであるという。「芸術家」の「技量の未熟」、つまり一流の作家でないと、「性欲」、〈性〉的現象を文学化できないということについては、先に述べたとおりだが、同時に読者の側にも文学作品に対する「鑑賞力」が求められる。「性欲描写」にふれて淫らな気持ちを起こす責任は文学作品にあるのではなく、読者の「鑑賞力」が低いからであり、そのような読者は性的な秩序からずり落ちてしまう、まさに「堕落」した青年なのである。

読書行為において文学作品から何を読み取ってゆくのかは、読者の絶対的自由であるはずなのに、読者は成熟した鑑賞力を要求される。成熟の度合いは読者自身の性的な健全さによって測られ、「性欲」＝人間の真実という自然主義の作り出した言説は、このように青年読者への文学的な性教育によって拡大再生産されてゆく。

一方、教育雑誌においても、「俗悪メディア」として自然主義文学がバッシングされるが、高橋一郎は、結果的にバッシングが政府・教育者による青少年の読書行為を通じての管理につながったとしている。そして、「学生生徒に対する読書教育の必要性を主張する意見が、文学者側からより積極的に提出されるようになる。（中略）小説の感化力を逆手にとって、青少年に欲望の正しいありかたを教え、この欲望を訓育・無害化する手段」として小説の効用が文学者から提唱されるのである(6)。

大正期に至って、自然主義の「性欲」の発見は、結婚イデオロギーの基盤となる「性慾の人格化」（厨川白村『近代の恋愛観』改造社、一九二二（大正一一）年一一月）までに昇華される。つまり、「真に人間らしき性的結合」によって恋愛関係は成立し、「恋愛」という「二つの人格の全的結合」によって「結婚」（一夫一婦制）は完成されるという性欲―恋愛―結婚の三位一体説においては「性欲」は「浄化」され「人格化」されてゆく。このような大正教養主義的「性欲」妄想は女性という性的他者との現実的な関係を一気に理想のレベルで解決しようとし、そこでは女性という他者、女性の身体は消去されてしまう。理想と妄想で図法を肥大させた青年は、女性という他者との現実的な関係の狭間で新たな〈性〉の悩みを生産し、苦悩してゆく。

5　性欲描写論争、その後

「性欲」は文学の「題材」になりうるか、という問題から出発した性欲描写論争は、「性欲」を正しく理解できる作者と読者を要求し、また自然主義と「肉欲小説」を切断することで、自然主義文学が〈性〉の真実を語りうるジャンルとして自己同定してゆく文学史的記述を生み出す。

論争において、「性欲」を通じて人間の真実を描く自然主義文学を実現し、展開するのは、先に述べたように、「性欲」を十分に芸術化、文学化できる作家たちである。しかし、世間では依然と自然主義文学＝「肉欲文学」、猥褻文学という見方が存在することについて、自然主義陣営はどのように対応したのだろうか。

例えば松原至文(1)は、「肉感描写」（＝性欲描写）を二つに分類する。一つは「人生如々の真」を描くことを目的とし、「赤裸々になつた方面」「醜い方面」に「自己を発見」する、「人生の真に触れんが為めの肉感描写」と、もう一つは「肉感を描写せんが為の肉感描写」である。前者は、「性欲」の芸術化に相当し、後者は、自然主義文学本来の亜流、悪しき模倣者たちである。「人生の意義に触れぬ肉感の描写」、「春画もどき」、「色情狂者」的であるとされる作家に、佐藤紅緑、生田葵山があげられている。彼らは「人生に経験の無い為め」に「醜なる人生を極端に想像」する、「近代芸術を堕落せしむる」ものである。自然主義に対する世間の誤解はこのような「性欲」を芸術化できていない作家がいるためであるという。

　この論争が行われている間、生田葵山『虚栄』（一九〇七〔明治四〇〕年一一月）、同「都会」（一九〇八〔明治四一〕年二月）、小栗風葉『恋ざめ』（一九〇八〔明治四一〕年四月）の発禁、出歯亀事件（一九〇八〔明治四一〕年三月）、煤煙事件（同）など、発禁という官憲からの猥褻というレッテル貼り、また出歯亀事件や煤煙事件のように自然主義＝「性欲満足主義」、猥褻文学というコード化があった(7)。これに対して自然主義文学は、自らの立場を止揚するため、文学内部での差別化を行う。次に見る早稲田文学社編の『文芸百科全書』にそれはよく表されている。

　一九〇九〔明治四二〕年一二月に発行された『文芸百科全書』は、自然主義を頂点とした明治の文学史への試みである。詳細な項目分けによって、小説、戯曲など明治の新文芸が総覧できる大著である。その中の「自然主義の大勢文壇の主潮」という章に「一二四〇　田山花袋」という項目がある。ここでは「蒲団」を「大胆に自己の性慾生活を告白してゐる」と説明し、そのすぐ次に「一二四一　生慾と性慾」という項目が設けられている。ここでは、「人間自然の性情と現実世界との衝突、その間の圧迫と反抗」を表現する「自然派小説」は、「人生内部の自然を徹視」し、「生活内面の主義」を探ろうとする目的において、そこに見出したものは「人間の生きんとする慾」（「生慾」）と「肉の慾」（「性慾」）であるとする。「性欲」を「生欲」へと、生のエネルギーへとスライドさせることによって、「性欲」の出歯亀主義的イメージ、猥褻性を、文学的解釈によって消去するのである(8)。

　そして、続く「一二四四　肉慾小説」の項目において、「何等の芸術的良心自覚」なく、「単に肉慾の為めに肉慾を好んで描く」作家、田山花袋「蒲団」の「無定見な模倣者」として、「自然主義とは肉慾主義であるとの誤解を世人に抱かしめた」作家として、生田葵山、佐藤紅緑、小栗風葉、川上眉山、三島霜川の名前があげられる。

性欲描写論争の最中、後藤宙外は自然主義派内部の分裂、勢力争いが起っているとし、その「犠牲」となった作家として生田葵山、佐藤紅緑の名前を上げている。作家が「肉欲」を描く「態度が厳粛であれば」という条件つき肯定派に対して、「厳粛」という言葉の内容は曖昧で、作者の態度の厳粛という「道学先生」が使用するようなレトリックは、自然主義派が主張する「真その者を露骨に正直に伝へる」という目的と矛盾しているのではないかと鋭く指摘する後藤宙外は、「近頃肉慾描写に対する世間からの非難の声が高くなるに連れ所謂自然派の中に内訌が起り、分裂の形勢を示して来た」として、「生田葵山佐藤紅緑氏等は肉慾描写の点に於いて自余の自然派の評論家及び作家の側から急に疎外され排斥されてゐる」と自然主義内部の分裂状態を嘲笑する(9)。

しかし、「似而非自然派」と「真面目」な「自然主義」との境界線引きは強固なものであった。

(肉欲に興味を持っているだけの—引用者)こんな連中と我々の真面目な態度とを混同して、発売禁止を遣られるのは、迷惑至極な事では有りませんか(田山花袋の談話「自然主義　全盛時代の文壇」「国民新聞」一九〇八〈明治四一〉年四月二七日)。

自然主義的風潮起ると同時に、例に依りて幾多の似而非自然派が頭を出し、醜劣なる文字を列ねて、読者界の歓心を買はうとしたのは、事実である。之れが為に、真面目に自然主義を唱導する者は、幾多の誤解を招いた。今日ですら、立派の学者や、名士が、自然主義と言へば、獣慾主義と同一物と思惟して、痛罵の言を放つてゐるのは、全く似而非自然派の然らしむる所である(長谷川天渓「文芸時評　文芸の取締に就いて(文芸院の設立を望む)」「太陽」一九〇八〈明治四一〉年一一月、一五三頁)。

〈性〉の告白としての「蒲団」の神話化のみならず、自然主義の本流、「健全な自然派」(10)としての田山花袋、島崎藤村、国木田独歩といった作家と、自然主義の悪しき模倣としての「肉欲小説」作家、葵山、紅緑、風葉の境界線引きが行われる。ここにおいて、自然主義の内部を文学(自然主義)／非文学(似非自然主義)に差別化することによって、自然主義を頂点に明治文学史を構成しようとする『文芸百科全書』における文学史への試みは完成する。その基準は「性欲」=生のエネルギー、人間の真実という文学的解釈を「自覚」する「芸術的良心」の有無であり、作家として生き残れるのは作品の評価だけでなく、作家個人の人格、生活の方面においても、神聖なる「性欲」を知ることが必要とされるのである。自然主義推進派である早稲田文学社による文学史への試みは「肉欲小説」を切断することによって、自然主義文学の枠組みを強固にすることであった。生田葵山、佐藤紅緑といった作家が現在の文学史の記述において、忘れられていることを考えれば、現在まで、こうした枠組みが受け継がれていることは確かであろう。

また、これらの「似非自然主義」を差別化してゆく発言は、「真」の文芸を守るための、文芸院の設立を要請する根拠としても用いられる。

長谷川天渓は、発売禁止により文芸を取締るよりも、「為政者と文学者とが接近して互いに意見の交換」をする文芸院の設置が必要であると説く(11)。たびかさなる発売禁止や、自然主義バッシングは、自然主義の危機ではなく、こうした文学／非文学の境界線を確定し、文壇の再編成へとつながってゆくものであった。

人間の醜い方面、性的方面までを描くことによって一個の人間、または人間そのものを描くという自然主義文学にとって、「肉欲」、「淫欲」、「色情」から「性欲」という言葉を離陸させることは、その文学性を保持するためにはどうしても必要なことであった。性欲描写論争は、すべての人間には「性欲」という不可視の欲望が存在するという意識を広める一方、文学において「性欲」に人間の真実、生のエネルギーという意味内容を与えながら、〈性〉を語る文学的必然性を獲得する。「本能を卑しいものなど、言つてゐては作者どころか読者にすらなれない」(田山花袋「小説作法」）のである。

「早稲田文学」の「明治四十三年文芸史料」では、「一時は徒らに好奇心に駆られたやうな肉慾描写小説も少なくなかつたが、昨年にはさう云ふ風な作は殆ど無かつた」(12)とあるように、論争は一九〇八（明治四一）年を頂点として、一九一〇（明治四三）年の時点では収束に向かっていることがわかる。

そして、一九一一（明治四四）年の時点で、「性欲」というタームが批評用語として成立し、「性欲」の内実は周知の事実のように語られるばかりか、「性欲」を知ることが作品の評価の基準となっていることは、「人生と云ふことにも恋と云ふことにも性慾と云ふことにも何等の正当なる智識を有せない文章である」（谷崎潤一郎「飇風」同時代評・二六新聞）という記述からも明らかであろう。

自然主義文学において「性欲」という掛け金はどのように働いたのか。「蒲団」の出現は、「性欲」が文学の「題材」となりうることを確認し、「性欲」を卑しいものだとする旧来の固定観念を払拭したという功績によって語られ、後年、谷崎潤一郎が回想するように、その功績は「性欲の解放」(13)といえるかもしれない。

しかし、一連の性欲描写論争において見てきたように、読み書きの文学的作法において、〈性〉に対する規範が、文学の読み書きの規範と重なり、性科学者や精神医学者が〈性〉に関する知を所有したように、作者も「真摯な態度」をもった〈性〉に関する知の所有者となる。同時に読者に対しても、誤読、つまり淫らな読み、新聞の三面記事やポルノグラフィーのような浪費を許さず、読書行為に禁欲を、つまり文学の正しい読み方を求めるのである。まさに近代におけるセクシュアリティの自己管理の問題であるが、医学、衛生学、精神病理学の現場だけではなく、文学も読む行為の習熟においてセクシュアリティの規範化に関与していたのである。

そして、三面記事やポルノグラフィーには〈性〉の真実はなく、文学にこそ人間の〈性〉の真実が隠されているという文学における〈性〉の聖域化、さらにその真実を描きうるのが「文学者」であるという図式ができあがったのが、性欲描写論争であったのである。

付け加えて言うならば、このような「文学者」に求められる態度とその実体が違うのは、数々の作家に関するゴシップ記事などで明らかであろう。しかし、重要なのは、いくら作家の実体を暴露しても、自然主義文学はその醜聞を飲み込みながら、自己成長してゆくジャンルであったということである。

次に、なぜ「蒲団」から、このような「性欲描写」についての議論が導き出されたのかという、平野謙のような疑問について考えなければならない。

「蒲団」の竹中時雄という男の「性欲」は、何ら卑しいものでもなく、それを「赤裸々に顕す」ということは「人生の真実」にふれることであり、「性欲」とは生のエネルギー、芸術的エネルギーの表象であると変換される。「かくして置いたもの、壅蔽して置いたもの、それと打ち明けては自己の精神も破壊されるかと思はれるようなもの」を「開いて出して見ようと」(田山花袋「私のアンナ・マール」)(14)する行為は、まったくの文学的「勇気」(平野謙)(15)と錯覚される原因もここにある。しかし、花袋の発言も性欲描写論争や文壇での「蒲団」の評価を通過した事後的な意味づけであり、「蒲団」の執筆がこのような意志に支えられていたとは考えられない。むしろ、逆説的にいえば、「蒲団」においてこのような意志に支えられた〈性〉や内面を暴露する「勇気」ある作家が立ち上げられていたら、性欲描写論争は起こりえなかったのではないか。「文学者」という権威、「男」という権威から、ずりおちてゆきそうな主人公・竹中時雄をいかに回収するかが、性欲描写論争という一連の〈性〉をめぐる文学的現象であったと思われる。

6 「蒲団」――「文学者」と「新しい恋」

最後に「蒲団」というテクストを「文学者」と「新しい恋」というキーワードで性欲描写論争との関わりで読みといてゆきたい。

「蒲団」の竹中時雄という男性は、「文学者」という自負を抱きながらも、「遅れ勝ちなる文学上の閲歴、断篇のみを作つて、未だに全力の試みをする機会に遭遇せぬ煩悶」に常に悩んでいる男性であり、日々、進歩・変化する社会に取り残されてゆく時雄は、芳子に出会う前から、ハウプトマンの『寂しき人々』の主人公のように、「淋しい人」(一)と語られる。

そこに横山芳子という女学生が「文学」の弟子としてやってくる。芳子という女性は、時雄にとっていかなる意味を担っているのだろうか。時雄が彼女に対して行う自己の意味づけは、まず文学上での手厚い師匠であり、彼女に恋人ができてからは、「監督者」という役回りを自ら引き受けることである。しかし、芳子に出逢う以前から彼は日常生活、文学生活の停滞を打ち破るための「新しい恋」の相手を探していた。

今より三年前、三人目の子も妻君の腹に出来て、新婚の快楽などはとうに覚め尽した頃であつた。世の中の忙しい事業も意味がなく、一生作に力を尽す勇気もなく、日常の生活——朝起きて、出勤して、午後四時に帰つて来て、同じやうに妻君の顔を見て、飯を食つて眠るといふ単調なる生活につく〴〵倦き果てゝ了つた。(中略)道を歩いて常に見る若い美しい女、出来るならば新しい恋を為たいと痛切に思つた(二)。

「文学者」竹中時雄にとっての「新しい恋」をする相手の異性とは、日常生活の倦怠をなぐさめるもの以上に、「理想の生活、文学的の生活、堪へ難き創作の煩悶」(十)を慰めてくれる異性であった。この彼の対幻想は芳子に出逢う前から、彼女と別れるまでテクストでは一貫している。異性への欲望、幻想を文学的創作のエネルギーと交錯させるところは、先の性欲描写論争において、「性欲」を「生欲」と置き換える、つまり「性欲」を芸術、創作のエネルギーに転化させることにつながってゆくだろう。

こうした時雄の「新しい恋」=「新しい文学」への夢想を破壊するものが、芳子の恋人田中の出現である。時雄は常に「新しい恋」の幻想を生きていた。だから、芳子の手紙に使われている「私共」(芳子と田中)という言葉に激怒する。「私共は熱情もあるが理性がある！私共とは何だ！何故私とは書かぬ、何故複数を用ひた？時雄の胸は嵐のやうに乱れた」（四）――この「私共」という「複数」形が時雄に突きつけるものは、彼が思い描いていた対幻想の理想から、彼が排除されることであり、何よりも「新しい恋」の幻想が彼に与えていた、男性としてのアイデンティティの崩壊の危機であろう。「蒲団」は堕落女学生、女弟子といった過剰な欲望の視線を芳子という女性に与え続ける男たちの物語であり、彼女の「所有」をめぐる三人の男（時雄、田中、芳子の父）の物語であるともいえる。「新しい恋」とは対幻想の裏にある女性をモノ化して「所有」しようとする時雄の欲望でもある。

時雄の男性としての自己定位は、「新しい恋」の相手、つまり異性を鏡として支えられていたわけだが、「新しい恋」から「文学」へのエネルギーを得ようとしていた時雄にとっては、芳子を失うことは、象徴的には「新しい文学」への試みの挫折を意味する。男性としてのアイデンティティが、「文学者」としてのアイデンティティと重なることは、芳子に恋人ができたと知った時雄の恋の疎外感が、文学的立場の疎外感と重ね合わされて語られることからもわかるだろう。そして若い二人の「文学者（志願）」が綴り出すであろう「新しい恋」の物語から取り残された時雄は、二人の「文学者（志願）」をテクストから排除する。

「蒲団」には三人の「文学者（志願）」が同居する。時雄と、彼に師事する芳子、そして青年田中も「宗教家」をやめ「文学者」になろうと芳子を追って上京する。しかし、結果的に芳子を田舎へ送り返すことで、時雄はテクストの中で唯一の「文学者」という位置を獲得するのである。

また、竹中時雄は執拗に「文学者」であることにこだわり、また語り手にこだわられる存在である。冒頭部分において、芳子に裏切られたと知った時雄は思考の冷静さを失いがちであるが、そこに「けれど文学者だけに、此の男は自から自分の心理を客観するだけの余裕を持つて居た」（一）という語り手の言葉が挟まれる。ここに「文学者だけに」という一言が挟まれる理由はいったい何なのだろうか。この一句に続いて、芳子の時雄に対する心理が分析される。彼女の「愛情」は「単に女性特有の自然の発展」で、「無意識」、「無意味」なものかもしれない。

しかし、「あの熱烈なる一封の書簡」は自分に「胸の悶」を訴えていたのかもしれない。とすれば彼女の愛情を自分は理解してやることができずに、そんな自分に「失望」したから、彼女は他の男へと走ったのかもしれない……と。「文学者」としての時雄が「客観」的にみた「心理」の内容とは、芳子の行動の意味が読みとれなかったことであり、彼が「客観」できた事実は自己の積極性、直感力のなさであり、冷静な洞察力と客観力に欠けた「文学者」であるという逆説である。

つまり、竹中時雄は「文学者」と規定されながらも、自己を「客観的」に観察しようとすると、「文学者」たりえない自己が「暴露」されるというテクストの亀裂の上に存在する。また、最後の蒲団に顔をうずめて泣く場面は、ナルシスズム、涙、嫉妬（非男性的＝女性に与えられる負性でもある）といった、当時の男性性化してゆく文壇にとっては望ましくない「文学者」像を暴露してしまった。むろん、泣く男、弱い男を演じることが、男性の権力を隠蔽し、巧妙な自己保全につながることは疑いないし、花袋に与えられる「センチメンタリスト」という評価は男性性の一変種であることも確かであろう。しかし、性欲描写論争の出発点に隠された問題は、「文学者」たりえないことが「暴露」された時雄をいかに回収するか、いかに「文学者」として立ち上げるかであり、それが一連の性欲描写論争を呼び寄せ、そのキーワードとなったのが、「性欲」という言葉であった。

竹中時雄を「文学者」たらしめんとする文学史の欲望は、「性慾と悲哀と絶望とが忽ち時雄の胸を襲つた」（十一）という三つの言葉の解釈に向かう。「性欲」と「悲哀と絶望」の間には確かに違和感がある。

しかし、性欲描写論争において「性欲」が個人的なことではなく、人間の真実、人生の事実として文学的に重要なことと解釈されるコードが成立し、「性欲」⇅「生欲」という置き換えが可能になったとき、「性欲」と人性の「悲哀と絶望」は共鳴し、自然主義文学において同等の意味内容を担った重要な言葉となる。

そしてこの瞬間が自己と人生の間の「圧迫と抵抗」の苦悶に堪えながら「人生内部の自然を徹視」し、「人間の生きんとする慾」（＝生慾）に忠実な「文学者」＝「田山花袋」の誕生の瞬間でもある。

また、それは、自然主義が「真実」という価値を手に入れた瞬間でもある。島村抱月の「赤裸々の人間、野性、醜描いてこゝに至れば、最も真に近づく、最も痛切である。（中略）肉感に近づくだけ、其の刺戟は真実になり、随つて痛切になる」（「文芸上の自然主義」「早稲田文学」一九〇八（明治四一）年一月）という言葉を思いおこしてみよう。〈性〉を描くことは、「最も真に近づく」ばかりでなく、「最も痛切」な行為であり、「性欲」という言葉は、「煩悶《もだえ》」「悲哀」という言葉とシンクロしながら伝播し、性欲描写論争において、「性欲」とは生のエネルギー、芸術的エネルギーの表象であると変換されてゆくのである。

性欲描写論争で「蒲団」を擁護してゆく立場の、いわゆる自然主義文学という流れは、「蒲団」から、「性欲」「真実」「現実暴露」というタームを引き出し、また、「性欲」というマイナスイメージを、「生欲」というプラスのイメージに転化させ、〈性〉の「真実」、「人生」の「真実」を語るという特権的な領域として文学を自ら定義することで、「文学者」＝「男」という地位からずりおちそうに見える竹中時雄を、文学史において「文学者・田山花袋」として巧妙に再編成する。また、〈性〉を大胆に告白した作品としての「蒲団」という神話を作り出す。と同時に自然主義文学は〈性〉を語る普遍性と特権性を得ることで、文学と非文学の境界線を引き、上位文化としての文学の地位を獲得してゆくことも忘れてはならないだろう。

第7章

日露戦争後の文学と性表現

……………〈性欲〉に煩悶する時代と〈感傷〉の共同体

1　戦後的現象としての〈性〉と文学

戦後文学と性表現という観点から日本の近現代文学史を俯瞰してみると、戦時中の精神高揚・緊張感の反動からか、一転して性解放のムードが戦後の文壇・メディアに広がっていることに気付く。戦後の性解放として、まず思い浮かぶのは、第二次世界大戦後の「肉体文学」やカストリ雑誌のブームである。

例えば、田村泰次郎「肉体の門」（「群像」一九四七〔昭和二二〕年三月）では、戦後の混乱をたくましく生きる「パンパン」たちが描かれ、「肉体文学」という言葉が流行する。この時期、戦後に解放された人々の意識が、「パンパン」という街娼・私娼たちの奔放な性生活に仮託され、そういった女性たちの〈性〉の解放が、戦後の性解放の象徴としてメディアの中で流通・消費される。また、一九四八〔昭和二三〕年から一九四九〔昭和二四〕年に出版のピークを迎えたカストリ雑誌も、戦後の性解放を象徴するものであるといえよう。

近代日本における初めての対外戦争であった日清戦争に目を戻せば、日清戦争後、「悲惨小説」というジャンルが流行した。従来の文学史において、悲惨小説というのは、日清戦争後の不景気や増税、または貧困などの様々な社会問題に目を向けた新しい文学として位置づけられている。しかし、死・貧困・病などの社会問題だけがテーマの中心ではなく、そこには、多分にエログロ的な要素が含まれている。例えば、片目で醜い大工の妻が、舅によって貞操を奪われそうになり、舅を殺して自殺する広津柳浪の「黒蜥蜴」(「文芸倶楽部」一八九五〈明治二八〉年五月)や、被差別部落に育った兄弟の近親相姦を扱い、発売禁止となった小栗風葉「寝白粉」(同、一八九六〈明治二九〉年九月)など、「悲惨」を引き起こす要因としては、〈性〉にまつわる禁忌やタブーがたびたび用いられる。

そして、本章で問題とする日露戦争後においても、自然主義文学が、それまでタブー視されていた〈性〉〈性欲〉までも赤裸々に描くというその文学的理念の斬新さによって、文壇内外に波紋を起こす。そして、その〈性〉の描写により、自然主義文学のいくつかは、「風俗壊乱」による発売禁止の対象となり、メディアからは「猥褻文学」「肉欲文学」と揶揄され、ある種の社会現象となった。

もちろん、時代背景によって、〈性〉や性愛の意味づけが違っているので、これらの現象は一概には扱えない。しかし、戦後と文学という観点から文学史を見返してゆくと、こうした類似した現象が繰り返しおこっていることに気付く。

本章では、日露戦争後の文壇を席巻した自然主義文学、とくに〈性〉や〈性欲〉の問題を赤裸々に描いたとされる田山花袋「蒲団」を中心に、日露戦後の〈性〉の言説の拡大を日露戦争前後の〈煩悶〉する世代の登場との関係で捉えてみたい。

2　日露戦後の自然主義文学のイメージ

日露戦後と性解放の相関関係を示唆する一つの根拠として、日露戦後の出版物にたいする発売禁止の状況をみておきたい。

文学史における〈発禁〉といえば、「発売禁止の件数は明治四十一年以後急速に増え、四十二・三年度がほぼそのピークを示してゐる。このうごかしがたい事実は、自然主義文学の文壇制覇完了と大逆事件の発生といふふたつの事件の反映にほかならない」と言われるように(1)、「都会」発禁に代表される「風俗壊乱」的自然主義全体への見せしめとして、一九〇八〔明治四一〕年が注目されることが多い。

しかし、発禁点数を見ると、日露戦後の一九〇五〔明治三八〕年から風俗壊乱を理由とした発禁点数が急増していることがわかる。発禁点数の総数を内務省統計報告で見てみると、一九〇四年までの全出版点数における発禁点数の割合は一％未満だったのが、一九〇五年＝六・一九％、一九〇六〔明治三九〕年＝六・五一％、一九〇七〔明治四〇〕年＝三・五一％、一九〇八〔明治四一〕年＝四・七二％、一九〇九〔明治四二〕年＝一・二八％と一九〇五年以降、急増している〔表1〕。

とりわけ、安寧秩序妨害による発禁点数が、一九〇五年に七五件を最高に、あとはほぼ四〇件以下だったのに対して、風俗壊乱を理由とした発禁点数は、一九〇四年＝二〇四件、一九〇五年＝一五七八件、一九〇六年＝一七七三件、一九〇七年＝九一六件、一九〇八年＝一〇二九件、一九〇九年＝二五九件、というように、安寧秩序妨害よりも、風俗壊乱への取締りが強化されていることがわかる。発禁となった出版物の内容は、井原西鶴の作品、江戸期艶笑本、中国艶本の新訳、絵はがき、笑絵(2)などをはじめ、佐藤紅緑「復讐」〔「中央公論」一九〇七〔明治四〇〕年一〇月〕、生田葵山「都会」〔「文芸倶楽部」一九〇八〔明治四一〕年二月〕、小栗風葉『恋ざめ』〔新潮社、一九〇八〔明治四一〕年四月〕、同「姉の妹」〔「中央公論」一九〇九〔明治四二〕年六月〕など自然主義文学の作品も多く含まれる。

こうした発禁件数の増加を、日露戦後の性表現の拡大を示す証拠として提示することには、いくつかの保留を要するだろう。例えば、日露戦争後の出版界の拡大による出版物の増加という現象も考慮しなければならない。戦争報道によって売上部数を伸ばした出版社は、戦後次々に雑誌を発刊する。従って、小説家の書く場も相対的に広がってくるわけであるから、発禁件数も出版点数に比例して増加する傾向にあったことが推測される。

明治34年〔1901〕	18,998	4 (4.8%)	40 (48.7%)	28 (34.1%)	10 (12.1%)	82	0.43%
明治35年〔1902〕	22,950	3 (5.1%)	33 (56.8%)	16 (27.5%)	6 (10.3%)	58	0.25%
明治36年〔1903〕	24,296	14 (7.6%)	127 (69.0%)	39 (21.1%)	4 (2.1%)	184	0.75%
明治37年〔1904〕	25,602	12 (4.9%)	204 (83.9%)	19 (7.8%)	8 (3.2%)	243	0.94%
明治38年〔1905〕	27,095	75 (4.4%)	1,578 (94.0%)	21 (1.2%)	4 (0.2%)	1,678	6.19%
明治39年〔1906〕	28,319	33 (1.7%)	1,773 (96.0%)	33 (1.7%)	7 (0.3%)	1,846	6.51%
明治40年〔1907〕	28,109	39 (3.9%)	916 (92.8%)	24 (2.4%)	8 (0.8%)	987	3.51%
明治41年〔1908〕	23,212	20 (1.8%)	1,029 (93.8%)	23 (2.0%)	25 (2.2%)	1,097	4.72%
明治42年〔1909〕	25,256	35 (10.7%)	259 (79.6%)	26 (8.0%)	5 (1.5%)	325	1.28%
明治43年〔1910〕	29,949	146 (46.2%)	135 (42.7%)	23 (7.2%)	12 (3.7%)	316	1.05%
明治44年〔1911〕	30,166	21 (4.5%)	317 (69.0%)	46 (10.0%)	75 (16.3%)	459	1.52%

載されているが、明治29年より始まった内務省統計報告が、明治25年に遡及して「出版物

反)」の件数の下に、発禁点数における割合を（　）に示す（小数点２位以下切捨）。
止」、「雑誌記事注意」に細目化されたが、ここでは合計数を記した。
書だけでなく、過去に刊行された本についても遡及して発禁にされることがあるため、正

月)。

しかし、官憲側は戦後の退廃的な風潮に対して、いわゆる見せしめとして、自然主義文学をはじめとする文学に対する取締りを強化したことも事実である。

日露戦争後、「早稲田文学（第二次）」（一九〇六〔明治三九〕年一月創刊）、「文章世界」（同年三月創刊）といった自然主義文学を喧伝する中心的役割を担う雑誌が相次いで創刊され、理論・実作とも充実した時期を迎えるのであるが、一方では、それまで隠されるべきものであった人間の性欲や本能を赤裸々に描写する自然主義の理念は、猥褻文学と受け止められていた。その端緒となったのが後述する田山花袋「蒲団」である。

新聞紙上において、自然主義文学は「華麗、淫靡なる性慾文学の勢力」「人間最醜劣の性慾的堕落」（「東京日日」一九〇七〔明治四〇〕年一〇月一五日）を描くものとして批判され、世間一般では、

表1　内務省・統計報告「出版物発売頒布禁止及出版差止件数」

年号（＊1）	出版点数（＊2）	安寧秩序妨害（＊3）	風俗壊乱	略本暦類似	第2条範囲外ニ渉リ差止（出版法違反）（＊4）	発禁点数合計	全出版点数における発禁点数の割合（＊5）
明治25年〔1892〕	21,844	17（15.0%）	28（24.8%）	48（42.5%）	20（17.7%）	113	0.51%
明治26年〔1893〕	26,965	44（32.1%）	14（10.2%）	65（47.4%）	14（10.2%）	137	0.50%
明治27年〔1894〕	28,212	28（13.9%）	64（31.8%）	70（34.8%）	39（19.4%）	201	0.71%
明治28年〔1895〕	26,792	25（19.5%）	21（15.2%）	49（38.2%）	33（25.7%）	128	0.47%
明治29年〔1896〕	25,576	4（6.3%）	9（14.2%）	48（76.1%）	2（3.1%）	63	0.24%
明治30年〔1897〕	25,522	—	10（21.2%）	35（74.4%）	2（4.2%）	47	0.18%
明治31年〔1898〕	20,814	1（0.5%）	135（76.2%）	29（16.3%）	12（6.7%）	177	0.85%
明治32年〔1899〕	21,435	5（7.9%）	27（42.8%）	17（26.9%）	14（22.2%）	63	0.29%
明治33年〔1900〕	18,281	4（6.3%）	15（23.8%）	16（25.3%）	28（44.4%）	63	0.34%

註：＊1　発売禁止、発行禁止の図書については、明治12年より内務省年報・報告書類に掲
発売頒布禁止及出版差止件数」の統計が掲載されていることより、明治25年から作成した。
＊2　「出版点数」は、著述、編集、翻訳の合計点数である。
＊3　「安寧秩序妨害」「風俗壊乱」「略本暦類似」「第2条範囲外ニ渉リ差止（出版法違
＊4　明治44年より、「出版法第2条範囲外ニ渉リ差止」の欄が「雑誌出版差止」、「守札差
＊5　全出版点数における発禁点数の割合（%）、小数点3位以下切り捨て。なお、新刊図
確な数字が出せないが、だいたいの目安として参考にしていただきたい。
出典：牧野正久「年報『大日本帝国内務省統計報告』中の出版統計の解析（下）」（1996年8

「肉慾満足主義」「性慾文学」「肉的文学」などと呼ばれ、批判を浴びることもあった。では、なぜ自然主義文学が文学上の問題を越えて、社会性を有する問題、それも、社会的害悪として敵視されるに至ったのか。

自然主義が猥褻文学として批判を受けたことには、いくつかの原因がある。中でも代表的な事件は、自然主義の流行と同時期に起こった二つの事件、煤煙事件と出歯亀事件である。このことについては詳しくは、第10章を参照されたい。ここでは概略のみ示しておく。

「煤煙事件」とは、夏目漱石の弟子であった新進文学者・森田草平と、のちに日本の女性運動の嚆矢である「青鞜」の創刊メンバーとなる平塚明子（らいてう）の起こした心中未遂事件をさす。一九〇八〔明治四一〕年三月に起きたこの文学者と才媛の心中未遂事件は、性的な放縦

を容認する自然主義的思想に冒された青年男女が、堕落した結果、起こした事件というイメージで流通し、自然主義は青年子女を性的な行動へと駆りたてる危険な思想というイメージとして捉えられる。さらに、「煤煙事件」と同月に起きた、覗き魔の婦女暴行事件、通称「出歯亀事件」によって、猥褻文学としての自然主義文学のイメージは決定的なものとなる。

出歯亀事件とは、一九〇八（明治四一）年三月二二日、東京西大久保村で下谷電話交換局長の妻幸田ゑんが、近所の植木職人・池田亀太郎によって殺害された事件である。池田亀太郎、通称「出歯亀」は、ときどき女湯を覗いていたこともあり、事件以後、「出歯亀」は湯屋を覗く変態的なことをする男、好色な男の別称となる。

森鷗外「ヰタ・セクスアリス」（「スバル」一九〇九（明治四二）年七月）の一節に、「そのうちに出歯亀事件といふのが現はれた。（中略）それが一時世間の大問題に膨張する。所謂自然主義と連絡を附けられる。出歯亀主義といふ自然主義の別名が出来る」とあるように、「覗き」、つまり現実や人生を科学的な眼でもって「覗く」自然主義の態度と、「覗き魔」の出歯亀の性的なイメージが接続され、自然主義＝猥褻文学というイメージが形成される。

このように自然主義文学は、正統な文学運動からかけはなれ、心中未遂、覗き魔事件など性的なイメージと結びついて揶揄的に流布されていたのであるが、日露戦争後に自然主義文学が社会的害悪、特に性的な規範を乱すものとして敵視・揶揄されたのは、必ずしも猥褻さのみが理由となったわけではない。

日露戦後の性言説の拡大と、それへの取締り強化は、表面的な猥褻表現だけではなく、同時代に社会問題化したある問題と結びついている。それは学生を中心とした青年子女の堕落と、「煩悶」「センチメンタリズム」の蔓延である。田山花袋「蒲団」の発表とそれへの社会的な反応は〈性〉と〈煩悶〉の相関関係を象徴する出来事であった。

3 田山花袋「蒲団」と〈煩悶〉の時代

田山花袋「蒲団」は、一九〇七(明治四〇)年九月、雑誌「新小説」に発表された。「蒲団」の発表は、文壇内外に様々な反響を巻き起こした。まず、「蒲団」の意義を、人間の醜い部分まで描いたことにあるとし、「此の一篇は肉の人、赤裸々の人間の大胆なる懺悔録である」(3)と最大の賛辞を送った島村抱月に代表されるように、この作品は文学史的には自然主義文学の嚆矢として評価される。一方、女弟子への性的欲望の描写の可否が、文学的だけではなく、倫理的・道徳的にも問われ、性欲描写論争が巻き起こる(性欲描写論争については、第6章を参照されたい)。そして、前述したように、一般的には、「蒲団」そして自然主義文学の性的な部分のみがクローズアップされ、自然主義文学=猥褻文学というイメージが流通する。

しかし、「蒲団」が巻き起こした問題は「性欲」の告白の可否や、文学と猥褻という問題だけではない。「蒲団」の同時代評を見てみると、性的告白の大胆さという評価よりも、主人公の「煩悶」や「悲哀」について言及したものが多くある。

例えば、小栗風葉は、「『蒲団』を以て完全な作とは思はないが、兎に角あれを読んで、中年の家庭の不満、(中略)もはや自分は美しいもの、相手ではないと云ふやうな淋しさ、そしてあの嫉妬(私は第一あの全篇に亘つてる嫉妬が好いと思ふ)等、切実な中年の恋の煩悶が感じられるのはたしかである」(4)と、主人公・時雄の「切実な中年の恋の煩悶」を指摘する。また、「所謂分別盛り、最も多く責任を負担すべき年頃の主人公が、その責任に殉ずる勇気もなく、さりとてそれを抛り投げ出すほどの思ひ切りもつねぬ、その間の苦悶には、深く同感すべき所以がある」(5)とする片上天弦、「『蒲団』では、寧ろ中年過の、青春の血のさめ果てた淋しい人を假りて描かれた生活の悲哀なり苦痛なりが、却てより多くわれ等現代青年の胸に触れる所以は、疲れた倦んだ病的な自意識の強い世紀末式な今の青年の心に、何ものか相通ずる所のある哀調を伝へるからではあるまいか」(6)とする相馬御風など、同時代の評者は、しばしば主人公の「煩悶」や「悲哀」に共感を覚えている。

たしかに、「蒲団」は、文学者として社会的・文壇的に認められず、妻子との日常生活に倦怠を覚えている中年の主人公・竹中時雄の「煩悶」が随所に見られる。竹中時雄という男性は、「文学者」という自負を抱きながらも、「遅れ勝なる文学上の閲歴、断篇のみを作つて、未だに全力の試みをする機会に遭遇《でくは》せぬ煩悶《もだへ》」に常に悩んでいる男性である。日々、進歩・変化する社会に取り残されてゆく様子は、ハウプトマンの『寂しき人々』の主人公と重ね合わされ語られてゆく。

そして、この主人公の「煩悶」は、竹中時雄だけのものではなく、「是明らかに時代の苦痛也、世紀の煩悶也」(一記者「『蒲団』を読む」「新声」一九〇七〔明治四〇〕年一〇月、三三頁)といわれ同時代の問題として捉えられている点に注目したい。また、相馬御風のように、主人公の「生活の悲哀なり苦痛」が「多くわれ等現代青年の胸に触れる」と評価されるところは、日露戦争をはさんでの青年の〈煩悶〉問題を背景にしていると考えられる。

岡義武は、日露戦後の新しい世代は三つに分けられると論じている。一つ目は「成功」青年、二つ目は「享楽」青年、三つ目は「煩悶」青年である。

> 「個」の意識のこのような一段の成長は、高い次元、低い次元においてさまざまの形をとって現れた。第一に、日露戦争後「成功」という言葉が世上で流行するようになり、「成功」に憧れる風潮が青年層の間において一層顕著になった。(中略)第二に、戦後青年層の間においては享楽的傾向が従前に比して著しく強まった。(中略)世人は青年の軟弱、頽廃を難じ、彼らを「星菫党」など綽名して嘲笑した。
>
> 第三に又、青年の間には人生の意義を求めて懐疑、煩悶に陥るものが少なからず生じた。このような傾向は日露戦争前にすでに兆していたが、戦後のそれは一段と顕著になり、煩悶を口にすることは今や成年の間の一つの

流行である、とまで評せしめるにいたった(7)。

青年間の「煩悶」は日露戦争前からの問題であった。生方敏郎は『明治大正見聞史』(一九二六〔大正一五〕年一月)において、日露戦争前後、学生の気風が「バンカラ」から「センチメンタリズム」へと移行する状況を次のように回顧している。

日露戦争前迄には、この通り学生の気風はローマンチツクになり、センチメンタルになつてゐた。藤村操はその代表的犠牲であつた。

煩悶と云ふことが青年学生の間に非常に流行した。皆がよく煩悶してゐた。神経衰弱と云ふやうな事も、学生の中にこの時分から流行り始めた(8)。

日露戦争後の〈煩悶〉の時代は、遡ること一九〇三(明治三六)年の藤村操の投身自殺に端を発している。旧制一高の学生であった藤村は、日光華厳の瀧において投身自殺をした。傍らの大樹には遺書ともいえる「巌頭の感」が刻まれ、そこには「万有の真相はただ一言に悉《つく》す。いわく「不可解」。我この恨みを懐きて煩悶、ついに死を決す」とあった。この厭世、煩悶に囚われたエリート学生の自殺は世間を騒がせ、藤村の死後、四年の間に、日光華厳の瀧で自殺を試みた者は、既遂・未遂を含め一八五人にのぼったという(9)。

メディアでもこの〈煩悶〉問題について数多くの識者が憂え、対応策を唱えている。例えば、加藤弘之(文学博士・法学博士)は雑誌「太陽」誌上において「近頃人生観が分らぬとか何とか云ふことで、そんな事を心配して自殺する者が、随分頻々とあるやうな塩梅である。それは大抵青年の学生と云ふやうな者である、どうもさう云ふ事も、流行と云ふやうなことがあると見える」(10)と学生の自殺の流行を憂えている。自殺だけではなく、「学生の非行」

「煩悶者」「堕落学生の検挙」も学生間に蔓延しており、「風紀頽廃」は「教育社会の一大問題」[11]として、教育界を中心に危惧されていた。こうした日露戦後の〈煩悶〉問題の社会への拡散に対して、当時の牧野伸顕文相は「文部省訓令第一号」（一九〇六〈明治三九〉年六月九日）を出す。この異例の訓令は、青年子女の「風紀頽廃」、あるいは「奢侈ニ流レ或ハ空想ニ煩悶」する傾向を指摘し、懸念するというものであった。

「蒲団」の竹中時雄は中年ではあるが、こうした〈煩悶〉の時代の「煩悶」青年の症状を過剰に演出している。「蒲団」の中で、時雄は二度涙を流し、たびたび「煩悶」や「悲哀」に「絶叫」する。時雄の感情表現には、「淋しさ」「煩悶《もだへ》」「苦悶煩悶」「孤独《ロンリーネス》」「淋しい煩悶《もだへ》」「寂寥《さびしさ》」「苦しい」「悲哀」「哀愁」「懊悩」などの感傷的な言葉が随所に使用されている。ほとんど同語反復といっていいほどの乏しい感情表現であるが、ことさらに〈煩悶〉を演出する態度こそ、〈煩悶〉の時代の特質といえよう。道徳家や教育者たちは、〈煩悶〉の原因を恋愛、怠惰といった内因、学校教育、社会の変化などの外因から様々に説明しようとするが、〈煩悶〉という問題の厄介なところは、その原因が一様ではなく、まさにぼんやりとした〈煩悶〉としか言いようのない雰囲気の蔓延である。別の言い方をすれば、〈煩悶〉の時代とは、〈煩悶〉という言葉のインフレ時代でもある。「蒲団」の竹中時雄は自己の内的感情を「煩悶」「悲哀」「懊悩」といった曖昧な表現でしか表出できない。しかし、まさに、こうした不定形な感傷の垂れ流しこそ、〈煩悶〉の時代の症状なのであり、青年層を中心にその感染者を増やしていったのである。

4 〈女々しい〉文学

「蒲団」は〈煩悶〉時代の症状を特徴的に物語っているテクストである。日露戦争前後の〈煩悶〉の流行を背景に、「蒲団」は〈煩悶〉する男性を描いたことが、文壇内部、さらには若い世代への共感を得たところであると考えられる。しかし、一方では、まったく逆に「女の残して行つた蒲団をわざわざ敷いて、某上に寝転んで性慾に悶へるなどは狂人の沙汰だ」（与謝野寛）[12]、蒲団の臭いを嗅ぐというのは「中年者のする所業」とは思えない（生田長江）[13]「花袋の「蒲団」を読で僕は実につまらないことを書いてをると感じた」（吉田熊次）[14]というように、「蒲団」評価の温度差はきわだっている。

次に、こうした「蒲団」評価の温度差を手がかりに、日露戦争後に求められた男性像・男性性と、現実のギャップを考えてみたい。「蒲団」を肯定するものも、否定するものも、この時代の男性像に縛られ、そして、それぞれが戦後の男性主体の確立を模索していたと考えるからである。

「蒲団」のみならず、自然主義文学を批判する場合に、よく〈女々しい〉というジェンダー・レトリックが使われる。例えば、二葉亭四迷「其面影」、小栗風葉「おと姫」、国木田独歩「節操」、花袋「蒲団」の四作品を批判した登張竹風「厭妻的小説」では、この四作品の主人公たちはどれも「何れも煮え切らない、愚図々々した、妬き心の強い、何う見ても女房の尻に敷かれそうな、とても生存競争に勝てさうもない、涙もろい、意気地の無い、女々しい、神経質の、デカダン的の、男から見ても厭気のさす性質である」とその男性主人公の非男性性＝〈女々しさ〉を批判する[15]。

他にも、「生活難の女々しき声と、性慾の苦々しき呟きとだら〴〵として緊りなき文章（中略）これ生存競争に於ける劣者の声なり、敗者の声なり」（佐々醒雪）[16]、「（「蒲団」の主人公・竹中時雄は—引用者）その人格の内には孱弱なる女性的感情はあるが男性的要素は少しもない」（吉田熊次）[17]、「消極的自然主義を唱ふる者は弱者なり」（高瀬武次郎）[18]など、主人公、または作者、さらに自然主義文学全般のイメージを「女々しい」「劣者」「敗者」「弱者」という修辞を使って非難する。

これらの批判が、「女々しい」「妬き心の強い」「神経質」などヒステリー化された女性イメージ、負のジェンダー・イメージを利用して、自然主義の価値引き下げを狙っていることは明らかであるが、その背景には、日露戦争後の「煩悶」の蔓延に対する国家的危機感も透けて見える。例えば、内藤鳴雪は「現今の小説」に描かれた「女々しい情のみに流れた行為をするもの」は昔のように社会の制裁を受けないばかりか、かえって「文学的」だと讃美する傾向があると苦言を呈す。そうして、「男子がかう女性的になつては、国家及び人間社会のゆゆしき一大事である。（中略）現今小説中の男子が、苦痛を叫び、煩悶を訴ふるを以て男子の能事終れりとする如きは、何たる事か」と、「女々しい男」が増えることは「国家の一大事」であると危惧している(19)。先にふれた、一九〇三（明治三六）年の藤村操の自殺問題に端を発する青年と自殺、煩悶問題も、国家の損失とみられていた(20)。

「蒲団」の時雄を、〈男らしくない男〉〈女々しい男〉である、自然主義文学とは〈女々しい文学〉である、青年子女を堕落させる文学である、また「煩悶」問題を助長し、ひいては愛国心を欠乏させ国家の存亡に関わるなど、自然主義文学を非難する側の〈男らしさ〉の価値基準は、ある意味わかりやすい。

伊藤公雄は、近代的な〈男らしさ〉は、力・権力・所有という三つの欲望を志向することで形成されていると論じている(21)。まず、肉体的、道徳的、性的な「力」への欲望。次に、産業化社会、帝国主義下での侵略拡大思想、社会的地位や出世に関わる社会的権力、また家父長としての権威などの「権力」への欲望。そして、女性や他者の占有という「所有」への欲望である。

近代化の過程において、前近代の身分制は解体され、資本主義経済下で平準化と分化が進められ、個人の自由・平等が理念として掲げられる一方、生存競争や弱肉強食といった社会的な闘いの場が出現した。そうした競争社会、立身出世社会を生き抜くための力・権力・所有への欲望は、まさに近代的な〈男らしさ〉を概念規定するものである。そして、ロシアという強国に勝利し、帝国主義的拡大路線に向かう日露戦後という時代において、先の内藤鳴雪の言葉にあるように、〈男らしさ〉の揺らぎ、男性の女性化は「国家及び人間社会のゆゆしき一大事」であったのである。

また、力・権力・所有に象徴される〈男らしさ〉は他者への優位性によって確認、構築されてゆくものである。〈男らしさ〉が、女性との非対称性（男性／女性、主体／客体、能動／受動、文化／自然……）によって定義されるように、対他的な関係を権力関係として構造化する一方、もう一つ忘れてならないのは、対自関係――自分自身を規律する力が必要とされることだ。女性との非対称性の観点からゆけば、〈男らしさ〉の定義の一つには、自己抑制・感情抑圧性——感情を露にせず、いつも冷静で判断力を持つことが入るであろう。モッセの言葉を借りれば、中流階級の作法や道徳、性規範といった内面への規律（「市民的価値《リスペクタビリティ》」）が細部に渡って浸透することによって、男性は「国民」としての「男性」になる(22)。

明治から大正にかけて量産された修養書の類を見ても、そこで求められるのは成功への手段としての修養であり、そのためには「人格」を修養することが第一に求められる(23)。当然、ここでの「修養」の主体は男性であり、成功という目的のために自己を統御する精神、忍耐する精神が賞揚される。

多様なメディア（『帝国文学』、『太陽』、『中学世界』など）を通じて、「非エリート、準エリートの知識人」に「国民的な向上的理想として男性性イデオロギーを構築し普及し定着させよう」(24)とした、「修養書」界のオピニオンリーダーの一人であった大町桂月は、「「男で御座る」の語は、女子を侮辱したるものなれど、古来東洋の習慣にて、めゝしいの語に対して、男らしいの語あり。小児泣けば、はげまして曰く、「泣くな、男の子也」と。かくて、多くの小児は泣をやむ。この観念は、年長じても、おとろへず。何人も、女の腐つたやうなりと言はれて、恥ぢざるものはなかるべし。「男で御座る」の念、心に燃ゆれば、おのづから行にあらはる。一人前の立派なる国民としては、それで十分也」(25)と、「泣くな、男の子也」——「男で御座る」ためには感情を抑圧しなければならない。バダンテールの言う、男性とは、女性、子供でないという否定を通過して男性（＝「国民」）となる心理「修養」システムである(26)。

こうした〈男らしさ〉の規範からすれば、女弟子の夜着に顔をうずめて泣く時雄は自己の感情を抑制できずに、ナルシシズム、涙、嫉妬など、〈女らしさ〉を臆面なくさらす非男性と判断されるのである。ましてや自己の内面への規律を失い、性欲に悶えるというのは、〈男らしさ〉の価値基準を揺るがしかねない醜態として映ったのであろう。

しかし、日露戦争後の近代化、帝国主義的拡大主義を背景に、〈男らしさ〉の規範が構築されてゆく一方、「蒲団」

の時雄のように〈女々しい〉男性の登場、〈煩悶〉の蔓延は、必然的な現象でもあった。

富や資源が有限なように、力・権力・所有という〈男らしさ〉を象徴するものが、すべての男性に等しく分配されるわけではない。「成功青年」が誕生する一方、力・権力・支配という権力のパイの奪い合いから脱落してゆく青年たちが生まれるのだ。

日露戦後の「成功ブーム」が「修養書」ブームへと発展してゆく背景には、「成功ブーム」＝立身出世主義が不可避的に持つ、男性間の不平等感が存在する。その不平等感を、「修養主義」が救い上げてゆく構造を、筒井清忠は次のように説明する。明治三〇年代からの「修養書」にみられる修養主義の特質の一つは、「成功」「立身出世」というあからさまな富や権力の獲得を鼓舞するのではなく、内面的な「人格主義」を称揚する。「「修養」価値の絶対化により「成功」価値を否定するという戦略」をとりながらも、「修養」をし、「人格」が完成したあかつきには、「成功」がもたらされるというレトリックを使用することで、成功のパイからあぶれた男性たちを掬い上げようとしたのである(27)。しかし、「修養書」における「人格主義」はあくまでもレトリックであって、こうした「弱者」救済のレトリックが必要なほど、青年の「煩悶」が社会的病理として危惧されていたのは、先に述べたとおりである。

「蒲団」の主人公・時雄は、「煩悶」青年ではなく、「煩悶」中年であるが、彼は日常生活の倦怠感になやまされ、社会の生存競争から脱落した男性として造形されている。

〈煩悶〉の時代とは、成功ブーム、立身出世主義が不可避的に持つ、男性間の不平等感が社会的に広まった時代であり、〈男らしい男〉と〈男らしくない男〉の階層化が進んだ時代でもあった。自然主義文学は、そうした社会に蔓延した不平等感、やり場のない「煩悶」を救い上げ、多くの青年たちの共感を得たといえよう。

そして、自然主義を害悪視する立場からすれば、〈女々しい〉男たちの登場は、それこそ近代的な〈男らしさ〉を揺るがしかねない問題だったわけである。それは近代国家としての「国民」形成期において放置できない問題でもあった。

先に、日露戦争後、風俗壊乱を理由とした発売禁止が増加したと論じたが、単なる猥褻表現のみが禁止の理由ではないと推測する。自然主義文学を批判する場合、後藤宙外のように「今の所謂自然派の作には肉に対する煩悶苦悩を描いたもの」(28)が非常に多く、「肉欲」「性欲」は文学の題材として不適当であると、そもそも性的なものをタブー視するばかりではなく、その「肉欲」「性欲」に支配され、「煩悶苦悩」する男性性のあり方が問題であるとする批判がしばしば見られる。

近代的な〈男らしさ〉において、「肉欲」「性欲」という性的欲望は、女性という他者に行使する「力」であるか、または、自己の内面において制御し、抑制する対象であった。しかし、「蒲団」は、〈性欲〉を〈煩悶〉する対象として見出し、〈性欲〉に〈煩悶〉する男性を描き出した。「蒲団」は発売禁止にはなっていないが、その後の自然主義文学がテーマとして見出した〈性欲〉に〈煩悶〉する男性像は、近代的な〈男らしさ〉の規範を揺るがしかねない存在であったわけだ。現在でも言論に加えられる規制や弾圧がそうであるように、言論政策は国家の求心力を保つための戦略である。自然主義が発売禁止のターゲットとなったその理由の根本には、単に猥褻表現というだけではなく、〈性欲〉に〈煩悶〉する〈女々しい〉男性の登場が、〈男らしさ〉の規範、ひいては近代国家の根幹となる「国民」形成を揺るがすものとして映ったからであろう。

では、近代化の過程において不可避的に生じた男性間の不平等を一因として登場した「蒲団」の竹中時雄のような〈男らしくない男〉に、近代的な〈男らしさ〉を批判する可能性を見ることは可能であろうか。答えは否である。

近代的な〈男らしさ〉が、女性との非対象性で担保され、女性を支配・所有することや、そうした力や所有への志向性に支えられていることは先述した。一方、〈男らしい男〉の規範からすると、〈女々しい〉として否認される〈煩悶〉する男性が、女性に親和的かというと、必ずしもそうではない。〈煩悶〉や〈性欲〉という問題は、やはり〈男性主体〉をめぐっての問題なのである。そして、〈煩悶〉や〈性欲〉は個人の内面の問題ではなく、〈煩悶〉に〈感傷〉する共同体――〈感傷〉の共同体という公的な共同原理を支えるマジック・ワードでもある。

最後に、日露戦後の〈煩悶〉する男性たちを、〈感傷〉の共同体として定義し、新たな男性主体の成立を〈煩悶〉や〈性欲〉という言葉に求めた〈感傷〉する共同体が、女性を排除したうえで成立することを、「蒲団」における〈性欲〉という言葉の発見にみてゆきたい。

5 〈性欲〉に煩悶する時代と〈感傷〉の共同体

力・権力・所有への拡張的志向性を〈男らしさ〉と規定するならば、「煩悶」「悲哀」「苦痛」といった感傷的な情へと内向してゆく共同体——拡張的男性性から見れば、〈男らしくない男〉の共同体の存在はこれまであまり見えてこなかった。相馬御風は、「蒲団」の時雄の「感傷」が、世代を超えて、「疲れた倦んだ病的な自意識の強い世紀末式な今の青年の心に、何ものか相通ずる所のある哀調を伝へる」力を持っているという(29)。これは「蒲団」の時雄から「切実な中年の恋の煩悶」や「生活の悲哀なり苦痛」を感じ取り、「煩悶」「悲哀」という言葉に感染する〈感傷〉の共同体の存在を示唆している。

酒井直樹は、「感傷には個人の単独性が剥奪されており、それはもともと共同的なものである」と指摘する。なぜ個人の内面の〈感傷〉が「共同的」なものなのであろうか。酒井は和歌の例を挙げ、次のような逆説の存在を説明する。歌とはそもそも「個の内面に属すと想定されるもっとも私的な感情」であるが、そもそもそうした「私的な感情」は、公の場面で歌われることによって、「私的な感情」の表出として構築される。「個人の主体(individual subject)の内密な内面」は共同的な行為によって作り出されており、「この意味で個人の主体の内面はもっとも共同的なものであるという逆説的な真理」がそこには存在する。ゆえに、「感傷は、個の内面に帰属している自発的なものと誤認されるために、共同的なものを個が内面化するためのもっとも有効なイデオロギー装置のひとつとしても機能する」のである(30)。

先述したように自然主義文学を〈女々しい〉とする批判に対して、逆に自然主義文学の論陣は、「煩悶」や「悲哀」そのものに文学的意味を見出そうとする。

実に宗教も哲学も、其の権威を失ひたる今日、吾ら等の深刻に感ずるものは幻滅の悲哀なり、現実暴露の苦痛なり、而して此の痛苦を最も好く代表するものは、所謂自然派の文芸なり(31)。

人生根本の真相を表現して、その悲哀、痛苦、醜悪、乃至疑惑を大胆に正直に表白し、解決し得たりと見ゆる人生の根本には、実は未だ何等の徹底せる解決なき所以を明示するものである。（中略）自然主義は悲哀の文学である(32)。

このように自然主義文学の論陣は、「煩悶」「悲哀」といった感傷的な批評言語を用い、感傷性を私的領域から公的領域へ流出・混淆させることによって、〈感傷〉の共同体を形成する。それは、日露戦後における〈煩悶〉の時代の雰囲気を文学的に汲み上げ、「煩悶」「悲哀」に文学的意義づけを行おうとする戦略とも考えられる。個々の評論は個々の思想的バックボーンを待ち、その論じる内容も違うが、「悲哀」「苦悶」といった言葉のインフレ――「流行語」ほ「その語を口にする集団を特徴付け、他の集団に対して一線を引いて自らを卓越化させる魅力的な言葉」としての力を持つようになり、その言葉に感染する共同体を作り出す(33)。

さらに、日露戦争をはさんでの「煩悶」問題に対して、「蒲団」が新しい点は、〈煩悶〉する対象としての〈性欲〉を見出した点である。

先に述べた自然主義文学＝性欲の告白という図式は、自然主義文学＝猥褻文学というイメージを形成したと述べたが、しかし、問題の発端となった「蒲団」において、「性欲」という言葉はたった四カ所しか使われていない。その四カ所を抜粋すると以下のとおりである。

①「恋人のするやうな甘つたるい言葉は到る処に満ちて居た。けれど時雄はそれ以上にある秘密を捜し出さうと苦心した。接吻の痕、性慾の痕が何処かに顕はれて居りはせぬか。神聖なる恋以上に二人の間は進歩して居りはせぬか。」（五）

②「三十五六歳の男女の最も味ふべき生活の苦痛、事業に対する煩悶、性慾より起る不満足等が凄じい力で其胸を圧迫した。」（七）

③「其の位なら、――あの男に身を任せて居た位なら、何も其の処女の節操を尊ぶには当らなかつた。自分も大胆に手を出して、性慾の満足を買へば好かつた。」（九）

④「性慾と悲哀と絶望とが忽ち時雄の胸を襲つた。時雄は其蒲団を敷き、夜着をかけ、冷たい汚れた天鵞絨の襟に顔を埋めて泣いた。」（一一）

この①～④の「性欲」という言葉の意味するところは、微妙に異なっている。

まず、①は横山芳子とその恋人の性的関係を疑う場面、②、③は竹中時雄という男性にそなわる本能としての「性欲」という意味である。

しかし、問題は④の表現である。「性欲」と「悲哀と絶望」という言葉は同列に並べるには、辞書的な用法においては断絶している。「性欲」が「胸を襲」う――この「性欲」は、本能や肉欲といった生理的欲求ではなく、「悲哀」や「絶望」と同じく、「煩悶」するものなのである。「蒲団」での「性欲」という言葉の運用は、男性に自明な欲望＝「性欲」という本質的・普遍的なコノテーションを保ちながら、「悲哀」「絶望」「煩悶」といった感傷的な言葉に接続してゆく。

小田亮は、これら四カ所の「性欲」が、実際の性行為に結びついていないと指摘し、「蒲団」における「性欲」は、「その場で充足されるものではなく、自己の内面で「煩悶」するもの」としている(34)。

しかし、注意深くみてゆくと、これら四つの「性欲」という言葉が示す内容は微妙にズレながら、最後の「性欲と悲哀と絶望」に収斂してゆく。最初の例の「性欲の痕」は、時雄の女弟子である芳子の恋人・田中から彼女に宛てられた恋文の中に、二人の「罪」＝肉体的関係を探し出そうとする場面であり、ここでの「性欲」は性交渉の意味であるが、残りの三例はすべて、時雄の性的欲望をさす場合に使われる。共通している点は、この「性欲」が、男性の性的欲望をさし示す場合にのみ使用されているということである。

「蒲団」において、男性の性的欲望をさし示すのに、「肉慾」や「情欲」という言葉ではなく、「性欲」という言葉を意図的に選択しているのは、芳子という女性の欲望を「肉」「生殖力」という言葉で対称的に表現しているのを見れば明らかである。

「ハイカラな庇髪、櫛、リボン、洋燈の光線が其半身を照して、一巻の書籍に顔を近く寄せると、言ふに言われぬ香水のかほり、肉のかほり、女のかをり――書中の主人公が昔の恋人にファーストを読んで聞かせる段を講釈する時には男の声も烈しく戦《ふる》へた。」(一)

「四月に入つてから、芳子は多病で蒼白い顔をして神経過敏に陥つて居た。シユウソカリを余程多量に服しても眠られぬとて困つて居た。絶えざる慾望と生殖の力とは年頃の女を誘ふのに躊躇しない。芳子は多く薬に親しんで居た。」(三)

「霊の恋愛、肉の恋愛、恋愛と人生との関係、教育ある新しい女の当《まさ》に守るべきことなどに就いて、切実に且つ真摯に教訓した。(中略)一度肉を男子に許せば女子の自由が全く破れるといふこと、(後略)」(六)

「蒲団」では、芳子という女性の欲望を語る場合「肉」「生殖」という〈肉〉のパラダイムを用いる。では、女性の性的欲望＝「肉」のパラダイムと差別化され用いられている、「性欲」とは、同時代にどのようなパラダイムを導き出すのか。

性的欲望、性衝動（sexual desire）をさし示す「淫欲」「色欲」「色情」「獣欲」「性欲」といった言葉の用例の成立年代を調査した斎藤光によれば、一五世紀には「淫欲」「色欲」という概念が成立しており、近世にいたって、「情欲」と「色情」が性的欲望をさすようになる。そして、近代になって「獣欲」「肉欲」「性欲」という新しい概念用語が登場する。その中でも「性欲（性慾）」は比較的新しい言葉であり、辞書的には、一九〇五（明治三八）年の時点では「「性慾」＝「性欲」という領域はまだあいまいであり、むしろ「色慾」や「情慾」という領域が意識されていた」。そして、四年後の一九〇九（明治四二）年には、「「性慾」＝「性欲」という領域が確保され、「色慾」や「情慾」に取って代わっていた」という(35)。「性欲」という言葉が認識され始めるのは、一九一〇年代であり、大正期までは「性欲」概念はなかなか定着しなかった。そして、標準化、通俗化されるのは一九二〇年代を待たなければならない。こうした性的な衝動や欲望をさし示す言葉として「性欲」が他の言葉に取って代わる原因を、明治後半の「性欲教育」に関する論争、自然主義文学の流行、森鷗外の「性慾雑説」（「公衆医事」一九〇二（明治三五）年〜翌年）をはじめとする性科学・医学・衛生学言説の登場が考えられるとしている。

「性欲」という言葉は、仏教用語的な文脈の「淫欲」や、近世の遊里での色恋の世界をひきずった「色（情）」、またキリスト教において、精神・霊と対比されるような「情欲」「獣欲」「肉欲」と比較して、新しい言葉、科学的な用語であると意識されていた可能性がある。

花袋が「蒲団」において、「肉欲」「色欲」「色情」などという言葉ではなく、「性欲」という新しい言葉を選択した恣意性は、その言葉の運用において明らかである。「性欲」という言葉で表現される時雄の欲望とは、〈肉〉のパラダイム＝女性の性的欲望と対比され、「性欲」＝男性として自明なもの、という性科学的な文脈に基づいていると思われる。そして、〈性欲〉は男性のそれのみを示す言葉であり、先に見たように女性である芳子のそれを示す言葉ではない。芳子を捕らえた「肉」の欲望、生殖欲は、明らかに彼女を堕落に導くものであり、事実、彼女は、それまで自分と田中との恋愛は「神聖」なものと訴えていたが、最後には、「私は堕落女学生です」とその嘘を告白する。

また、「性欲」が日露戦後的な問題であるということは、戦前に描かれた田山花袋「女教師」（『文藝倶楽部』一九〇三〈明治三六〉年六月）と「蒲団」を比較してみるとわかる。「女教師」と「蒲団」は、中年男性が若い女性に恋をし煩悶するという点では、共通している。「女教師」は「蒲団」と同じく、主人公は小説家で、文学的知識の乏しい無理解な妻との生活を「ロンリーライフ」と感じている。「蒲団」と同じように日常生活に倦怠を感じ、「悲哀」や「煩悶」を抱いている主人公であるが、異性への感情のレベルが異なっている。「蒲団」では、ヒロイン芳子への恋と嫉妬は、彼女に対しての直接的な行為や言動には結びつかず（事実、時雄は芳子に対して自己の思いを一度も伝えていない）、彼女に対する「性欲」の悶えとして、彼の内面のドラマが展開されているのである。それに対して、「女教師」は、二人の関係が兄弟の交わり、友人としての交際として捉えられているように、あくまでも精神的な恋愛のレベルとされている。日露戦後、「蒲団」は「女教師」と同じテーマを〈性欲〉に〈煩悶〉する問題として捉えなおしているのである。

「肉欲」「色欲」「色情」という旧来の言葉には、「恋愛」や「愛」に対立する卑しいもの、本能的、動物的であるというニュアンスがつきまとっていた(36)。しかし、「性欲」という言葉は、そうしたマイナスイメージから離陸し、〈煩悶〉するもの、そして文学において語るべき内実を持ったものへと変容している。ただし、それは男性に限られるものであることを忘れてはならないだろう。「煩悶」の問題の背景となった立身出世、成功ブームにしても、それは男性に限られたものであり、そもそも女性はそのスタートラインにすら立てなかったことを考えれば、〈煩悶〉する主体は男性ジェンダーに限られていたことは明らかであろう。

従って、〈男らしくない男〉を描出することは、〈男らしさ〉の規範を解体しようとする試みであるとは、一概に評価できない。「蒲団」の時雄のような疎外感覚は、芸術家や文学者につきまとう、ある種のイメージ――社会のアウトサイダーとしてのイメージに支えられている。「因習打破」という目的を唱える自然主義文学も、家制度や道徳といった中心に対して、アウトサイダーという周縁に自らを定位することによって、新しい文学としての価値を自己に与えていった。そして、こういったアウトサイダーの自覚、周縁性の自覚は、ヒロイズムの裏返しでもある。自然主義文学は、こうした周縁性のヒロイズムに〈感傷〉する共同体を組織することで、日露戦争後、「文学」という領域を確保したのではないか。

立身出世ブームにのった「成功」青年たち、つまり力・権力・所有への拡張的志向性を持った〈男らしさ〉の規範からすれば、日露戦争をはさんでの「煩悶」「悲哀」「苦痛」といった感傷的な内面へと沈潜してゆく〈男らしくない男〉の共同体において、彼らがしばしば悩む恋愛や性欲の問題は、〈男らしさ〉の規範においては軟弱、女々しいと否定されるものである。しかし、「蒲団」を始め、自然主義文学における〈煩悶〉〈性欲〉の肯定は、〈男らしくない男〉の共同体に、それらが十分悩むに値するものであり、また〈煩悶〉すること、〈感傷〉することが「文学」の態度であることを青年たちに教えたのである。

しかし、〈煩悶〉する対象として見出された〈性欲〉という問題は、彼等をさらなる「煩悶」へといざなうことになるのである。

第8章　自然主義の女
………永代美知代「ある女の手紙」をめぐって

1　女弟子が「女性作家」になるとき

田山花袋「蒲団」が発表された翌月、「蒲団のヒロイン　横山よし子」という署名で「『蒲団』について」(1)という談話が発表される。彼女は「蒲団」を読んで、「嫌な嫌な嫌な気持ち」になって涙を流す。しかし、「芸術家としての花袋先生の態度はむしろ当然の事で、而も種々の情実を全然退けて専ら芸術のためにおつくしなさらうと云ふ其尊い御心、実に尊敬すべきではありますまいか」と思いなおす。――小説のモデルとなり、恋愛を暴露された女弟子・岡田美知代(2)は、「芸術のため」という理由で、自己を犠牲にして「芸術家としての花袋先生」を「尊敬」する女弟子という役回りをこの談話では引きうけている。「芸術」の「犠牲」となった女弟子という物語は、田山花袋「縁」において反復される。

この談話の三年後、花袋「縁」完結の翌月、永代美知代という署名で「ある女の手紙」という作品が発表される。恋人との再会、それに反対する師匠のK先生、K先生の放蕩生活、自分を監視する同居人のお整さん……今度は女弟子が見た「現実」が「暴露」される。先の「『蒲団』について」という談話に表れていた師匠のため、芸術のためという自己犠牲の精神は、一転してK先生への批判に向かう。

「ある女の手紙」に出てくる同居人お整さんこと水野仙子の回想によれば、このテクストは当時、「田山先生や私に対する復讐として書かれたもの」(「文士の放恣なる実際生活を女性作家はどう見て居るか」)(3)として読まれていた。語られる立場から、語る立場へ。ペンを持った永代美知代は、書くことによって復讐を始めたのだろうか。

本章では、花袋の弟子として、自然主義教育を受けた永代美知代の書いた「ある女の手紙」が引き寄せる、花袋、女弟子、自然主義、芸術と実行という問題を通して、「ある女」が見た「自然主義文学」とは何かを探ってみたい。

2 「ある女の手紙」について

「ある女の手紙」は田山花袋「縁」の新聞連載が完結した翌月、一九一〇(明治四三)年九月に「スバル」に発表される。「縁」は「蒲団」の続編といえるもので、一旦郷里に返した敏子(「蒲団」では芳子)を、師匠清(「蒲団」では竹中時雄)は文学修行を再開させるために上京させるが、再び恋人馬橋(「蒲団」では田中)との交際が始まり、駆け落ち同然に東京を離れ、敏子は子供をもうける。敏子は馬橋と世帯を持つが、夫婦生活はうまくゆかず、馬橋は失踪。敏子は文学修行に励むため子供を里子に出し、作家志願の国子と同居する。しかし、馬橋が戻って来て交際が再開される――というのが「縁」のあらすじである。

「ある女の手紙」は、「縁」の後半部分と重なっている。師匠K先生のもとで、「自然主義」の教育を受けた女弟子・美禰が作家としてやってゆくために、同じくK先生の女弟子のお整さんと同居している。そこに美禰の別れた恋人佐伯がもう一度よりを戻そうとやってくる。そのことをK先生に反対され、また監視役のようになっているお整さんの態度に美禰は腹立たしい思いがつのる。美禰は師の教えに反して、別れた恋人と一緒になろうとしている。

美知代と永代との同棲生活、妊娠、破綻、そして再会という「現実」を題材として、花袋「縁」、美知代「ある女の手紙」という二つのテクストが作られている(4)。

テクストは、「私」(=美禰)の一人称で、「あなた」に向かって手紙という形式で書かれている。「蒲団」、「縁」の裏舞台、K先生=田山花袋の「芸者狂ひ」や「待合入」を非難する内容もあり、手紙という告白の形式がその舞台装置となっている。例えば、「ある女の手紙」には花袋の「芸者狂ひ」を「暴露」する次のような部分がある。

以前私が初めてK家へあがつた時分のK先生は、それはそれは芸術の権化かとも思はれる程純潔な方でしたが、此頃の醜態は如何《どう》でせう。芸者狂ひにうつつも抜けたか、毎日のやうに待合入ばつかりして、(後略)

「ある女の手紙」が、当時、反自然主義的立場の雑誌であった「スバル」に寄稿されていることもあり、ゴシップ的に読めば、田山花袋という自然主義文学の大家、そして「蒲団」や「縁」に対する女弟子の復讐であるし、また「永代美知代氏の「ある女の手紙」は花袋の「縁」に当てつけたものだとか聞いたが「縁」は読まぬから知らぬ。唯有名なる「蒲団」の後日譚として事件そのものに対する好奇心が此小説を面白く読ませた」(魚住折蘆「九月の小説」)(5)というように同時代評においても、女弟子による師匠への復讐という文壇的興味《スキャンダル》として読まれている。一方の田山花袋のテクストについても、「殊に終篇「縁」の如きは、若し蒲団の芳子に対する読者の好奇心がなかつたら、殆んど読了する事すら六ヶ敷と思ふ」(細田枯萍「「生」「妻」「縁」」)(6)というように、読者の興味の交点に存在するテクストは、そのような読みを惹起させると同時に、興味の交点において読まれることをも戦略に入れることが可能なのである。

中山昭彦や日比嘉高の論考にあるように、小説を取りまくメディアの中において、作家情報、題材情報などを積極的に取り込む読み方(7)、また、「主人公のモデルが作者であると見なされた場合、その心理は作者自身のものとして考えてもよいのだという作品の読み方」[8]がメディア上で実践されていたことを考えあわせれば、「ある女の手紙」というテクストはそのような作品理解の文脈を利用しているとも考えられる。

　一体これまでも、K先生、私、佐伯と此三人の関係を考へると、居たたまらぬ程かツとして、先生が怨めしくつて堪らない。恋の保護者だと自分からお誓ひなさるから、此方は一しよう懸命其つもりで、あらゆる秘密を打明けて手頼《たよ》つて居ると、如何《どう》です、突然《だしぬけ》にお売りなすつたぢやありませんか。あの有名な先生の出世作△△で何も彼もお解りでせうから、私は面倒臭い事を今更何も書きませんけれど、あの作が出た時だつて、私はまだ先生を信じ切つて、恋の保護者と頼んで居たんです。

「恋の保護者」、「出世作△△」などは、花袋「蒲団」の「楽屋落」と評される部分である。しかし、「蒲団」の後日談である「縁」においては、このような直截な自己言及的な表現がないことを考えてみると、語り手自らが、かの「蒲団」のヒロインであることを表明する部分は、このテクストが、テクスト外部の要素を積極的に取り込んで行く読みをテクスト自身が要請していると考えられる。

　しかし、テクスト外部の情報を積極的に取り込んで行くという「ある女の手紙」の試みのプロセスと効果、そしてその代償も考えなければならない。自然主義の大御所田山花袋の小説のモデルとなり、自己の恋愛と作家としての道を翻弄された女弟子の復讐という目的があるとすれば、「自然主義の本尊も殆んど何等の権威の無いものになつてしまうのは当然である」、「けれども又然ういふ女に「中年の恋」なぞをしてすつかり鼻毛を抜かれてしまふK先生の器量も見上げたものである」（狒々男「寸鐵」）[9]という発言が引き出せたのは、ひとまずの成功と言えるだろう。「ある女の手紙」がゴシップ的に読まれることによって、相対的に田山花袋の作品も「芸術」としての位置から貶められる。しかし、ゴシップ的評価の限界は「今の文学志願の女学生などに斯ういふ厚顔しい、而して自惚れた考の女が多いのであらう」（前掲・狒々男「寸鐵」）と告発側もがゴシップの対象となってしまうことである。これは「ある女の手紙」をきっかけとした現象ではなく、「蒲団」が掲載された当時からすでに言説化されている現象である。

「滑稽界」という諷刺漫画雑誌では、「当世女学生気質」（岩澤五楽）(10)というゴシップ小説に美知代は「美代チャん」として登場させられている。学校をさぼって日比谷公園を散歩する「美代チャん」と「清子さん」。そこに「美代チャん」の好きな「田中さん」と、「清子さん」の好きな「高山さん」が加わる。「美『高山さん、そりや余んりだワ、幾程《なんぼ》妾しだつて最う田中と関係が出来るものですか』」。すると、なぜか「美代チャん」は「清子さん」の相手の恋人・高山に「貴郎の様な方と一緒になつたらさぞ円満な家庭が出来るだらうと思ふワ」と言い、高山も「清子さん」と別れるという。そうして恋人を取り替えた二組は手を携えて公園から出て行く。そして語り手は「都下幾多のバチルス女学生は如斯くして堕落の経路」を踏みつつあると付け加える。「蒲団」の芳子からモデルの美知代、さらに「堕落」女学生の生態へと創造力逞しく、美知代の物語は変質してゆく。

つまり、モデル問題とは「過去の秘密の暴露」であるとともに、「自分自身のイメージを他者によって創作され、物語られ」る物語化が避けられないように(11)、美知代自身によって「ある女の手紙」で「暴露」された「私」＝美知代は、彼女個人の物語を超えて、「今の文学志願の女学生」、「堕落」女学生の「自惚れた」物語として読まれることも避けられなかったのである。

3　女弟子の告白

「蒲団」の発表以降、「美知代」という署名には、つねにこのようなゴシップがつきまとう。例えば、美知代と永代静雄の結婚も「蒲団の後篇　田山花袋氏の失恋？」（「東京朝日新聞」一九〇九〈明治四二〉年二月三日）として新聞ネタになる。そこで彼女は「上京して田山花袋君の門に入り、盛んに肉慾は人生の最大問題であるといふ研究を遣つて」いる女弟子として紹介される。また、真山青果「三人」という小説においても、文学同人三人の話題に美知代らしき女性投書家が登場し、「中山君は先の谷野美代子の投書を見た時にも、男だ、男だと我を張つて僕等の女だと云ふのを打消したが、女だつた。而も畑野先生が恋した立派な女だつたぢやないか」(12)と話題に上る。

さらに、北尾愁芳「女詩人」という懸賞小説を見てみよう。一九〇八（明治四一）年一一月に雑誌「新文林」の特別募集に第一等当選した小説である。これは明らかに女詩人版「蒲団」、つまり「蒲団」のパロディである。文壇においてそこそこ地位のある女詩人野島哀琴こと淑子《よしこ》（「蒲団」の芳子と同じ読みである）は、「独身の寂寥《さびしみ》精神上の悶え、肉体上の苦しみ、創作上の煩悶、その他あらゆる苦痛」に悩まされている。川村白蝶という友人の閨秀作家に悩みを相談したり、帰省を試みるが、その途中の宿で、病いに倒れて死んでしまう。「人生の苦闘」に負けた淑子の半生を白蝶は小説にするというメタ小説の構造になっているのだが、竹中時雄を淑子という女性詩人におきかえた「蒲団」のパロディであり、随所に「蒲団」のフレーズのもじりがみられる。

例えば、「日常の単調なる生活と、自己の境遇と、性慾の心とは前よりも甚だしく其の胸を刺衝した」という部分は、「蒲団」の「三十五六歳の男子の最も味ふべき生活の苦痛、事業に対する煩悶、性慾より起る不満足等が凄じい力で其胸を圧迫した。」（七）という部分を拝借している(13)。「性欲」、「生殖」の圧力に「煩悶」し、ついに「人生の苦闘」に敗北するパロディ小説のヒロインのイメージは、美知代のそれのみではなく、人間の「性欲」を「赤裸々」に描く自然主義文学から悪弊を受けた女性作家に対する揶揄となっている(14)。結婚もせず、文学に、それも「本能満足主義」である自然主義に従事する女性は、「独身の寂寥に伴つて起り来る性慾の望を恣まゝにした結果、遂にこんな体になつて」（「女詩人」）しまう、つまり、性的に堕落した女性＝「自然主義の女」という揶揄が込められている。「蒲団」には、同時代の「堕落女学生」の物語という解釈コードによる読解を促す構造があるという指摘がすでにある(15)。ヒロインをそういった解釈コードによって（男性の）欲望の対象とする力がこの「女詩人」にも働いている。

「堕落女学生」の言説が、「女学生」という対象のセックス化であるとすれば、「女詩人」や「女弟子」という言葉にも読み手側の欲望によって過剰な意味づけが与えられる。

さらに、「告白」の対象であったセックス化された女弟子が、逆に「告白」の主体となった場合はどうであろう。「告白は、性に関する真理の言説の産出を律している最も広く適用される母型」であるとフーコーは言っている(16)。隠されているものを暴くという欲望は、隠されているものの内に何かしらの「真理」があることを錯覚させる。自然主義もまた、このようなプロセスにおいて、「現実暴露」、「客観描写」の果てに「人生」や「真理」を想定する。

しかし、「告白」のプロセス、効果についても、男女の非対称性があることは確かである。女性の「告白」(先の「女詩人」のように、書き手が男性であっても女性の「告白」と想定されるものも含めて)の場合は、〈性〉に関する「真理」を産出する社会的手続きではなく、「告白」という行為それ自体が、まさにそのような社会的手続き、装置を通じて生産された性的欲望として消費される。「之が「女」の赤裸々の告白なんだもの。今まで誰もしなかつた赤裸々の告白だつて所に、屹度価値が有るわ」(無名氏「女の文」)(17)——「真理」という根拠を失った女の「告白」は、それ自体が商品価値のあるものとして流通する。

ゴシップにこだわりすぎた。しかし、「ある女の手紙」の語り手をニュートラルな位置に設定するのは、このテクストを読み誤ることになると考える。先にこのテクストはテクスト外部の要素を積極的に取り込んでゆく読みをテクスト自身が要請している、と述べた。しかし、それは「美知代」という署名が引き寄せる自然主義の女弟子という言説を引きうけて書くことも意味するはずだ。なぜなら、それはありのままの現実を客観的に描くことをテーゼとする自然主義文学の要請でもあるからだ。

4　自然主義教育

「ある女の手紙」の「私」は「同じく自然主義にかぶれて居ても、私は先生から教へられた通り、芸術と実行とを別々に考へ度い」、「また実行の渦巻に巻込まれようとする。駄目だなあ、実に。僕が貴女に自然主義を説き出してから幾年になる」というように、K先生から傍観的自然主義の教育を受けている女弟子である。しかし、ここで注意しなければならないのは、美知代や水野仙子が田山花袋に弟子入りしていたといって、彼女たちが、自然主義作家としてのアイデンティティを内面化していたとは断言できないことである。また、同じ女弟子だからといって、美知代と水野仙子の書き手としてのアイデンティティにも差異はあり、彼女たちを「自然主義の女」としてひとくくりにはできない。個々別のアイデンティティ形成は各人において述べられなければならないが、自然主義という環境が彼女たちに与えた影響（自由と束縛）の共通性はある程度導き出せると思う。――そして、美知代の場合は、先のゴシップ記事のように自然主義の女弟子として眼差されていたこと、そして、「自然主義にかぶれて」いたと彼女が思うことの間に、彼女のアイデンティティ形成はあったはずである。

自然主義の「客観」、「描写」、「ありのまま」という理念は、「主観」を交えないという点において、脱ジェンダー化をめざすことがたてまえであると考えられる。しかし、客観＝知性＝男性的、主観＝感情＝女性的という時代のジェンダー枠組みにおいては、あるがままの真実を恐れず直視しようとする「客観」、「傍観」的描写を可能にする「知性」とは、自然主義文壇＝男性ジェンダー化された世界で有効な理念であるとともに、「客観」、「傍観」というのは多分に男性ジェンダーに偏った視点であることは確かであろう(18)。客観と主観の対立・矛盾の問題は、「純粋客観」の存在の不可能性から、「主観挿入」（島村抱月「文芸上の自然主義」）(19)、「主客両体の融会」（相馬御風「文芸上主客両体の融会」）(20)、「方法態度論」としての「客観的表白」（片上天弦「自然主義の主観的要素」）(21)など、抱月の言葉を借りれば「主観挿入」型の「印象派自然主義」へと展開するが、ここでの「主観」とは「自己も自然も同一渾融」する状態であり、「私念を去る」、「我意を消す」ことが必要とされる（島村抱月「今の文壇と自然主義」）(22)。しかし、「純粋客観的」「本来自然主義」も、「主観挿入的」「印象派自然主義」も態度の「消極的」「積極的」の違いはあれ、その「統一目的」が「真」に置かれている限り(23)、「客観」、「主観」のジェンダーは男性的であるといえるし、「主観」を「客観的」態度・方法によって「表白」するというのは、まさに脱ジェンダーの偽装であろう。

このような男性ジェンダー化された自然主義の理念を学んだ女性作家たちが、男性ジェンダー化する例として、一九〇六（明治三九）年九月に発表された美知代の「下賀茂の森」(24)という小品を挙げることができる。このテクストの語り手のジェンダーは明かに男性化している。自然主義教育の一つの成果だと考えられる。

柄谷行人の言う「風景の発見」(25)のような自然描写の導入部分から始まり、語り手の「自分」は「愛誦の詩集を懐」にして、その自然の中を散歩するのが日課である。この自然に接して「苦しい煩悶も訴へれば、儚い運命を泣きもして、且つ又少なからぬ慰藉と力」を受けるというように「寂淋《さびしみ》」の風景と「自分」の「苦しい煩悶」の心境が重なり合う。後半は、姑のせいで子供と別れることになったらしい母親が子供との別れを惜しんでいる場面に偶然出くわす、という国木田独歩の「忘れえぬ人々」を彷彿とさせるような話である。他の美知代のテクストに比べ、「観察」「描写」という点では優れているが、そのためによく勉強しているという感はぬぐえず、男性作家の書くものに似てきている。女性作家だから、ことさら女性的な視点を求めるわけでは決してない。ただ、自然主義の「観察」「客観」を忠実に守れば、守るほど、彼女たちはジェンダー・アイデンティティを剥奪される結果となることが、この小さなテクストによく示されていると思うのである。

「あるがまゝの真実を恐れず直視しようとする」自然主義の精神が、「日本の女のおかれてゐる状態をあるがまゝに女に向つて展いて見せる契機」となると論じたのは宮本百合子である(26)。しかし、自然主義の理論自体が女性性を排除するようにできあがっているのはこれまで述べたとおりである。また、「視野」が狭いといわれている女性にとって、「限られた自分のぐるりにある生活環境」が文学、小説となることは婦人作家にとってデメリットがメリットになるという発想の転換が宮本にはあるが、一方では、「限られた自分のぐるりにある生活環境」を描いただけでは評価されないという事実もある。「花袋流の自然主義が流行」して「文壇を賑はし」、「賛成者でも反対者でも、盛んに自分々々の『蒲団』を書きだし、自分の恋愛沙汰色慾煩悩を蔽ふことなく直写するのが、文学の本道である如く思はれてゐた」（正宗白鳥「田山花袋論」）(27)という正宗白鳥の回想は、「自分の恋愛沙汰色慾煩悩を蔽ふことなく直写する」ことを「文学」の名において可能にした自然主義への批判であり、またその模倣者の輩出が、文学者のインフレを引き起していたことを示している。おりしも「文章世界」、「新文林」、「新文壇」、「女子文壇」、「女子文芸」など、投稿欄を設けた文芸雑誌ブーム(28)はこの「文学」の普及＝素人化に一役買っていた。そして、「限られた自分のぐるりにある生活環境」を描くことが批判される要素であったことは、次の後藤宙外の言葉においても明らかであろう。

> 自然主義が文学者、――特に小説家の速成に一大動機を与へたのは疑ひの無いところである。そこで文士過剰、文壇攪乱の時期を現出し、その結果は本来、生活困難なる文士の境遇をして、愈々困難ならしめ、嫉妬排擠《はいせい》、争奪《そうだつ》搏噬《はくせい》、活きんが為めには、友を屠り友を売るも辞せずといふ多数の浅ましき青年の横行する怪現象を見るに至らしめた（後藤宙外「文学志望と処世難」）(29)。

「限られた自分のぐるりにある生活環境」を描くことを可能にした自然主義文学であるが、その根本の性質のために「文士過剰、文壇攪乱」という非難を招かざるを得ない。視野が狭い女性の生活の中にこそ小説の題材があり、「限られた自分のぐるりにある生活環境」を描くことが小説になるという女性作家の可能性は、この評価軸においてはマイナスに働く要素を備えている。

　また、「蒲団」の一節に作家になりたいという芳子に対して、竹中時雄が「文学者」と女性性の成り立ち難さを語っているところがある。

其の手簡には女の身として文学に携はることの不心得、女は生理的に母たるの義務を尽さなければならぬ理由、処女にして文学者たるの危険などを縷々として説いて、（後略）（二）

田山花袋「インキ壷」にも、水野仙子との出会いの場においても、「かうした娘があのやうな作を書いたのかと思ふ程年若かつた。田舎言葉もまだ除れて居なかつた。作家となるのは辛い辛いことだ。辛い辛いことを忍んで私達は遣つて来た。男性ですらさうである。まして女性の身――生理上作者たるに不適当である女性の身で、果たしてさうした忍耐が続け得られやうか。（中略）其一生の上の幸福から考へて見たなら、作者になどならぬ方が好いかも知れない」と同じようなフレーズが使われている(30)。女性の特質と職業としての作家との相克において、女性性というものが弱点となりうるという発想がここにはある。また、女性は「文学者」として不適格であるという忠告の裏面には、「文学者」をめざすには、女性性を放棄しなければならない、という「覚悟」が必要とされている（男性作家は「文学者」になるために男性性を放棄せよとは言われないだろう）。

女性作家の男性化をまねくのが、自然主義文学の論理的帰結であり、それが自然主義文学というジャンルが女性作家を育まなかった理由だと考えるが、平塚らいてうはそれが女性の共犯によって行われていると指摘する。

日本の自然主義者と云はれる人達の眼は現実其儘の理想を見る迄に未だ徹してゐない。集中力の欠乏した彼等の心には自然は決して其全き姿を現はさないのだ。（中略）私は無暗と男性を羨み、男性に真似て、彼等の歩んだ同じ道を少しく遅れて歩まうとする女性を見るに忍びない（平塚らいてう「元始女性は太陽であつた。――青鞜発刊に際して――」）(31)。

らいてうの「男性を羨み、男性に真似」る女性が、私の言うところの「自然主義の女」たちを直接さしているわけではない。平塚らいてうのこの発言は、「青鞜」という雑誌を背景として、「新しい女」の「自覚」を促すという意図があるために、あえて「男性を羨み、男性に真似」る女性との差異化を行っていることは考慮にいれなければならない。

自然主義教育は女性の「自覚」を疎外する。その教育を受けた美知代の記述行為はどのようなアイデンティティを以ってなされるのか。次に考えたいのはこの問題である。

5　自然主義の女という「私」

これまでの考察は、単に「自然主義の女」が言葉を持てなかったということに帰結するものではない。むしろ、逆に自然主義文学や男性作家を逆照射する可能性とその限界を見たいのである。

女弟子にとって、「客観」「観察」という自然主義の理念を学ぶことは、自らのジェンダー・アイデンティティと相克をきたすことになるということはこれまで述べてきたとおりだ。現実＝真実を標榜する自然主義にとって、原理的に虚飾は許されない。とするならば、「蒲団」以降、美知代の「体験」「現実」はすでに彼女の「観察」で見ただけのものではなく、「蒲団」「縁」などの花袋の主観を通過して構成された、「客観」と名付けられた「現実」の上に形成されたもう一人の自己を参照せざるをえないのではないか。

彼女が自然主義の論理に則って、虚飾なしに、現実をありのままに描こうとすれば、つねに「蒲団」の「横山芳子」や「縁」の「敏子」との参照関係において自己を把握しなければならない。彼女が体験したと思われる事実について書くことは、「蒲団」というテクスト、「蒲団」の影響を含めて彼女が体験した「横山よし子」体験までが事実の層となっている。彼女の生きられた事実そのものが、小説というフィクション、描かれた事実との交錯体、重層化した構造物としてあるのだ。

重層化した構造物としての自己、またフィクション化された自己とはいかなるものか。「堕落女学生」、女弟子はもとよりである。さらに、「蒲団」において、芳子と田中の恋愛は「神聖な恋愛」であると芳子がその手紙において告白するのに対して、語り手は「絶えざる欲望と生殖の力とは年頃の女を誘ふのに躊躇しない」（三）というように、芳子の恋愛、異性への感情を女性の生理的な本能として一般化しようとしている。また「縁」においても、「平生でさへ感情的な敏子は、身重になつてから、益、神経が過敏になつた」（三四）、「顔は蒼白く、笑を含んだうちにも、何処か神経性の苛々するやうなところがあつた」（四三）、「色の蒼白い神経性の乱れた扮装をした娘」（四四）、「あの神経過敏の女は何んなことをするか解らなかつた」（四六）などというように、妊娠によって神経質になった敏子の精神の不安定さが強調される。彼女の精神不安定は妊娠の後遺症であるが、このようにヒステリー化された敏子の身体は、清の眼差しによって作られている。まさに自然主義は科学的な視線によって生理学的女を綴り出す。医者―男性、患者―女性という臨床においてヒステリーという病いが綴り出されるのと同様に。事実上、清は敏子の養父になることによって、彼女の身体の管理者となる。「温情なる保護者」とは「絶えざる欲望と生殖の力」から彼女を正しい方向に導く身体、〈性〉の管理者にほかならない。

「ある女の手紙」が、これら花袋の「客観」を身にまとった自然主義の記述に対しての、美知代側からの復讐行為であるなら、このような自己の身体やセクシュアリティを規定するフィクションの権力作用、身体管理に対する抵抗がそこには見出せるのか。答えは「否」である。彼女が自分自身の身体を見つめなおし、「告白」を通じて自己を構築する行為自体が、自己告白を通して内的な「真理」に到達しようとする自然主義的実践であり、その実践が女性性を疎外することや、女性に自分自身を見つめる契機を与えないことによって自然主義が成立していることを、既に彼女は「蒲団」や「縁」によって経験している。

また、「ある女の手紙」の「私」にとって、「客観」、「観察」は、同居人のお整さんの視線と同様のものとして受け取られている。恋人佐伯が再び現れたことについてK先生に問いただされても、「私」は思いが乱れて答えられない。その「私」の気持ちを整理して「客観的」に代弁してくれるのは、もう一人の女弟子、お整さんである。しかし、お整さんの客観的観察に対しても「私」は腹立たしい。「幾らお整さんが今の文壇で有望な女流作家で、観察がおうまいからと云つて、萬に一つ間違つた観察をなさらないとも限りませんからね」と悪態を吐く「私」は、自然主義作家として有望視されているお整さんを否定することで、それまで、「芸術の権化」と思っていたK先生の自然主義を否定している。さらに、対象としては過剰な女性性を付与しながら、書き手としては自らの女性性を直視させない自然主義文学の教育の成果は、「私」の語りに反映している。

「ある女の手紙」の語り手である「私」の位置は常に不安定である。というよりも花袋が唱える「客観」、「観察」の視点が抜け落ちている。いやそのような視点は放棄されているといった方がいいであろう。「私」は自分の気持ちや思考を「客観的」に表現できない。「私は此頃のお整さんの為打が腹立たしくて堪りません」「K先生。お整さん。／私は云ひ知らぬ圧迫を感ぜずには居られません。それを考へると身慄ひする程嫌です」「実際どうしたら好いのか、私は考へるとくしやくしやして来ます」――「ある女の手紙」で特徴的なのは、「腹立しい」、「不愉快」、「癪で癪で」、「くしやくしや」などいろいろな言葉で露骨な感情が表現されていることである。これは同時代評でも「主観的」と批判された部分であり、「主観的」「感情的」という言葉は、男性＝理性的、女性＝感情的という性差の枠組みに則って、女性作家の未熟さが批判されるときよく使われるでものでもある(32)。

「私」の言葉は、理性や客観といった自然主義的実践を放棄して、「手紙」の届く先にいる「あなた」に向かって流れ出す。「あなた」とは誰なのか。手紙の届く先にいる「あなた」についての情報は少ない。「私」の恋愛事件を知っている人であるが、しかし、「K先生の御放蕩」についての新聞雑誌を、「御覧なすつていらつしやるあなたは、私の手紙を見て、さては全く然うかと御歎息なさるでせうと思ひます」とあることから、少なくとも文壇関係者ではないと想定されている。つまり、「ある女の手紙」の読者＝「あなた」は文壇を飛び越えて、その外側の人々に向けられている。しかし、実際には「あなた」の役割は、文壇という枠の内部にいる人間、また文学に共感を抱いている青年読者に、文壇の外側から文壇の内部を覗き見させる回路を提示しているのである。しかし、これを自然主義文学の求心性を外部から相対化する回路として意味づけることは性急であろう。例えば、ワイドショーなどでよくあるように事件の外部からの批判的言説は、事件そのものの権威づけ、神話化を支えている場合さえあるのだ。

先述したように「ある女の手紙」というテクストは、「蒲団」や「縁」、花袋、自然主義という外部の情報を積極的に読みこませることによって、自然主義の大御所のK先生の価値下落を引き起こし、または女性性を排除したところに成立する自然主義そのものの虚偽を告発しようとする。しかし、このことを実現させる戦略としての「私」から「あなた」への密やかな語りかけによって文壇的興味を満たされる読者は、「蒲団」の芳子や「縁」の敏子の物語の延長線として「私」を位置づけるだろう。「ある女の手紙」というテクストは、「蒲団」や「縁」に描かれた自己が、K先生の色眼鏡の「主観」で観察された虚偽であることを告発するが、同時に、本章第三節「女弟子の告白」でも考えたように、「私」という女性主体の「告白」は文壇的興味をかきたてる性的欲望の喚起装置そのものとして消費される。テクストの流通回路においては、「私」が本当の「私」であることは困難であるばかりか、「ある女の手紙」というテクストそのものが「蒲団」や「縁」の物語を再生産する部品となってしまう危険を冒してしまっている。

事実このテクストが、自然主義を外部から相対化する力を持ち得ているとは思わない。しかし、相対化する力を持つことができないこのテクストの存在自体が、自然主義教育の失敗の姿そのものであり、所謂捨身の戦法をとっているこのテクストにしか見えない、「ある女」が見たもう一つの自然主義の姿が見えて来はしまいか。

6　自然主義的恋愛教育

「ある女の手紙」というテクストは、自然主義教育によって、自己とは何か、ということを見つめる契機を失った「私」の表白であり、美知代にとって「書く」行為は、アイデンティティ形成に結びつかないばかりか、その欠如や分裂をさらす行為であった。これまで、「自然主義の女」たちにとっての自然主義教育とは女性を書く主体から疎外させる教育成果があることを述べてきたが、次に自然主義教育のもう一つの側面――恋愛教育を加えておかなければならない。

「ある女の手紙」の「私」にとって、自然主義文学とは、かつては恋愛教育として、そして現在は恋愛を妨害する障害として認識されている。「私」と佐伯が別れることになった理由は次のように説明されている。

　殊に別れるやうになつたそもそもは、同じく自然主義にかぶれて居ても、私は先生から教へられた通り、芸術と実行とを別々に考へ度いと思ひ、佐伯はまたK先生の態度を――つまり自分に勝手な都合の好い事は之を実行し、反対に不利益と見るときは芸術は絶対に観照だと称《とな》へる、さうしたやりくちは嫌だ卑怯だと云つて、芸術と実生活とをぴツたり一つに行こうとする、（後略）

二人は「自然主義にかぶれて」いた。「自然主義」とは二人の紐帯の思想であった。しかし、芸術か、実行かで二人は「衝突」し、「自分々々の意志を主張して」別れたものの、考えてみると「あれ程熱烈な恋」をして結婚したのが、なぜ別れたのか「不思議」で、別れたことは「あやまち」であったように考える。

また、水野仙子の夫である川浪道三は、「おれはお前と共に生活するやうになつてから、お前の物質的自然主義の思想にはかなり苦しめられた」と回顧している（「Kより其の妻へ」）[33]。川浪の小説によれば、水野仙子は同時代の青年たちと同じように「自然主義」思想に傾倒し、自然主義文学とは男女二人の意識上の紐帯であったが、同時に男女の生活の上での破綻の種でもあった。彼女の強固な思想生活は男性を「絶望的な心持」にさせ、「痛ましい打撃」を与える。

恋愛が自然主義を模倣する。

「私」はK先生の唱える傍観的自然主義を恋愛において実践しようとし、恋人の佐伯は「芸術と実生活とをぴツたり一つに行こう」とする。一九〇九（明治四二）年ごろの自然主義の芸術と実行の問題がそのまま男女間の恋愛の亀裂として捉えられている。「芸術も亦芸術家には人生であつて、（中略）直接の実行でなければならない」（岩野泡鳴「肉霊合致＝自我独存」）[34]という泡鳴の芸術即実行の立場と、芸術の観照性、「芸術の客観化」（島村抱月「第一義と第二義」）[35]を唱え、あくまで自然主義を芸術上の主張と理解する島村抱月・田山花袋の間の論争を詳述する余裕はないが、この論争が単に芸術家の態度という範囲を超えて、恋愛、〈性〉に対するそれぞれの態度・実践というレベルで語られるところに問題がある。

金子明雄は一九〇八（明治四一）年の平塚らいてう、森田草平の心中未遂事件、そして大久保・出歯亀事件と自然主義は、自由な恋愛、性的奔放というイメージで結びつき、新聞雑誌などにおいて若い男女の「性的行動」そのもの、「実行するもの」としての自然主義のイメージが流布していたことを検証している[36]。このようにゴシップ的には自然主義は十羽一絡であるが、自然主義内部ではこのようなゴシップ言説に抗する動きよりも、自然主義自体がこういった言説を促していたと思われる面がある。

すでに明らかなように花袋「縁」においては、一九〇九（明治四二）年の自然主義における芸術と実行の問題が反映されて、「芸術をも捨て丶、実際の巴渦の中に入つて行かなければならぬ身をお許し下され度候」（二五）と師匠を裏切り、恋人馬橋のもとへ行く敏子は、清にとっては「実行」の人であった。その「実行」の果てに堕落してゆく敏子の姿を、「観察」し、その「実行」の巴渦から「永久に、第三者で居なければならない憐れむべき自己」（二八）が花袋の「芸術」の立場であった。抱月や花袋の側にたつ相馬御風は、芸術派、観照的自然主義を「苦しい自己の主観を抑へて、ひたすら現実生活の新らしい意義の探求を自覚的に而も謙遜なる態度を固持して、歩一歩確実に送り行く、忍従の念強き芸術思想家の生活である」とし、実行的自然主義を「官能の刹那的満足に爛酔せる悲しき耽溺者」として区別している（「明治四十三年文壇の総括」）(37)。「赤裸々の人間、野性、醜、描いてこゝに至れば、最も真に近づく」（前掲・島村抱月「文芸上の自然主義」）(38)と当初はうたっていた自然主義のモラリスト的な一面を見るようだが、芸術派、観照的自然主義の側からの、「実行」＝性的放縦、本能という意味づけが自然主義内部においても進められている。

「ある女の手紙」における傍観的自然主義者のK先生も、「私」と佐伯の恋愛に、この「実行」的自然主義の意味づけを与えようとする。しかし「私」は実行即芸術の支持者ではない。むしろ、芸術と実行の問題を含めた自然主義という範疇そのものから自分たちの恋愛を引き離そうとしている。

7　師匠、女弟子、そして自然主義

「ある女の手紙」において、K先生は「私」と佐伯の恋愛を自然主義文学の立場から、教育・訓導しようとしている。佐伯が「私」に復縁を迫っていることを知ると、「また実行の渦巻に巻込まれようとする。駄目だなあ、実に。僕が貴女に自然主義を説き出してから幾年になる」とK先生は「私」に諭す。ここでの「実行」とは、「私」が恋愛を遂行することであり、「蒲団」の中の言葉を借りれば、「絶えざる慾望と生殖の力」という情動のみによって動かされる、観照的、客観的な視点を欠いている「実行」＝性的放縦、本能の意である。

しかし、思い出してみたいのは「蒲団」での竹中時雄という師匠の女弟子・芳子への教育は、「女子」の「自覚」

を説き、「父の手からすぐに夫の手に移るやうな意気地なし」(三)ではない「日本の新しい婦人」像を、イプセンのノラや、ツルゲーネフのエレネの話を例に説くという、「新しい女」の教育ではなかったか。そこには自由恋愛の思想も含まれてはいなかったか。だから、田中との恋愛を遂行した芳子は、師匠の教育を忠実に実行したとも言えるわけだが、この意味においては「蒲団」は、自らが施した教育に、自らが裏切られる結果となる。そして「蒲団」の続編である「縁」においては、自然主義的恋愛教育を受けた女弟子・敏子の自由恋愛の果ての挫折を描いて、「新しい女だとか何とか言つても、矢張平凡な幕を打つたね」(四六)と、「新しい女」の挫折を描き、自らの教育に終止符を打ったかたちになっている。

K先生にすれば、芸術と実行を同じくすることは、自分を裏切って、恋人佐伯のもとへ行くことを意味している以上に、自己の教えた傍観的自然主義の立場を否認されたことになる。「女の操だなんて古臭い考に支配されてちや駄目だよ。だから貴女は馬鹿だと云ふんだ。(中略)僕あ男から欺されて居るやうな女は嫌さ。男を欺して散々弄んで悩殺しようと云ふ女が好だ。佐伯にまた欺されて、散々失望して、一生他人の犠牲で終る。貴方はテヤ(39)にならうと云ふのか。つまらないぢやないか」と、男性を「悩殺」する「新しい女」のイメージを「私」に求める一方、自分の意志で恋愛をする「新しい女」の自由を「傍観的自然主義」によって封殺しようとするK先生の矛盾を「私」は感じている。

「私」にとっては、K先生の言葉は自然主義の教え以上に、「私」を束縛する言葉として聞こえている。そのように自己を束縛するK先生への復讐として「ある女の手紙」というテクストを眺めれば、このテクストは反自然主義的な態度に貫かれていると言っていいだろう。

佐伯、「私」の兄/K先生、お整さんというこのテクストの登場人物の対立項は、反自然主義/自然主義の立場として描かれている。例えば恋人の佐伯は「これ迄の考は間違つて居た。つまり近代思想にかぶれて居たので、今はもう行く処迄行つて引返して来た」と自然主義脱却宣言をし、「私」に復縁を迫り、「私」もこの言葉に肯定的な態度を示す。また、兄は学校教師で「自然主義の排斥論」を唱え、自然主義の思想から脱却した佐伯を「早く覚醒して引返して来たと云ふのは幸福だ」という。また、お整さんは山村という投稿仲間と恋愛関係にあったが、K先生は知ってか知らずか「山村は駄目だ」と言うし、K先生に隠れて付き合っているのが「空恐ろしいやうな気」もして結局、「破約《ブロウクン》」する。そんなお整さんの態度を「私」は、「お整さんと云ふ人は頭から胸から誠に冷い人で、都合で恋人《ラバア》を突放す位は訣なく出来る人なんです」、「恋人の一人や二人突放《つっぱな》す位の勇気がなくちゃ、今の文壇に婦人で成功する事はむつかしいのかも知れません」と非難する。

K先生、自然主義への復讐というのなら、勿論「私」の立場は反自然主義の方にある。しかし、「私」は自然主義からも、復讐という範疇からも逃れようとしている。花袋への復讐、自然主義文学に対する復讐というように、復讐の物語としてこのテクストが読まれる限り、自然主義の芸術性、権威性を補完することになるからだ。

復讐するからには、その相手に対して自らが犠牲となったという認識から出発する。しかし、「犠牲」という物語は、花袋「縁」の物語なのである。「僕を使つて来た女、僕に一生の運命を託さうとした女、その女を単に芸術の犠牲にして、それで好いとすましてゐることは出来ない。僕は責任を感じて居る」（三）――「縁」において、ヒロイン敏子の存在意義は、この「芸術の犠牲」の一言に尽きている。これがなくては、「温情なる保護者」も、「傍観者」の「悲哀」も生まれてこない。

そして、「私」にとって佐伯と復縁することは、K先生から「実行」＝性的放縦、本能という、またしても自然主義的な物語が与えられてしまうことになる。結局、「芸術の犠牲」という呪縛は「私」の恋愛を存外平凡な「女の道」「女の操」にまでたち返らせる。「今一度同棲して呉れと云はれて見ると、全く佐伯の云ひなりに従つて、嘗ての夫、嘗ての恋人の云ふ通りにするのが女の道ではないかとも思はれて、（中略）少しでも今の佐伯をして、より満足な生活を営ます事が出来たならば、私はどんなに嬉れしいでせうか」、「佐伯の云ふ通り同棲しようと九分九厘迄思つて居りますの」――そして、「いつそ大馬鹿になつて、K先生の所謂テヤでもよろしい、一生佐伯の犠牲になつても好いつもりで帰つて行く事に決心します」という捨てぜりふを残し、「私共」（佐伯と私）は新しい「かくれ家」を探しにゆく。K先生の「芸術の犠牲」から、佐伯という夫の「犠牲」へと、自己の身体を受け渡して、「ある女」は自己決定の契機を見失ったままこのテクストは閉じられる。

8 〈真実〉をめぐる闘争

一九〇九（明治四二）年は自然主義批評において文学と実行、人生と芸術の問題が議論され、泡鳴のように生活、人生の芸術化をラディカルに推し進める方向と、花袋、抱月らのように「芸術」の観照性、傍観的な立場に固執して行く方向に分裂する。しかし、相反する二つの動きの根底には、「真実」や「現実」、「実生活」に対しての書き手の「客観性」、「主観」の確かさ、または人生、生活に対する真摯な態度が求められている限り、どちらも一つの「真実」、一つの「現実」を構築する言説の強化にほかならない。モデル論争も含め、小説《フィクション》と現実の対応関係の強化は、解釈の一元化、他の現実（例えば美知代の）の解釈を許さない力となるのではないか。

ある同時代評においては、「ある女の手紙」には、「興味」はあるとしながらも、「芸術的製作品」としての価値は認められず、「卑しい成心」で描かれて、「少しも客観」化されていないと批判される。そして、同じ題材を扱った花袋「縁」の方が「芸術化」されていると結論づけられる（「九月の重なる雑誌」）(40)。このように自然主義の「現実暴露」の通俗的模倣として捉えられるのが、「ある女の手紙」のおおかたの同時代的評価であろうと思われる。

しかし、自然主義の悪しき模倣という同時代の評価とは、「芸術化」された自然主義を相対的に高めるための操作であるならば、「現実暴露」という自然主義の理念に隠された虚偽をこの「ある女の手紙」というテクストは、明らかにしているといわねばならない。「蒲団」、「縁」によって、「現実暴露」され、世間の眼にさらされた女弟子の「現実暴露」——同じ題材、同じ現実を扱いながら、誰がその「現実」を「真実」と決め、誰がその描かれた「現実」を

「芸術」作品であるかないかを定めるのか。

「ある女の手紙」においては、先のK先生の放蕩生活の他にも、「近畿名所案内」という「くだらない」本を出して得意になっているK先生、家族に対して無関心な態度をとるK先生、さらに、女弟子が自分を裏切ったとわかると、下女を遣わして貸していた本を全部返却せよと迫る俗人のK先生が描かれている。これらのことは「縁」には描かれていない。かといって「ある女の手紙」が「縁」の「事実」を補完するのではない。「現実」がそれとして実在するわけではない。「現実」という言葉は自然主義の文学的強度を保証する装置として場の力学に応じて可変する。もちろん「ある女の手紙」に描かれていることが、「縁」などに勝って真実を伝えているとは言えない。

ただ問題なのは、「自己の経験の記述、言ひかへると自己の日常生活の欺かざる表出といふことが、作者自身の如何なる心持ち、如何なる態度から行はれるかという点が問題」(片上天弦「文壇現在の思潮」)(41)という基準が出来あがっているため、「縁」は芸術品であり、「ある女の手紙」は女弟子の復讐という境界線がひかれることにある。自然主義文学に二つの「現実」、二つの「真実」があってはならない。「蒲団」「縁」と「ある女の手紙」、どちらが自然主義的「真実」なのか、という闘争があるならば、「現実」、「真実」に至る前提となる「客観」「観察」が、既に男性ジェンダー化したものである限り、自然主義の女たちに勝ち目はない。

しかし、「ある女の手紙」は、テクストそのものが、「客観」、「観察」という自然主義の教育の成果を裏切るかたちで成立することで、ある一つの「現実」を規定する「客観」という視点の有効性を疑い、自然主義のもう一つのタームである「現実暴露」を忠実に遂行して、それゆえに、自然主義の「現実暴露」の通俗的模倣という非難を引き寄せることで逆説的に成功している稀有なテクストだといえよう。

第Ⅲ部　自然主義と権力・メディア・セクシュアリティ

秋の團扇
滑稽新聞社發行

第9章 〈発禁〉と女性のセクシュアリティ
……生田葵山「都会」裁判を視座として

1 発売禁止について

戦前において出版物を取締る法律は、新聞紙条例・出版条例と、地下本・春本を取締る刑法一七五条である。この刑法一七五条が適用される件数は少なく、一般の出版物は新聞紙条例と出版条例で取締りを受けていた。発売禁止理由の二本柱は安寧秩序妨害と風俗壊乱であるが、風俗取締規定が初めて登場したのは、一八六九（明治二）年の出版条例における「淫蕩ヲ導クコトヲ記載スル者」が初めてであるという(1)。「国安ヲ妨害」するものとならんで、「風俗ヲ壊乱スル」ものが法令に登場したのは、一八八〇（明治一三）年一〇月（太政官布告第四五号）であり、ここにおいて「風俗壊乱」という文字が初めて現れる。

奥平康弘が指摘するように、明治から戦前までの新聞紙法・出版法は記事を掲載・出版する行為自体が対象とされ、掲載・出版行為者の責任を追及し、「わいせつ文書の根源（掲載・出版＝作製）を効果的に押さえ」るもので、手間と暇のかかる事前検閲制度ではなく、発売頒布禁止処分という流通をストップさせるやり方は、出版物が増加するメディアの発達において、発禁を受けたときの新聞社・出版社のダメージは大きく、取締りとしては効果的なやり方だったわけである。

また、内務大臣の発売頒布禁止処分は、裁判所から独立・自由に違法文書を発禁処分にすることができた。「風俗壊乱」「猥褻」の概念は漠然としているから、意味内容の限界を懸念することなく広範囲に規制することが可能であった。つまり、戦前においては、戦後のチャタレー裁判などのように「芸術・文学作品等とわいせつ性の問題などは、生ずる余地がなかったのである」(2)。

「安寧秩序ヲ妨害シ又ハ風俗ヲ壊乱スルモノト認ムル文書図画」(出版法第一九条)と規定されていても、何が「安寧秩序ヲ妨害」にあたり、何が「風俗ヲ壊乱スルモノ」であるのかその内容も明らかではないし、まさに権力によって「安寧秩序ヲ妨害シ又ハ風俗ヲ壊乱スルモノ」と名指しされることによって、安寧秩序妨害、風俗壊乱というカテゴリー、猥褻と非猥褻の境界線が発生するわけである。

発禁をめぐっては、出版法や検閲制度について、奥平康弘をはじめ、中山研一「日本の判例における猥褻性の推移」、田中久智「文芸裁判と猥褻の概念――猥褻文書等頒布・販売罪(刑法一七五条)と表現の自由」らの、出版法制定の過程、検閲制度・出版警察等の言論弾圧システム、文芸裁判、法における猥褻の概念、表現の自由への侵害など、法政史における蓄積がある(3)。

また斎藤昌三『現代筆禍文献大年表』(粋古堂書店、一九三二(昭和七)年一一月)、斎藤昌三編『日本発禁文芸考』(あまとりあ社、一九五五(昭和三〇)年七月)、城市郎『発禁本』(桃源社、一九六五(昭和四〇)年三月)、同『発禁本百年』(桃源社、一九六九(昭和四四)年二月)などの執念ともいえる発禁本の発掘は、権力によって闇に葬られた本たちが語るもうひとつの文学史、あるいは発禁史から、文学史や近代史を眺めなおそうという試みである。

文学においては旧来、文学の弾圧史、文学の受難史という問題として捉えられてきた発禁問題(4)も近年は、生田葵山「都会」裁判という磁場の中で、「〝空白〟を「肉」でみたす」読書空間の成立を論じた中山昭彦(5)や、小栗風葉「姉の妹」の発禁が結果的に文壇の再編成への契機となったことを論じた松本和也(6)らによって、文学対法律、文学対社会・道徳という二項対立の図式では捉えられない、発禁という問題系が孕む複雑なシステムが究明されている。

前述のように様々な角度からの問題に加え、本章では「発禁」という磁場が生み出す、女性の〈性〉や身体の抑圧の構造を考えてみたい。ここで扱う生田葵山「都会」(『文芸倶楽部』一九〇八〔明治四一〕年二月)をはじめ、同じく葵山の『富美子姫』(佐久良書房、一九〇六〔明治三九〕年四月)、内田魯庵「破垣」(『文芸倶楽部』一九〇一〔明治三四〕年一月)、島崎藤村「旧主人」(『新小説』一九〇二〔明治三五〕年一一月)、佐藤紅緑「復讐」(『中央公論』一九〇七〔明治四〇〕年一〇月)、小栗風葉「姉の妹」(『中央公論』一九〇九〔明治四二〕年六月)など、発禁となった文学作品は、姦通、買売春、不倫、上流階級の女性モデルといった女性をめぐっての性的な事柄が、風俗壊乱として処罰されるケースが多い。また、作品そのものではなくても、挿入された女性の裸体画が原因で発禁となった水野葉舟『おみよ』(光華書房、一九一〇〔明治四三〕年六月)など、「発禁」には常に女性の〈性〉や身体に対しての禁忌がつきまとう。

権力が「風俗壊乱」と名指しすることによって、「風俗壊乱」=猥褻なるものが、その指名された小説なり記事にあらかじめ存在していたかのような転倒が生まれる。そして、姦通、買売春、不倫、裸体など禁忌とされる出来事には、常に女性の〈性〉と身体が隣接している。その隣接性ゆえに、女性の〈性〉や身体は常に欲望を喚起し、そして喚起するがゆえに規制・隠蔽される対象となり、猥褻なるものとしてカテゴリー化されるのではないか。

権力側にとって本当に厄介な問題は、「風俗壊乱」的小説を描く作家たち、またそれを掲載する新聞雑誌といったメディアではなく、そうしたメディアを媒体として噴出する女性の過剰なセクシュアリティなのではないか。

また一方、小説やメディアも女性の過剰なセクシュアリティを産出する装置であることを忘れてはいけないだろう。発禁裁判では、被告対原告として文学と権力は対置しているが、ここで扱う「都会」発禁の磁場が示すように、「姦通」を争点とすることにおいて、文学と権力は、女性のセクシュアリティの可視化/不可視化の絶え間ない運動を繰り返す。
それぞれの発禁書は固有の問題を抱えているが、今回は一つのケースとして生田葵山「都会」の発禁・裁判と、そのモデルといわれる伊東中将姦通スキャンダルを中心に扱いたい。

2 「都会」裁判——「姦通」の問題系

一九〇八（明治四一）年、雑誌「文芸倶楽部」二月号が、風俗壊乱を理由に発売禁止となった。新聞紙条例違反である。作者の生田葵山は公判において「都会」は「強者が弱者を苦しめる都会の生活を骨子として書いたものです」（問題ハ姦通か否か　小説『都会』風俗壊乱事件」「萬朝報」二月二八日）と抗弁したが、内務大臣が任意に発売頒布禁止を渡す行政処分と、新聞紙法の適用による司法処分の二重の規制によって、控訴したものの結局は棄却された。作者・生田葵山は罰金二〇円、発行兼編集人石橋思案は四〇円（発行人として二〇円、編集人として二〇円）の罰金に処せられた。生田葵山にとって『富美子姫』（佐久良書房、一九〇六（明治三九）年一一月）、『虚栄』（易風社、一九〇七（明治四〇）年一一月〜一二月）に続く三度目の発禁処分である。

「都会」は、一五も歳の違う「若い妻」を後妻にもらった田村忠蔵という四二歳の男性が、田舎で郡書記や収税吏や代書人などをしていたが、食い詰めて東京に上京する。そこで職を世話してくれ、生活や将来の頼みとなったのが、河俣廣太郎という男爵を義兄にもつ宮内省の役人で、妻を亡くした廣太郎は、忠蔵の若くて美しい妻・お友に目をつける。そして、この二人が「姦通」をしたかどうかが、裁判で問題になるのである。

「都会」裁判における検事側の焦点は「姦通」の事実があったか、なかったか、その一点に絞られている。新聞記事によれば、「文芸倶楽部所載小説都会の文章ハ姦通せざる如く、せるが如く、書いてあれど、其の実姦通を骨子としたものでハないか」（前出「萬朝報」一九〇八（明治四一）年二月二八日）、「著作中田村忠蔵の妻トモを挑みし宮内省官吏川俣廣太郎とトモとは姦通せる者として描きしか」(「自然派文士の公判」「東京二六新聞」同)と「姦通」の事実が争点となっている。

姦通罪の存在しているこの時代に、実際の「姦通」は法的に処罰されるものであり、ゆえにそうした道義的、社会的な悪を描いたとする「都会」は風俗壊乱に該当するというのが検事側の論理である。当時、「姦通」は家父長制度や、一夫一婦制度における結婚という契約に対する裏切りであり、すなわち、そうした家制度や結婚制度によって支えられる国家への背信行為として解釈されるがゆえに権力の取締りの対象となる。裁判報道で知る限り検事側から「猥褻」、「風俗壊乱」の部分と指摘される個所は二箇所である。

一つ目は、廣太郎が病気ということで、恩もあり看病に出掛けたお友を迎えに行った忠蔵が「驚き慌たゞしく障子を開けたる姿が如何にもだらしなく衣物《きもの》の前はしどけなくなつて居た」(「自然主義の公判」「読売新聞」一九〇八〔明治四一〕年二月二八日)という部分である。

もう一つの部分は、忠蔵の留守を知りながらやってきた廣太郎が、お友に酒の相手をしてもらいながら口説く部分——「姦夫廣太郎がお友を腕力でどうかした上更に手を握らんとするをおともは其手を振払ひ私は夫のある身ですと云ひ廣太郎は『モウあゝなつたんだから仕方がない』と云ふ節《あたり》を捕へて被告は姦通を書かんと慾して敢へて此曲筆をなしたるもの」(前出「読売新聞」)かどうかが問われる。「東京日日新聞」でも裁判長が同じ部分を「明らかに姦通を意味し居るにあらずやと訊問」(「自然派文士の公判」同年二月二八日)したとある。

後者の「姦夫廣太郎がお友を腕力でどうかした上」というところは小説「都会」の中には見当たらず、前者の部分から姦通の事実を勝手に類推した検事側の解釈であろう。また、前者についても小説では、玄関に鍵がかかっており、慌てて出てきたお友の様子は、「何をして居たのか此の寒いのに裾を乱して居たのを周章て掻繕ひ」と、「何をして居たのか」や「周章て」と曖昧な描写の方法が取られている。

中山昭彦が論じるように、自然主義自体は露骨な描写からの撤退をはじめ、「都会」も「姦通」と思われる場面は

「朦朧」としか描かれていない。しかし、この「朦朧」としてしか描かれていない「空白」こそが、検事側、弁護側、新聞読者をはじめ、あらゆる読者を、「空白」を「肉」で充填する読書行為へ駆り立てるという。自然主義ならば「肉欲」が描かれているだろうというイメージが、この「朦朧」化された部分＝「空白」を「肉」の想像で満たし、また自然主義ならばモデルがあるだろうというイメージが、「伊東中将姦通事件」という「都会」に先行する姦通スキャンダルを「都会」の読みに呼び込む。「都会」裁判をめぐる一連の出来事はこうした「〝空白〟を「肉」の想像でみたす読書」行為の反復や拡散を背景とした出来事である、という(7)。

「萬朝報」の報道によれば、検事側はなおも、姦通の事実の有無を葵山に問うが、葵山は「姦通したと云ふことハ少しも書いてありません」と否定する。石橋思案にも同様の審問がなされ、検事側の論告に入るが、ここからは非公開となる。なぜ、非公開になったかというと、「全篇を通じて是れ姦通を描きたるものだと断定する」検事側が「姦通」の事実を立証するために、「一字一句に就て醜穢な事実」を論じる必要があると言うと、裁判官側は一時退廷し合議の末、「是れより検事の陳べんとする処ハ風俗壊乱にわたる言語を用うるものと認むるに付き」傍聴を禁止したのである。

「姦通」の描写に対し、葵山当人は「此の姦通は精神的で接吻や握手位はしても肉的ではない」(「肉感小説の裁判」「都新聞」二月二八日)、弁護士側(渡辺雨山)も「極醜極悪を描写するに当つて際どき処を綺麗に切抜けるを以て本領となし作者も亦そを誇りと為す所なり」(前掲「二六新聞」)と、「姦通」を描いても、その描写が「醜穢」の情を抱かさないのが小説作者の力量であると弁護をする。

検事側は中山の論じるように、「都会」の「空白」から「肉」＝「姦通」という事実を立証しようとする「「肉」の想像でみたす読書」に憑かれているわけであるが、問題は「一字一句」に「姦通」という「醜穢な事実」を読み取ろうとする検察の欲望と、そこから読み取られる女性の表象、そしてそれを拡散するメディアである。

検察側は「醜穢な事実」を「都会」に読み取ろうという執念から、「都会」に描かれていないもの(＝「お友を腕力でどうかした」）、またお友という女性のイメージを捏造する。

　新聞報道の記述は実際の裁判法廷で使用された会話を正確に再現しているわけではないが、「何をして居たのか」、「周章て」お友は出てきたという「都会」の曖昧な描写部分に、「だらしなく」、「しどけなく」という意味付与がなされ、新聞というメディアはそのイメージを拡散しているのである。この意味付与は決して客観的なものではないことは明らかであろう。「姦通」の事実をお友のそぶり、しぐさに読みこみたいという意識が先回りして、お友という女性を「姦婦」としてイメージさせようとしているのである。

　こうした「姦婦」のイメージ構成は、「都会」が「伊東中将姦通事件」をモデルとして描かれたのではないか、という先行するスキャンダルの存在によってより強固に規定されるだろう。「都会」と「伊東中将姦通事件」の関連については、「本小説の仕組みは恰も伊東中将の其れに彷彿たるより当路者の御機嫌に触れたる者なるべし」（前掲「二六新聞」）、「元来此小説は伊藤《ママ》中将の姦通事件に似て居る処から警視庁が神経過敏で毛嫌をしたのであらう」（前掲「都新聞」）と各紙が報じるように、「都会」は常に「伊東中将姦通事件」を参照軸として読まれる可能性を持っている。

　前述の記事のように「都会」裁判に「伊東中将姦通事件」を持ち込んでくるのは、弁護側である。弁護側は「都会」が「伊東中将姦通事件」をモデルにしたため当局の忌憚にふれたのだろうと抗弁する。つまり「都会」は、「風俗壊乱」よりも、上流階級のスキャンダルを扱ったために、見せしめ的に発禁処分にされたのだと。しかし、「都会」と「伊東中将姦通事件」に、「姦通」という類似性を認める弁護側は、結果的に「都会」は「姦通」を扱ったものだと認めているようなものである。現に弁護側も「姦通の小事実は此小説の配合物に過ぎぬ」（前掲「読売新聞」）、「小説文学は極醜極悪を描写するに当つて際どき処を綺麗に切抜けるを以て本領となし」（前掲「二六新聞」）というように「姦通」の事実は否定していない。そして、検察側も「姦通」を「醜穢な事実」と呼び、弁護側も「姦通」を「極醜極悪」と呼び、「姦通」に対するイメージを共有している。

しかし、その「姦通」に対するイメージ形成において、共犯関係である「姦夫」・「姦婦」への眼差しは一様ではないのである。次にみる「伊東中将姦通事件」報道の中の女性表象に明らかなように、「姦通」＝「醜穢な事実」の「醜穢」さは、常にスキャンダルとしての女性の上に降りかかってくる。

3　スキャンダルとしての女性――「伊東中将姦通顛末」

一九〇七〔明治四〇〕年秋ごろから、ある海軍中将の姦通事件が新聞紙上で大々的に報道される。翌年の「都会」裁判の時期にも継続して報道されている。ここではとりわけ執拗に報じた「萬朝報」の「伊東中将姦通顛末」〔全一三回、一九〇七〔明治四〇〕年一一月一八日〜一二月一日〕という連載から姦通事件のあらましを記し、メディアの中で女性が「姦婦」＝スキャンダルな女として表象されるとき、女性の〈性〉や身体イメージに対して、どのような力学が働くのか見てみたい。

「伊東中将姦通」事件とは、横須賀海軍工廠長として日露戦争で功績をあげ、男爵の位まで授けられた海軍中将伊東義五郎が、同工廠の職工藤井陽一の妻・お愿《げん》と姦通した事件である。放蕩息子だった藤井陽一が工廠の職工の職を得、中将に取り入る経緯から、中将の寵愛を良いことに「虚栄」的な振舞いを重ね、夫を邪険に扱うお愿の態度、姦通が発覚すると、中将に金銭を要求しようとする藤井の計略、マリ子夫人に姦通がばれ、狼狽し、あの手この手で内密に収めようとする中将の様子などが、まるで実際見てきたかのように報じられている。一度は姦通の事実は無根であったという証書を取り交わしたり、内密に治めようと弁護士を立て、金銭で解決しようとしたりするが、話し合いは決裂、中将は藤井を「恐喝取財罪」で告訴する。藤井は拘引されるが、獄中から代理人を立てて、中将とお愿を姦通罪で告訴する――「都会」に先行するこの事件は、「都会」裁判が話題になっている時期にも、継続して報じられた。

この一三回にわたる「伊東中将姦通顛末」の連載は、日露戦争の戦争報道合戦に乗り遅れた「萬朝報」が、戦後の売上減少に対して、たくらんだスキャンダル記事であり、一八九八（明治三一）年「弊風一斑　蓄妾の実例」のスキャンダル連載で売上を伸ばしたのと同じ戦略を試みたのであろう。表面的には、伊東中将の「醜行」に義憤を感じ、曝露して「社会的制裁」を求める、という形になっている。しかし、連載は、伊東中将の「醜行」よりも、「姦婦」お愿の物語であるかのように語られる。

すでにタイトルにおいて「姦通顛末」という意味づけが与えられているこの連載は、あらかじめ用意されている「姦通」という結末に対して、どのような物語を生産するのか、そしてそれがどのように読者に消費されてゆくのか。「武人にして一たび獣慾の奴隷と為り、操行を紊り、気節と廉恥を一擲して放縦自恣を極むる」（「姦通中将の制裁（言論）」「萬朝報」一九〇七（明治四〇）年一一月三〇日）と非難され、「伊東中将姦通顛末」という実名入りのタイトルでありながら、当の伊東中将はこのスキャンダル記事の物語の遠景でしかない。上流階級の腐敗を告発する義憤を装いながらも、姦通にまつわる物語の中心は、お愿であり、姦通に至るまでの動機はお愿の「浅墓な女の虚栄心」によって説明される。

お愿は、夫の将来を嘱望して見合い結婚するのだが、夫の薄給と、中将家へ寄宿し、玄関番のような夫に「早くも失望の念」にとらわれ、夫人と別居同様の状態であった中将を、「宛《さ》ながら妾同様に」世話をする。お愿は「浅墓な女の虚栄心より中将の身の上が羨ましくて堪らず」、「夫陽一に対する態度ハ日を追うて冷淡に」なっていった（「伊東中将姦通顛末（三）」）。そしてとうとう姦通すると、「一たび操を汚してよりハ女の道も何もあつたものにあらずお愿ハ公然に妾の如く中将に仕ふれバ」、夫を邪険に扱うようになった。夫は中将のおかげで昇進するが、日ごとにお愿の態度は増長し、とうとう「中将とお愿が醜行の跡曝露」するときが来たと記事は続く（四）。

この「姦通顛末」は、はじめからお愿＝「姦婦」という枠組みで組み立てられているのは明らかであろう。「浅墓な女の虚栄心」、「妾の如く」といったお愿に与えられる形容は、既に決定されている「姦婦」、不貞な女、悪女のイメージであり、お愿が中将と出会い姦通が明るみにされるまでの記事の小見出しを列挙してみれば、「夫に愛想をつかす」「中将様が羨ましい」「遂に操を破る」(三)、「不貞腐れな妻の宣言」「中将を笠に着て面憎き振舞」(四)というように「姦通」事件はあたかもお愿の物語であるかのように描かれるのである。

そして、連載「姦通顚末」のラストには、姦通の「事実」があった「最も有力なる証拠」として、お愿の姦通を告白した手紙が掲載される(完結)。この手紙は、お愿が「良心の呵責に堪へ兼ねて自殺と覚悟を極め」、姦通の顚末を書き綴ったものであるという。夫に見つかり、推し問答の末、手紙は「寸断《ずたずた》〱」に引きちぎられたのだが、それを継ぎ合わせたもの、という怪しげなものである。そこでは、前半の「浅墓な女の虚栄心」、「妾の如く」といった〈悪女〉お愿のイメージとは一転して、中将に無理やり姦通され、後悔のあまり死を覚悟したという内容が語られる(8)。お愿は果たして悪女だったのか、貞女だったのか、一つの連載でお愿という女性のイメージは揺れている。しかし、悪女として語り始められた物語の最後に置かれた手紙は、悪女の懺悔として、自己処罰の儀式として読者に解釈される可能性も否定できない。

こうした女性に関するスキャンダルの報道は、この事件に始まったことではない。「高橋阿伝」から「阿部定」まで、スキャンダルとしての女性はメディアによって限りなく生産されている。そして、この事件でいえば「姦通」という〈性〉にまつわる関心事が中心となって、「姦婦」の物語が編まれてゆくのである。むろんこの背後にあるのは、貞女/悪女、貞婦/姦婦といった女性を二分法によって分断する眼差しであり、「姦婦」というスキャンダラスな性的欲望を掻き立てる一方、「姦婦」として断罪してゆくという女性の過剰なセクシュアリティを押さえ込むシステムである。

また、この「姦通顚末」のように、上流階級の腐敗を告発する方法として、萬朝報の「妾の実例」シリーズから、現在の政治家愛人疑惑のように、妾や愛人、娼妓、芸者といった女性との親密な関係を曝露することによって、権力を揶揄し、権力性を剥ぎ取ってゆくというパターンがある。性的行為といった猥褻なもの、価値が低いとされているものとの隣接性を語ることで、権力の価値下落を狙うといったことは、こうしたスキャンダル記事には多い。しかし、その動機が権力への抵抗であっても、〈性〉＝猥褻という解釈コードを使用すれば、自ずからそのスキャンダルのもう一方の登場人物である妾や愛人、娼妓、芸者という女性も、猥褻なものの一部としてカテゴリー化される。

そして次に見るように小説「都会」におけるお友のイメージも、この貞女／姦婦の分裂の上に成立しているのである。

4　小説「都会」における疑惑と欲望

中山昭彦は「都会」において「姦通」場面が「空白」、「朦朧」であるがゆえに、「「肉」で想像を満たす読書」を呼び込むとしたが、いま一つ、「都会」では、お友も、貞女／姦婦、そのどちらのイメージでも読める「空白」そのものである。「都会」において、夫・忠蔵の目で見たお友の像と、語り手が語るお友の像は明らかに乖離している。

忠蔵にとってお友とは、器量良しの若い女にありがちな浮ついたところもなく、貧しい生活ながら家計をやりくりし、先妻の子の面倒もよくみる「感心な女」＝貞女である一方、語り手がお友を語る部分は、「慎ましやかな田舎の内儀さんではあるが、妙に男の眼を引く点があつて、媚《なま》めかしい所が他の婦人よりは確かに余計にある」「もつと早く良人を促して東京へ来て居たなら其れ丈早く大都会に暮らす愉快を味はふ事が出来るんだつたのにといふ思が遺憾なく顔に顕はれ居る」というように、「虚栄心」を抱いた「若い妻」というイメージを与えられている。

忠蔵と語り手から与えられるお友の情報の偏差はこれだけではなく、途中でお友の過去が語られる部分にも現れている。お友は「料理屋」に育ち、「十五歳」には「早や一ぱし恋の駆引を覚えて、叔母の眼を忍んでは、酌婦等と猥雑《みだりがま》しい話に耽つて、娘の胸に満つ好奇心を躍らして居た」りするように性的に早熟であり、結婚・離婚の前歴を含め、恋愛、性的には奔放な過去が、お友の回想を通して読者に披瀝されるのである。しかし、こういったお友の生い立ちや過去、環境から内に持っている性質は、「少し若過ぎると思ひながらも、勧めらるゝ侭に貰受けた」忠蔵には知らされない事実である。

こうした忠蔵と語り手の情報量の差が、貞女／姦婦という分裂したお友像として現れている。裁判でも指摘されている廣太郎が「姦通ヲ挑」む場面でも、「明々地《あからさま》に男を軽蔑する色を眼に浮かべて」誘惑を拒むお友がいる一方、語り手は「云ふ迄もなく此の女房は同性の女よりは、異性の男に談話《はな》したり、笑つたり為るのが嗜好《すき》な性質《たち》なので、胸には嫌な思を畳みながらも、応対は至極巧みで」、「育つた家の業体が業体なので」と誘惑されやすい、男慣れしたお友のイメージを挿入する。

「都会」は、「伊東中将姦通顚末」のようにあからさまに「姦婦」＝スキャンダルとしての女性は造形していない。「姦婦」を描き込めば、発禁となるのだから、そのあたりは朦朧と、「空白」になっているのだが、「都会」というテクストそのものが、お友の「姦通」を疑う忠蔵の「疑惑」の視線を軸に展開されているかぎり、「空白」に「姦通」の事実を読み込もうとする検事側の視線は、忠蔵の視線を模倣することになる。

トニー・タナーは「姦通」を描いた多くの小説には、実際の「姦通」の場面が描かれていることは極めて少ないという。「現実に姦通行為が生じていない場合でも、言語が姦通を創出しうる」——つまり、「姦通」への「疑惑」は、第三者の介入によって、相手のちょっとした仕草や言葉遣いといった記号が気になり、「姦通」された側（多くは夫である男性）の空想や推測の中でその記号を解釈し、「言葉によって喚起される姦通のイメージ」が肥大化してゆくのである(9)。「都会」もまさに夫・忠蔵の「疑惑」の中で産出される「姦通」の物語である。

廣太郎の病気の看病にお友が出掛けたと知ると、「不図一種不安の念」が忠蔵の胸を襲う。最初に挨拶に行ったとき、妻には「猫撫で声の何処か猥《いや》らしい調子」で対応した廣太郎の様子から妻が誘惑されているのではないかという「疑惑の影」がよぎるのである。一度は打ち消すが、裁判の中でも指摘されている個所——お友を迎えに廣太郎の家へ行ったときの「何をして居たのか此の寒いのに裾を乱して居たのを周章て掻繕ひ」というお友の様子から、忠蔵はまた「疑惑」の念を抱く。お友の様子をさらに観察すると、「何処か落附かない容態《さま》」、「恐ろしく眼を輝かし」、「息を機《はず》ませ」ている。「定めし頬は赤く燃ゑて居るんだらうと、忠蔵は不思議にも嫉妬の情に捕へられて、想像を附け加へた」――「嫉妬」する一方、「定めし頬は赤く燃ゑて居る」という「想像」をする忠蔵は、「疑惑」を抱くとともに、廣太郎に誘惑され、彼に身を任せているだろう「想像」の中の彼女の身体を欲望しているのである。

忠蔵の「疑惑」の視線とは、「空白」の向こうに不可視なものとしてのお友の「姦通」に欲情する視線でもある。「若い妻」を持った中年男性の「不安」という要素がその「疑惑」＝欲望を一層加速させる一方、「強者」である廣太郎に妻を「人身御供」にしなければならない「弱者」としての自分に「煩悶」するのである。

忠蔵の「疑惑」の念は募り、どちらが先に「不義」をしかけたのか、廣太郎に迫られてしかたなしに「不貞な妻」となっているのか、「女房が不注意から起つた」のかと煩悶する。そしてとうとう、「今度はお友の身体に那麼《そんな》不義する様な強い力があるのが憎くなつて来た」というように、忠蔵の「疑念」は、若いゆえに性的な力を充満させたお友の身体への嫌悪となる。

「都会」では最後まで忠蔵の中の「疑惑」は晴れない。生活のために廣太郎の「人身御供」となることを拒否して、夫に離婚を申し出るお友に対して、「別離ると云ふ様な事は云はずに、打ち明けて話してくれ……」「貴方は何ですか、這麼《こんな》事になつたのは、私から河俣さんに仕掛けた事だとでも思つて被入るんですか」「もう其の事は云はずに置かうじやないか……」と、「姦通」の「疑惑」は忠蔵の胸の中に残されたままテクストは閉じられる。

お友の様子から「姦通」の痕跡を「想像」する忠蔵の視線は、裁判で検察側が小説の「一字一句」から「姦通」の「醜穢な事実」を探し出そうとする視線と奇妙に重なっている。「姦通」という磁場にとらわれた途端、あらゆる「記号」は意味を持ち始め、「姦通」という「空白」の向こうに隠されたものへの欲望がかきたてられる。忠蔵は「疑惑」、「想像」の中で不可視なものとしての女性の身体を想起する。一方、その不可視なもの＝「空白」から、「都会」裁判において、検察側は「姦通」の事実を読み取ろうとする。どちらが起源というわけではない。そこには不可視化されることによって欲望される女性の身体が生産され続け、不可視なゆえに可視化したいという欲望がせめぎあっているだけである。

5　猥褻——隠喩としての女性のセクシュアリティ

結局「都会」裁判は控訴審も敗訴となる。裁判報道では、「姦通か否か」に焦点が当てられていたが、判決では「姦通」の事実の有無ではなく、「姦通ヲ挑ミ遂ニ其目的ヲ遂ゲタルカ如ク」描かれているその描写のなされ方が「風俗壊乱」にあたるとされる。

馬屋原成男は、「都会」以前の「姦通」事件を描いた小説や記事が、題材として「姦通」を扱っただけで処罰されていたのに対して、この「都会」判決において、「斯る姦通の如き不徳の事実も亦社会上の一現象たれば単に如斯事実を採つて著作の題作と為したりとの一事を以ては直ちに風俗を壊乱するものと断ずるを得ずと雖も」（判決文）と、「社会現象を写す以上は題材にはどんな不徳不義の事実をとらえても構わない」としたことは「当時としては世程進歩した考え方」であり、「本篇中若き妻の題下廣太郎がお友を挑むの事項を記すに当り有夫の婦に対し姦通を挑むの状態を極めて卑猥なる言詞を以て露骨に描出し其條項は普通の道義的観念を有する者をして一見厭悪羞恥の感情を惹起せしむるものと認む」（判決文）いう、題材よりも描写の「猥褻」如何が、これからの発禁裁判の指標となったという(10)。馬屋原はこの判決を「姦通」を題材とすれば、即発禁という旧判例を覆した「名判決」としているが、法の取締りはより一層巧妙化しているといわざるを得ない。

「世人をして一見羞恥厭悪の感情を起さしむべくして猥褻の記事」が判決理由となったのは、「都会」裁判以前にも、一九〇〇〔明治三三〕年一〇月一一日、某俳優が良家の子女を籠絡して金を巻き上げる記事に対しての大審院判決にすでにあり(11)、戦後のチャタレー事件最高裁判決においても、刑法一七五条の猥褻文書は「その内容が徒らに性欲を興奮または刺戟せしめ、且つ、普通人の正常な性的羞恥心を害し、善良な性的道義観念に反する文書をいう」（最高裁判例、一九五七〔昭和三二〕三月一三日）と定義されるように、「描写」の力によって「羞恥厭悪」を抱かせたり、性欲を「興奮または刺戟」させるかどうかが、猥褻文書裁判のリーディングケースとなっている。

つまり、題材よりも描写の部分がどう解釈されるかで、猥褻か否かが決定されるのであるから、「普通の道義的観念を有する者」、「普通人の正常な性的羞恥心」の設定如何で、猥褻と非猥褻の線引きは常に権力の手中にあることになる。

こうした猥褻と非猥褻の線引きは、不可視なものとしての女性の〈性〉や身体を想起させる。つまり、権力の許容度の時代的変遷の中で、明治の「裸体画」腰巻事件から近年のポルノグラフィの問題まで、猥褻と非猥褻の線引きが繰り返され、そのたびに、不可視なるがゆえに欲望される〈性〉や、猥褻の隠喩としての女性の身体が生み出されてゆくのである。

さらにやっかいな問題は、「姦通を挑むの状態を極めて卑猥なる言詞を以て露骨に描出」することが違法となれば、文学作品は、さらに性的な場面を曖昧にする＝「空白」を作り出すテクニックを身につけてゆくであろう。「都会」をはじめ、文学作品への取締りが強化される中、衣水「不道徳材料の想化」では、不道徳な材料でも「取扱様次第」では、「立派な美」となることがあり、その方法として「読者の道徳的情操を刺激する処あるものは全くこれを省略」する「省略法」、「不道徳のことをゑがくに、距離を遠くして、読者の不快の念を和げる」「遠隔法」、不道徳材料を描くときに「読者の心を他に転ぜしめて、これに対する不快の感を起す暇」を持たせないようにする「転想法」を上げている(12)。むろんこのような方法は、「都会」でも行われているし、春画・春本ではない、芸術としての小説を創作しようとする作者が試みる方法であろう。

例えば藤村「旧主人」では、奥様と歯医者の接吻の様子を下女の目を通して、まさに「遠隔」的に描いているし、紅緑「復讐」では「姦通」の事実は人々の「噂」として描かれている。「想化」という方法自体は文学的テクニックとして否定されるものではない。しかし、「不道徳材料の」という前提で「想化」することは、まさに「想化」され「空白」となった部分そのものに、セクシュアルなものとしての女性の身体や〈性〉が隠されているのではないかという想像を生み出すことになる。

また、「想化」するということは、発禁にならないように前もって、猥褻な部分を自主検閲するということでもある。自主検閲しなければならない部分とは、姦通、不倫、裸体など女性の〈性〉や身体に関連する事象であり、それを「想化」＝朦朧化、隠すということは、隠さなければならないほど、女性のセクシュアリティが猥褻だということを承認することでもある。そして、「想化」するということ自体、そこに猥褻なものが隠されているという指標であり、発禁＝権力による〈性〉や身体への介入を呼び寄せるという悪循環が続くであろう。

「都会」裁判をはじめ文芸書の発禁、自然主義の隆盛を背景に、文芸と道徳、自然主義の性欲描写問題などをめぐって文壇内外の議論がまきおこる。これに対して、自然主義は、作者の態度さえ厳粛ならば性的なことがらを描いても、それは文学・人生の「真実」になりえると、〈性〉を描くことの文学的特権を主張する。と同時に、「似非自然主義文学」として生田葵山や佐藤紅緑といった作家たちを、「真の」自然主義から切断する。

この後も、「猥褻」裁判の場で、文壇での論争の場で、文学と猥褻、文学と〈性〉という問題は問われてゆくことになる。しかし、芸術か猥褻かが問われる以前に、女性のセクシュアリティの可視化／不可視化をめぐっての文学と権力の欲望の循環から抜け出さない限り、「都会」裁判、そして「姦通」スキャンダルのように、猥褻なものの隠喩としての女性のセクシュアリティ、欲望を喚起する装置としての女性の〈性〉や身体は再生産され続けるであろう。

第10章 猥褻のシノニム
……自然主義と諷刺漫画雑誌

1 「先生の鼻に蒲団の蚤が飛び」(1)――ある漫画、あるいは、自然主義文学の読まれ方

「性慾と悲哀と絶望とが忽ち時雄の胸を襲つた。」――女弟子・横山芳子が去った部屋で、彼女の夜着に顔をうずめ泣く竹中時雄の姿で閉じられる田山花袋「蒲団」(2)は、これからの自然主義の方向を決定したといえるし、また、自然主義の方向を歪めたといわれている。何れにしても「蒲団」は自然主義文学の記念碑的作品と名指されてきたことに疑いはない。しかし、文学研究や文学史における「蒲団」の正典化は、「蒲団」というテクストによってのみ完成されるのではない。

「芸術作品の価値の生産者は芸術家なのではなく、信仰の圏域としての生産の場である」(P・ブルデュー『芸術の規則Ⅱ』(3))。批評家、出版社、アカデミーやサロンなどが作品の価値の生産に参与し、その「信仰」が作品に象徴的価値を与えるのである。言いかえれば、芸術家はテクストの生産者であるだけでなく、そのテクストについての言説も生産しているといえよう。

とすれば、「蒲団」というテクストの価値は、「蒲団」を取りまく様々な言説が織りなす「蒲団」現象ともいえる文学的状況にあるだろう。

「蒲団」が自然主義のメルクマールとして文学史に記述されるためには、「此の一篇は肉の人、赤裸々の人間の大胆なる懺悔録である」(「『蒲団』合評」)(4)という島村抱月の批評言説が果した役割が大きいのは言うまでもない。「蒲団」を読むという欲望は、「蒲団」というテクストを離れたところで、「蒲団」言説、自然主義言説を生産してゆき、自然主義への〈信仰〉を再生産する。

例えば、「肉の人、赤裸々の人間の大胆なる懺悔録」として「蒲団」の革新性を強調する島村抱月の発言には、それまでの文学から、新しい文学としての自然主義文学を差異化、特権化しようとする意図を読み取ることができる。それは同時に、「蒲団」から文学の、人生の〈真実〉を読みとってゆく自然主義文学の読みの作法を示していたとも言えるであろう。

しかし、本章で論じる「蒲団」現象、あるいは自然主義現象は、こうした文壇内部の価値や信仰のための〈読み〉の欲望だけではなく、文壇の外部で「蒲団」や自然主義が読み変えられてゆく過程を射程に入れている。そこには、作品の価値への信仰や、作品を「象徴的対象」として存在させようとするフェティッシュな欲望に囚われた文壇システムとは逆方向の、文学の価値下落に快楽を覚える〈もう一人〉の読者がいる。読者といっても、実際に自然主義文学の作品を読んでいるとは限らない。極端に言えば、小説を読まない読者の、自然主義享受を問題にしたいのである。

ここで扱う諷刺漫画雑誌や狂句の作り手は、間違いなく自然主義文学の読者である。文学を諷刺の対象として扱うためには、その対象について一定の知識を持っていなければならないことは当然であり、実際、これらの雑誌の作り手は、相当の文学通、文壇通であると思われる。しかし、彼らの発信するメッセージは、自然主義文学を読まない人々へも発信されるものであり、流通するものである。その運用のされ方によって、自然主義には様々なイメージが盛り込まれ、文学とは違った場面で活用されるのである。

例えば、狂句「先生の鼻に蒲団の蚤が飛び」――「蒲団」が発表された雑誌である「新小説」が応募した「題　自然主義」の当選作である。「性慾と悲哀と絶望」や「大胆な懺悔録」とはまったくかけ離れ、「蒲団」を滑稽な作品であると茶化している。さらに、「自然派小説の挿絵」（「滑稽新聞」図1の右上）(5)では、時雄が泣き咽ぶ場面を性的交渉があったと読みかえている。

また、図1の左上は佐藤紅緑「死人」(6)という作品である。大阪・道頓堀川の見える旅館に泊まった語り手の男は、ある日その川に女の死人があがったのを目撃する。死について厳粛な好奇心を持っている語り手であるが、川沿いの御茶屋から覗く女、老妓、客、野次馬の反応は様々である。「女といへば一七八を連想し、一七八といへば情夫、懐妊を連想す」る野次馬たち。また、検査の医者がくれば、女の足や裸に沸き立つ。最後の場面は翌朝の新聞で、この女の身投げの理由は、お使いが遅くなり父に叱られたためであったと知る、という作品である。

これが「滑稽新聞」においては、水から上がる女の足のクローズ・アップになり、さらに「滑稽界」という諷刺漫画雑誌においては、「紅緑は死美人の陰部を写し」(7)となる。下世話な解釈だが、こうなると自然主義文学は文学の問題を超えて、猥褻の同義語《シノニム》として、人々の意識に拡散していたことがわかる。

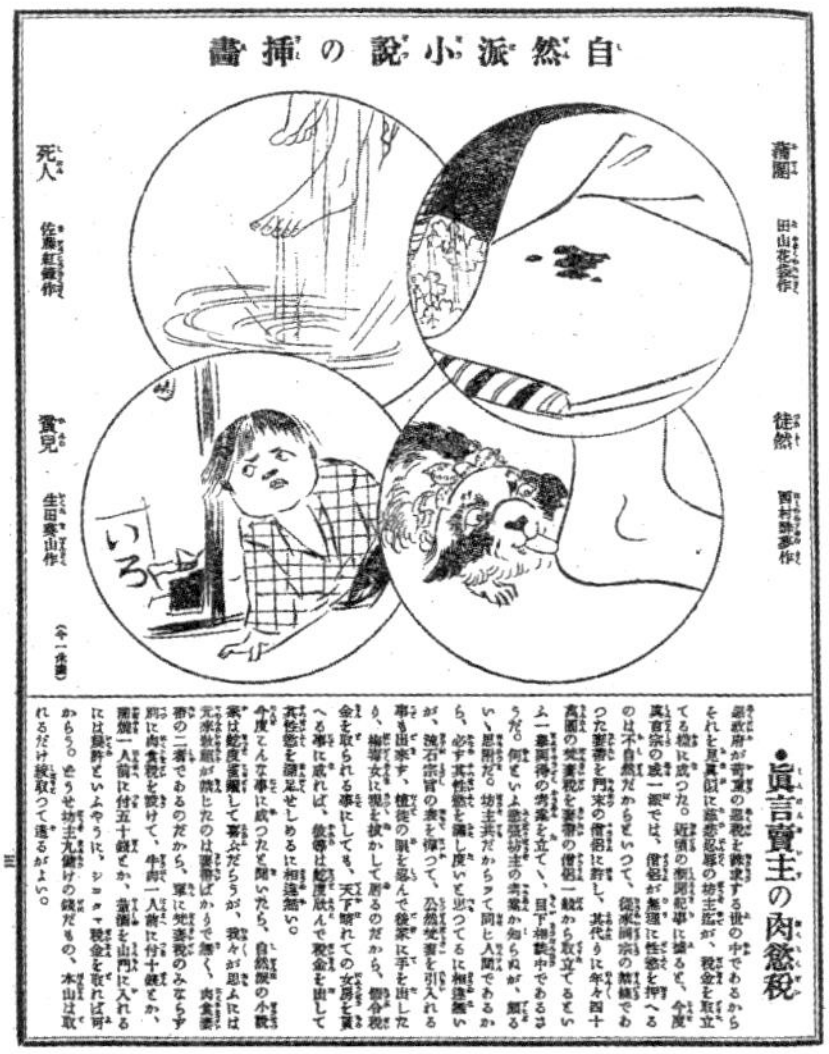

図1　「滑稽新聞」157号、明治41年2月（『宮武外骨此中にあり　13』ゆまに書房、1994年3月、105頁）

後述するように自然主義は文壇を超えて流布し、変質し、〈性〉や〈性欲〉や〈猥褻〉の同義語として人々の関心事となり、また排除の対象ともなった。いずれにせよ、人々が〈性〉や〈性欲〉を認識し、そのイメージを形成する回路の一つに自然主義という現象があったのである。とするならば日本の性文化史において自然主義という現象はひとつのトピックであり、そこで人々は〈性〉を取り扱う手法を学んだのである。興味と排除、快楽と禁忌、〈性〉を語るときの逆向きの二方向の心性は、諷刺漫画雑誌が自然主義を取り扱う場合の重要なポイントである。自然主義を〈猥褻〉文学として排除しながらも、自然主義が帯びる〈性〉という記号によって人々の興味を喚起する。そして、また自然主義＝〈性〉的文学というイメージを拡大再生産する。

さらに、諷刺漫画雑誌の置かれている立場の複雑性も考慮しなければいけない。諷刺の本質は権力への抵抗、権力をズラし、茶化すところにある、とひとまず定義しておこう。これらの雑誌は権力への抵抗を快楽としているが、権力と抵抗が相反する概念ではなく、また権力と快楽もそうでないことは後述したいと思う。本章は諷刺漫画雑誌における自然主義のイメージ形成を具体的分析としているが、そうした表面に現れたイメージ形成の背後には、権力や抵抗や快楽に関する闘争がある。またこの闘争関係は、諷刺漫画雑誌―自然主義の二者関係ではなく、諷刺漫画雑誌―権力（具体的には官憲の検閲）―自然主義の三者関係を、特に〈性〉をめぐっての三者の闘争状態として複雑に関係しあっている。

本章の前半では、まず諷刺漫画雑誌や狂句などにおける自然主義のイメージ形成の具体例を共時的に分析する。そして、後半では、「滑稽界」という雑誌の創刊から廃刊までを通時的に追いながら、〈性〉をめぐっての諷刺漫画雑誌―権力―自然主義の闘争の力学を解きほぐしてみたい。

2 「教へぬ子も知つて居る自然主義」――諷刺漫画雑誌について

さて、具体的に諷刺漫画雑誌における自然主義のイメージ形成を分析する前に、なぜ、諷刺漫画雑誌なのか、諷刺漫画雑誌とはどういうものなのか、といったことを説明しておきたい。

菊池寛は「自然主義が日本文壇に進入した四十年頃には私たちは食傷するほど性慾の描写を味はされた。気の早い連中は自然主義を猥褻の同意語《シノニム》のやうに思つて居た」と自然主義が〈猥褻〉の代名詞として世間に流布した様子を回想している（「病的性欲と文学」）[8]。また、室生犀星も、「日常のことがらにも自然主義といふ言葉がはやり、婦人に無礼をはたらくことも自然主義なら、外で放尿することも自然主義だといふのであつた。文学上の思想がこんなふうに社会に濫用されたことは、極めてめづらしいことであり、自然主義の側からは全く迷惑千萬なことだつた」と、自然主義が社会で「濫用」されたとしている[9]。同時代でも、相馬御風は自然主義が社会的に認知され始めると「所謂自然主義の意味を誤解し又は曲解して、常に之れを嘲笑の材料とした」のは、文壇内部ではなく、「一般民衆の輿論を代表すると云はる丶新聞社会」であったとする（「明治四十三年文壇の総括」）[10]。図2は、「女」という漢字で描かれている「自然主義派の文士」たちである。

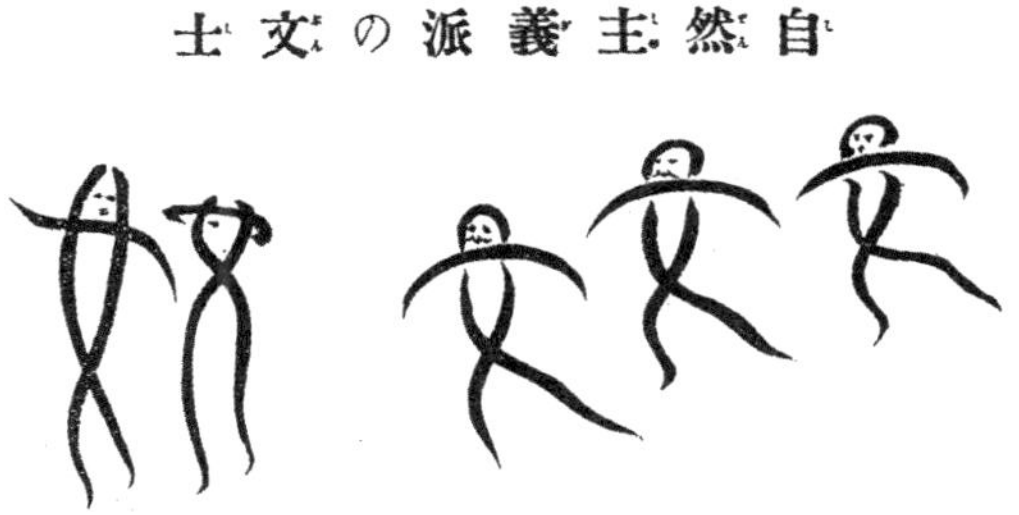

図2　「滑稽新聞」168号、明治41年8月（『宮武外骨此中にあり　14』ゆまに書房、1994年6月、443頁）

自然主義は、文学上の問題だけではなく、時事的、風俗的な問題であり、文芸誌以外の雑誌や新聞においては「三面記事」相当の出来事であった。大衆と文学を結ぶライン上にこれらの諷刺漫画雑誌が位置し、自然主義を通じて〈性〉や〈性欲〉に関する言説を生産していたという意味において、これまで文学の周縁とされていたこれらの雑誌の役割は重要であると考える。

また、自然主義文学も諷刺漫画雑誌もたびたび官権から発売禁止の厄に合い、風俗壊乱という問題を共有していることも取り上げた理由の一つである。

次に、考察の対象となる明治期の諷刺漫画雑誌について概観しておきたい。

清水勲は明治期において、「団団珍聞」、「滑稽新聞」、「東京パック」などの爆発的な人気を支えたのは、明治前半の自由民権運動への情熱、そして明治期全体を通じての反藩閥意識に加えて、速報性、大量印刷、大量頒布時代のメディア革命であるとする。明治という新しい時代への期待と挫折、その民衆の情熱とフラストレーションを吸収したのが、これらの諷刺漫画雑誌であった(11)。

一九〇一〔明治三四〕年、宮武外骨主宰「滑稽新聞」(12)の創刊は、その後「東京パック」、「上等ポンチ」、「滑稽界」、「笑」(13)などの諷刺漫画雑誌の創刊に大きく影響を与えた。

いったいどのような人が、これらの雑誌を読んでいたのか。絵や漫画を多用し、多く読まれること、楽しまれることを主眼としている諷刺漫画雑誌とは、テクストが「内包する読者」という意味において、広範囲の読者層をターゲットにしていると思われる。また総合雑誌や文芸雑誌に対して安い値段設定からみると、階層的には、大衆層をターゲットとしていることがわかる(14)。しかし、雑誌間にも性質の違いがあり「東京パック」などはインテリ層にも対応できるような誌面づくりになっている。

発行部数について具体的な数字を参考までにあげるならば、後半取り上げる「滑稽界」の発行部数は初号五千部、七号ではその約四倍〔二万部〕を売り上げる「好況」になっているとある。諷刺漫画雑誌の発行部数には誇大表現が多いのでにわかに信用しがたいが、「滑稽新聞」は六万五千部から七万部、「東京パック」は最高時一〇万部を売り上げていたという(15)。

「滑稽界」について言えば、地方へも販売所を設け、地方読者からの投稿も多く、「全国及び樺太満州朝鮮」からも注文が来るらしい(16)。また、読者の注文に再版が間に合わず、既刊を買入れるという告知もある。また「東京パック」は日本語、英語、中国語の三カ国後のキャプションをつけている。単なるファッションかもしれないが、中国、植民地台湾、移民先のアメリカなどの読者までも内包しようとする戦略であろう。

3 「出歯亀に衣着せたが自然主義」――諷刺漫画雑誌の中の自然主義

諷刺漫画雑誌の諷刺の対象は、政治家、経済界、宗教界など様々であるが、もちろん文士、画家、役者などもその対象である。自然主義が世間の注目を浴びるまでは、文士劇や新体詩人諷刺の記事、漫画が多く見うけられる。

先述したように外骨の「滑稽新聞」に倣い、多くの諷刺漫画雑誌が創刊されたのが一九〇七〔明治四〇〕年前後であり、まさに「蒲団」をはじめとする自然主義は格好の諷刺の対象であった。また、生田葵山「都会」、小栗風葉「恋ざめ」など一九〇八〔明治四一〕年から自然主義小説の発禁件数が著しく増え、同年には出歯亀事件、煤煙事件〔森田草平・平塚らいてう〕など、性的な行動に関する世間を賑わす事件があったこともあり、金子明雄の言葉を借りれば「〈自然主義〉は、まさに青年男女、とりわけ若い女性を性的な行動に駆り立て、時には死に至らしめる行動原理であり、性的行動それ自体の名称なのである。〈自然主義〉はするもの、実行するものに他ならない」(17)というように、自然主義＝性的行動として社会問題の言説として流布していく。

こうした自然主義＝〈猥褻〉というイメージ変換を絵や狂句などわかりやすい形で流布させたものとして、諷刺漫画雑誌の役割は大きいと思われる。以下、調査した「滑稽界」、「大阪滑稽新聞」、「東京パック」、「笑」などの諷刺漫画雑誌を中心に、あわせてそれらの雑誌や文芸雑誌の狂句、川柳欄に投稿された作品から、自然主義のイメージをいくつかのパターンに分類してみた。

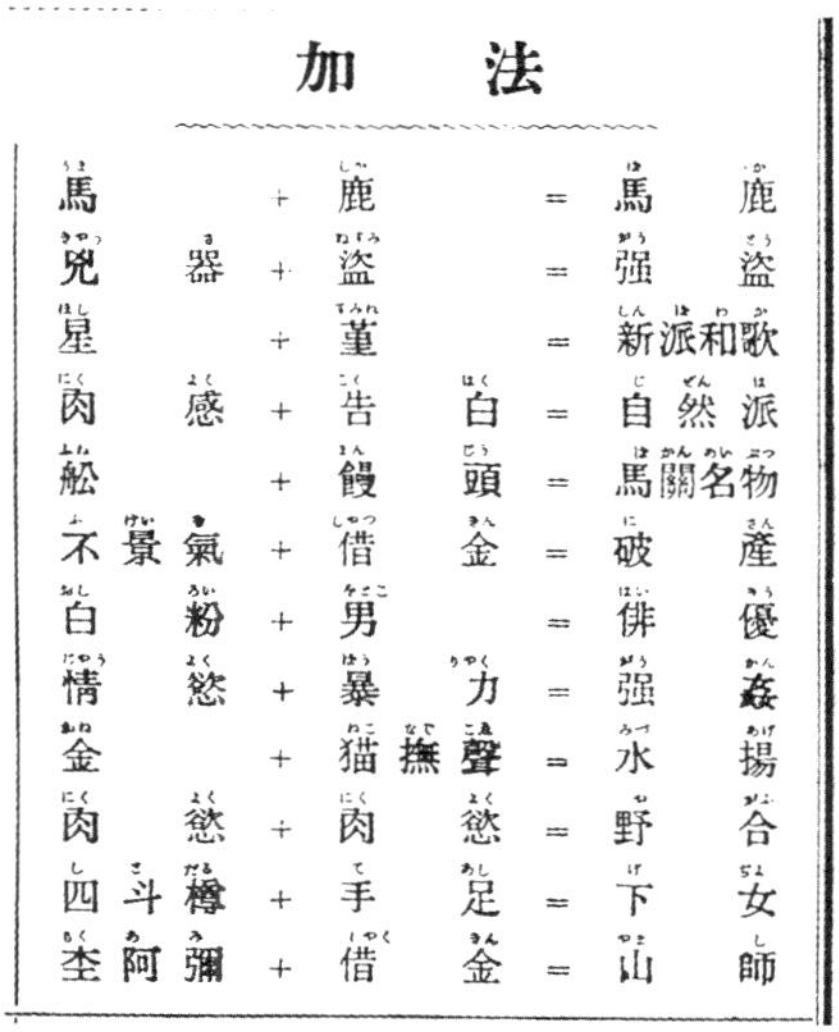
加法

馬《うま》＋鹿《しか》＝馬《ば》鹿《か》
兇器＋盗《ぬすみ》＝強盗
星《ほし》＋菫《すみれ》＝新《しん》派《は》和《わ》歌《か》
肉《にく》感＋告《こく》白《はく》＝自《じ》然《ぜん》派《は》
舩《ふね》＋饅《まん》頭《じう》＝馬《ば》關《かん》名《めい》物《ぶつ》
不《ふ》景《けい》氣＋借《しやつ》金《きん》＝破産《さん》
白《おし》粉《ろい》＋男《をとこ》＝俳《はい》優
情《じやう》慾《よく》＋暴《ぼう》力《りよく》＝強《がう》姦《かん》
金《かね》＋猫《ねこ》撫《なで》聲《ごゑ》＝水《みづ》揚《あげ》
肉《にく》慾《よく》＋肉《にく》慾《よく》＝野合
四《し》斗《と》樽《だる》＋手《て》足《あし》＝下《げ》女《ぢよ》
杢《もく》阿《あ》彌《み》＋借《しやく》金《きん》＝山《やま》師《し》

図３　「滑稽界」３号、明治40年11月
（清水勲監修『漫画雑誌博物館　4』国書刊行会、1986年6月、29頁）

①　自然主義＝性欲・肉欲の告白

「自然派　思潮を名とし男女の肉慾《にくよく》を活写する物也」〔「虚名一覧表」〕、「肉感＋告白＝自然派」〔「加減乗除」〕(18)〔図3〕というように、自然主義とは「肉慾」を描写する文学であると捉えられている。「蒲団」が発行されたのをきっかけとした性欲描写をめぐる是非で、反自然派が持ち出す論理と同様であり、文壇内部の言説のライン上にあるものである。ある意味、文学的理解を離れず、その範疇で諷刺を行っている。

さらに、自然主義が性的行為を描写した春画やポルノグラフィーの同義語として使われている場合もある。「春画代用」(19)では、自然主義小説は「人間の性慾を露骨に描いた」ものであり、「春画」の代用であるとする(20)。

また、「女学界の風潮（自然派の小説）」(21)では、大坂毎日新聞に連載している「寒潮」という女学生批判小説の、「いや、全く大変です。そこで奥さん、この節東京では人間の性慾を露骨に書いた小説が自然主義の名の下に頻りに歓迎されて居るのです。」／「つまり或書物の代用ですな。」と嶋田は笑ふ」というくだりを引用したあと、「右の「或書物」とは、何人といへども其春画であることを合点するであらう」とコメントを付け加えている。

「文庫の肉慾小説」(22)では、「旅の女」という小説で、深夜、女が部屋に入って来たとき主人公の男性が「暗い断片的の刺戟が逐次に山下の性慾を衝動して、体内の血が一時に熱くなつて血管を衝き走つた」という場面を引用し、それに対して、「文字こそ現代小説の用語を用ひて居るが、これを通俗に書直したら純然たる春画の文句ぢやないか」と文句をつけているが、その一場面を引用してみせるなど、自然主義の猥褻性を批判しながらも、〈猥褻〉を読者に提供し、自然主義の引用部分が、読者の興味をそそる〈商品〉となっている。

② 自然主義＝性的な行為

先述した、図1の「自然派小説の挿絵」でも、「蒲団」の物語は性交渉そのものと解釈されている。もちろん挿絵を描いた側は「蒲団」の結末はそのようなものではないことを知っているのだが、自然主義＝性的な行為という別の物語を添付し、自然主義の価値下落を図っている。また、馬車の中で接吻をしている西洋人を見て、「そのさま如何にも自然主義」（面皮子「銀座街頭　幌馬車中の接吻」）(23)という街頭報告記事では、接吻、男女の抱擁が自然主義的行為と見なされている。

また、動物や昆虫の交接を自然主義の行為と見立てているのも少なくない。「自然主義の女学生」(24)（図４）という画では、交接している蝿＝「自然主義の小動物」をハエたたきで「迫害」する女学生が、また、「自然派の下女」(25)では「犬の交尾をつく〳〵と見る自然派の下女」が描かれている。自然主義の動詞化したかたちの「自然主義をする」(26)とは、性交や交接を暗に意味している。そうした場面に女学生や下女という女性を立ち合わせるというのは、これらの女性が性的に堕落しやすいというイメージも同時に発信している。

③　自然主義＝自慰行為

さらに、性交渉だけでなく自慰行為の代名詞としても使用されている。狂句では、「自然主義須磨の浦までこぎつける」（「須磨の浦」はマスターベーションの隠語）、「きつい事夜具の匂で用をたし」(27)（「蒲団」のラストのパロディか）などの狂句に見られる。

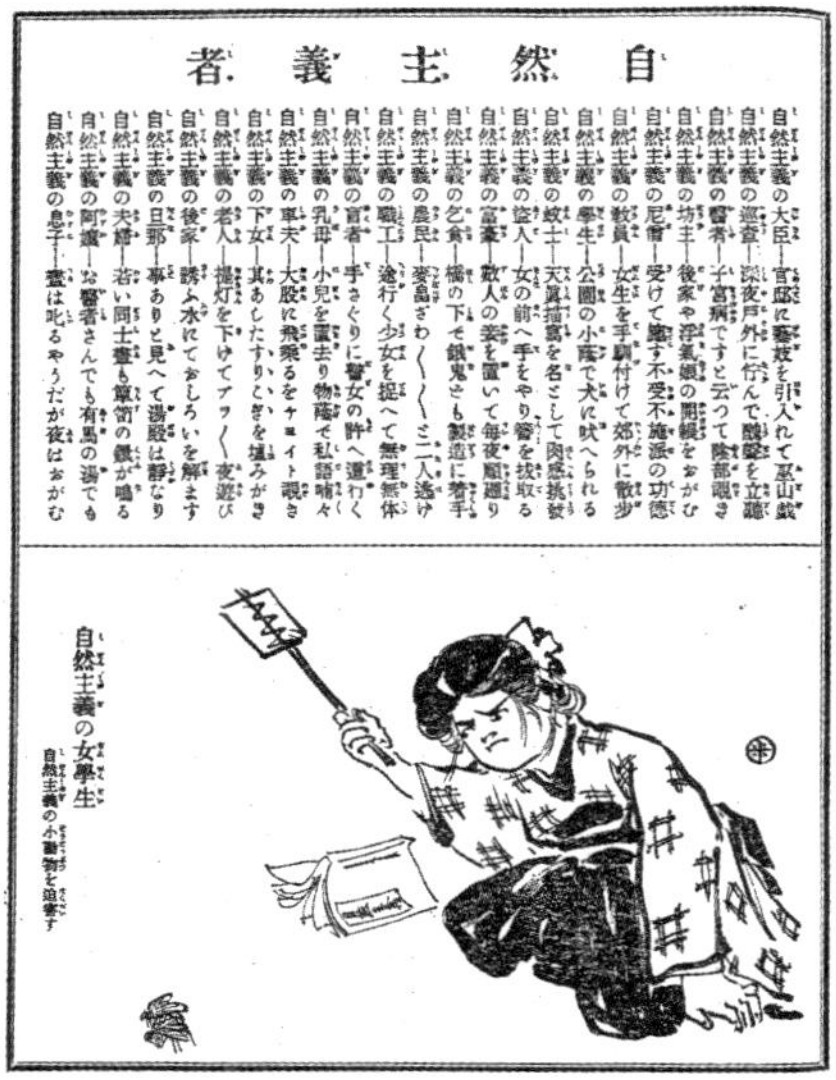
自然主義者

自然主義の大臣―官邸に藝妓を引入れて巫山戯
自然主義の巡査―深夜戸外に佇んで醜聲を立聽
自然主義の醫者―子宮病ですと云つて陰部覗き
自然主義の坊主―後家や浮氣娘の開帳をおがひ
自然主義の尼僧―受けて施す不受不施派の功徳
自然主義の教員―女生を手馴付けて郊外に散歩
自然主義の學生―公園の小蔭で犬に吠へられる
自然主義の紳士―天眞描寫を名として肉感挑發
自然主義の盜人―女の前へ手をやり簪を拔取る
自然主義の富豪―數人の妾を置いて毎夜廻り
自然主義の乞食―橋の下で餓鬼さも製造に着手
自然主義の農民―麥畠ざわ〳〵さ二人逃げ
自然主義の職工―途行く少女を捉へて無理無体
自然主義の盲者―手さぐりに瞽女の許へ這行く
自然主義の乳母―小兒を置去り物蔭で私語喃々
自然主義の車夫―大股に飛乗るをチヨイト覗き
自然主義の下女―其あしたすりこぎを塩みがき
自然主義の老人―提灯を下げてブラ〳〵夜遊び
自然主義の後家―誘ふ水にておしろいを解ます
自然主義の旦那―事ありと見へて湯殿は靜なり
自然主義の夫婦―若い同士壹も簞笥の鐶が鳴る
自然主義の阿孃―お醫者さんでも有馬の湯でも
自然主義の息子―壹は叱るやうだが夜はおがむ

図４　「滑稽新聞」165号、明治41年６月（『宮武外骨此中にあり　13』ゆまに書房、1994年３月、345頁）

④　自然主義＝助平、好色、自惚れな人

性交渉、接吻、自慰行為、またはそれをする人という動詞的、代名詞的使用のほかにも、助平、好色、軽薄、自惚れといった比喩にも使用される。「自然主義の教育家　早稲田の助平先生　宿場女郎を落籍《ひか》す」(28)といったゴシップ記事。また、狂句からいくつか抜粋すると「気の軽い奴が則ち自然主義」、「女房の化粧に惚れて自然主義」、「小説へ惚気を書いて自然主義」、「手放しの惚気を聞かす自然主義」(29)などがある。

図５　「滑稽界」６号、明治41年２月（清水勲監修『漫画雑誌博物館　4』国書刊行会、1986年6月、58頁）

⑤　自然主義＝性欲以外の本能、欲求の満足

また単に、性欲以外の食欲、睡眠欲などの本能、欲求の満足という意味で使われる例もある。「乳呑めば眠る小さな自然主義」、「大の字の昼寝は下女の自然主義」(30)などがその例である。

⑥　自然主義＝青年子女への弊害

文壇内でも自然主義は「肉欲」、「性欲」のみを誇張して描くという批判は絶えず行われており、教育界からは自然主義の性欲描写が青年子女に与える弊害を憂える発言も頻繁に行われる。井上哲次郎は「今の所謂自然主義を標榜せる淫猥なるものを読ましめて、其の害毒に罹らぬやうにと云ふのは、青年男女に対して不可能のことを強ゆるのである。即ち読むは為すの初め、読むと為すとは連絡の密接なものである」（「青年子女を有せる家庭への注意」）(31)と、自然主義文学を読むことが、性的行為に繋がる危険な行為であるというように、現在の有害書物排斥運動の原型をみるような発言をしている。

諷刺漫画雑誌でも自然主義＝青年への害悪、とくに情欲・性行動を誘発するものとして登場する場合が多い。これを端的に表しているのが、図５「実感挑発の文芸雑誌」(32)である。「文章世界」（主筆・田山花袋）の発行日には「肉欲に渇した学生ども」が市内の「自然堂書店」に押し寄せる。また、小さい野人＝「モデル」に先導された、野人＝「自然主義」が、男女学生の「読者」を引き連れ闊歩しているのを、「作家」や「評家」は塀の上で傍観し、官憲は手をこまねいている「自然主義の闊歩」(33)も象徴的である（図６）。同様に「自然座の人形芝居」(34)（図７）では、人形

図７　「東京パック」4巻17号、明治41年6月（『東京パック　4（上）』復刻版、龍渓書舎、1985年〜2000年、260頁）

図６　「笑」２巻４号、明治41年２月、16頁

浄瑠璃の舞台で生田葵山と小栗風葉の人形使いが男女学生の人形の抱擁シーンを演じているのを、若い観客は涎を垂らして見ている漫画などがある。

狂句では「自然主義放任主義の家庭から」、「自然派の桧舞台は日比谷なり」（日比谷公園は当時、男女学生のデート・コースであったことから）(35)がある。

⑦　自然主義から妊娠・堕胎へ

特に自然主義の害毒を受けやすいのが女性、女学生である。女性の場合は男女交際の結果、望まぬ妊娠、堕胎といった「堕落女学生」のコースが設定されている。「女学生の頭脳」(36)という漫画では、ヒヒ猿のような魔物（？）の自然主義が女学生の脳内を支配している。また狂句でも同様に自然主義的行為の結果、望まぬ妊娠をする「自然主義不自然らしい子が出来る」、「自然主義戸籍に困る子を孕み」、「自然主義腹も自然にふくれて来」などや、男女交際の行きつく先としての堕胎（「散歩から堕胎に終る自然主義」）(37)が自然主義的行為の末路とされている。

図８　「笑」2巻9号、明治41年4月、7頁

⑧　自然主義から駆け落ち、情死へ

こうした青年子女への弊害を助長したとみられているのが、森田草平と平塚らいてうの心中未遂事件である。塩原心中未遂事件、俗に言う煤煙事件は一九〇八（明治四一）年三月二四日、文学士・森田草平と、日本女子大出身の平塚明子（らいてう）が失踪、心中未遂を起した事件である。図８「廿世紀的道行　自然主義学士と禅学令嬢」[38]で森田草平がヒヒ猿姿であるのは、政治家で常に諷刺の的であった伊藤博文が好色な猿として描かれていることと共通する。

落語の「まくら」でも「エ、一席申上げますが近頃は何でも自然主義流行で、駆落も自然主義情死も自然主義、横町で犬が交つて居るのを見てもソレ自然主義だと感服するといふ有様（後略）」（藤波楽斎「落語　虎の皮」）[39]——聞き手を話芸の世界へ引き込む役割をする「まくら」では、往々にして、その時代の流行、事件などを取り上げることが多い。こうした落語速記に自然主義が登場するということは、文芸雑誌、新聞、そして今回対象としている諷刺漫画雑誌の他に、明治の娯楽の一つであった落語を聴く寄席という場面で、自然主義のイメージが流布している事実も物語っていると言えよう。

⑨　自然主義＝出歯亀＝覗き・変態的行為

さらに煤煙事件と同月に起こった「出歯亀事件」は、自然主義＝性的行為という直裁的なイメージだけでなく、覗きや「色情狂」といった変態趣味のイメージを自然主義に付加する。

「出歯亀事件」とは、一九〇八（明治四一）年三月二二日、東京西大久保村で下谷電話交換局長の妻幸田ゑん（二八歳）が殺害された事件である。風呂に行ったゑんが帰って来ないのを心配して家人が探しに行ったところ、空き地に窒息死したゑんが倒れていた。連日の捜査の様子が新聞紙上に掲載され、犯人は「堕落書生」か「色情狂」かと噂が飛び交うが、同月三一日容疑者が別件逮捕される。犯人は近所の植木職人・池田亀太郎（三五歳）、通称「出っ歯の亀」。この男はときどき女湯を覗いていたこともあり、犯行当日も湯屋で見つけたゑんの後をつけ、空き地へ連れ込み乱暴しようとしたが、騒がれたので口を手ぬぐいで塞いで窒息死させた。以後、「出歯亀」は湯屋を覗く変態的なことをする男、好色な男の別称となる(40)。

森鷗外「ヰタ・セクスアリス」(41)でも、「そのうちに出歯亀事件といふのが現はれた。（中略）それが一時世間の大問題に膨張する。所謂自然主義と連絡を附けられる。出歯亀主義といふ自然主義の別名が出来る」というように、自然主義＝出歯亀主義という図式が当時できあがっていた。出歯亀事件は殺人という重大事件なのであるが、それよりも比重は覗きや変態趣味に置かれ自然主義と接続される。

「穴を好む国民」(42)では、「自然主義者は節穴さがし」というキャプションで、出歯亀こと亀太郎が節穴を覗いている絵が登場している。

「四膳主義」(43)という笑話では、熊さんが近頃流行りの自然主義とは何かと先生に尋ねる。先生は「科学的の眼鏡を以つて人間を描く小説の流派」だというが、熊さん「ぢやア、何でげすかい、女湯のぞきなんかを言ふのぢやないので」／先生「女湯覗き?人間の性慾といふものを中心にして見る段になると、まづ夫れらも自然主義かな」と答える。落語でよくある物知りの御隠居さんと熊さんの会話をベースにしているが、先生の「科学的の眼鏡を以つて人間を描く小説」という自然主義理解は文壇内で流通する批評言説であるとすれば、熊さんの「女湯のぞきなんかを言ふのぢやないので」というのは大衆的に流通した自然主義のイメージだといえ、自然主義の文壇内外のイメージの落差をよく捉えている。

図９　「東京パック」４巻18号、明治41年６月（『東京パック　4（上）』復刻版、龍渓書舎、1985～2000年、288頁）

また、出歯亀事件が報道されている頃、田山花袋「生」(44)の連載が始まった。その第一回の挿絵（鏑木清方）は、風呂屋の男湯であった。「生」の内容と出歯亀事件は関係はないのだが、当時、出歯亀事件報道中にあって、「あの評判だつた大久保事件の時「自然派の小説家は、矢張り女湯を覗く手合ひだらう」と悪口があつたが、読売に出た花袋の小説の「生」第一回の挿絵が、湯槽だなどは大いに振つてゐる」(45)と揶揄される。

出歯亀事件以降、「自然主義不思議な縁は反歯なり」、「出歯亀に衣着せたが自然主義」、「出歯亀と花袋人気を背負つて立ち」（「狂句　題　自然主義」）(46)、「出歯亀の傍聴自然派の文士の来」（「狂句（課題）裁判」）(47)、「自然派の果ては出歯亀式となり」（「新川柳」）(48)など、出歯亀事件と自然主義を結びつけた狂句が数多く登場する。

図９「東京パック」の四コマ漫画「自然主義的茶目のいたづら」(49)は、電車に乗った茶目少年が隣の美人の裾と男の裾をクリップで繋げる（1コマ）。何も知らない美人。停留所で降りようと立ちあがると（2コマ）、裾がめくれて「真赤な顔して泣出しさう」（3コマ）。

「サア電車の中に出歯亀が居たとて大騒ぎ」となる（4コマ）。「自然主義的」とタイトルをつけることによって、描かれた内容が性的なものであることがわかるようになっている。

斎藤光によれば、「都会」発禁、煤煙事件などにより、自然主義を性的な隠喩として捉える「世間的気分」が「「出歯亀」の発生前夜に、土壌としてはすでに用意されていた」。そして、出歯亀事件がそれに「うまい具合に形を与える記号」であったという[50]。性的なものを告白するという自然主義のイメージと、出歯亀の「覗き」趣味を接続した記事、漫画は数多くある。この自然主義と出歯亀との出会いは、告白されたり、覗き見られたりすることによって曝露される〈性〉という様式が社会化してゆくプロセスでもあった。

*

いくつかのパターンによって自然主義のイメージを分類してみたが、人々は自然主義や心中事件、出歯亀事件といった社会的な出来事を援用しながら、〈性〉や〈性欲〉という概念に、一定のイメージを与えていったことがわかる。こうして自然主義はテクストにおいて同時代の〈性〉の言説を作り出したと同時に、〈性〉の言説づくりに活用されたのである。自然主義の作家や批評家が、〈性欲〉に「赤裸々な人間」の「真実」という意味を与えようとする一方、その意味はこれらの諷刺漫画雑誌によって、ズラされ、骨抜きにされる。しかし、諷刺漫画雑誌にとって、自然主義とは攻撃する目標そのものではなく、「安寧秩序ヲ紊シ又ハ風俗ヲ害スルモノ」を取り締る新聞紙法第二三条の網をかいくぐり、自然主義を経由して、また自然主義という記号を借用することによって、読者に〈猥褻〉という商品を提供する手段であった。

しかし、人間の真実や人格として近代の恋愛至上主義に参与する〈性欲〉のロマン的規範化に対して、または、性科学や衛生学などの学問的知識や、違式詿違例などの政令によって生活・身体の作法を取締る国家のセクシュアリティの規制のシステムに対して、これらの雑誌が発信する〈猥褻〉や〈性〉が、〈性〉の解放、抵抗的作用を果したとは一概にいえない。

権力に対する「対抗文化」としてポピュラーカルチャーを研究したジョン・フィスクは、ポピュラーカルチャーとはテレビや映画、商品など支配勢力が提供したものを利用しながら、「従属的立場にあって、主導権を奪われたさまざまな層の人びとによって生みだされ」、それによって「ヘゲモニー的な圧力をのがれたり、その圧力に対抗したり」する「対抗文化」であるという(51)。フィスクの大衆またはオーディエンスの捉え方に対してはあまりにも能動的、楽観的すぎる、またメディアの権力性を無効化するという反論もある(52)。

諷刺漫画雑誌は、権力（政治家、経済界、官憲、文壇の覇者としての自然主義(53)）を意図的に誤用し変形させる「対抗文化」のひとつだろう。しかし、問題は、権力と抵抗といった垂直化・固定化された関係ではない。官憲にとっては〈性〉は管理や取締りの対象であった。かたやこれらの雑誌では、〈性〉は滑稽や笑いを生み出す商品であった。しかし、この二者は相反するものではなく、取締られる〈性〉というモデルがあってこそ、滑稽や笑いに変換することができるのであり、反対に雑誌が生み出す〈猥褻〉を取締ることによって、権力は〈性〉の管理者としての位置を獲得するのである。この意味においては権力と「抵抗文化」は共存在的である。

宮武外骨「滑稽新聞」の「自殺号」や、次に取り上げる「滑稽界」の発禁を逆手にとった出版戦略などは、権力への抵抗が権力との隣接性において可能になっている例である。ひらたくいえば、諷刺や滑稽にとって、権力とは敵であると同時に、記事や漫画の主要登場人物であり、それを抜きにしては諷刺や滑稽は成立しないのである。

では、こうした諷刺漫画雑誌が権力との隣接性によってのみしか位置を保てないのか、また相互補完的な役割のみしか与えられていないのか。それは、権力と抵抗の一回性の関係でみればそうであろうが、発禁や廃刊をできるだけ先延ばしすることによって、抵抗の運動を刻みつけることはできる。宮武外骨が数々の雑誌を創刊し、発禁を繰り返し、または自分で潰したように。しかし、それは大衆文化の消費主義的な宿命の表れであるかもしれない。

次に見る「滑稽界」という雑誌は、これまで見てきたように〈性〉的な隠喩としての自然主義というイメージを流通させながら、権力との代価闘争に自然主義を活用してゆく。もう一つの自然主義の活用の仕方がなされている。発刊から廃刊までの自然主義関連記事を通時的に追うことによって、「滑稽界」における抵抗の軌跡とその限界をたどってみたい。

4 「今更のやうと西鶴笑つて居」――「滑稽界」について

「滑稽界」は一九〇七（明治四〇）年八月創刊。発行は楽天社。宮武外骨の「滑稽新聞」をまね、「滑稽新聞」または他誌を誹謗することを売り物にしている。社は東京芝区田町、取次店は東京、大阪、京都、名古屋、金沢など。樺太、満洲、朝鮮からも注文が来るらしい。社主は白河夜舟。発行兼編集人はたびたび変っているが、後半期は後に紹介する野村宦之助（菫雨）である。諷刺画中心の「東京パック」と比べ、諷刺文と諷刺漫画が半々の構成である。諷刺画は「エム生」こと三井萬里が描いている。

「滑稽界」は風俗壊乱を理由に、全二二号中九号が発売停止処分を受け、一九〇九（明治四二）年六月に廃刊した(54)。しかし、所轄官庁に所定の届け出をしていないため、発売停止処分は発売日から数日を経て執行されているので、かなりの部数が出回ったあとの発売停止である。これは編集者たちが話題づくりのために「発売停止」を仕組んだのではないかと推測されている(55)。

「滑稽界」の編集戦略は創刊号の巻頭言に現れているように、「滔々として社会の風紀を攪乱し善良の風俗を害する」他新聞雑誌に対して、「本誌は専ら此方面に鋭利な剖拆を試み一面骨と魂のある江戸児特有の皮肉と滑稽とを主眼」(56)とする、ライバル誌への中傷、自誌の「発売停止処分」をも記事にしてしまうという、攻撃的、挑発的な強気の戦略であった。「江戸児特有の皮肉と滑稽とを主眼とする」というのは、西洋・ハイカラなイメージな「東京パック」、大阪的な「滑稽新聞」に対して、江戸趣味を対抗させたともいえるが、「社会の風紀を攪乱し善良の風俗を害する」ものという近代の〈性〉の枠組みに対して、タイトル画のフロックコートにちょんまげ姿の男性に象徴される

図10 「滑稽界」1号、明治40年8月（清水勲監修『漫画雑誌博物館 4』国書刊行会、1986年6月、5頁）

ように、「江戸」という近代以前の〈性〉の枠組みに諷刺や批判の足元を置いている。「滑稽界」によって想定される江戸＝近代以前とは、近代の〈性〉の枠組みをすりぬける、〈性〉的自由の時代として夢想される。「近代」の管理される〈性〉の枠組みを相対化する（官憲の目をすり抜ける）試みであるといえよう。

「滑稽界」は、「滑稽新聞」や「東京パック」ほど政治諷刺性は高くない。内容的には、滑稽漫画から、人身攻撃、笑話にまで多岐にわたる。他の雑誌を〈猥褻〉を売り物にしていると批判しているが、例えば一号の表紙は腰巻だけで上半身裸の化粧をする女性の姿が描かれている（図10）。どう見ても「滑稽新聞」や「東京パック」よりも猥褻度は高いと思われる。そこで、もちろん自然主義は格好の諷刺対象となるのであるが、他の雑誌と比較して見たとき「滑稽界」が最も自然主義に攻撃を加えており、記事数も多い。しかし、その批判のされ方は一様ではなく、雑誌の運命とともに変化してゆく。

5 「自然主義鬼門の方は司法なり」——「滑稽界」の自然主義批判

1 「蒲団」前後

一、二号においては、「森鷗外……医者か学者か」、「夏目漱石……猫か講師か」（「疑問文士一覧表」）、「文壇未来記」など、言葉遊び的に文士全般を茶化している程度であるが、三号になると巻頭記事で大々的に「自然主義」と題して、自然主義が取り上げられる。

　自然主義は「今や其絶頂」に達している。「多謝す。明治の文壇は此戒む可き恐るべき情欲の発揮を、一糸飾らず赤裸々に直写するを以て絶大の栄冠を額に翳《かざ》すと心得る迄進化した。（中略）藤村は此旗幟《きしき》の下に接吻《キッス》を描き犬の交尾を書いた風葉は手淫を描き強姦を直写した紅緑は死美人の陰部を写し馬車中の乳探り小説を公にした（中略）終りに望み、再度自然主義鼓吹者の高徳を頌す」(57)というように、「滑稽界」流の誇張した表現であるが、旧習を打破する明治の新思潮として、現今文壇で話題になっている自然主義を大々的に取り上げ、「偉大なる自然主義の鼓吹者、田山花袋大先生」の名前も見える。また、同号に「蒲団」と題してあらすじの誇張的紹介があり、蒲団に包まったガマガエル＝田山花袋（？）の挿絵が添えられている（図11）。

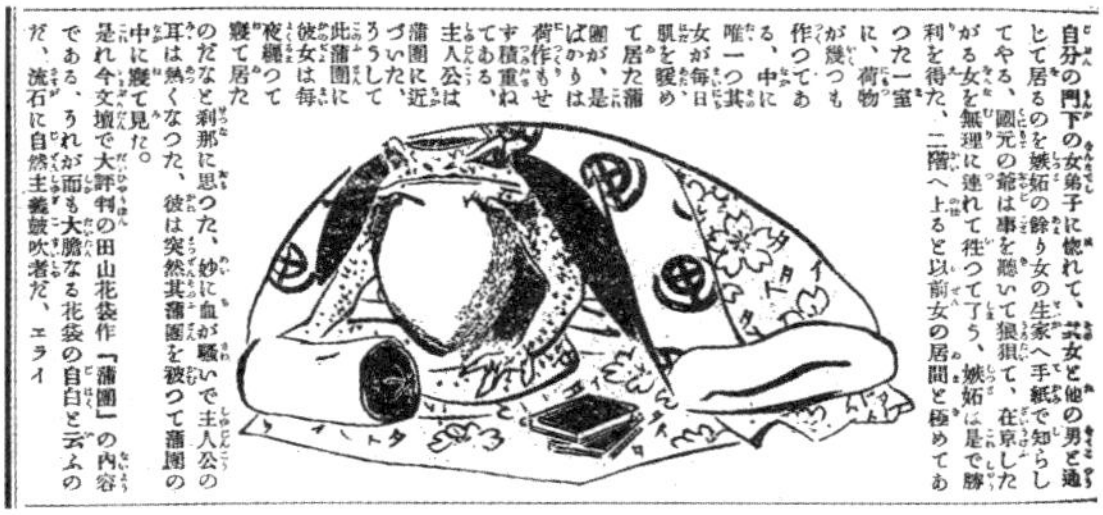

自分の門下の女弟子に惚れて、其女と他の男と通じて居るのを嫉妬の餘り女の生家へ手紙で知らしてやる、國元の爺は事を聴いて狼狽て、在京したがる女を無理に連れて往つて了う、嫉妬は是で勝利を得た、二階へ上ると以前女の居間と極めてあつた一室に、荷物が幾つも作つてある、中に唯一つ其女が毎日肌を暖めて居た蒲團が、是ばかりは荷作もせず積重ねてある、主人公は蒲團に近づいた、そうして此蒲團に彼女は毎夜纏つて寝て居たのだなと刹那に思つた、妙に血が騒いで主人公の耳は熱くなつた、彼は突然其蒲團を被つて蒲團の中に寝て見た。是れ今文壇で大評判の田山花袋作『蒲團』の内容である、それが而も大膽なる花袋の自白と云ふのだ、流石に自然主義鼓吹者だ、エライ

図11　「滑稽界」3号、明治40年11月、15頁（清水勲氏所蔵「滑稽界」）

「蒲団」発表後二ケ月という時期であり、「蒲団」が自然主義的出来事として喧伝され始めている状況である。

　文壇でも「蒲団」のモデル問題、自然主義の「肉欲描写」の可否が問われていたということもあって、岡田美知代を知るものの投書や、第三節で分類した①自然主義＝性欲・肉欲の告白のケースとして、「自然派　思潮を名とし男女の肉慾を活写する物也」（虚名一覧表）などの諷刺記事が見られる。

　四号では、生田葵山『富美子姫』の発禁に対して「余り気の毒」（目玉出海「自然派詩」）と、「滑稽界」も一～三号まで「内務省からお目玉」を食らっているので、自然主義を猥褻文芸としながらも、自然主義の立場に同情的である。

2　初の発禁、自然主義駆除

　しかし、「滑稽界」は四号で初めての発売禁止を受ける。この発禁を機に五号からは、官憲への反抗姿勢を色濃くするとともに、「本誌の新主張」として、次の四条を掲げている。

第一条　爾今女男の堕落淫行に関する記事掲載を避くべき事
第二条　理由の如何に不拘男女両性の人物を一図案内に併せ掲げざる事
第三条　本社が風紀上有害と認めたる諸他の新聞雑誌記載広告文に対しては極力排滅に昂むる事
第四条　自然派小説を文壇より駆除せしむる事

第一、二条については官憲へ屈服したかたちを取りながら、より巧妙に〈猥褻〉を描き続けるのだが（例えば「風俗不壊乱の男女同衾」（一二号）では、若く美しい母親が男児を寝かしつけて接吻している絵などを掲載している）、第四条に突然自然主義駆除が出て来る理由は、「本誌の絵画記事が風俗壊乱ならば、方今文壇で喧伝される自然派の小説は果して何と云つて可いか」（「肝癪始」五号）、自然主義小説の方がよっぽど風俗壊乱で危険ではないのか、という理屈である。

そして次の六号ではさっそく「肉慾と文芸」、「実感挑発の文芸雑誌（田山花袋主催の文章世界）」という巻頭記事を二頁にわたって掲載する。「肉慾と文芸」では、「肉欲」は青少年を堕落させるものではなく、「人生の真」を描くために必要だとする自然主義作家たちの意見を集めた「肉慾と文芸の調和」[58]を取り上げ、「人生の真を描くのに風教の堕落などは顧る隙がないと大気焔」を吐いている「末恐ろしい」、「危険千万」の「変な思潮」が生まれて来たと自然主義の思潮を危険なものと位置づける。

前掲の図5「実感挑発の文芸雑誌」では、自然主義は青少年に「情慾思想」を喧伝し、彼らの書く投書にも「不真面目な肉慾小説」が伝染してきたと、先に分析した⑥自然主義＝青年子女への弊害という批判を展開する。七号でも巻頭に「自然派小説退治　春情文学とか新思潮とか云つて実感挑発小説を描く奴蚊士」を掲げ、以後も、「都会」裁判を扱った「生田キザと石橋スケ」（七号）（図12）、「春情文学家見立」、「自然派以上の記事」（八号）、「活春画的小説」（九号）、「助倍文士の陋態（田山花袋を発売禁止せよ）」（一二号）、「文庫の肉慾小説（梅香）」（一四号）など自然主義批判の記事が続く。

以上のように、「滑稽界」は四号での発禁を契機に、「自然主義駆除」を目標に掲げて、発禁への鬱憤を自然主義攻撃へ転換する戦略をとっている。自誌が官憲に〈猥褻〉と名指されるならば、なぜより〈猥褻〉な自然主義を取締らないのか、「風紀係たるものは此際小面倒な作物の発売禁止を止めて、風俗壊乱の張本人本家本元たる田山花袋を発売禁止にして了つたらよからう」（「助倍文士の陋態（田山花袋を発売禁止せよ）」）(59)と。

しかし、自然主義という記号を使って大衆に〈猥褻〉を提供してゆく方向から、自然主義そのものを攻撃目標としてしまったために、笑いや滑稽に余裕がなくなってしまい諷刺が硬直化してしまった面も否めない。

また、こうした反自然主義言説そのものが、本家の自然主義を権威づける結果をまねくことにもつながってゆく。

図12　「滑稽界」7号、明治41年3月、13頁（清水勲氏所蔵「滑稽界」）

冒頭で述べたようにテクストの価値はテクストそのものではなく、それらを取りまく様々な状況によって決定される。「信仰」の対象としてテクストに「象徴的価値」を与える場合もあるが、逆に攻撃を加えられることによって、反作用として文学は大衆との差別化を行い、ヒエラルキーを形成してゆく場合もある。

長谷川天渓は、近頃新聞などで、自然主義と「本能満足主義」を同義に扱っているが、「自然主義は、文芸上の問題であつて、本能満足主義とは、人生上の実行問題である」と自然主義の「誤謬」、「濫用」を戒めている（「自然主義と本能満足主義との別」）(60)。長谷川の論を進めるならば、「性欲」には「人生の現象を描写せむ」とする「文芸上」の高尚なものと、即物的に「人生を解決しやう」とする下劣なものがあることになる。また、そうした高尚な「性欲」を描写するのが「文学」であるという文化のヒエラルキーを作っている。事実、「性欲」＝下劣、本能という地平から、「性欲」＝人生の真実という図式を作り上げることによって自然主義は文学で〈性〉を描く正統性を獲得してゆこうとするのだが、諷刺漫画雑誌などにおける自然主義攻撃が、反作用的に自然主義の〈性〉に対する知の所有化を促進する、という権力と抵抗の関係が陥る矛盾に帰着する。

この一九〇八〔明治四一〕年四月の天渓の発言は、二ケ月前の生田葵山「都会」の発禁など自然主義への官憲の目が厳しくなったこと、図書館における「危険なる書物」の閲覧禁止、学生の図書制限などや、さらに三月の煤煙事件、出歯亀事件により先述したような自然主義＝〈性〉的現象としての大衆イメージが量産されてゆく一九〇八〔明治四一〕年という時代背景を抜きにして考えられない。天渓は「性欲」に人生の真実という価値付与をして、こうした周囲の批判的状況から自然主義文学を不可侵な「象徴的対象」として切断する(61)。

以上のように、諷刺漫画雑誌の抵抗は、反作用として自然主義を「文学」たらしめる場の力学として働いたという皮肉な側面も否定できない。しかし、それだけによって、これらの諷刺漫画雑誌の価値を語ることはできないだろう。最後に〈猥褻〉をめぐって、「滑稽界」の権力への闘争を見ておきたい。

3 〈猥褻〉とは何か

「滑稽界」は、四号の発禁のあと、五～八号までは「無事」だが、一九〇八〔明治四一〕年五月、九号で再び発売禁止を受ける（一五号まで。新聞紙条例第二三条に違反した「風俗壊乱」の罪である）。

そして次の一〇号で一つの転換点を迎え、「滑稽界」は権力批判の色をこれまでより濃くしてゆく。「滑稽」から反権力への姿勢が明確になるのは、タイトル画の変遷によく表れている。一～五、七号までは江戸趣味の「滑稽」を表現したフロックコートにちょんまげの男であったのが（六号は、草むらに立つ裸体の女性、八号はタイトル画なし）、九号からは振り上げられた力強い拳のデザインになっている（図13）。

「風俗壊乱と官権」（一〇号）では、生田葵山「都会」が伊東中将姦通事件をモデルにしたために発禁になったことに対して「確かに官権の濫用である。職権を暴用して恣に権勢に媚《おも》ねるものと言はれても差支あるまい。今更立法上の精神を説く迄もない出版法にしろ新聞紙条例にしろ孰れも善良の風俗を害するものを所罰する為に、催けられたものので、権勢におもねり富豪に私する為に法律を催けられたのではないのである」と官憲による風俗壊乱の「暴用」を非難する。背景として、「都会」をはじめ、小栗風葉『恋ざめ』、草野柴二訳『モリエール全集』などが相継いで発禁になり、出版界に対する抑圧が厳しくなってきており、「滑稽界」にとっても他人事ではない事情がある。発禁をくらう、ということを販売戦略としていた「滑稽界」であるが、事実、発禁が重なると財政も困難になり、出版することまで不可能になるという危惧があったのだろう。

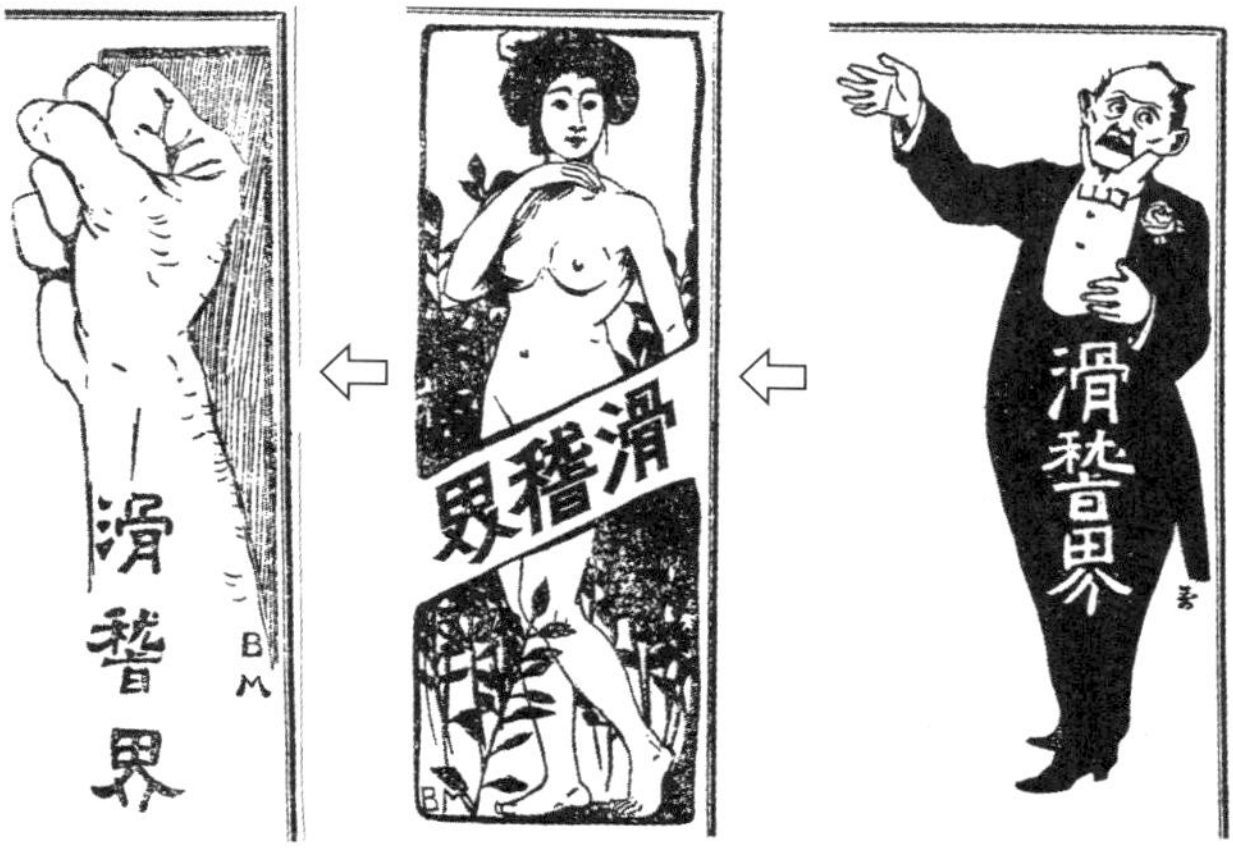

図13　「滑稽界」のタイトル画の変遷

　また、八号から一三号までの発行兼編集人が、野村宦之助（菫雨）という理由も挙げられよう。木全圓壽の調査によれば、野村宦之助は一八八三年（明治一六）年、名古屋木挽町に生まれ、青年時代は、「文庫」、「新声」に短歌、「中学世界」、「萬朝報」、「文芸倶楽部」の懸賞に小説を投稿する地方文学青年であった。一九〇六（明治三九）年上京して「滑稽界」の発行兼編集人になっている(62)。なぜ、投稿作家から「滑稽界」の編集に携わったのかは不明であるが、社主・白河夜舟が名古屋の人で

図14　「滑稽界」13号、明治41年9月
（清水勲監修『漫画雑誌博物館　4』国書刊行会、1986年6月、126頁）

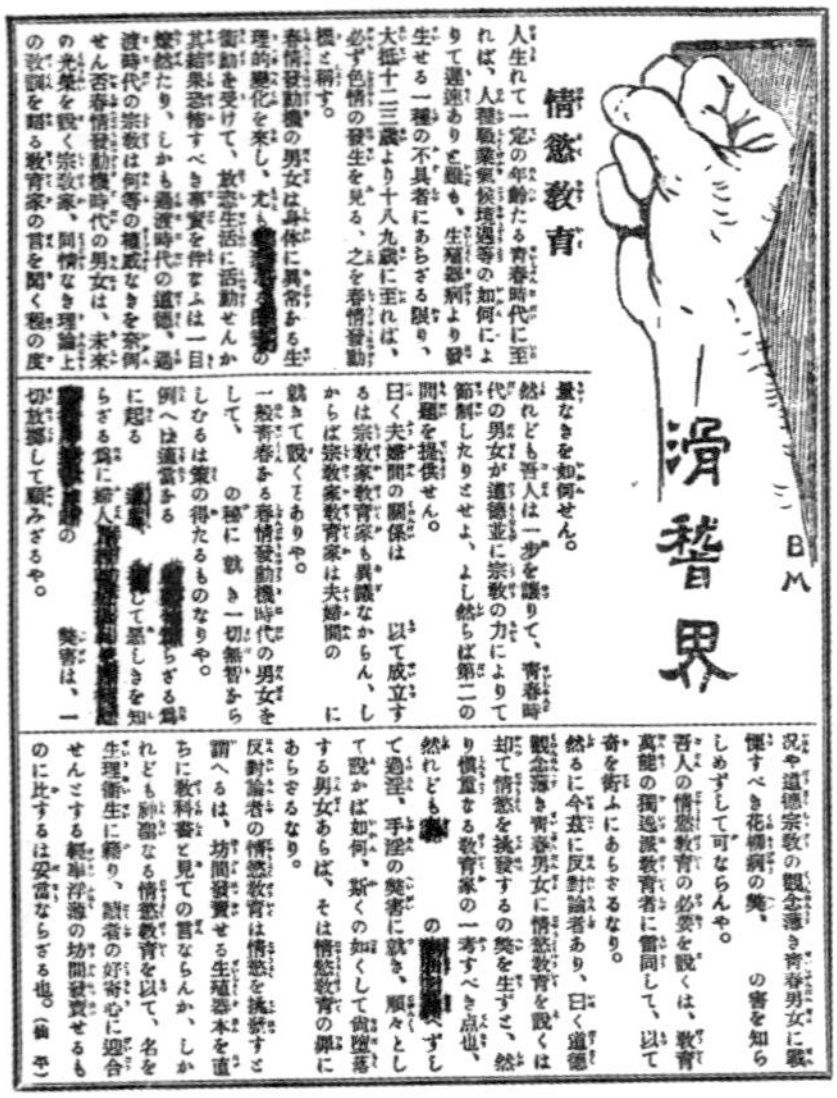

図15　「滑稽界」21号、明治42年5月
（清水勲監修『漫画雑誌博物館　4』国書刊行会、1986年6月、190頁）

あり、その縁からかもしれない。投稿作家時代にも「柿盗人」、「銃声」など権力者の横暴を憤る小説を発表しており、一〇号以降の「滑稽界」の反権力の姿勢に通じるものがある。彼は一九〇八（明治四一）年一二月、新聞紙条例違反で、罰金総額四二〇円、禁錮二ケ月の罰を受け下獄する(63)。

発禁が続く中、「滑稽界」の自然主義批判の記事数は減ってゆく。時事的な話題としての自然主義のインパクトがなくなり、消費されていったためであろうが、「滑稽界」自体の編集姿勢がたびかさなる発禁により、官憲の権力そのものに批判を傾けていったためだろう。そして、発禁という権力から〈猥褻〉文書というレッテル貼りをされたことに対して、これまでは自然主義の〈性〉的なイメージを経由したり、隠喩や偶喩といった婉曲な表現で〈猥褻〉を笑いに転化していた手法から、猥褻性そのものを反権力の武器にするようになる。

一七号「本誌の風俗壊乱事件」では、風俗壊乱による新聞紙条例違反の判決文の主文と理由をそのまま掲載している。例えば一三号の「新案福引」（図14）というのが風俗壊乱である理由として判決文は「肉交ヲ挑ミ肉交ヲ為シ居ルヲ一見了解スルニ足ルヘキ文句ヲ掲載シタル」ためだとするが、この判決理由は「滑稽界」の「新案福引」の解説、つまり、情欲の発動のプロセスを丁寧にも説明している。それを「滑稽界」という場に再び置き直すことによって、逆に「肉交」という文字が踊る判決文の方が〈猥褻〉に見えてくるしかけとなっている。

また、二一号の「情慾教育」（図15）という巻頭記事では、内容は性教育の必要性を説くという展開なのであるが、〈猥褻〉な文字を自ら墨で消したり、空欄にしたりしている。この手法が物語るのは、一つは隠れた文字に対する欲望を喚起するいわゆる「みせけち」の手法であるが、〈猥褻〉に関する根本的な問題を読み取ることができる。〈猥褻〉とは、〈猥褻〉に相当する内容があるのではなく、権力がまさに墨を塗る＝検閲することによって、〈猥褻〉とは何かが決定され、われわれの〈性〉や〈快楽〉に関するものが、権力によって規定されてゆく過程そのものをこの記事は再演している。つまり、〈猥褻〉という認識は、主体が属する共同体において〈共通にあるもの〉と想定され、そして〈猥褻〉と発話すること、その発話行為そのものに、何が〈猥褻〉であるかという議論を封じ、〈猥褻〉の反対側に道徳、倫理、公序良俗といった共有価値が創造されるのである。官憲の検閲はこうした共有価値を先取りし、発禁の論理を組みたててゆくのである。

この〈猥褻〉とは何か、ということについて本質的な問題をつきつけた「滑稽界」であるが、当初の「江戸児特有の皮肉と滑稽」を主眼とし、「愛嬌と卑猥」を提供していた時代には戻れず、二二号で廃刊する。

6　〈猥褻〉の快楽

ジョージ・L・モッセは「市民的価値観《リスペクタビリティ》」とは「セクシュアリティに対する適切な態度はもちろんのこと、「礼にかなった正しい」作法と道徳をさす用語」とし、こうした「市民的価値観」に貫かれた行動様式が、国民主義《ナショナリズム》の成立にとって不可欠なものとする(64)。諷刺漫画雑誌はこうした「市民的価値観」からみれば、卑俗で下品な猥褻を提供しており、権力があらゆる手段で働きかけ、そして個人が内面化するセクシュアリティの規律化から逸脱する猥褻の快楽を商品価値とした存在であった。

そして、諷刺漫画雑誌という大衆を支えとした文化は、抵抗のイデオロギーではなく、イデオロギーがないことが抵抗の手段であったとは言えまいか。

自然主義が文壇の権威として揶揄や批判の対象であったとしても、それは固定的なものではなく、時には自然主義の猥褻性を非難する姿勢をとりながら、その自然主義を記事とすることで権力に対しては、自然主義と共闘の立場をとったり、また自然主義の〈性〉的なイメージを戦略として、「公爵伊藤博文の内行は自然派小説の何に比して劣れるものぞ／侯爵桂太郎の内行は自然派小説の何に比して劣れるものぞ／伯爵田中光顕の内行は自然派小説の何に比して劣れるものぞ」(「自然派元老の活小説(蚊士の駄小説よりも有害)」)(65)という権力批判を行う、本質のないスタンスこそ、諷刺漫画雑誌の本領といえよう。

しかし、「抵抗文化」を過大視することは、抵抗の美学を捏造することにつながりかねない。そういった〈快楽〉の表象やイデオロギーに囚われないスタンスが反権力の有効な手段であるとしても、出歯亀＝自然主義の結合が、変態言説を増大させたように、女学生蔑視や、「男色」、自慰行為に対する性的な諷刺といった性差別表現をも含み、〈性〉の正常／異常の顕在化に参与する言説を流布していたことも看過できない。またたびたび登場する「清国留学生」批判など当時の日本の国家意識を代弁したり、第二次世界大戦下では戦争のプロパガンダとして働く危うさも諷刺漫画雑誌は孕んでいる。

また、諷刺漫画雑誌の反自然主義の姿勢が、結果的に〈文学〉としての自然主義の価値形成に働いたように、自然主義が青年子女の〈性〉的関心を煽っていると諷刺する「自然堂書店」を描いた図5は、見方を変えれば、そうした青年子女の〈性〉は教育によって管理されなければならないという権力側の言説に接続してしまう危うさもある。諷刺漫画雑誌は〈笑い〉という一回性の場で消費されはするが、権力や自然主義との関係性の場に置かれたとき、抵抗や〈快楽〉では語れない力学が作動する。これは〈笑い〉が持っている差別の問題や、ポルノグラフィーの価値判断に通底する問題であり、ひとつの価値の生成には場の複雑な要素がからまっていることをひとつひとつ解きほぐしてゆかねばならない。

近代は猥褻を文明国家に反する因習とみなし取締りの対象とし、あらゆる場面でセクシュアリティの規律化を進めた。自然主義は、権力によって猥褻と名指される〈性欲〉を人間の真実として文学化、ロマン化し、文学を「象徴的対象」とする手段の一つとして〈性〉を発見した。そうした二つの場に対して諷刺漫画雑誌の〈猥褻〉の復権とも言える闘争は、可能性と限界を孕みながらも、セクシュアリティの近代の別な側面を見せてくれたのではないだろうか。

【付記】「滑稽界」については、日本漫画資料館の清水勲氏より所蔵のオリジナル資料を通覧させていただき、また「東京パック」については、さいたま市立漫画会館の復刻版（龍渓書舎発行）を通覧させていただいた。貴重な資料を拝見させていただき感謝いたします。

第11章 女形・自然主義・性欲学
………視覚とジェンダーをめぐっての一考察

1　女形はジェンダーの越境か

ここに一篇の詩がある。

女形

お前は男だ、
だが心のなかに潜む「女性」に魅せられ誑かされ、

「男性」を離れようとする……

その苦悶が奇怪な表情となり描線となつて私共の眼前に踊る。

お前の首は不自然だが蠱惑的な角度を作りつり上がつた目を脹らまして実際の女が知らない催眠的な世界を覗きこむ。

お前の声は異様だ、普通の声でない、
病的動機を芸術化した場合の叫びだ、
第四次元国の女が発する放埒の声だ、
お前は心のなかに苛立つ感受性に悩まされて、幻の傀儡となつて顕はれ、
私共の常規的世界を掻き乱すために輝く星だ、
お前は悩ましい美しい夢だ。

女形に魅せられた詩人・野口米次郎は、女形がジェンダーを越境する魅力を歌いあげる(1)。現在でも女形の魅力は、その性差を超越する変化《へんげ》にあるのだろう。しかし、女形をジェンダーの越境の象徴として賞揚することはためらわれる。詩人はまず「お前は男だ」と呼びかけ、女形を男性ジェンダーに刻印した上で、その倒錯の美を歌う。つまり、詩人にとって女形は男性ジェンダーであるがゆえに魅力的なのであり、性差を越境する女形が美の対象となるということは、その背後ではすでに、性差の規範が強固になっていることが逆照射される。だから「私共の常規的世界を掻き乱す」女形が輝くのだ。

明治から大正にかけて、演劇改良論から女優待望論の流れの中で、女形は「変態」、「女性的男子」として「不自然」な存在と見なされ、より「自然」な女優を待望する論が唱えられる。新劇において女優が待望されるのは、「自然主義などの気勢に動揺を感ぜしめられた上からも、(歌舞伎の女形の)過巧、不自然、虚偽などの批難に堪へかねて、女子の役廻《ロオル》は女子が取るのを至当とするべきであると認むるに至つたから」(戯庵「女優論――優技上、教育上より見たる」)(2)である。

その「不自然」という感覚を支えているのは、より「写実」、より「自然」なものを求める自然主義リアリズムの視覚である。

女に扮した男なのか、女になった男なのか、男でも女でもないのか……。女形を眼差すものは、女形を通して、自らのジェンダー規範に必然的に向き合わねばならない。女形をめぐる議論は、単なる演劇論、演技論を超えて、性別を見る眼差しの形成を物語っていると思われる。以下、女形をめぐる議論を中心として、現実をありのままに再現しようとした自然主義リアリズムのイデオロギー、そして、個人を男と女の〈性〉の二分法へ還元し、そこから逸脱するものを「異常」と見なしてゆく性欲学の科学のイデオロギーが交錯する地点に、男女の性差を「自然」と捉える視覚の形成を見てゆきたい。

明治から大正にかけての女形についての論議は、①明治一九年からの演劇改良運動期、②明治二三年、男女混合演劇が許可され、実現した時期、③明治後期から大正期、自由劇場、文芸協会などの新劇が創始された時期、以上の三期に集中的になされている[3]。戦後、昭和三〇年代にも、武智鉄二と戸部銀作の間で論争が巻き起こっている。

以下、①演劇改良運動から②男女混合演劇までの時期と、③新劇の創始期の女形論を比較し、同時代の人々が女形をどう解釈し、どのように眼差していたのか検討することで、性別を見る眼差しの固定化、つまり「見る」こととリアリズムの要求がジェンダーの境界線を確定していった経緯を考えてみたい。①②を一つにまとめたのは、時期的に近いこともあるが、後に分析するように、①②と③の時期では、女形に対する視線が変化しているからである。結論を先取りすれば、女形＝男が女に扮した役者＝女装＝「変態」という図式が現れてくるのは③の時期であり、背景として写実主義、自然主義における「写実」、「自然」への要求、性欲学における男女のジェンダーの境界線の固定化と、「女装」者は、「変成女子《へんじやう》」、「変態性慾」者として排除しようとするセクシュアリティの囲い込みがあると思われる。

なお、本章で扱う女形についての議論は、「歌舞伎新報」（歌舞伎新報社、一八七九（明治一二）年創刊）、「歌舞伎」（歌舞伎発行所、一九〇〇（明治三三）年創刊）、「演芸画報」（演芸画報社、一九〇七（明治四〇）年創刊）、「演芸倶楽部」（博文館、一九一二（明治四五）年創刊）[4]の演劇雑誌を主として、文芸・総合雑誌、新聞紙上の劇評などの言説上の議論を中心としている。よって違式詿違条例で、異性装が取締りの対象となり[5]、法的、社会的、または実世間において女装文化が抑圧されてゆく背景での女装と女形の関係についてはフォローできていない。また、扱った資料が東京の劇場中心であり、文化的土壌を異にする関西の演劇界が同様の経緯を辿ったとは断言できない。と同時に新聞紙上などの言説は大劇場が中心であり、あまたある小劇場、芝居小屋における状況はまた別にして考えなければならないだろう。

つまり本章における女形論議は、演劇の近代化の中で、新劇などの新しい演劇の潮流と、歌舞伎を伝統芸能として保存してゆこうとするせめぎあい、近代演劇論の先端部分に出て来たものである。ゆえに現実とのズレはいくらも指摘できようが、女形＝「不自然」という言説の発生の中に、ジェンダー規範の生成を考えてみようとする本章の主旨は達成できるものと考えている。

2　演劇改良運動期・男女混合演劇期の女形論

政府の欧化政策の中での演劇改良運動は、一八八六（明治一九）年に始まる。積極的な役割を果した末松謙澄は一八八六（明治一九）年八月五日に「演劇改良会」を組織し、翌日、新聞紙上にその設立趣意書が発表された。その主旨は「第一　従来演劇の陋習を改良し好演劇を実際に出さしむる事／第二　演劇脚本の著作をして栄誉ある業たらしむる事／第三　構造完全にして演劇其ほか音楽会唱歌会等の用に供すべき一演技場を構造する事」（「演劇改良会趣意書」）(6)――である。財界・政界主導の演劇改良運動は、鹿鳴館がそうであったように、「上等社会の観に供して恥る処なきの域」（同前）に演劇を向上させることをめざしたため、大劇場建築、脚本の改良に専ら力点が置かれたが、演劇改良についての意見には女形廃止、女優待望論が含まれている。例えば、「女の役を男が勤めて居るうちは決して高尚なる芝居は出来ざるなり。女子にあらずむば女子の情を示さむことは決して出来ざるなり」（外山正一『演劇改良論私考』）(7)、「女形にハ女役者を使ふ事で御座ります此義ハ到底断然と行ハずてハなりませんイヤ女役者がなくては迚《とて》も真の芝居ハ出来ません」（末松謙澄『演劇改良意見』）(8)、「現今日本の芝居の様に男で女形の役を勤むるハ巧みは巧みに相違ないと誉て見た所が詰りのところ自然と人為だからヤハリ女形ハ《ママ》女に限ると申さなければなりません」（坪内逍遥『劇場改良法』）(9)などである。

「ヤハリ女形ハ女に限る」理由としては、「一体女性と男性とは天自然の差別のあるもので」と、男女の性差の「自然」を挙げているものもあるが、それは「流石ハ西洋は学問が開けてあるから芸道即ち美術的な道具立も成丈天自然悖《もと》らぬ様に出来てあるので御座ります」（坪内逍遥『劇場改良法』）(10)というように、「真の芝居」、「高尚なる芝居」、つまり目標としての西欧演劇の男優・女優をモデルにして語られているので、女の役を女が演じるのが「自然」であるというのは、もちろん性差の「自然」からの要求であるが、それ以上に西欧演劇では女の役は女優が演じるのが「自然」であるという方に比重がかかっている。つまり欧化主義と社会進化論をベースにした演劇改良では、上流社会の見物に耐えるような娯楽に歌舞伎を芸術化しなければならないという、西欧の視線を内面化した意識からの要請の延長線上に女形廃止／女優採用論があるのである。

この背景には、シェークスピアをはじめとする西欧の戯曲が日本に紹介され始め西洋演劇への知識が蓄積されつつあったこと、また末松謙澄をはじめ、渋沢栄一（会員）、伊藤博文（賛成員）、西園寺公望（同）など、演劇改良を進めようとした人たちの多くが海外留学体験を持ち、実際に西欧の劇場で観劇した演劇をそのまま日本演劇に移入しようとしたことなどがある(11)。

しかし、明治二〇年前後の演劇改良運動期から男女混合演劇期は、女形廃止論が支配的であったわけではない。前述したように、演劇改良運動は官製の上からの改良運動であり、劇界を含む大きな動きにはならなかった。女形廃止論に対しては、福沢諭吉のように、「鬚髯《すうぜん》男子にして婀娜たる婦女の態を学び然も其眞に迫ると云ふハ我日本特有の美術なり此技を永世に保存」（「女俳優」「東京日日」）(12)すべきである、日本の伝統芸としての女形の役割を唱えた女形保存論もある。他にも急進的な欧化政策への批判から女形を保存せよという意見（「芝居改良の説（前号の続）」「時事新報」）(13)や、女優は妄りに「人情」を刺激して、社会風俗を乱すおそれがあるという女優をスキャンダラスに扱う論は、明治後期・大正にいたるまで広く見られる。

演劇改良運動自体は、一八八七〔明治二〇〕年四月、井上馨外相邸で天覧歌舞伎が実現され、役者の社会的地位上昇、歌舞伎を上流階級の鑑賞にたえる芸術へと押し上げたこと以外に、演劇改良会、日本演芸矯風会の活動が主だった成果を見せないまま、当初の目的を果たすことはできなかった。

一八九〇〔明治二三〕年、「府下演劇の儀は男女俳優混合にて興行せざるは古来の習俗に有之候処右に関しては規則上別に制禁も無之欧洲各国に於ては男女混合の例も有之将来混合興行の場合においては不問に付すべき筈につき此旨心得べし」（八月二二日、田中光顕警視総監からの劇場関係者に対する訓令）と許可もしないが、禁止もしないという政府の曖昧な態度によって、女優が舞台に立つ道が開けた。一八九一〔明治二四〕年一一月には、伊井蓉峰、依田学海、水野好美などの男女合同改良演劇の済美館が結成され、初の女優・千歳米坡を生み出したが、内部分裂によって済美館の活動も短命に終る。

3　新劇創始期における女形論

明治三〇年代から四〇年代にかけては、洋行から帰って来た川上音二郎、貞奴の「正劇」、二代目市川左団次の興行改革、帝国女優養成所設立（一九〇八〔明治四一〕年）など一八八六〔明治一九〕年の演劇改良が撒いた種がようやく萌芽し、有楽座（一九〇八〔明治四一〕年）、帝国劇場（一九一一〔明治四四〕年）という近代劇場が完成する。そして、二代目市川左団次・小山内薫の自由劇場、坪内逍遥・島村抱月の文芸協会の結成、松井須磨子の人気により、旧劇＝歌舞伎の女形と新劇の女優の優劣論が論議されるのはこの頃である。

この時期の女形廃止論が、一八八六〔明治一九〕年前後の演劇改良論と質を異にするのは、女形の生理的な不自然さが科学的視線を評価軸として指摘されることである。結果的には、旧劇＝歌舞伎には女形、新劇には女優という、住みわけに落ちつくのであるが、昭和三〇年代の武智・戸部論争にまで引き継がれる女形＝「時代錯誤なグロテスク」（武智鉄二『私の演劇論争』）(14)という女形に対するある種の見方は、この時期に形成されたと思われる。

女形廃止論と女優待望論は表裏の関係である。であるから女優を否定する場合、女形との比較において、女性は背が低いので舞台ばえしない、女性は声量がない、もともと芸術は男性の領分であり、「女優も矢張女性で、其心意力は男性よりも遥に劣等である」から、男性は技芸において女性よりも優れている（青柳有美「女優無用論」）(15)、などという理由で、女形の存続が説かれる場合もあるが、日本の伝統芸として女形を保存しようという意見が多勢を占め、新しく興った新劇との住みわけ、例えば「歌舞伎劇に女優の必要は絶対に認める事が出来ない」が、女優の必要は、「此れから新たに起るべき科白劇」にある。つまり「歌舞伎劇のやうに誇大な表情や音楽的な科白」を用いない「純写実式」の演劇では女優が必要である（伊原青々園「帝劇の新女優」）(16)というように、旧劇＝歌舞伎は女形、「純写実式」の新劇は女優という意見におちつき、演劇改良期における女形か、さなくば女優かという二者択一型の議論を脱出する。

一九〇六（明治三九）年一一月、文芸協会第一回公演（歌舞伎座）が行われ、一九〇八（明治四一）年、欧米へ演劇研究に行っていた二代目市川左団次が、帰朝後初の興行「ヴェニスの商人」（明治座）を上演、一九〇九（明治四二）年小山内薫、左団次らの自由劇場第一回公演「ボルクマン」（有楽座）の上演など近代劇への熱が高まってきた。必然的に女優育成も急がれ、一九〇八（明治四一）年七月、貞奴が帝国女優養成所を開設、同年一一月有楽座附属女優養成所が開かれる。

一方、旧劇＝歌舞伎はどうであったかというと、一九〇三（明治三六）年に団十郎（九代目）・菊五郎（五代目）という明治の歌舞伎界を代表する俳優が相次いで亡くなり、女形の世界でも力を持った立女形がおらず、旧劇＝歌舞伎の衰退がささやかれる。初代左団次が、座付き作者以外の松居松葉の脚本を使用したり、舞台背景をアメリカ留学経験のある山本芳翠に写実的なものを描かせたり、茶屋、出方の廃止など歌舞伎の旧習を改革しようとしていたが、女優待望論／女形廃止論の風潮は、旧劇＝歌舞伎界にとっては痛手であったと思われる。

そんな折、伝統芸としての歌舞伎を再発見するニュースが訪れる。一九一〇（明治四三）年に開催される日英博覧会に日本の芝居を上演するという計画である。

4 日英博覧会と女形

ロンドンで日英博覧会（一九一〇（明治四三）年五月～一〇月）が開かれるにあたって、英国委員から日本の芝居を博覧会で上演する計画が出された。別に川上音二郎も「倫敦の劇場キング、シアタア」へ新派旧派あわせて俳優五〇名を招聘する計画を公表した。実際にはロンドン公演は実現されなかったらしいが(17)、博覧会にどんな芝居、どんな役者がふさわしいかが騒がれる。興行者、脚本家、役者などから意見を聞いた特集「俳優渡英の議」（「歌舞伎」一一〇号、一九〇九（明治四二）年九月）を中心に見てゆきたい。

明治二〇年前後の演劇改良期ではモデルとしての西欧演劇にふさわしくないという理由で女形廃止が説かれるが、日英博覧会への役者派遣をめぐっては、日本の「国劇」として歌舞伎がふさわしいとされ、「創られた伝統」としての歌舞伎のイメージ形成が見て取れる。また、女形に関しては、未だ演技の未熟な女優よりも女形が渡英すべきである、さらに、男が女に扮する女形は西欧では珍しく、「女優の代りとして、二百年来発達し来つた国劇の特産物なる女方を一行に加ふべき」（伊原青々園「日本劇を日本劇として演ぜよ」）という意見が現れる。佐藤紅緑は女形は「不自然」ではあるが、「其の不自然である処に、最も技量の要する処だと思ふので、日本の芸術はそこで面白味が出て来るのだ」（「脚本の選択を真面目にせよ」）と「不自然」であるがゆえに、女形は世界に例のない日本の独特な伝統芸であるとする。女形は西洋にない「特産品」であり、「不自然」であるがゆえに日本の芸術として誇れる、という言い方には、女形保存の考えにも、すでに女形は「自然」でないという意識が浸透していることがうかがえる。

しかし、この特集「俳優渡英の議」で特筆すべきは、旧派の女形で記事を寄せている六代目尾上梅幸が、次のように述べているところである。


今度の英国行は是非行きたいものです。（中略）しかし、外国では女優が珍重されると聞きますから、私のやうな女方は、行きたくても除け者になるかも知れません（尾上梅幸「女方は行きたくても」）。


女形自身が述べているこの切ないまでの不安は何であろうか。西洋近代劇での女優の重要性、そして日本における近代劇の勃興、女優への期待のたかまりに歌舞伎女形は自らの存在の危機を感じているのだろうか。

しかし、新劇の写実主義（女役は女が演じるべき）と女優の出現による女形の危機感は、歌舞伎＝女形／新劇＝女優という住みわけによって解消されよう。歌舞伎を日本の伝統芸として保存しようという考えでゆくならば、女形は「不自然」ではあるが、歌舞伎は型の芸術、虚構である、だから女形は本当の女になるのではなく、女形という芸を鍛えればよい、という結論も導き出されるだろう。事実、女形保存の立場では「男が女になつたりするのは、芸術上から云ふと其処に面白味があるのだと思ふ、又芸術の本領として虚を実に見せて人を感動さする処が妙だと思ふ」（田村成義「女優と女形との価値（其二）何十年後かの後には」）(18)、「実感を超越し、天然を超越するのが、芸術の存在ある領域」（浩々歌客「女優男優の女形比較」）(19)であると、芸の鍛錬や型ということが重要視されている。

しかし、理念的にはこう解決できるが、問題は芝居が観客に「見える（見せる）」芸術であるところにあると思われる。歌舞伎の荒唐無稽を廃して、より史実に忠実にしようとした市川団十郎の活歴劇、小説などの現代劇を上演した新派、また写実主義、自然主義に影響を受けた新劇の台頭など、芝居を作る側も「写実」への要求を強めてくる。しかし、それだけではない。女形の身体を見る観客の「視線」の変化をあわせて考えなければならない。

女形を見る観客の「視線」の変化は、何も舞台上の身体に「本物の女」を要求する写実主義・自然主義の理念的なものからの影響だけではない。問題は、劇場の近代化、舞台技術の革新にともない、舞台上の身体がより「見える」ようになったところにあると思われる。そのとき女形の身体は、男でもない女でもない異質なものとして捉えられる。さらにその異質性は〈性〉の病理とリンクされるのである。女優待望論の中の女形観を考察するまえに、劇場の近代化、特に照明技術の革新の中で、照らし出される女形の身体を考えてみたい。

5　照らし出される女形の身体

③の新劇創始期に女形と女優の優劣を論じた水口微陽は、次のように述べている。

今まで女優と云ふもの、無かつた我が国の観劇者は、女形を舞台上の婦人として些しも不思議には思はなかつたのだが、既に一方に女優と云ふものが出来て見れば、元来が男子が婦人に扮するなど、云ふ不自然な事は到底見て居られなくなる。芸の技量よりは目が承知しなくなる（水口薇陽「女形と女優　附り文士演劇」）(20)。

「芸の技量」よりも「目が承知しなくなる」――つまり、見た目の性別がより自然なほうがよいというのは、舞台を見るものの視線が、役者の性別と見た目の性別を一致させようという、「写実」、「自然」への要求に貫かれ、その要求の背後には、生物学的な性差に〈性〉を還元してゆこうとする意識があるのは明かである。その性差を判別するのが「目」であり、「目が承知しなくなる」――見た目をよりはっきりさせたのが照明技術の進歩や、どの位置からも舞台が良く見え、観客の視線を舞台に集中させる、均質化した劇場空間構造の変化である。

江戸時代の劇場は、明かり窓から劇場内に日光を入れていた。したがって劇場内部は薄暗く、夕方まで興行が長引いたときや、天気の悪いときには蝋燭の焔を照明としていた。また役者の顔を照らし出すために、「面明かり」（差出し）といった、箱に蝋燭を立てて、長柄をつけ後見が役者の顔の前に差出し顔を照らす、いわゆるフォロー・スポットライト用の蝋燭が用いられていた。明治期に入っても基本的にはこの蝋燭照明を踏襲していたが、ガス燈、そして電燈の導入により、舞台は画期的に明るくなった[21]。

一八七二〔明治五〕年、横浜に日本初のガス燈が灯され、同年、オランダ人ヘクトが開場した横浜ゲーテ座でガス燈を使った初の公演が行われた。一八七八〔明治一一〕年、新富座の「舞台明治世夜劇《ぶたいあかるきじせいのよしばい》」によって、本格的に夜間興行が行われるようになる。このころから他の大劇場もガス燈を導入してゆく。一八八五〔明治一八〕年には、新富座で月の照明に初めて電燈を用いている。ガス燈・電燈は舞台のみならず客席も照らし出すもので、その明るさを仮名垣魯文は「上下に瓦斯を設けありて夜陰満場を輝かすこと曽て昼夜の差異《けじめ》を分たず」[22]と記している。

一八八九〔明治二二〕年、外観は純西洋式、内部は純歌舞伎様式の歌舞伎座が落成し、客席の上には電燈のシャンデリアがつけられた。ガス燈・電燈という新しいテクノロジーの移入によって、歌舞伎の夜間興行が可能となり、舞台・客席は各段に明るくなったが、照明の役割は舞台の光量の確保、月などの演出効果にすぎなかった。

有楽座や帝国劇場などの近代劇場を舞台として、舞台演出的な効果に照明を工夫したのは新劇である。とくに舞台装置、照明ともに技術的に高く評価されていたのは自由劇場で、一九一二〔明治四五〕年、帝劇での「タンタジールの死」、「道成寺」を見た小宮豊隆は「舞台装飾と光線の使用法とに関して、今の日本の劇場が到達し得る最高頂の芸術にまで押進めている事は争はれぬ事実である」と賞賛している[23]。自由劇場の技術の高さの理由は、主催者である小山内薫がイギリス人、ゴルドン・クレイグの『演劇の美術』を読み、舞台演出、舞台技術の知識に通じていたこともあるが、主要な俳優であった二代目市川左団次の洋行体験も大きいと思われる。

左団次は、一九〇六〔明治三九〕年、演劇研究のため欧米旅行に出発。フランス、イタリア、オーストリア、ドイツの演劇界を視察し、ロンドンでは俳優学校の聴講生として、発声法、雄弁術、デルサルト式表情術を学んだ。さらにアメリカから「ライムライト」の機械を持ち帰り、一九〇八（明治四一）年、帰朝後第一回公演「ベニスの商人」（坪内逍遥訳）を本郷座で上演し、「一万六千燭の電燈を用ひ、舞台に自由に光線を与へ、更に去年まで人の知らなかつた『ライムライト』を、左団次は彼地から持つて来て、絶えず俳優の身体に浴びせて、表情を鮮明にさせ」るという「舞台改革」を行った（木村錦之助『明治座物語』）(24)。本格的な照明の調光設備が備わったのは、一九一一（明治四四）年に開場した帝国劇場である。

こうした照明技術の進歩を歌舞伎の退化と捉えている批評家がいる。楠山正雄は「歌舞伎劇の最後の人々――菊五郎、吉右衛門論の終結」という文章の中で、歌舞伎は「末路の芸術」であるとし、その理由は、昔のように蝋燭の焔の中で行われていた色や匂いの高い、幻想的な雰囲気を持った「浪漫主義の芸術」も、電燈に照らされた舞台で「明治式に写実化」される中で稀薄になったからであるとする。歌舞伎の退化を、電燈照明の導入による「写実主義乃至自然主義」への転換にみるのである(25)。

そして照明技術の発達で舞台が明るくなり、観客からその動作、表情までもが隈なく見えるようになったために、その「不自然」さが照らし出されるのは女形である。

坪内逍遥は、女優が必然的である理由として、「オペラ眼鏡と電気燈と写実式と此の三つのもの、流行ばかりでも、在来の女形は追ひ〳〵難境に堕らざるを得ない」（坪内逍遥「俳優について」）(26)と述べている。「オペラ眼鏡」＝劇場の西洋化、「電気燈」＝照明技術の進歩、「写実式」＝演劇理念の近代化により、身体を自然に見せることが要求され(27)、また照明によってよりよく「見える」ようになったため、女形は「不自然」とされるのである。

三宅雄次郎も「多くの人が眼鏡を用ゆる事になると、女形の顔は如何にも変に見えるのであります」と逍遥と同様のことを述べている。また三宅は女形を「不思議に思はぬ」のは、「習慣の為に鑑識が鈍つて居る」と、女形を「不自然」と見るか見ないかは、観客の「鑑識」眼の差であるという（「女性芸人」）(28)。

男性である女形の演技に「女」を見るルールにのっとった伝統演劇の観客の「見る」作法から、女に扮した男として女形を見る近代の観客は、性別を見分ける視覚を習得しているのだ。つまり見る側の視線の中にすでに、ジェンダーの自然／不自然の基準を備えているのが近代的な鑑賞方法なのであり、「芸の技量」以前の、身体の性別と見た目の性別の「自然」な一致に基づいているのである。

もちろん「声」の問題も考えなければならないだろう。「如何に巧に女声を作つても到底男には出ぬ女の声」（島村抱月「女優に対して　女優と文芸協会」）(29)によって女形の不自然さを「声」に求める意見もある。しかし、こういった「声」の不自然さよりも、「見た目」の不自然さを唱える意見のほうが多い。逆に、女優への非難で多いのは声量がない、「調子を破る程癇走つて黄色い」声である。東儀鉄笛「劇と女」(30)によれば、観客が女形の「中間的な」声に慣れているから女優の声は聞きづらいと感じるのだろうとしている。また、文芸協会などの新劇団体では、発声法の講義をしていることから、歌舞伎の七五調の言いまわしを改良するのは、女優に限らず、新劇の役者すべてに関わる問題であったからでもあろう。

当時のガス燈、電燈がどれくらい明るかったのかを、物理的な数値として江戸期の芝居小屋と比較することも可能であろうが(31)、それ以上に「昼夜の差異を分たず」明るくなったという心理的な感覚の変化が重要である。男性的の特徴である髯や咽仏などの細部が客席から本当に見えたかどうかはわからない。しかし、明るくなることが、すなわちよく見えるようになるという、実証不可能な観客の思い込み、視覚の変容によって、女形＝「不自然」言説は支えられているのである。

演劇改良運動から、女優育成の必要の中で女形廃止が唱えられるようになったが、女形の敵は演劇改良論者や女優の出現ではなく、こうした照明技術の進歩、そして見る側の視線の変化であったのかもしれない。「見える」性と役者の身体の性差が一致することを、「自然」と考えるジェンダーの視線は、こうした照明の中で「見る」ことによって培われたといえよう(32)。

6　性の病理／倒錯の美としての女形

このような見る側の視線の変化の中で、女形はどのように眼差されてゆくのだろうか。この時期の女形観には、女優を待望するあまり極端に女形を排除しようとする力学があることは確かであるが、演劇改良期には見られない、〈性〉の病理とリンクさせて女形を「不自然」とする論が出てくる。それは、同時代の性欲学の広まりと無関係ではないだろう。「オペラ眼鏡と電気燈と写実式」の「流行」が女形を「難境」に陥らせるとする坪内逍遥も、「遠からずして変成《へんじやう》女子は地を払ひ、舞台を挙つて新しい女優の世の中となるでもあらう」（前掲「俳優について」）と、女形を「変成女子」と呼んでいる。

他にも「日本の旧歌舞伎といふ如き変態芸術ならば知らず、苟くも近世以後の西洋劇乃至日本の現代劇に於ては、如何様な事があつても婦人の事は女優が勤めなくては到底物にならぬ」（島村抱月「女優に対して　女優と文芸協会」）[33]、「変態芸術と云はれるやうな男優の女形の残した片輪なお芝居」（田村俊子「女優と女形の価値（其二）」『ね話」）[34]、「男子が女性に扮するといふ事はもと〳〵大いなる変態である。（中略）一言にしていへば、女方なる者は病的な社会の産物に他ならぬ」（伊原青々園「女方小史」）[35]などである。

先に述べたように、女優を必要とする近代劇の立場は、過剰に女形を否定するという力学が働く。そのとき、歌舞伎＝旧時代の芝居・時代錯誤、新劇＝新しい演劇・近代劇という進化論的なカテゴライズ以上に、「変態芸術」「変態」「変成女子」などと〈性〉の病理のメタファーとして歌舞伎や女形を語る批評眼を持っているということが重要である。

明治二〇年代の②男女混合演劇期では、女優が舞台に立つと妄りに「人情」を刺激して風俗を壊乱する恐れがあるのに対し、女形は男とわかっているので濡場でも劣情をもよおさないという意見があった（「男女混合芝居」）[36]。つまり明治二〇年代の時点では少なくとも、男とわかっている女形の濡場を「変態」的として見る感覚は存在していなかったと思われる。

しかし、明治四〇年代以降、女形の存在は演劇の枠を越えて、社会の病理（「病的な社会の産物」）として性科学の対象となる。

性科学、同時代的には「性欲学」と呼ばれた明治の新しい科学は、古川誠「性欲と恋愛の第三帝国」によれば「性欲そのものあるいは性欲と個人、性欲と社会の関係」を探求する学問である(37)。生殖器、出産などについては明治一〇年代から造化機論としてさかんに翻訳されている。しかし「性欲」は生殖器のように身体・生理だけの問題ではない。赤川学によれば、「「性欲」は、人間の「内面」に存在すると同時に、人間の「内面」によっては統御され得ない「抑えきれない性欲」という意味」もある(38)。つまり、「性欲」は自己の「内面」にある「統御」する実在の対象でありながら、「内面」では「統御」できない「やっかいな代物」でもある。誰にでもあるが、「やっかいな代物」である性欲が、社会的に害とみなされるとき、それは性的逸脱とみなされ排除されてゆく。こうした病的性欲をクラフト＝エビングは『性的精神病質』（一八八六年）で「変態性欲」と名付けた。この本は一八九四（明治二七）年、『色情狂篇』として春陽堂より刊行されている。「変態性欲」とは具体的には「同性愛」、サド、マゾなどをさす言葉であり、大正期になると「変態」と省略される(39)。

生田葵山は、女形とは「先天的男である可き男優が、如何に幼少より踊の工夫を敢てし、女子に扮す」るものであり、到底「先天的女である女優」にはかなわないという（「女優養成に就て」）(40)。「先天的」というのも、「変態」、「変成女子」にならび性欲学の用語であり、女形とは、「先天的男である可き男優」が自然の摂理に逆らって「女子に扮す」る「変態」とされる。

女形を「変態」とレッテル貼りするのは、なにも女優の必要を説く者だけではない。女形を保存する文脈においても、世の中には男で女らしく、「女装する技能」に長けているものがいるが、「平生社会に自分の性情を恣にすることの少ない女性的男子の芸術を演劇に発揮する、斯ういふ男が、俳優に存在し得る自由を有し、また特技を有すと信ずる」（浩々歌客「女優男優の女形比較」）(41)というように、女形はその「女性的男子」の特質を芸術的に発揮したものだとする。

また、長谷川伸の「変態性慾から観た女形」のように、正面から「変態性慾」者として女形を論じるものもある(42)。ここでは主に新派の女形についてであるが、「古人の記述に残して行つた男娼の遺風とは全く別個の変態性慾の発露を見る」として、女形も「同性恋愛」者も「女装」も同列の病理として扱われ、女形の「同性恋愛」、そして「女装」の精神的、環境的原因を性欲学の研究を参考にして列記する。

では、女形を論じる者たちが使っている「変態」や「変成女子」、「女性的男子」とは、いかなる〈性〉の病理なのであろうか。

クラフト＝エビングの「変態性慾」の分類を援用した羽太鋭治・澤田順次郎共著『変態性慾論　同性愛と色情狂』（春陽堂、一九一五（大正四）年六月）では、「女性的男子　男子にして、女子的なるもの」は、「顚倒的同性間性慾」の範疇として、「男性間性慾　男性間に行はるゝ色情」、「女性間性慾　女性間に行はるゝ色情」、「半陰陽者　半陰陽の色情」などと同一分類である(43)。

「顚倒性慾」とは「自然的性慾に反して、自己の性と同一なる者に対する、色慾を生じること」（九六頁）であるが、「女性的男子」とは「俗に謂ふところの「女のやうな男」」（一一一頁）であり、「変性男女」（「女性的男子」と「男性的女子」）とは「一たび其の衣服を改めて、異性に変装するときは、極めてよく類似して、全く真物と見誤らるゝこと」（一一三頁）があり、「女性的男子」の質を生かした職業として「女形なる一種の俳優」があると述べている（一一四頁）。

澤田順次郎『神秘なる同性愛』では、「変性的男女」と、「同性愛の男女とは、無関係」ではない。なぜなら、「同性愛の男女は、如上の変性的男女に、多くあるからである」と、「変性的男女」と「同性愛」の結びつきの必然を唱える[44]。『変態性慾論』と同様、「変性男女」の例として、日常も女に扮していた明治初期の女形・澤村田之助を挙げている。

演劇改良期、男女混合演劇期において、女優は風俗を壊乱するので女形でやるべし、という論があったことは先に述べた。実際、女優が登場し始めても、女優は堕落しやすい、風俗壊乱の恐れがあるとして女優を否定する意見はしばしば聞かれる。しかし、問題は女優や新劇そのものにあるのではなく、女性のセクシュアリティの顕在化を恐れる男性側の不安を女優に投影しているのである。

では、女形はどうだろう。女形がすなわち「女装」者や「同性愛」者であるわけではない。しかし、当時の性欲学の術語が社会化することによって、女形を論じる者たちは、女形を「変態」、「女性的男子」の病理として語る文法を身につける。実はそこではもう女形であるかどうかということは問題ではない。男でありながら、女に扮する、外見上の「異質」さ、性差の「自然」に照らし合わせて「不自然」なものを「異常」と見なしてゆく異性装を排除する差別意識が浸透しているのである。

しかし、その「異常」に対する眼差しは女形という他者に向けられるだけではない。「一般の心理現象に対してこ、迄が正態で、これからは変態となるといふ明確な境界線を設けることは全くできない」（小熊虎之助『変態心理学講話』）[45]、「健康者にして彼の変態と名づくる性慾分子を有せざる者は一人もあらざるべし」（榊保三郎『性慾研究と精神分析学』）[46]と、誰でも「変態」要素はあり、あるがゆえに「異常」や「犯罪」につながる「変態性慾」への危機感をあおり、「同性愛」や異性装を排除するヘテロセクシズムの体制を強化するのが、これら性欲学の言説であろう。

女優という存在は、女性のセクシュアリティの増大に対する男性の不安の徴候である。女形は、「同性愛」に対するヘテロセクシズム体制の不安の徴候であると同時に、男性の女性化に対する不安の徴候と言えよう。

女形保存論では、日本の伝統芸として女形を再発見してゆくのだが、女形は「不自然」ではあるが……、という前提のもとで述べられていることはすでに見てきた。とすれば、女形を「異質」なものとして排除する女優待望論と、伝統芸としての女形を保存しようとする論の間には、性差を本質的なものとし、〈性〉を科学的な視覚で分析したうえで、ジェンダーの規範によって女形を眼差す視線は共有されているといえよう。

そこで、男が女に扮する女形を、〈性〉の神秘として捉えれば、「変態性慾」であるがゆえに美であるという倒錯論が出てくるのは当然であろう。つまり、冒頭にあげた野口米次郎の詩のように、倒錯の美の象徴としての女形を発見してゆくのである。

例えば、女形の芸を「複性的技芸」と評価し、男が女、女が男を演じる芸は、「何れの国にもその類を見ることの出来ない bisexual のものである」(戯庵「女優論――優技上、教育上より見たる」)(47)という女形＝バイセクシュアル説もみられる。また、楠山正雄は近世の女形・芳澤あやめや市川門之助のように女を演じきるために日常生活から女装をして暮した女形は「近頃の両性研究の学者に言はせたら、性の顚到とか、転換とかいひさうな、男とも女ともつかない変態な生活を送つてゐたやうです」としながらも、そこに自分は「畸形児の美人に対して感じるやうな、痛々しい暗い快感を持つて」いる、と「変態」であるがゆえに魅了される「快感」を感じ取っている(「女形の表現する官能美」)(48)。

「同性性慾」などの「性慾異常」を、芸術的な才能に結びつける同時代の天才論と類似した現象であるが、これらの言説では芸として〈性〉を越境する女形という形式が、女形＝男性の「変態」的変化として、身体的、精神的に〈性〉を越境する者という図式と混同され、女形とは、見る側の〈性〉のファンタジーを体現する者であり、ゆえに美として賞揚される。しかし、倒錯の美を論じる者は、自分は倒錯者ではないという潜在化された性意識を有しており、〈性〉の正常／異常の境界線をなぞる上に女形＝「倒錯の美」説を立てている。単純に女形をトランス・ジェンダーの美学として語れないゆえんはここにある。

7　女形と自然主義リアリズム

近代の演劇が写実主義、自然主義の傾向へ傾斜するとき、歌舞伎はその勧善懲悪、荒唐無稽さが指摘され、中でも女形はその「不自然さ」によって、演劇の写実化、近代化をさまたげるものとして衰退の象徴とされる。浜村米蔵『歌舞伎の見方』は、一九二〇〔大正九〕年の時点で、伝統芸能としての地位を歌舞伎は確立しているが、「外面的全盛に引き換へて、内部には怖るべき危機を孕んでゐる」という。その内部の危機とは見物側の「写実主義的批判」であり、女形に「写実主義」を求めるのは、「一般の見物がそれに抱く現実曝露の悲哀」であると歌舞伎を衰退させるものは、「写実主義」的な視線であると危惧している(49)。この見る側の「写実主義」的な視線とは、女形を「不自然」と見なしてゆく視線でもあり、舞台の照明技術や近代的な劇場の「よりよく見える」テクノロジーが、見る側の視覚を変容させたことも述べてきた。

女形を「不自然」や「倒錯の美」として眼差す観客の意識の中に、見た目の性別と身体の性別を「自然」な統一だとする、男女の性差の境界線が存在しているのであるが、同時代の性欲学の言説をはじめ、そのようなジェンダー規範が敷衍しているから、女形が不自然に映るのであろうか、それとも女形を論じることによって、規範が喚起されていったのか。答えはその両方であろう。男女の性差の境界線は、劇場の近代化、照明の進歩、性欲学、写実主義、自然主義思想の移入、これらの要素が交錯した点に成立すると思われる。

最後に「自然」や「写実」といった、自然主義リアリズムという概念そのものを考えてみたい。

女形とリアリズムの問題については近世の女形論にも近世なりのリアリズムがあったことを見ておかねばならないだろう。例えば、「平生を、をなごにてくらさねば、上手の女形とはいはれがたし」〔芳澤あやめ『あやめぐさ』〕、「歌舞伎役者は何役をつとめて候とも、正真をうつす心がけより他になし」〔坂田藤十郎『賢外集』〕は元禄期における

「リアリズムの追究」であろう(50)。

しかし、近代の自然主義リアリズムは、これまで見てきたように、性差の本質論、セクシュアリティと深く関わっている。女形を「不自然」、「変態」とするとき、そこには女形の化粧や衣装といった「見た目」の性別(女)が、身体の性別(男)に反していることが問題とされる。私たちのジェンダーの認識は、多分に「見た目」によっている。近代の自然主義リアリズムは、この「見た目」の全能を貫くことによって成立しているのだが、「異質」なものを排除してゆくことによって獲得された全能性だということを忘れてはならないだろう(51)。

これまで、照明や劇場構造の中で照らし出される女形の化粧や衣装、振舞いといった「見える」性差と身体の性差の「不自然さ」が否定される過程に、自然主義リアリズムのジェンダーを固定化する欲望を見てきたが、リアルなものへの要求は、単に「見た目」だけでなく、「見えないもの」までにも及ぶ。いや「見えないもの」を「見えるもの」に可視化し、それを観客に「自然」な表象だと思わせるという転倒こそが自然主義リアリズムなのである。言い換えれば、自然主義リアリズムとは、目に見えるものを「ありのまま」描いたり、そのまま演じたりするのではなく、目に見えないものを可視化し、可視化することによって観客に「自然」な表象だと思わせ、観客をリアリズムの秩序に組み込むのである。

女形を否定するものたちは、女形が「本当の女」に見えないという理由で否定する。彼ら、彼女らにとっての「本当の女」とは何なのだろうか。それは、女でない女形に決定的に理解不能であるとされる女性心理を再現できる「女優」という女性である。男である女形には、理解できず、再現できないとされるのが女性の心理という「見えないもの」であり、だから、「本当の女の方が本当の女らしい」(柳川春葉「女優は大に有望」)のである(52)。

中村吉蔵は「日常生活に見る、写実的の主婦や夫人や娘や令嬢など」を演じる場合は、「男の女形では何うしても不自然な廉が目に立つて来る」。なぜなら、「細いデリケートな、女の心理表出に伴ふ緩急の情調」は「真の女性」でなくては演じられないからだという(「余の見たる外国の女優と日本の女優」)(53)。小山内薫は「単に女の外形を写すだけの事なら、男にも出来る」が、「女の心」を舞台の上に投げ出す事は、「女その者」でなければできないと断言する。なぜなら、「心。心。女優の本質は、飽くまでも赤裸々な「女の心」である」（小山内薫「女優の本質」）(54)からだ。

女性の内面は女性にしかわからない、一見あたりまえの考えのように思えるが、自然主義文学における女性描写を参照したとき、「自然」な女性性というのがいかに、作られた技巧の上に成立しているか、この言い方に転倒があるかがわかる。

男性作家は異性である女性を描写するとき、性差の壁につきあたる。男性が他者である女性の心理を「自然」に再現できるのか。作家たちが考えたのは、女性の外面（見える部分）の描写を緻密に重ねてゆけば、内面の真実に到達できるという観察の方法、描写という「技巧」であった。田山花袋は「女の行為をじつと見てゐる」ことによって（「観察と描写　二男と女と」『小説作法』）(55)、また中村星湖は「見るといふ事」＝「書くといふ事」で、女の「内面」を描出できるとする（「人物描写」）(56)。女性の内面は見ることによって知覚される表層に表象されているという幻想である。

しかし、自然主義の理念においては、「技巧」は否定されるものなので、その「技巧」という「不自然」さをいかに「自然」に見せるかが文学の問題であった。観察することによって、女らしさを描く技巧が、女性そのもの、女性の内面描写とすりかわることによって、自然主義文学のリアリズムは完成するのである。

一方、演劇の場合は生身の女性を舞台に立たせる、つまり「本物の女」が演じるわけだから、自然主義文学に見られる他者表象の困難はないように思える。

演劇のリアリズムは、舞台の上に「現実」空間を作り上げる「技巧」という約束事を前提にしなければいけない。そうした「現実」空間を出現させようとするとき、日本の近代演劇がイプセンから始まったことも大きな意味を占めている。イプセンの芝居は一八世紀半ばからの額縁舞台、客席を暗くし、舞台に照明をあて、舞台を一個の自律した世界、「実験室」とみることによって可能となる(57)。楠山正雄は『近代劇十二講』において演劇空間の変化を次のように論じている。ギリシャ劇からシェークスピア劇への進化は「一しょに見る」芝居から「みんなに見せる」芝居への変化であり、そして近代劇は「一人一人がのぞく」芝居であり、それを象徴するのが、額縁式舞台であり、「部屋の四つの壁の一方をとりはづして、部屋の中の出来事をのぞかせ」る仕組みの「第四の壁」である(58)。

そして、「第四の壁」という近代劇の手法は、観客の身体を消去し、視覚そのものに変容させる。客席の照明を暗くし、額縁舞台という「現実」空間を「第四の壁」から覗き込む観客は、見るという行為に自らの身体を特化し、見る視線そのものとなる。つまり、「現実」、「真実」を照らし出す眼が観客なのである。舞台上の役者にとって、観客とは見えるものでありながら、存在しない「壁」であり、観客も自らの身体を消去することで舞台の「現実」空間づくりに参加する。こうした約束事によって近代劇のリアリズムは成立する。

このようなリアリズムの舞台空間で演じる女優の身体はどのように形成されるのであろうか。

前述の女性の心理は女である女優にしかわからないとする意見がありながらも、実際、女優を育成するという現実的な段階になると、「自然」ではあるがそれ以上ではないところに女優が芸術家として女形に劣ることが言われる。つまり芸の修行を積んだ女形に対して、女優はその「自然」を芸術化するに至っていないのである。文芸協会演劇研究所で演技の指導にあたった土肥春曙は「何と言ても女を知て《ママ》るのは女自身であつて、女の性情を発揮し、活躍させるのは女優でなければならぬ」と女形を排斥しながらも、現在の女優の「技巧を経ない自然は、技巧を経た不自然の力に、甚しく劣つてゐる」(土肥春曙「新女優と女形」)(59)とする。小山内薫も、女優の技量不足ということで、自由劇場の舞台には女形を使った。

また、女優養成所の存在を考えたとき、女性も「女優」に作り上げられるのである。舞踊、音楽、演技などの技術的な訓練から、哲学、語学、文学という情操教育まで、女性は新しい演劇にふさわしい「新しい女」として教育される。一方で帝劇附属の技芸学校では、女優の演技指導に女形があたるという本末転倒なことも起こった(60)。女優という「新しい女」の創始期であるからこそその転倒であるが、女優の演技＝女の心理の再現は、決して女優＝女だから自然に行われるものではなく、こうした訓練や教育によって可能になるのである。

そもそも、演技術そのものが、感情という内的な心理をいかに肉体・表情で表現するかを問題とするものであり、内面の表出は決して「自然」に出来るものではなく、訓練や「技巧」によって行われることは、左団次がイギリスで学んできたデルサルト式表情術をみてもわかる。二代目市川左団次とともに西欧演劇を視察し、女優サラ・ベルナールの舞台稽古などを実際見てきた松居松葉は、一九〇七〔明治四〇〕年に帰国するが、日本の劇界が西欧に対して遅れている点は、俳優の教育にあると痛感する。


劇術とは人生を模写する術であるを写真《コッピー》の如く其輪郭をのみ写するに止まらず、絵画の如く刹那の感じをのみ描くに止まらず、人間の感情と、其感情の流露する肉体の動作とを併せて俳優の一身に活動せしむる術である。〔中略〕一面の鏡、能く変化常ならざる自然の姿を映じ出すのみならず、時としてはわれらの肉眼で見るよりも、尚明晰に、尚精細に、物象を映出するが如くにせねばならぬ（松居松葉「劇術学校の必要」）(61)。


松居によれば、新しい劇術とは「人生を模写する術」、「写真《コッピー》の如く其輪郭をのみ写する」に止まらず「人間の感情と、其感情の流露する肉体の動作とを併せて俳優の一身に活動せしむる術」であるという。デルサルトは人間の肉体が遺伝や習慣によって本来の形から歪められているという人間観から出発し、その身体各部分の歪みを取り除き、自然に、自由に、感情を表現する方法を構築した。表情という表層は、感情という深層の表出であり、精神と身体、可視と不可視の間に照応関係を想定する。

女優の女性としての「自然さ」は、こうした舞台空間、演技術、表情術、そして自らの身体を視線のみに特化させ、見た目の性別を身体の性別と一致させるジェンダーの視覚法を身につけた観客に眼差されることによって可能となる。

一方、女形の芸はこうした構築された女優の「自然さ」を、そして自然主義リアリズムの「技巧」を、はからずも目に見える形で露呈させる。女形の芸は、化粧、身のこなし、衣装などの細部を鍛えることによって女性を造ることにある。そもそも女形の芸は、女性を類型化することによって洗練されてきた。実はそれは、自然主義文学の女性描写が隠蔽しようとした「技巧」や、女優の教育においてなされる「女」の演技指導と同質の、女らしさ、女性性を構築する芸である。女優は、演技者として登場人物の女性になるように、「女」の演技を演出されるのであるが、女優の内面、心理（見えないもの）は、「女」という性別（見えるもの）によって「自然」に表出されることが望まれる。女という性別が、女性心理の「自然」な表出を担保しているのであり、それは逆にいえば、女だから、「女らしい」内面が実在するという転倒を招くのである。

神山彰によれば、新劇、近代「演劇」は、旧来の歌舞伎「芝居」を差異化するために、リアリズムという武器を手に入れた。しかし、その近代演劇のリアリズムは「外面的模倣」よりも「内面性が異様に重視」される矛盾を抱えて発展してきた(62)。

その理由としては、演劇のリアリズムは、舞台上で生身の人間が演じることによって、視覚や聴覚といった感覚の自明性の上に成立し、他者表象の困難は感覚と肉体の現前性によって解決されると錯覚されやすいからであろう。ドイツの徹底的自然主義の演劇手法に賛同する楠山正雄は、小説の描写における他者表象の困難は、「作家と読者」の間の「想像の自由」によって解決されると考え、一方演劇においては、生身の役者が舞台に立つのだから、「俳優と見物の間には感覚から感覚へ相接して更に想像の自由がない」、だから演劇は俳優の技芸に「現実性乃至個人性を要求する近代写実劇の主張は到底徹底的になるを得ない」（楠山正雄「舞台上の自然主義」）(63)とする。「感覚から感覚へ」――視覚や聴覚の自明性に支えられた彼の主張は、舞台空間という現実と、演劇という虚構の問題の矛盾を棚上げした演劇のリアリズムの方向を示唆するものである。

また、小山内薫は舞台という空間が、小説とは違って可視性の空間であり、「技巧」においてしかリアルなものが再現できないことに意識的であった。「真の「写実主義」とは技巧に依て出来得る限り「真実」に肉迫するの謂である」(「舞台上の写実主義」)(64)と、「技巧」によって作られる「写実」は肯定する。しかし、「技巧」によって作られる「女形」という女は、「女の心」が再現できないとして否定する。まさにリアリズムを「内面性」に求める立場である。

女形は、「見える(見せる)」芸によって、男性ジェンダーの上に構築された女性性を見るものに、いやおうなく認識させる。それが「不自然」であろうとなかろうと、ジェンダーが構築されるものであることを、その存在そのものが語っているのである。だから、女形の存在は「自然」な女性(実は描写や訓練によって捏造された女性)を再現できるという自然主義リアリズムの理想を、その存在そのものがつき崩すのだろう。ゆえに、近親憎悪的に、自然主義リアリズムの眼でもって女形を眼差す観客・論客は女形を否定するのだ。この拒否反応の中にすでに、自然主義リアリズムの虚偽性が暴露されている。

8　女形のゆくえ

演劇論壇における女形廃止論、そしてその根拠となった女形＝「変態」言説は、現在の歌舞伎で女形が活躍しているのを見れば、杞憂であったかもしれない。日英博覧会へ日本の歌舞伎を「輸出」する計画が持ち上がったとき、「私のやうな女方は、行きたくても除け者になるかもしれません」とつぶやいていた尾上梅幸も、一九一一(明治四四)年、帝国劇場が開幕すると女形では異例の専属座長になる。一時低迷した歌舞伎も、新歌舞伎として大正時代に息を吹きかえす。歌舞伎は、新派、新劇など新しい演劇が勃興する演劇界の編成の中で、利潤のあげられる高級芸術としてその命脈を保ってゆく。

一九〇二(明治三五)年、松竹合名会社が結成され、京都、大阪、東京の劇場を買収・新築した。東京歌舞伎座も一九一三(大正二)年に経営を委任し、翌年から松竹の直営となった。松竹は歌舞伎興行を核に、新劇、喜劇、映画など、劇場興行を多角化し、新しい観客層を狙った大衆芸能志向を強めていった。こうした大衆芸能傾向の中で、歌舞伎は相対的に縮小せざるをえなかったが、上演にあたって多大な費用がかかる歌舞伎は大劇場で観客を中流階級以上に設定し、演目を限定するなどして伝統芸能化してゆく(65)。

歌舞伎は滅びることなく、伝統芸としての地位を現在まで築いてきた。明治から大正にかけて、自然主義リアリズムの「視線」にさらされたことは、歌舞伎の危機ではなく、伝統芸としての歌舞伎の位置を再確認させ、結果的に延命につながったのかもしれない。しかし、それがよかったかどうかは、この論の範疇をこえる。

昭和三〇年代の女形をめぐる武智・戸部論争を総括した渡辺保『歌舞伎に女優を』において、次のような理由で「歌舞伎に女優を」と唱える。もともと歌舞伎は女形が演じるようにできているのだから、女形の役をそのまま女優に置き換えただけでは、失敗は目に見えている。そこで、必要なのは、「女優でなければ出来ない演技の型を発見するかどうか」であるが(66)、このことは同時に歌舞伎の概念そのものを修正することである。つまり女優を歌舞伎に採用することは、歌舞伎そのものが革新されるということである、と。渡辺は、旧習を守っているだけが歌舞伎なら、歌舞伎は滅びるしかないと、歌舞伎革新の視点からあえて歌舞伎に女優を、と唱える。

これ以降、女形についての論争は見られない。しかし、このことは性差を「自然」のものと見なすリアリズムの視覚がなくなったことを意味するわけではない。明治から大正にかけての女形と女優をめぐる議論は、ジェンダーの男らしさ、女らしさの基準が、極めて目に「見える」もの、視覚の客観性という虚構と、内面の可視化とその隠蔽に頼っているものであることを語ってくれている。しかし、女形と女優との性差をめぐる論争は、演劇ジャンルを別にすること(住みわけ)と、階層化(歌舞伎の高級芸術化)することで収束したが、女形＝異性装＝「変態」という言説だけを置き去りにしていったのではないだろうか。

第12章 女装と犯罪とモダニズム

………谷崎潤一郎「秘密」からピス健事件へ

1 正常／異常の境界線

近代において、男らしさ、女らしさというジェンダー規範が、学校や軍隊、家庭といった様々な局面で形成されていったことは、これまでのジェンダー研究が明らかにしているところである。ジェンダー規範の確立は、同時にそこから逸脱するものを排除しようとする差別の眼差しも生み出す。例えば、同性愛や異性装を「変態心理」や「変態性欲」と命名し、異常なものとして排除してゆく力である。日本において変態や異常という問題系が浮上してきたのは一九一〇年代である。

一九一一〔明治四四〕年九月、雑誌「新公論」の「性慾論」特集には、内田魯庵、田中王堂、石川千代松ら十九人、各種学界識者からの文章が寄せられた。この特集は、古川誠が指摘するように、「日本の性欲研究の先鞭」をつけたものであり、「一般的な読者を想定した雑誌において、はじめて〈性欲〉を正面きってとりあげたという意味で日本の性欲学の画期をなした特集」(1)であった。特集の中には「戦慄す可き女性間の顛倒性慾」「男性間の顛倒性慾を排す」など、〈同性愛〉を論じるものもあるが、この特集の意図は、まず〈性欲〉そのものの認知を高め、「唯一かつ絶対的な知として性欲学は性について語りはじめる」(2)基礎を作ったことにあろう。

「新公論」の特集が、主に性欲そのもの、男女間の〈性〉についての言説であったのに対して、次のトピックは、羽太鋭治・澤田順次郎共著の『変態性慾論　同性愛と色情狂』が出版された一九一五(大正四)年であろう。やや、荒い図式ではあるが、「新公論」の特集がヘテロセクシュアルな〈性〉の知をめぐって展開しているとすると、この『変態性慾論』はホモセクシュアル、アブノーマルな性行動など、まさに〈変態性欲〉が登場する幕開けとなる。

『変態性慾論』はドイツの精神病学者であるクラフト＝エビングが一八八八年に刊行した*Psychopathia Sexualis*にならい、ホモセクシュアル、サディズム、マゾヒズム、フェティシズムといった「変態性欲」を精神医学の視点から分類した著書である。さらに、一九一七(大正六)年には、雑誌「変態心理」が創刊される(～一九二六年、中村古峡・主幹)。狂気、心霊、催眠術、犯罪などがトピックとして扱われ、当時、人々がどのようなものを異常とみなしていたかがわかる資料である。一九二〇年代以降になると、「性之研究」(一九一九～二〇年?、北野博美・主幹)、「性」(一九二〇年～?、澤田順次郎・主幹)、「性慾と人性」(一九二〇年～?、羽太鋭治・主幹)、「変態性慾」(一九二二～二五年、田中香涯・主幹)など、「変態」「性」「性欲」を冠した「通俗的性雑誌」が創刊され、「犯罪科学」(一九三〇～三二年)、「犯罪公論」(一九三一～三三年)へとつながってゆく(3)。

安田徳太郎は一九一〇年代からの日本のセクソロジーの流れを次のように捉えている(4)。まず、「一部の識者が性科学の意義を認識」し、クラフト＝エビングなどの抄訳が行われ、次に、それらは「変態性慾研究」として認識され、「大正の日本文化の中に変態性慾研究が流行」する。同時期には、谷崎潤一郎などの「変態性慾小説が非常にモダンとして大正の青年男女の間に愛読」される。しかし、この「変態性慾熱」は「俗流的性科学研究」となり、「最後に猟奇趣味として没落」していった、と。

精神病理学や心理学、そしてセクソロジーの登場により、性的なものに対する正常／異常の境界線が引きなおされ、異常とカテゴライズされたものは「変態心理」「変態性欲」と名指しされ排除される。しかし、そこに働くのは排除の力だけではないだろう。性、変態、犯罪、猟奇といったトピックが商業主義的であれ、娯楽的であれ、消費されるのは、それらが人々の好奇心の中心にあったことを意味する。

一九一〇～二〇年代とは、セクソロジーなどの科学分野だけではなく、探偵小説、通俗小説などのテクスト媒体、また、演劇や映画などの視覚媒体においても、変態や異常が消費されることがひとつのモードだった時代だといえよう。モダニズムの一面は、こうした変態や異常を消費する人々の出現として捉えられるのではないか。

本章では、こうした変態や異常を消費する時代の到来を、谷崎潤一郎「秘密」〈中央公論、一九一一〈明治四四〉年一一月〉に描かれた〈女装〉を中心に考えてみたい。「秘密」は女装を変態や異常の症例として、そして時代のモードとして消費するきわめて早い例であると思われる。

このテクストは二つの「秘密」から構成されている。あるきっかけから、夜な夜な女物の着物を着て、化粧をして街へさまよい出す「私」の、〈女装〉という「秘密」、さらに、以前交際していたT女の正体＝「秘密」を暴き出す後半部分である。

石崎等も指摘しているように、「秘密」は、探偵小説や、セクソロジーをはじめとした科学、活動写真といった「一九世紀末の外国文学や活動写真やSexuologyなど新しい芸術・科学の枠組み」がなければ成立することはできなかった(5)。また、谷崎のマゾヒズムの美学と映画体験の関連から「秘密」を考察した鈴木登美も、劇場都市浅草を背景に、「異性との同一化を通じたジェンダー可動性の感覚、身体的境界の流動化、アイデンティティーの可変性——映画の観客が体験するこうしたマゾヒスト的な快楽は、「秘密」において、視覚的快楽と身体的快楽、とりわけ触覚的な快感との相互作用によってさらに強められている」と、初期映画が谷崎に与えた視覚的快楽と、「〈女性〉への同一化願望」やジェンダー関係反転の構図を「秘密」に見ている(6)。

このように「秘密」は、一九一〇年代以降のモダニズム期間において花開く探偵小説やセクソロジーや映画といった新しい科学や娯楽の快楽を、ひとつの短編の中に凝縮した、予見的なテクストであるともいえよう。

2 「秘密」における女装とセクソロジー

まず、「秘密」における「私」の女装はどのようなものであったかを確認しておこう。

「私」は「今迄自分の身のまはりを裹《つゝ》んで居た賑やかな雰囲気」から遠ざかるために、浅草の一角に隠れ家を借りる。神経が擦り減り、ありきたりのものでは驚かなくなったため、新しく刺激的な「Mode of life」を見出したかったためである。そんな折、古着屋で見かけた「女物の袷」を「着て見たくてたまらなく」なる。もともと、「私」は衣装に対して「深く鋭い愛着心」を持っていた。古着屋で「女物の袷」を見たとき、「あの着物を着て、女の姿で往来を歩いて見たい」という願望がおさえられず、その袷を買って、他の女物の衣装も取り揃えた。そして、夜が更けてから化粧を始める。

黄色い生地《きぢ》の鼻柱へ先づベツトリと練りお白粉をなすり着けた瞬間の容貌は、少しグロテスクに見えたが、濃い白い粘液を平手で顔中に萬遍なく押し拡げると、思つたよりものりが好く、甘い匂ひのひや〳〵とした露が、毛孔へ沁み入る皮膚のよろこびは、格別であつた。紅やとのこを塗るに随つて、石膏の如く唯徒らに真つ白であつた私の顔が、溌剌とした生色のある女の相に変つて行く面白さ。文士や画家の芸術よりも、俳優や芸者や一般の女が、日常自分の体の肉を材料として試みてゐる化粧の技巧の方が、遥かに興味の多いことを知つた。

「私」の願望は、女物の着物を着て、単に〈女性になりたい〉のではない。古着屋で女物の袷の着物に出会う前にも、「成る可く人目にかゝらぬやうに毎晩服装を取り換へて」、雑踏を歩くことを楽しみとしていた。また、「着け髭、ほくろ、痣と、いろ〳〵に面体を換へるのを面白」がった、とあることから、女装は、こうした身を隠す〈変装〉の延長線上に出てきたものである。そして、古着屋での着物との出会いがあって、「あの着物を着て、女の姿で往来を歩いて見たい」となる。そして、化粧をしてゆくに従い、「溌剌とした生色のある女の相に変つて行く面白さ」を楽しみ、「俳優や芸者や一般の女」が、「自分の体の肉を材料として試みてゐる化粧の技巧」の快楽に目覚める。

こうした「襟足から手頸まで白く塗つて」いく「私」の女装の手本は、女性一般というよりも、歌舞伎や新劇の女形か、または芸者であることは注意を要する。化粧をしてゆくに従い、「溌剌とした生色のある女の相に変つて行く面白さ」を楽しみ、「俳優や芸者や一般の女」が、「自分の体の肉を材料として試みてゐる化粧の技巧」の快楽に目覚め、そして完成した女の姿で、街をさまよい歩きながら「自然と女のやうな血が流れ始め、男らしい気分や姿勢はだん〳〵となくなつて行く」ような実感を得る過程は、女形が化粧をして、舞台へと上がるさまを模しているようである。ほかのところでも、「私」のいでたちは、「旧式な頭巾の姿」、「粋な着附けの色合ひ」と示されているように、素人の女性のものではない(7)。

そうして、〈女装〉をして街に出るのであるが、交番の巡査も通行人も、男の女装を気がつかない。「私の体の血管には、自然と女のやうな血が流れ始め、男らしい気分や姿勢はだん〳〵となくなつて行くやうであつた」と感じる「私」は、衣装や化粧をつけることによって、だんだんと女らしくなっていく過程を楽しみ、さらに、往来に出て、女を演じることに快楽を得ている。ある意味、「私」は自分の女形演技に酔っているようでもある。

このように、女装以前に、着物や布の触感への愛着、着物へのフェティシズム的な要素があり、そこに、女になる過程を楽しむ、女の演技を楽しむという段階があることがわかる。

「私」は、〈女である〉ことよりも、〈女になる〉〈女を装う〉こと自体に快楽を感じているといってもいいだろう。もちろん、「私」の女装は、性同一性障害（ＧＩＤ）のような、アイデンティティをめぐる問題ではない。その証拠に、「私」の女装は、Ｔ女に出会うまでの一週間という短い期間であり、彼女との出会いによって「女としての競争に敗れた私は、今一度男として彼女を征服して勝ち誇つてやりたい」と思うことからも、「私」は男性としてのアイデンティティを保持していることがわかる。「私」にとっての女装は、アイデンティティという深層の問題ではなく、〈女を装う〉という表層の問題である。

また、女装を始める前から抱いていた「魔術だの、催眠術だの、探偵小説だの、科学だの、解剖学だの」の書物から得るイメージに恍惚とする「私」にとって、女装はその妄想に具体的な形を与えるのだが、なぜ、「秘密」において、新しい「Mode of life」を手に入れる手段が女装なのか。これらの幻惑の装置と女装はどのように結びつくのか。「秘密」が書かれた一九一〇年前後の女装をめぐる言説を検討してみる必要があるだろう。

女装を民俗学的、宗教学的側面から見れば、神に仕えるための女装や、男の子を女の子として育てると丈夫に育つという民間習俗的理由からの女装がある。さらに、ヤマトタケルノミコトなど神話の世界での女装、歌舞伎などの芸能での女装など、女装はそれぞれの時代、様々な意味を担っていた(8)。しかし、近代になると女装を含めた異性装が法律によって禁じられる。一八七二〜七三〔明治五〜六〕年に公布された違式詿違条例では、女装、男装といった異性装を禁止している。この条例は現在の軽犯罪法にあたるもので、刺青の禁止、往来での裸体の禁止など、西洋人から見て恥しくない近代人になるために人々の習慣を規律し、身体、感覚の近代化を浸透させた条例である。

男ニシテ女粧《おんななり》シ、女ニシテ男粧《おとこなり》シ、或ハ奇怪ノ粉飾ヲ為テ醜体を露ス者。但、俳優、歌舞妓《ママ》等ハ勿論、女ノ着袴スル類、此限ニ非ズ（「東京違式詿違条例」第六十二条、一八七三〔明治六〕年）。

違反者には七五〜一五〇銭の罰金が科された。この条例が施行された後に、新聞紙上においては時折、花見での余興の女装や、運動会での仮装での女装にお咎めを受けたことが記事となっている。このように女装をはじめとする異性装を排除していこうとする規範は、すでに近代の出発点から条例という形であったわけだが、これはあくまでも西洋の規範を鏡とした身体・習慣の規律化の一例であって、そこからは、「私」が女装という行為に感じる秘密という背徳性は生まれてこない。

「秘密」における女装が同時代において、どのような文脈で読まれていたのかは、次のような同時代評を見ればよくわかるだろう。「東京の町に対する情調、女に仮装することによつて現はされた異常《アブノルマル》なる性慾、自己の肉感性の外には凡てを投げ捨てた人間の心持――さういふものが鋭敏なる感覚を以て心にくいほど巧妙に描かれてゐる」(9)、「白粉をつけて女の装をした男の感ずる一種不思議な女らしい感じを描いた所などは、如何にも読む人の感覚をそゝる（中略）病的な不可思議な性欲衝動を描きながら、其の筆の丈夫な点も、氏の性格を代表して居る者らしく思へる」(10)――というように、「異常《アブノルマル》なる性慾」「病的な不可思議な性欲衝動」が、「鋭敏な感覚」でもって「巧妙」に描かれていることが高く評価されていることがわかる。このように「秘密」における女装が意味を持ってくるのは、女装＝「異常《アブノルマル》」という眼差しが成立しているからこそである。

そして、この女装＝異常《アブノルマル》という眼差しを生み出したのは、セクソロジーという学問領域である。同性愛や異性装、サディズム、マゾヒズムなどを精神病理学の症例として位置づけたのは、先述したとおりクラフト＝エビングの *Psychopathia Sexualis*（一八八八年）である。日本では、一八九四（明治二七）年、『色情狂篇』として抄訳されたが、発禁となったらしい(11)。そして、一九一三（大正二）年、大日本文明協会から『変態性慾心理』として刊行された。

クラフト＝エビングの「変態性慾」の分類を援用した羽太鋭治・澤田順次郎の『変態性慾論』では、「転倒的同性間性慾」の範疇としてあげられている「女性的男子　男子にして、女子的なるもの」が女装の症例にあたる(12)。「女性的男子」とは「俗に謂ふところの「女のやうな男」」であり、また、「転倒性慾」とは「自然的性慾に反して、自己の性と同一なる者に対する、色慾を生じること」で、もちろん女装者が、すなわち同性愛者ではないが、当時、女装者は「先天的同性愛」の範疇に入れられていたことがわかる。また、日本におけるフロイト学の端緒に位置づけられる榊保三郎『性慾研究と精神分析学』(13)では、「色情倒錯」の一つとして「男性にてありながら性的人格が悉く女性となるものにして、自己は飽く迄も身体の調子よりして女性になると信じ頻りに男性を恋するに至る」ものとして、「男性脱化」という言葉が使われている。

このように女装や男装を不自然とする視線、つまり、見た目の性別と身体の性別が一致することを〈自然〉と考える視覚のジェンダー規範が出来上がったのは、一九一〇年代で、そこにはセクソロジーという科学が大きく関与している。また、〈女装＝変態〉とする科学の眼差しは、違式詿違条例においては例外とされていた歌舞伎の女形にも及ぶようになる。①新劇の勃興と女優の誕生、②劇場の改良、照明装置の発達、③「ありのまま」や「自然さ」を尊重する写実主義や自然主義といった理論の移入、④変態の概念を生み出したセクソロジーの登場という要因によって、一九一〇年代以降、〈女形＝女装＝変態〉という言説が登場してくる（第11章を参照のこと）。

しかし、女形をめぐる言説はこれだけにとどまらない。男が女を演ずるという伝統芸としての女形を〈性〉の神秘として捉えれば、「変態性慾」であるがゆえに〈美〉であるという倒錯論も出てくるのである。例えば、男が女、女が男を演じる芸は、「何れの国にもその類を見ることのできない bisexual のものである」とし、その根拠に、「実世間には、絶対的男子、絶対的女子といふべきものがない」とするワイニンゲルの論を挙げて、女形の芸を「複性的技芸」と評価する論者も現れてくる(14)。先述の羽太鋭治・澤田順次郎のセクソロジーの本にも、女形の役者がしばしば〈症例〉として挙げられている。「秘密」の女装も、こうした女形＝不自然＝変態、ゆえに倒錯の美であるという言説の中に位置している。先述したように「襟足から手頸まで白く塗つて、銀杏返しの鬘の上にお高祖頭巾」をかぶった「私」の女装は歌舞伎や新劇の女形を模倣している。そして、その女形を模倣することは、女形＝不自然＝変態という言説を同時に身にまとうことである。

「秘密」におけるアブノーマルな欲望とは、単に〈女になること〉ではない。さらに、〈女装すること〉でもない。一九一〇年代の女形＝不自然＝変態という言説を背景に、〈女装という変態を演じること〉、にある。「普通の刺戟に馴れて」しまって、さらに「野蛮で荒唐な夢幻的な空気」の中に浸ることを欲望する「私」にとって、女装という

「秘密」は、同時代のセクソロジーによって変態や異常として意味づけられているからこそ、甘美な「秘密」となるのである。

また、ここでの変態はマイナス価値ではない。女装は倒錯の美という価値すら帯びている。そこではすでに女装とはひとつの芸術的意匠であるとすらいえる。セクソロジーという科学言説の中で、「変態性欲」とみなされる女装の症例を、「秘密」では「変態性欲」ゆえに、倒錯の美としてロマン化するのである。

さらに、「秘密」において、〈女装＋変態＝倒錯の美〉という図式を補強するもうひとつのアイテムが犯罪である。変態や異常であることが、倒錯した価値を帯びてくることはセクソロジーだけの現象ではない。クラフト＝エビングのほかにも、同時代には、マックス・ノルダウの退化論、チェーザレ・ロンブローゾの天才論や生来性犯罪者説などが、西洋の一九世紀末の退廃的なムードを象徴した思想として日本へも移入されるが、ロンブローゾの犯罪学が大正時代の探偵小説に多くの影響を与えたように、変態や犯罪が芸術的な価値を持って消費されるのが一九一〇年代以降のモダニズムの特色であるといえよう。

3　女装と犯罪

「私」の女装という秘密の快楽は、同時に犯罪への誘惑によって彩られている。「芝居の弁天小僧のやうに、かう云ふ姿をして、さま〴〵の罪を犯したならば、どんなに面白いであらう」、「殺人とか、強盗とか、何か非常な残忍な悪事を働いた人間のやうに、自分を思ひ込むことが出来た」、「次第に扮装も巧くなり、大胆にもなつて、物好きな連想を醸させる為めに、匕首《あひくち》だの麻酔薬だのを、帯の間へ挿んでは外出した。犯罪を行はずに、犯罪に附随して居る美しいロマンチツクの匂ひだけを、十分に嗅いで見たかつたのである」――このように「秘密」には、犯罪への誘惑が繰り返し書き込まれている。

「秘密」における犯罪のイメージには、西洋の探偵小説の影響があることはすでに指摘されている(15)。「私」が隠れ家の中で読み散らしていた本の中にも、「ドキンシイのMurder Considered as one of the fine arts」の名前が見える。これは日高佳紀が指摘しているように、後に谷崎が「芸術の一種として見たる殺人に就いて」という題で翻訳しているものである。この論は日高の言葉を借りれば、「『秘密』をはじめ、大正期に多く書かれた犯罪物に深い影響を与えたと考えられる書物であり、古今の殺人を列挙しながら、そこに独自の解釈を与えることでその「芸術性」を見出していこうというもの」で、「「殺人」という「悲惨」な出来事を、「道徳」観とは別の大系において俯瞰する時、そこにある種の芸術的感興に似たものを見出し得る、という主張である」。そして、同氏は「私」の犯罪への興味を捉え、「女の姿に身を変えた「私」は、同時に演技としての犯罪者の側面をも併せ持つ」と指摘している(16)。「秘密」における「私」の快楽は、先述したような倒錯ゆえに美となる〈女装のロマン化〉と、このような〈犯罪の芸術化〉から生じているといっていいだろう。

さらに付け加えるなら、〈女装すること〉と〈犯罪者であること〉は同時代の女装をめぐる言説の中でも結びつくものである。女装史研究家である三橋順子によれば、先に述べた違式詿違条例は「異性装の犯罪化」という観点からすると、日本の女装、男装の社会文化史においてきわめて重大な意味をもっているとする。そして、一八八二〔明治一五〕年に施行された明治刑法には、異性装禁止の項目が入れられないにも拘らず、「警察は異性装者＝虞犯者《ぐはんしゃ》（犯罪を為す虞《おそ》れの強い者）という認識を根強く持ち続け、異性装者への抑圧を続け」る、と指摘している(17)。実際に、女装をして盗みや強盗を働くという事件もあったわけだが、三橋はこうした「女装の強盗」事件の頻発から、警察は、女装者＝盗犯容疑者という認識を持ち、女装者を犯罪予備、社会悪として囲い込んでいくという。

その例として、一九〇四〜〇六年に五度も逮捕された女装男子・下川芳雄の例があげられている。下川は「女にも見まほしき優男《やさおとこ》とて平素《ひごろ》より女の風に粧《よそお》ひ」、芳子という女名を使っていた。一度目の逮捕は、妾として囲われていたが、女でないことがばれて「詐欺取財」の罪。その後も、現在なら罪にならないような理由で逮捕、拘束されている。このように女装者は、女装者であるだけで犯罪予備軍、そして社会悪としてみなされてゆく。

谷崎は、後の「創作余談」において、「秘密」には特定のモデルはいないと語っている(18)。しかし、こうした同時代の女装と犯罪のイメージからまったく影響を受けていないとはいえないだろう。浅草の隠れ家において、書物に描かれた「惨殺、麻酔、魔薬、妖女、宗教——種々雑多の傀儡」などが、焚き染めた紫色の香の中に溶けこんでいく「幻覚」に浸っている「私」にとって、もちろんこの犯罪とは実行されるものではない。ここでの「幻覚」は、先述したドキンシイの論のように、まさに犯罪を「芸術的感興」として消費する快楽である。さらに、〈女装の犯罪者〉という自己演出を加えることによって、「私」の快楽は倍加されるのである。

しかし、こうした「私」の女装の快楽も、かつて交際していたT女に出会うことによって、あっさりと放棄される。映画館でT女のそばに座ると「私は今迄得意であつた自分の扮装」や「技巧を尽した化粧も着附け」も、「醜く浅ましい化物」のように感じる。そして、「女としての競争に敗れた私」は「今一度男として彼女を征服して勝ち誇つてやりたい」という欲望にかられ、女装という「秘密」から、T女の「秘密」を暴く側へとシフトするのである。

4　消費される女装

芸術やメディアにおける女装は、変態であるがゆえに芸術であるという倒錯した価値づけがなされることを、谷崎潤一郎「秘密」の例で見てきたが、女装の持つ価値はこれだけではない。谷崎「秘密」以降、女装は芸術やメディアの中でどのように消費されていくのか、その一例を映画における女形俳優の例から見てゆきたい。

「秘密」が発表された一九一一年前後は、演劇界において女形と女優の優劣論がさかんに行われた時期である。一九〇六〔明治三九〕年、文芸協会が結成され、新劇運動が本格化する。一九〇八〔明治四一〕年、帝国女優養成所が設立され、女優の育成が始まる。一九一一〔明治四四〕年、帝国劇場で「ハムレット」が上演され、オフィーリヤ役の松井須磨子が評判となる。このように新劇の勃興とそれにともなう女優の登場によって、女形の存在意義が問われたのである。同時に、女形を否定する論法として〈女形＝女装＝変態〉というセクソロジーの枠組みが用いられたことはすでに第11章で述べた。しかし、大正期に入ると、歌舞伎のほかにも、新劇、喜劇、映画など娯楽が大衆化、多様化してゆく中で、歌舞伎の女形は伝統芸術化することでその命脈を保つ。演劇界の場合、歌舞伎には女形、新劇には女優というすみわけで、女形と女優の優劣論は収束してゆくが、完全に女形が淘汰されていくのが、新興芸術である映画の世界である。女形を模倣した「私」の女装が、T女の前であっさりと敗北してしまうのは、映画界における女形と女優の交代劇を暗示している。

初期の映画においては、やはり演劇と同様、女役に男の女形を採用していた。例えば、現代劇映画で活躍した衣笠貞之助は新派劇の女形スターであった。しかし、映画界での女形の命脈は短かった。

一九一九〔大正八〕年、日本において初めて、女性の主演女優が誕生する。天然色活動写真株式会社の特別作品「生の輝き」「深山の乙女」〔監督・脚本、帰山教正〕に主演した花柳はるみ(19)である。そして、一九二〇年に設立された松竹キネマ合名社では、最初から女形ではなく女優を採用する方針を立て、ここから、川田芳子や栗島すみ子などの有名女優たちが世に出た。そして、一九二二〔大正一一〕年、女形を使っていた日活映画も改革を行い、衣笠貞之助、東猛夫、島田嘉七らの女形は、日活を退社する。

一九一〇年代の演劇界において、女形否定論が出されたのと同様に、映画界においても女形か女優かという議論がなされるが、その結果は演劇よりも明らかであった。そこには映画特有の事情がある。それは、女形はクローズ・アップに耐えないという致命的な理由であった。一九一七〔大正六〕年ごろから、外国映画に見られるような、カットバックやクローズ・アップ、移動撮影など、映像的なテクニックを駆使した作品が作られるようになる(20)。このころに映画女優の必要性が叫ばれたのも偶然ではないだろう。舞台を引き写したような撮影方法から、クローズ・アップへ。美しい女形も顔を上げるとのど仏が見えるので、始終うつむいていなければならない。

日本映画の革新運動を推し進め、花柳はるみを映画女優第一号として抜擢した帰山教正も、女形反対論者であった。彼がまず指摘するのは人物の「ライン」（輪郭）である。

日本で最も卓越している日活の東京派が女形を使っているのは時代錯誤である。一体、舞台の上でこそ、色彩やエロキューションなどで、男であることをかくすことも出来るだろうが、ラインのみによって表わされる映画では、男が女になることは全く許されない、不可能なことである。第一、生理的に形が異なっているのだから無理である。うまい表情をする女形よりも、表情も何もない女優の方がより映画的であるのはいう迄もない(21)。

また、帰山教正はその著書『活動映画劇の創作と撮影法』(22)でも、芝居では、俳優に接近することがないので、男性の女形でも化粧でごまかせる。しかし、「大写」が多い活動写真では、男性的な特徴はごまかすことはできない。「女形がどの位上手に化粧してもその顔、その手先等を大写された場合には、とても女たる感念は失せてしまつて寧ろ悪感を抱くに至るであらうと思ふ」のである。そして、「俳優の動作は自然でなければならぬ」「自然な自由な表情と云ふのが俳優の生命」なのである。また、活動写真では、背景やセットに極力「真物《ほんもの》」を使うので、それに合わせて、俳優の動作も「真物《ほんもの》」でなければならない、と説いている。

演劇の女形と女優の優劣論では、女優よりも女形が優れている理由として、しばしば女形の演技の巧みさが挙げられていたが、映画においては、演技の巧拙よりも、役の性差と合致した性別、それにアップにしても自然な見た目が求められるのである。

「秘密」において「私」がT女によって味あわされる敗北感は、まるで、映画における女形の運命を象徴しているかのようである。それは、「私」とT女の容貌の描き方に現れている。

「私」の容色を描く場合は「優雅な顔の作りと、古風な衣装の好み」、「粋な着附けの色合ひ」といったように、全身の雰囲気、粋であだっぽい着物の着方に焦点があっているのに対し、T女の場合は、「指に嵌めて居る宝石よりも鋭く輝く大きい瞳」、「曇りのない鮮明な輪郭」、「真つ白な歯並み」など、顔のひとつひとつのパーツが強調される。また、そのような印象的な目や口元が形作る豊かな表情は、「男の心を誘惑する甘味ある餌食」とたとえられるように、魅力的なものとして捉えられている。「私」が、その身のつくりから化粧法まで旧劇の女形のように描かれる一方、T女は、印象的な目や口元というパーツ、そして豊かな表情が、映画でのクローズ・アップの手法によって、魅力的に描かれている。

十重田裕一は、「秘密」において「後年のモダニズム都市浅草を華やかに彩る動く映像＝映画とそれを上映する建築物＝映画館」が重要な機能を果たしていると指摘する(23)。「私」とT女が偶然の再会を果たすのが三友館という映画館であるのも暗示的である。「秘密」が描かれた一九一一年の時点では、日本ではまだ本格的な映画女優は誕生していない。しかし、「私」が女装姿の自分を「醜く浅ましい化物」に感じるというのは、T女を映画女優と見立てた場合、男の演じる女形をクローズ・アップに耐えないとする映画の視線と同様のものである。また、この女装を「醜く浅ましい化物」とする眼差しは、女形が否定される場合、必ず持ち出される、見た目の性差を自然なものとして捉える性別二元論を根拠とした眼差しでもある。活動写真ブームとともに創刊された「活動写真雑誌」「活動之世界」「活動画報」などでは、写真ページに海外の俳優、女優の写真が掲載され、「花形女優の表情美」(24)といった記事も見られるように、映画女優の魅力のひとつはその表情にある。女形としての「私」は、映画という光と闇が作り出す空間で、クローズアップという新しい手法によって細部や表情まで照らし出されることによって、T女という女優に「女としての競争」に敗れるのである。

演劇や映画では、こうした性別二元論を根拠とした眼差しによって、女形が排除されてゆくのであるが、男が女を演じる女装が、演劇界や映画界においてまったく消えてしまったわけではない。逆に、女装や男装という異性装は、ひとつのジャンルを形成し、それらはパフォーマンスとして消費されるようになる。

一九一〇～二〇年代の映画のタイトルを見ていくと、女装や男装といった言葉を掲げたものがいくつか目につく。例えば、「女装のチャップリン」（一九一六年）、「男装の娘」（一九二〇年）、「女装忍術」（一九二一年）、「女装の快漢」（一九二一年）、「女装忍術小西照若丸」（一九二二年）、「男装令嬢」（一九二三年）などである。女の役は女優が演じるのが自然という〈常識〉が浸透すれば、女装や男装はそれだけで娯楽の装置となる。例えば、「女装のチャップリン」のように、観客は喜劇として、また敵から逃れるための変装として、チャップリンの女装を楽しむのである。

映画「女装のチャップリン」は、一九一六〔大正五〕年一二月に公開されたサイレントの短編映画である。内容は、公園で出会った母娘の家に招かれたチャップリンが、その家の乱暴な亭主から逃れるために、チョビ髭までとって女装し、さらに女装したチャップリンに亭主が言い寄るというドタバタ劇である。この映画「女装のチャップリン」での女装は、「秘密」における「私」の女装とは、質的に異なるものである。〈女装という変態〉を演じる「秘密」の女装に比べれば、「女装のチャップリン」の女装は非常にわかりやすい。この、わかりやすさというのは、短編喜劇映画ということだけではなく、観客はチャップリンが男であることを知っていて、その上で女装してドタバタ劇を演じるチャップリンを安心して見ることができるからだ。この映画の原題は「A woman」であるが、邦題を「女装の～」としたところに、すでに、女装を娯楽として楽しもうとする意識の表れを見て取れよう。

また、「女装の快漢」（一九二一年、松竹映画）は、ジュリアン・エルテインジというアメリカの俳優が主演する映画である。このエルテインジは、「世界的名女形ジュリアン《ママ》エルテインジ氏」[25]として知られており、『世界映画俳優名鑑』（一九二三年）でも、「外国には珍らしい唯一の女形俳優」と紹介されている[26]。

もちろん、これらの喜劇や変装劇を支えているのは、〈女装＝変態〉というセクソロジーの視線であることはまちがいないが、そうした起源が忘却されて、女装は娯楽のジャンルとして消費されていることを、これら女装、男装と銘打った映画群が証明しているのではないか[27]。

「秘密」の女装は、セクソロジーの言説を背景に、〈女装という変態を演じること〉にあった。このように、女装をロマン化して、倒錯の美や快楽として消費するためには、女装を変態として照らし出すセクソロジーという光源が必要である。別の言い方をすれば、セクソロジーという〈性〉の正常／異常の政治学を温存した上でなければ、成立しえない女装である。

先述したように、「秘密」における女装は、花見や祭りといった民俗学的なハレの場面での仮装でもなければ、性同一性障害のようにアイデンティティをめぐる問題でもない。あくまでも、演じたり、演出したり、妄想したりするレベルの女装であり、この意味においては、「秘密」における女装を、〈性〉の越境やトランスジェンダーとして位置づけるわけにはいかない。その証拠に、表情が豊かで、クローズ・アップにも耐えうるT女という映画女優の鏡の前では、女装姿の自分を「醜く浅ましい化物」とあっさり認めてしまうくらい、「私」の女装には、深さも強度もない。しかし、あえて逆説的に言えば、アイデンティティをめぐる問題を回避し、深さも強度もなく、着脱可能な〈表層〉のドラマとして女装を消費できることが、「女装のチャップリン」のような映画における女装物という娯楽のジャンルを生み出し、さらに、それは探偵小説や犯罪小説における変装のトリックへもつながってゆくものなのだろう。

5 「秘密」からピス健事件へ

谷崎潤一郎「秘密」が発表された一九一一〔明治四四〕年は、日本映画史上においても重要な年である。「秘密」発表と同月、浅草の金龍館でフランスの活動写真「ジゴマ」が封切られた。「ジゴマ」は、ピストルを手にした怪盗ジゴマが、強盗・殺人を繰り返し、探偵の追手をかわしていくという探偵活劇である。公開直後から話題となり、子供たちの間では「ジゴマごっこ」が流行し、映画に影響を受けた不良少年たちが社会問題となる(28)。

一九一一〔明治四四〕年の谷崎「秘密」の女装と、活動写真「ジゴマ」のピストルが、十四年後の一九二五〔大正一四〕年、ピス健事件で出会う——というのは、単なる妄想だろうか。ピス健事件とは、大西性次郎(29)という男性がおこしたピストル強盗殺人事件である。強盗をする際に日本刀やピストルで相手を脅かし、「守神健次」という偽名を使ったところから「ピス健」と呼ばれるようになった。得意の変装で警察の包囲網をかいくぐり、日本国内のみならず、朝鮮、大連まで逃亡し犯行を重ねるも、一九二五（大正一四）年一二月に神戸で逮捕される。逮捕時、ピス健は女装をしていた。その写真が報道でも大きく取り上げられる。

「秘密」の「私」は、女装することによって、「殺人とか、強盗とか、何か非常な残忍な悪事を働いた人間」を演じ、時には「犯罪を行はずに、犯罪に附随して居る美しいロマンチックの匂ひ」を味わうために、「匕首《あひくち》だの麻酔薬だのを、帯の間へ挿んでは外出」する。また、女装の犯罪者という妄想劇を演じながら、同時に「探偵小説や、犯罪小説の読者を始終喜ばせる「秘密」「疑惑」の気分」も感じていた。つまり、「私」は、女装の犯罪者を演じながら、同時に、女装の犯罪者が活躍する「探偵小説や、犯罪小説」の読者として、女装や犯罪というドラマを楽しんでいたといえよう。こうした女装や犯罪をめぐる「私」の妄想が現実化したのがピス健事件といえるかもしれない。

しかし、同時に、逮捕されたあと公開されたピス健の女装写真は、「私」の女装と犯罪をめぐる妄想の快感を裏切るものである。女装や犯罪が、大衆の欲望の中で消費されてゆくそのひとつの到達点として、最後にピス健事件を取り上げたい。

新聞報道を追ってゆくと、この事件は凶悪な殺人事件というよりも、たくみに変装をし、警察の包囲網をかいくぐり、国外へも逃亡するという巧妙かつ大胆な犯行劇にスポットが当てられている。最後の逮捕劇も、星野というチャブ屋にピス健が潜伏したことをつかんだ警察が、一二日の午前四時、二百余名の刑事で潜伏先を取り囲み、十余名の刑事で結成された「決死隊」がピス健のいる部屋に踏み込み逮捕するという大捕り物だった。犯罪そのものの恐ろしさもさることながら、まるで活動写真や探偵小説のような逃亡劇や逮捕劇が報道の中で明らかになる。いや、ピス健事件は、活動写真や探偵小説のような事件ではなく、まさに活動写真や探偵小説として、ピス健事件を楽しむという人々の欲望の上にできあがったドラマである。

そして、ピス健事件を後世まで有名にしたのが、逮捕時の女装であろう。大阪日本橋の古着屋で大島の着物を買い、神戸市で女物のかつらも購入し、女に化けて、潜伏していたのである。逮捕後の報道では、「離れの四畳半にハイカラのかつらをかむり、若い女柄の大島に黒朱子の襟をつけ、別珍のコートを着たまま、床に入ってブローニング八連発のピストルを握ったままで寝てた」（「東京日日新聞」一九一五（大正四）年一二月一三日夕刊）「女装のまゝで飛起き刑事隊に短銃を向く」「意外にも大ハイカラの女姿で黒じゅ子《す》のえりをかけ大島のあはせに黒じゅ子《す》の帯」（「東京朝日新聞」一九一五年一二月一三日朝刊）と逮捕当時の女装の様子が報道され、その女装写真も掲載される。

現在まで確認できるのは、三種類のスタイルの女装写真である。取材の求めに応じて女装したであろうと思われる、コートを着て、かつらをかぶった写真。次に、捕縛された直後だろうか。手に縄をかけられ、まわりを刑事に囲まれている写真。これは女物のコートを羽織っているが、かつらはつけていない。それから、警察の記念写真だろう。大勢の警察官に囲まれた集合写真。こちらもコートは着ているがかつらはつけていない。この中で注目すべきは、取材の求めに応じて女装したであろうと思われる女装写真である。

クローズ・アップの技法によってよりはっきりと表情を映し出す映画の画面では、女形がどんなに巧みに女に化けても、骨格や髭跡や、のど仏といった男の記号が明らかになってしまう。同様に、ピス健の女装も、写真という視覚的画面に焼き付けられることによって、女を装っていても、どうしても男性という実体があからさまに浮き上がってくる。あきらかに作り物だとわかるカツラや、不自然に全身を覆うコート姿は、逮捕後の写真ということを割り引いても、周到な女装をして警察の眼をくらませたという逃亡劇を想像した眼から見れば、あまりにも粗末な変装に見える。

ピス健事件は、日本の犯罪史に残る凶悪犯罪であるが、もし、逮捕時に女装をしていなかったら、これほどまでに名を残せなかったであろう。しかし同時に、女装や犯罪を娯楽として消費する側の虚妄さも暴露している。ピス健の女装写真は、なんだ、犯人はこんな男だったのか、という犯罪ドラマにしては陳腐な結末しか印象づけない。しかし、一度、女装や犯罪を快楽として消費し始めるモダニズムの歯車が回ってしまえば、人々は、「秘密」の「私」のように「もツと色彩の濃い、血だらけな歓楽」を求める欲望に突き動かされることだろう。

変態や犯罪や猟奇を娯楽として楽しむエロ、グロの一九三〇年代も、もう間近である。

註

《序章　自然主義文学とセクシュアリティ》

1　上野千鶴子「セクシュアリティの社会学・序説」『岩波講座現代社会学10　セクシュアリティの社会学』岩波書店、一九九六〔平成八〕年二月、二頁。

2　例えば、「文学と性」、作家の「性意識」を探る、という問題を立てた場合、一昔前までは、そこから導き出されるのは、次のような自然主義文学における〈性〉の追求の不徹底さの指摘である。「明治期の文学にあっては、性を問題にした一群の作品といえども、実際は性を描いてもいないし、もとより、性の意味を尋ねてもいない。それらは、性を描いたのではなく、ただ、性ということを持ち出した、にすぎない」（谷沢永一「文学に現われた〈性〉」（文学における百年の意味）「国文学　解釈と鑑賞」三三巻八号、一九六八〔昭和四三〕年七月、六四頁）や、「彼ら（自然主義者たち―引用者）の生活的実践的な文学理念には、セックスそのものを文学の主題にしようという意識、セックスが人間存在の中で持っている意味を探求しようという意識は、ほとんど認められなかった」（澁澤龍彦「日本文学における「性の追求」」『全集・現代文学の発見九』學藝書林、一九六八〔昭和四三〕二月、四六六頁）など。

3 〈性〉に関する研究は、「sexology　性科学」であるが、明治初期〜一〇年代の性科学は「造化機論」として日本に翻訳・紹介され、以後、通俗化し、明治中期からは「性欲論」「性欲学」という言葉が流通していることから、本書では、「性欲論」「性欲学」という用語を用いる。

4 相馬御風「自然主義と道徳」「新声」一八巻一号、一九〇八（明治四一）年一月、二一〜三頁。他にも、「現社会に行はる、制度習慣総て是れ虚偽なり、人為なり、偽善なり、非自然なり」（長谷川天渓「自然主義とは何ぞや」「明星」三巻三号、一九〇二（明治三五）年九月、一二頁）。

5 小島徳弥『明治大正新文学史観』（教文社、一九二五（大正一四）年六月）。引用は、平岡敏夫監修・解説『明治大正文学史集成　八』（日本図書センター、一九八二（昭和五七）年一一月、三三八頁）によった。

6 臼井吉見「文学の社会的影響について——自然主義文学運動を中心として」「国語と国文学」七巻二号、一九三〇（昭和五）年二月、一二一頁。

7 島村抱月「文芸上の自然主義」「早稲田文学」第二次、二六号、一九〇八（明治四一）年一月、一一五頁。

8 宮島新三郎『明治文学十二講』新詩壇社、一九二五（大正一四）年五月、一八八〜一九一頁。

9 加藤武雄『明治大正文学の輪郭』新潮社、一九二六（大正一五）年九月、七五頁。

10 フーコーが『性の歴史Ⅰ』（新潮社、一九八六（昭和六一）年九月）で、まず疑うのは近代の資本主義的ブルジョア秩序のもとでの「性は抑圧されている」という「抑圧の仮説」である。「性は抑圧されている」と語ることは、「権力の外」に身をおき、「規制の秩序に抵抗しているという意識」（一四頁）への情熱をかりたて、「古い秩序を攻撃し、偽善を発《あば》き、直接的なるものと現実的なるものへの権利」（一五頁）を謳う、ラディカルな領域侵犯行為（抑圧と解放）の身振りとなる。しかし、〈性〉を抑圧との関係において語ること＝「ラディカルな侵犯行為」は、真に「ラディカル」「革命」的行為ではなく、それは、「語り手の利益」の問題である。

11 柄谷行人「告白という制度」（『日本近代文学の起源』講談社、一九八〇（昭和五五）年八月、一〇二頁）。また、柄谷以後、自然主義と〈性〉と抑圧—告白の関係を論じたものには、「つまり、『蒲団』が日本近代の性欲の歴史にとって決定的であったのは、性欲というものを抑圧されるものとして「発見」した小説だったからである。この「発見」という意味は、それまでも存在していたが抑圧され隠されていた何かを明るみに出したということではない。それは、性欲を自分の内面に見出すべきものとして作り上げたということを意味している。それ以前にそのような〈性欲〉はなかった」（小田亮『一語の辞典　性』三省堂、一九九六〔平成八〕年一月、四九頁）や、「もっとも、私は柄谷のように、セクシュアリティのありようが自然主義文学をきっかけにして、明治末年頃に変化し、あらたな種類の「性」を見いださせたとは考えない。まさにそのようなあり方でこそ性は出現したのだと論じてきたのである。いずれにせよ、この頃に、性科学的言説と自然主義的言説が双方とも告白という制度、すなわち知られるはずのないものを知らしめるという虚構の制度化によって、「性」という新しいパラダイムを創り出したのである」（ヨコタ村上孝之『性のプロトコル　欲望はどこからくるのか』新曜社、一九九七〔平成九〕年一一月、一六一頁）などがある。

12　古川誠「恋愛と性欲の第三帝国　通俗的性欲学の時代」「現代思想」二一巻七号、一九九三〔平成五〕年七月、一一三頁。

13　「造化機論」とは、男女の生殖の仕組み、出産のメカニズム（男女の産み分け）、手淫の害などの明治開化期に移入された性科学のことをさす。赤川学『セクシュアリティの歴史社会学』（勁草書房、一九九九〔平成一一〕年四月）を参照。

14　古川誠「恋愛と性欲の第三帝国　通俗的性欲学の時代」「現代思想」二一巻七号、一九九三〔平成五〕年七月、一一六頁。

15　「謹厳なる態度に裏打ちされた性欲学こそが唯一の性に関する正しい知なのであって、それは他の知の存在を排除する。性についてのいくつかの言説のひとつとしてではなく、唯一かつ絶対的な知として性欲学は性について語りはじめるのである」（古川誠「恋愛と性欲の第三帝国　通俗的性欲学の時代」「現代思想」二一巻七号、一九九三〔平成五〕年七月、一一五頁）。

16　谷崎潤一郎「恋愛及色情」「婦人公論」一六巻四～六号、一九三一〔昭和六〕年四～六月。引用は、『谷崎潤一郎全集　第二〇巻』（中央公論社、一九八二〔昭和五七〕年一二月、二五四頁）によった。

17　「特集　性慾論」序言「新公論」二六巻九号、一九一一〔明治四四〕年九月、一頁。

18　富士川游「性慾教育問題（公論）」「中央公論」二三巻一〇号、一九〇八〔明治四一〕年一〇月。引用は『富士川游著作集第九巻』（思文閣出版、一九八〇〔昭和五五〕年一二月、二五四～二五五頁）によった。

19　澤田順次郎「真摯なる性慾研究の急務（上）」「新理想主義（第三帝国）」六四号、一九一六〔大正五〕年三月二〇日、二五頁。

20　例えば、富士川游は、自然主義文学に「性慾描写の満足なものを見出し得なかつた」とし、「斯う見て来と今の我国の文学者は余りに性慾に関する智識が無さ過ぎるやうに思う知つて居るのは単に自己の経験に教へられた範囲の主観的なもので決して沈殿された客観的なものではない、底を知らずに泳いで居る人を見る程危なつかしいことは無い」と非難している（「文学と性慾（上）」「読売新聞」一九一〇（明治四三）年一月二七日）。
21　高瀬武次郎「自然主義を駁す（承前）」「東亜の光」三巻五号、一九〇八（明治四一）年五月、七九頁。
22　鹿島碧水「自然主義論（実際上より見たる自然主義の害毒）」「新文林」一巻七号、一九〇八（明治四一）年一〇月、七頁。
23　斎藤光「「性欲」の文化的標準化」（「京都精華大学紀要」六号、一九九四（平成六）年一月、一六一～一七六頁）。斎藤のいう「文化的標準化」とは、ある言葉―意味、特に新語や翻訳語が、一定の言語文化圏で「国語」辞書などに取り入れられつつ定着していく過程や、定着すること、定着してしまった状態をさすために作った概念である。また、斎藤光によれば、「性的現象の内的動因としての「性欲」の初出、あるいは、非常に早い用例」は、森鷗外の「月草」序文に出て来るという（斎藤光「鈴木大拙の性欲論」「京都精華大学紀要」一一号、一九九六（平成八）年八月、九一頁）。
24　アンソニー・ギデンズ（松尾精文・松川昭子訳）『親密性の変容　近代社会におけるセクシュアリティ、愛情、エロティシズム』而立書房、一九九五（平成七）七月、四八～四九頁。
25　アンソニー・ギデンズ（松尾精文・松川昭子訳）『親密性の変容　近代社会におけるセクシュアリティ、愛情、エロティシズム』而立書房、一九九五（平成七）七月、四九頁。
26　金子光晴『絶望の精神史』光文社、一九六五（昭和四〇）年九月、六七頁。
27　後藤宙外「随感録」「新小説」一二巻一〇号、一九〇七（明治四〇）年一〇月、一五〇～一五一頁。
28　自然主義と出歯亀事件については、金子明雄「メディアの中の死――「自然主義」と死をめぐる言説」（岩波「季刊文学」五巻三号、一九九四（平成六）年夏）、拙稿「猥褻のシノニム――自然主義と諷刺漫画雑誌」（「文学批評・敍説」Ⅱ－五、二〇〇三（平成一五）年一月）参照。
29　千里江陵「病的文壇」「新声」二〇巻四号、一九〇九（明治四二）年五月、九一頁。
30　小泉鐵「三つの勝利」「白樺」六巻一号、一九一五（大正四）年一月、九五頁。
31　引用は、『志賀直哉全集　第十巻』岩波書店、一九七三（昭和四八）年一一月、四七二頁。
32　武者小路実篤『世間知らず』洛陽堂、一九一二（大正一）年一一月。引用は、『現代日本文学全集第七二　武者小路実篤

集（二）』（筑摩書房、一九五七〔昭和三二〕年三月、二八頁）によった。

33 柄谷行人「告白という制度」『日本近代文学の起源』講談社、一九八〇〔昭和五五〕年八月。

34 草田杜太郎（菊池寛）「病的性慾と文学」「不二新聞」一九一四〔大正三〕年二月三日。引用は『菊池寛全集　第二三巻』（高松市菊池寛記念館、一九九五〔平成七〕年一〇月、三〇～三二頁）によった。

《第1章　恋する詩人の死と再生――田山花袋「少女病」》

1 吉田精一『自然主義の研究　下』東京堂出版、一九五八〔昭和三三〕年一月、一五三頁。

2 和田謹吾「「蒲団」前後」「国語国文研究」四号、一九五一〔昭和二六〕年一二月、五頁。

3 平野謙『芸術と実生活』講談社、一九五八〔昭和三三〕年一月、一〇五頁。

4 吉田精一『自然主義の研究　下』東京堂出版、一九五八〔昭和三三〕年一月、一五三頁。

5 平野謙『芸術と実生活』講談社、一九五八〔昭和三三〕年一月、一〇五頁。

6 中村光夫『風俗小説論』河出書房、一九五〇〔昭和二五〕年六月。引用は新潮文庫（一九五八〔昭和三三〕年五月）によった。

7 田山花袋『東京の三十年』博文館、一九一七〔大正六〕年六月、三四〇頁。

8 五井信「固有名の空白、から　田山花袋『蒲団』前後」（「日本近代文学」五三集、一九九五〔平成七〕年一〇月）では、花袋は「蒲団」によって一躍デビューしたという神話に対して、「蒲団」以前の同時代評から、「鑑賞者」↓「紀行文作家」↓「創作者」と成長してゆく「田山花袋」を捉え、「蒲団」以前にも創作者として定評があったと指摘する。つまり「蒲団」以後の言説が「蒲団」「以降の「田山花袋」を引き上げたと同時に、それ以前の「田山花袋」を抑圧したテクスト」とし、「蒲団」の出来事性、評価の後追いを指摘している。非常に示唆を受ける論考であるが今回は、周囲の言説ばかりでなく、花袋のテクストにおいても、自然主義文学者への脱皮をはかる欲望をみてゆきたいのである。

9 「小説時評　少女病」「早稲田文学」第二次、一九号、一九〇七〔明治四〇〕年六月、一二二頁。

10 「五月の小説界」「趣味」二巻六号、一九〇七〔明治四〇〕年六月、四七頁。

11　渡辺正彦「田山花袋「蒲団」と「女学生堕落物語」」（「群馬県立女子大学国文学研究」一二号、一九九二〔平成四〕年三月）、藤森清「語ることと読むことの間――「蒲団」の物語言説」（『語りの近代』有精堂出版、一九九六〔平成八〕年四月）を参照。

12　藤森清「田山花袋「蒲団」――ジェンダーと囲い込み」『ジェンダーの日本近代文学』翰林書房、一九九八〔平成一〇〕年三月、五七頁。

13　中山弘明「『若菜集』の受容圏――〈藤村調〉という制度」「国語と国文学」七〇巻七号、一九九三〔平成五〕年七月、二六～四一頁。

14　紅野謙介「女子教育と『若菜集』――恋愛の政治学」『年刊　日本の文学　第二集』有精堂出版、一九九三〔平成五〕年一二月、二七～四四頁。

15　柳田國男は、前近代的な共同体における婚姻・性システム（夜這いの習俗、若者組、娘組）が、近代都市において崩壊し、「恋愛」は各自の「自修」によって学ぶべきものとなった、という意味において「恋愛技術」という言葉を使用している（「恋愛技術の消長」一九三〇〔昭和五〕年。引用は、柳田國男『明治大正史　世相篇』講談社学術文庫、一九九三〔平成五〕年七月によった）。

16　小関和弘「〈恋愛〉という幻想――恋愛詩の圏域」「国文学　解釈と教材の研究」一九九六〔平成八〕年一一月、四一巻一三号、四六頁。

17　上野千鶴子「「恋愛」の誕生と挫折――北村透谷をめぐって」『発情装置　エロスのシナリオ』筑摩書房、一九九八〔平成一〇〕年一月、一〇九頁。

18　田山花袋「小詩人」「小桜縅」五号、一八九三〔明治二六〕年七月。『少女の恋』（隆文館、一九〇七〔明治四〇〕年七月）に所収。花袋はこの「小詩人」を「本当の意味に於ての私の処女作と云ふべきもの」と述懐している（「私の偽らざる告白」「文章世界」三巻一二号、一九〇七〔明治四〇〕年九月、五二頁）。

19　「新刊　少女の恋」「帝国文学」一三巻九号、一九〇七〔明治四〇〕年九月、一二六頁。

20　正宗白鳥「田山花袋氏について」（「週刊朝日」一九三〇〔昭和五〕年五月二五日）。引用は『正宗白鳥全集第二〇巻』（福武書店、一九八三〔昭和五八〕年一〇月、二〇三頁）によった。

21　『若菜集』は一八九七〔明治三〇〕年に刊行されている。小関和弘「〈恋愛〉という幻想――恋愛詩の圏域」（「国文学　解釈と教材の研究」四一巻一三号、一九九六〔平成八〕年一一月）によれば『若菜集』の第一の読者は青年層であり、一九〇四〔明治三七〕年の『藤村詩集』のあたりから、リテラシーのある女学生といった第二の読者層が登場してくるとある。また「「少女病」を読む」（岩波「季刊文学」一九九〇〔平成二〕年夏）では、「自分の恋愛が性愛、肉欲を抜きにしたものだったことを悔いているのだが、といって恋愛神聖論の時代にそうした恋愛がありえたはずもな」いと男の嘆息の「空転」を指摘している。

22　古川誠は、高山樗牛の用いる「性慾」とは広く「本能」の意味であると指摘している（「恋愛と性欲の第三帝国　通俗的性欲学の時代」「現代思想」二一巻七号、一九九三〔平成五〕年七月、一一三頁）。

23　中村光夫『明治文学史』筑摩書房、一九六三〔昭和三八〕年八月、一五六頁。

24　神山二郎『近代日本の精神構造』岩波書店、一九六一〔昭和三六〕年、一八五〜一九四頁。

25　同じ章では、「恋愛」の原因は「皮膚の接触」であるという宣教師の意見、皮膚の「接触」は「ヒステリー」をはじめとして、女子の「色情の興奮」を起こす原因、男性の「接触」が女性の「労働」をはかどらせた例（ハヴァロック・エリス）、女性との「接触」によって「時ならぬ愛」に陥った男性の例、「遊戯」のとき女性の頬に「接触」して、「不時の愛情を結びたる」男性の例などが列記されている。握手、抱擁、接吻、性交などが、「皮膚」の「接触」という新しい感覚で説明され、それらは新しい「恋愛」の観念とも結びつけられている。

26　ロベール・ミュシャンブレッド（石井洋二郎訳）『近代人の誕生』筑摩書房、一九九二〔平成四〕年九月。

《第2章　〈少女〉という快楽――田山花袋「少女病」めぐって》

1　上野千鶴子「「恋愛」の誕生と挫折――北村透谷をめぐって」（『発情装置　エロスのシナリオ』筑摩書房、一九九八〔平成一〇〕年一月）、小倉敏彦「〈恋愛の発見〉の諸相――北村透谷と日本近代」（「ソシオロゴス」二三号、一九九九〔平成一一〕年）など。

2　北村透谷「厭世詩家と女性」「女学雑誌」三〇三・三〇五号、一八九二〔明治二五〕年二月六、二〇日。

3　上野千鶴子「「恋愛」の誕生と挫折――北村透谷をめぐって」『発情装置　エロスのシナリオ』筑摩書房、一九九八（平成一〇）年一月、一〇九～一一〇頁。

4　北村透谷「処女の純潔を論ず」（「女学雑誌」三二九号、一八九二（明治二五）年一〇月八日）。引用は『明治文学全集二九　北村透谷』（筑摩書房、一九七六（昭和五一）年、一〇〇～一〇一頁）によった。

5　二葉亭四迷「平凡」「東京朝日新聞」一九〇七（明治四〇）年一〇月三〇日～一二月三一日。引用は『明治の文学　第五巻　二葉亭四迷』（筑摩書房、二〇〇〇（平成一二）年九月、三四二頁）によった。

6　小倉敏彦「〈恋愛の発見〉の諸相――北村透谷と日本近代」「ソシオロゴス」二三号、一九九九（平成一一）年、二三三頁。

7　田山花袋「少女病」「太陽」一三巻六号、一九〇七（明治四〇）年五月。

8　川村邦光『オトメの祈り　近代女性イメージの誕生』紀伊国屋書店、一九九三（平成五年）一二月。

9　フィリップ・アリエス（杉山光信・杉山恵美子訳）『〈子供〉の誕生――アンシャン・レジーム期の子供と家族生活』みすず書房、一九八〇（昭和五五）年一二月。

10　大塚英志『少女民俗学　世紀末の神話をつむぐ「巫女の末裔」』カッパ・サイエンス、一九八九（昭和六四）年五月、一八～一九頁。

11　本田和子『子どもの領野から』（人文書院、一九八三（昭和五八）年九月、二一七～二一八頁）、久米依子「少女小説　差異と規範の言説装置」（『メディア・表象・イデオロギー　明治三十年代の文化研究』小沢書店、一九九七（平成九）年五月、一九五～二二二頁）参照。

12　続橋達雄「『少年世界』の登場」『児童文学の誕生　明治の幼少年雑誌を中心に』桜楓社、一九七二（昭和四七）年一〇月、二一九頁。

13　久米依子「少女小説　差異と規範の言説装置」『メディア・表象・イデオロギー　明治三十年代の文化研究』小沢書店、一九九七（平成九）年五月、一九六頁。

14　一八八二（明治一五）年には、高等女学校数は全国で五校、生徒数は二八六人だったのが、高等女学校令公布の一八九九（明治三二）年には、高等女学校数は三七校、生徒数は一万一九八四人、一九〇二（明治三五）年には、学校数八〇校、生徒数二万一五二三人、一九〇七（明治四〇）年には、学校数一三三校、生徒数四万二七三人と、女学生の数は急速に増加している（湯本豪一『図説明治事物起源事典』柏書房、一九九六（平成八）年一一月、三七四頁、女学生の項目より）。

15　「少女の友」「少女倶楽部」などの少女雑誌の編集方針については、中川裕美「『少女の友』と『少女倶楽部』における編集方針の変遷」（日本出版史料、第九号、二〇〇四（平成一六）年五月）を参照。

16　澤田順次郎『図解・処女及び妻の性的生活』正文社書房、一九二三（大正一二）年二月、五五頁。

17　矢川澄子「わたしひとりの部屋」『野溝七生子作品集』解説、立風書房、一九八三（昭和五八）年一一月、六〇七頁。

18　上野千鶴子解説『日本近代思想体系二三　風俗　性』岩波書店、一九九〇（平成二）年九月、五二八頁。

19　赤川学『セクシュアリティの歴史社会学』勁草書房、一九九九（平成一一）年四月、九八頁。

20　小谷野敦『性と愛の日本語講座』ちくま新書、二〇〇三（平成一五）年六月。

21　もちろん、自由恋愛・自由交渉といっても、村内婚が基本であること、また交渉は「若者組」「娘組」といった同年齢集団の統制下にあり、完全に自由というわけではない。伝統的な習俗社会における婚姻・性のシステムについては、赤松啓介『夜這いの民俗学』（明石書店、一九九四（平成六）年一月）、同『夜這いの性愛論』（同、七月）を参照のこと。

22　ここでの「処女」は「おとめ」と読ませてあり、この「処女」は、本来の意味の「家に処《い》る女性」つまり未婚の女性全般のことである。「処女」という言葉の成立過程については、拙稿「処女」（井上章一＆関西性欲研究会『性の用語集』講談社現代新書、二〇〇四（平成一六）年一二月、七二～八二頁）を参照願いたい。

23　澤田順次郎『図解・処女及び妻の性的生活』正文社書房、一九二三（大正一二）年二月、五〇頁。

24　小田亮『一語の辞典　性』三省堂、一九九六（平成八）年一月、八三～八四頁。

25　赤川学『セクシュアリティの歴史社会学』勁草書房、一九九九（平成一一）年四月。

26　小田亮『一語の辞典　性』三省堂、一九九六（平成八）年一月、二五～二六頁。

《第3章　生殖恐怖？――夫婦の性愛と田山花袋「罠」》

1　田山花袋「女教師」「文芸倶楽部」九巻八号、一九〇三（明治三六）年六月。

2　田山花袋「蒲団」「新小説」一二巻九号、一九〇七（明治四〇）年九月。

3 「白紙」「早稲田文学」第二次、三八号、一九〇九（明治四二）年一月。「罠」「中央公論」二四巻一〇号、同年一〇月。『妻』は、「日本新聞」に一九〇八（明治四一）年一〇月一四日から、翌年、二月一四日まで断続的に全一二〇回連載。一九〇九（明治四二）年六月に古今堂より、単行本が刊行されている。

4 小林一郎『田山花袋研究　博文館時代（三）』桜楓社、一九八〇（昭和五五）年二月、一九五～二三七頁。

5 引用は、蛯原徳夫訳「Le lit 寝床」（『モーパッサン全集　二』春陽堂、一九五五（昭和三〇）年八月、一八八～一九二頁）によった。

6 新しい家族倫理の登場は、旧来の家族道徳への批判を伴う。牟田和恵『戦略としての家族　近代日本の国民国家形成と女性』（新曜社、一九九六（平成八）年七月）によれば、「旧道徳批判は主として親と子の関係、とりわけ子夫婦と親との関係に集中している。」（五六頁）という。その具体例が、強制的結婚への批判、親と新夫婦の別居の推奨などである。

7 北村透谷「厭世詩家と女性（下）」「女学雑誌」三〇五号、一八九二（明治二五）年二月二〇日、六～七頁。

8 一八八五（明治一八）年七月～一九〇四（明治三七）年二月。巌本善治ら主宰。月二、三回の発行。一九〇一（明治三四）年ごろより不定期。

9 一七一六（享保元）年八月、柏原清右衛門（大阪）と小川彦九郎（江戸）とが合梓した女子教訓書。貝原益軒著「女子を教ゆる法」を「参酌しながら、よくいって自由、悪くいえば気ままに編集した教訓書と結論せざるをえない」（石川松太郎・解説『女大学集』東洋文庫、三〇二、平凡社、一九七七（昭和五二）年二月、三一一頁）と一般に流布した『女大学』益軒撰作は疑わしいとされている。

10 石川松太郎・解説『女大学集』東洋文庫、三〇二、平凡社、一九七七（昭和五二）年二月、四〇頁。

11 『国立国会図書館蔵、明治期刊行図書目録第一巻』哲学の部、倫理・道徳・教訓・処世法の項目にある、「女大学」と名がつくものは全部で三〇冊。明治初年代―三冊、一〇年代―一二冊、二〇年代―三冊、三〇年代―三冊、四〇年代―七冊、不明―二冊、というようにほぼ明治期全般にわたって刊行されている。「女今川」「女鑑」と名がつくものも含めると、相当数にのぼる。

12 「女子は男子と同権也」（土居光華編『近世女大学』淡山楼、一八七四（明治七）年一月）や、近世の『女大学』を徹底的に批判した福沢諭吉『女大学評論　附新女大学』（時事新報社、一八九九（明治三二）年一一月）など。

13 牟田和恵『戦略としての家族　近代日本の国民国家形成と女性』新曜社、一九九六（平成八）年七月、一二五頁。
14 布川清司『近代日本女性倫理思想の流れ』大月書店、二〇〇〇（平成一二）年四月、二〇六頁。
15 牟田和恵『戦略としての家族　近代日本の国民国家形成と女性』新曜社、一九九六（平成八）年七月、五四頁。
16 牟田和恵『戦略としての家族』（新曜社、一九九六（平成八）年七月）、小山静子『良妻賢母という規範』（勁草書房、一九九一（平成三）年一〇月）、同『家庭の生成と女性の国民化』（勁草書房、一九九九（平成一一）年一〇月）。
17 小山静子『家庭の生成と女性の国民化』勁草書房、一九九九（平成一一）年一〇月、二九〜三七頁。
18 「婦人の地位」（上）「女学雑誌」二号、一八八五（明治一八）年八月一〇日、同（中）「女学雑誌」三号、同年八月二五日、同（下）「女学雑誌」五号、同年九月二五日。
19 「色情は一種の動物本能（Animal Instinct）にして人間があらゆる動物と普通に有する所なり。之に反し愛情は神を除き人間の特有する所にして、人間の万物に霊長たる特色の一なり」（「色情愛情辨」「女学雑誌」二五四号、一八九一（明治二四）年二月二八日、一〇七頁）。
20 「日本の家族（第七）一家族の女王」（社説）「女学雑誌」一〇二号、一八八八（明治二一）年三月二四日、五頁。
21 「日本の家族（第六）家族幸福の大根底」（社説）「女学雑誌」一〇一号、一八八八（明治二一）年三月一七日、一頁。
22 方寸子「婚姻箴（愛山生に次す）」（随感）「女学雑誌」二五五号、一八九一（明治二四）年三月七日、二三頁。
23 「日本の家族（第六）家族幸福の大根底」（社説）「女学雑誌」一〇一号、一八八八（明治二一）年三月一七日、一頁。
24 赤司曙花「社会主義の結婚及び家庭観」（女学）「女学雑誌」五二六号、一九〇四（明治三七）年二月一五日、六頁。
25 「姦淫論（下）男女夫妻」（社説）「女学雑誌」一九八号、一八九〇（明治二三）年二月一日、三頁。この記事は廃娼論の文脈でもあるので、「家」のもとは、「夫妻」にあり、「男女間の清濁如何」は、「満天下の大勢」に影響するといった具合に、「家」という国家を形成する単位の「清潔親和」が求められる。つまり、「家」という単位が「清く」なれば、社会・国家も「清く」なる（娼婦、姦淫がなくなる）というわけである。
26 杜鵑子「結婚の真意義」「女学雑誌」四二〇号、一八九六（明治二九）年三月二五日、一一頁。
27 「男女交際論（第三）其効益」（社説）「女学雑誌」一一四号、一八八八（明治二一）年六月一六日、二一〜三頁。ここでの「情交」とは「愛」のことであり、「肉交」とは「両生の肉体直接の交わり」のことである。

28 白衣「楽き真の家庭（上）」（家政）「女学雑誌」三九八号、一八九四（明治二七）年九月二二日、六～一一頁。
29 「細君内助の弁（上）」（社説）「女学雑誌」二二四号、一八九〇（明治二三）年八月二日、四頁。
30 「婚姻論（二）」（社説）「女学雑誌」二七五号、一八九一（明治二四）年七月二五日、三頁。
31 「婚姻論（六）」（社説）「女学雑誌」二七七号、一八九一（明治二四）年八月八日、一頁。
32 大澤栄三「配偶論」（論説）「女学雑誌」二九三号、一八九一（明治二四）年一一月二八日、一七頁。
33 泣血生「婚事雑感」（論説）「女学雑誌」三三〇号、一八九二（明治二五）年一〇月二二日、七頁。
34 山田昌弘は、近代家族を支える装置の一つには、「「家族責任を負担すること＝愛情表現」というイデオロギー」があり、愛情を「自発的」に負担させられることが女性に求められるためには、女性は本来「情緒的存在」であるという神話に支えられているとする（『近代家族のゆくえ　家族と愛情のパラドックス』新曜社、一九九四（平成六）年五月、六五～七二頁）。
35 北村透谷「厭世詩家と女性（下）」「女学雑誌」三〇五号、一八九二（明治二五）年二月二〇日、六～七頁。
36 北村透谷「厭世詩家と女性（下）」「女学雑誌」三〇五号、一八九二（明治二五）年二月二〇日、八頁。
37 赤川学「夫婦間の性行動のエロス化と規格化」「年報社会学論集」八号、一九九五（平成七）年六月、一五五～一六六頁。
38 赤川学「夫婦間の性行動のエロス化と規格化」「年報社会学論集」八号、一九九五（平成七）年六月、一五九～一六〇頁。
39 ファウラー（橋爪貫一訳）『男女の義務』玉山堂、一八七九（明治一二）年一二月、二～四頁。
40 矯風散史『通俗衛生　色情交合論一名子の出来る自在法』柏原奎文堂、一九〇五（明治三八）年二月、八頁。
41 赤川学「夫婦間の性行動のエロス化と規格化」「年報社会学論集」八号、一九九五（平成七）年六月、一六四頁。
42 もちろん過度の快楽は、性科学でも「過淫」として戒められるものであるし、結婚後も「色欲」の節度が求められる。
43 「結婚の目的は善良なる夫婦を形成し、健全なる家庭を構成し、嗣子を設けて種族を永遠に持続せしめ、社会の発達、人類向上の為めに自己の為す可き義務及び責任を全ふし、自個の感化を後世に伝ふるにあり、されば子を産むことが先づ本体の目的たらざる可からず」（湯朝観明『結婚論』文禄堂、一九〇六（明治三九）年四月、一二七～一二八頁）、「男子其の分を尽し婦人其の職を完うせば、共に相携へて円満平和なる生活を楽むを得べく、延いては国家社会の進歩発展を促すに至らん」（大鳥居弁三・澤田順次郎『婦人論』光風館、一九〇七（明治四〇）年六月、一一頁）。

44　一方、『女子新論』では、女性の「少知」「浅薄」といった欠点、病弱な体質も、その「生殖」的な性質からくるものであると説明される。
45　田山花袋『小説作法』博文館、一九〇九（明治四二）年七月、一六一～一六二頁。
46　「晩秋夜話」「新潮」一一巻六号、一九〇九（明治四二）年一二月、八〇頁。
47　特集・性慾論「序文」「新公論」二六巻九号、一九一一（明治四四）年九月、一頁。
48　古川誠「恋愛と性欲の第三帝国　通俗的性欲学の時代」「現代思想」二一巻七号、一九九三（平成五）年七月、一一四頁。
49　小宮豊隆「十月の小説」「ホトトギス」一三巻二号、一九〇九（明治四二）年一一月、一一二頁。
50　川村邦光『セクシュアリティの近代』講談社選書メチエ、一九九六（平成八）年九月、一四二～一五八頁。
51　二葉亭四迷「出産」「東京朝日新聞」一九〇七（明治四〇）年四月三日。

《第4章　『独歩集』における性規範──「正直者」「女難」を中心に》

1　「小説は「女難」といふのを文芸界で読んだのが初めだがその時はあまり感服はしなかつたのです。（中略）しかし独歩集が出た時、全体を通読して、それを一貫した思想が非常に面白く思はれました」（正宗白鳥「独歩論」「趣味」二巻四号、一九〇七（明治四〇）年四月、一〇四頁）、「其一度び公にされた作物が、其当時は何の反響もなくて、却つて後年之れを「独歩集」として発行してから、世評に上つたと云ふのは、作物其物に価値が加はつたのでもなければ、其ねうちが異なつて来たのでもない。個々に公にして居た時には、未だ其作物を鑑識することの出来なかつた世間が、「独歩集」を出す時代になつて、初めて其価値を解するやうになつたので、つまり世の中の好尚が進んで来たのである」（内田魯庵「独歩の作物と世間の好尚」「国木田独歩特集号」「新潮」九巻一号、一九〇八（明治四一）年七月、五八～五九頁）、「「独歩集」其他此頃になつてヤレ傑作だ、ヤレ名作だと世間でワイ〳〵いふ独歩君の作品の多くは大抵此間（＝明治三十五、六、七年──引用者）に於ける金港堂の雑誌に一度載つたものが多い。作当時は鑑賞力に富んだ批評家先生方の誰一人として評判もしなかつた癖にして、著者に取つては寧ろ旧作に過ぎないものをさも大事に今更のやうに囃立てるのは面白い」（草村北星「僕の知れる独歩君」「新声」一九巻一号、一九〇八（明治四一）年七月、二三頁）。

2　「独立評論」（二巻一号、一九〇四（明治三七）年一月）に「国木田独歩氏の「女難」」（最近の小説界）という記事があるが、ほとんど作品の引用、あらすじの紹介。「新声」では新刊紹介欄に数行あるのみ。
3　『独歩集』の中では僕は正直者を第一等に推す。『正直者』は『独歩集』九篇の中の傑作である許りではなく、独歩の小説中の傑作である。広く言へば明治の小説中の傑作である。」（「新声合評会国木田独歩」「新声」一六巻五号、一九〇七（明治四〇）年五月、六八頁）、「中にも「牛肉と馬鈴薯」「女難」「少年の悲哀」などは他人の得て追従すべからざる作である」（「独歩集　国木田独歩氏」「帝国文学」一一巻八号、一九〇五（明治三八）年八月、一四二頁）など。
4　片上天弦「国木田独歩論」「早稲田文学」五〇号、一九一〇（明治四三）年一月、一三頁。
5　片桐雅隆『自己と「語り」の社会学　構築主義的展開』世界思想社、二〇〇〇（平成一二）年九月、一二一～一二三頁。
6　「花柳病が盲目に及ぼす関係を調べて見ると明治三十三四二ケ年間の学齢児童総数の内四千七百十八人の盲目者がある処で盲目の平均数の百分の四十二、三は母体の淋疾より起るものであるから其数を乗じて見ると二千人此二千人の盲目児童は僅か二ケ年即ち一年に平均一千人づゝは母体の淋疾を受けて失明するのである実に恐るべきことではありませんか」（衛生新報編輯局編、佐藤得斎監修『生殖器篇（実用問答）』丸山舎書籍部、一九〇六（明治三九）年四月、一七七頁）。梅毒性角膜実質炎でも先天性の場合、両眼失明、後天性の場合、片眼失明の可能性が高い。
7　北村透谷「厭世詩家と女性（上）」「女学雑誌」三〇三号、一八九二（明治二五）年二月六日、五頁。
8　「なぜなら性欲自然主義は、性を汚れたもの、論じるに値しないもの、口にすべきではないものとして過小評価する「保守反動的な」言説への対抗言説として登場してきたという経緯があるからである。（中略）性を隠蔽しようとする言説への対抗として現れた性欲自然主義が、しばしば男性の性行動を正当化し、ときに女性を抑圧する差別的な言説へと変容してしまうことのパラドキシカルな構造こそ、注目しなければならないはずだ」（赤川学『セクシュアリティの歴史社会学』勁草書房、一九九九（平成一一）年四月、二六九～二七一頁）。
9　小栗風葉「青春」「読売新聞」一九〇五（明治三八）年三月五日～一九〇六（明治三九）年一一月一二日。
10　三島霜川「聖書婦人」「小柴舟」三巻一三四号、一九〇二（明治三五）年三月。
11　関肇「〈性〉という主題――国木田独歩「正直者」論」「光華日本文学」三号、一九九五（平成七）年八月、一三三頁。
12　大越愛子・高橋哲哉「ジェンダーと戦争責任（対談）」「現代思想」二五巻一〇号、一九九七（平成九）年九月。

13 新保邦寛によれば、作品の執筆は、「第三者」が一九〇二（明治三五）年六月ごろで、「正直者」は一九〇三（明治三六）年一〇月である（「「第三者」再評価」『独歩と藤村』有精堂出版、一九九六（平成八）年二月）。

14 「「正直者」の結びであるが、最後の一文の持つおそろしさは、この作品が「女難」とはちがって、ただ一つの事例をあげ、おしんという類のない人柄の娘との接触を、「女難」のお幸の場合よりも、いっそう具体的に、男の肉欲と冷たい性質の側から描いている、というところから来ているはずである。ここには、ワーズワースばりの自然・詩趣の世界は見えず、「悪いもの」としての女の存在ではなく、肉欲的存在としての男の暗い存在が、〈正直者〉の逆説を通して、深く提出せられている。「女難」や「正直者」が書けた独歩という作家、こういう主人公を描きうる作家の内面の深さを改めて認識する必要があろう」（平岡敏夫『短篇作家国木田独歩』新典社、一九八三（昭和五八）年五月、一八一頁）。

15 新保邦寛「二人の〈私〉・もう一つの〈小民史〉——独歩文学を貫くもの（2）」『独歩と藤村』有精堂出版、一九九六（平成八）年二月、五〇頁。

16 飯田祐子「彼らの独歩——『文章世界』における「寂しさ」の瀰漫」「日本近代文学」五九号、一九九八（平成一〇）年一〇月、一～一五頁。

17 スーザン・ソンタグ「模範的苦悩者としての芸術家」（『反解釈』ちくま学芸文庫、一九九六（平成八）年三月）「作家とは苦悩の最も深い次元を見出しているひとだから、また時分の苦悩を昇華（ただしフロイト的な意味の昇華ではなく、文字通りの意味での昇華である）する専門的な手段もまた見出しているひとであるから、模範的な苦悩者なのだ。一個の人間として作家は苦悩し、一個の作家として、おのれの苦悩を芸術に転身させる。作家とは〈芸術経済〉の面での苦悩の用途を発見するひとなのだ——ちょうど聖者が〈救済経済〉の面での苦悩の効用と必要とを発見するように」（七七頁）、「ヨーロッパの恋愛崇拝は、キリスト教における「苦悩崇拝」の側面であり、「このキリスト教的感受性に対する近代の貢献は、芸術作品の制作と性愛の冒険とが、二つの最も精妙な苦悩の源泉であることを発見したことにある」（八六頁）。

18 相馬御風「明治文学講話」『新文学百科精講　後編』新潮社、一九一四（大正三）年四月、七八五頁。

19 田山花袋「自然の人独歩」「新潮」九巻一号、一九〇八（明治四一）年七月、二七頁。

20 「日本現代文学　小説界第三期　一自然主義の大勢」早稲田文学社編『文芸百科全書』隆文館、一九〇九（明治四二）年一二月、七〇三頁。

《第5章 〈告白〉と「中年の恋」――田山花袋と「蒲団」》

1 島村抱月（星月夜）「『蒲団』合評」「早稲田文学」第二次、二三号、一九〇七（明治四〇）年一〇月、五四頁。
2 田山花袋「私のアンナ・マール」『東京の三十年』博文館、一九一七（大正六）年六月、三四一頁。
3 柄谷行人「告白という制度」『日本近代文学の起源』講談社文芸文庫、一九八八（昭和六三）年六月、一〇二頁。
4 小田亮『一語の辞典　性』三省堂、一九九六（平成八）年一月、四八頁。
5 小谷野敦『〈男の恋〉の文学史』朝日選書、一九九七（平成九）年一二月、一七八頁。
6 島村抱月（星月夜）「『蒲団』合評」「早稲田文学」第二次、二三号、一九〇七（明治四〇）年一〇月、五四頁。
7 「蒲団」を「中年の恋」という観点から読み解いた先行研究には、関肇「恋愛小説としての「蒲団」」（『恋のかたち――日本文学の恋愛像』和泉選書、一九九六（平成八）年一二月）、金子明雄「「恋ざめ」から「蒲団」へ――中年の恋と煩悶の時間と論理」（「語文」日本大学国文学会、一一三号、二〇〇二（平成一四）年六月）があり、多くの示唆を得た。
8 正宗白鳥『自然主義盛衰史』六興出版社、一九二七（昭和二）年三月。引用は『正宗白鳥全集　第二一巻』（福武書店、一九八五（昭和六〇）年一月、三三六頁）によった。他にも「世間には随分種々な事が流行れば流行るもので、此の節はまた「中年の恋」といふやうな極めて物騒な流行病も出来て（後略）」（「室中偶語　作家と年齢」「新潮」八巻四号、一九〇八（明治四一）年四月、九頁）、「「老いらくの恋」という言葉が第二次対戦後にはやつたように、「中年の恋」という言葉が文壇人によく使われたのは、自然主義の全盛時代であつたようだ」（田中純『文壇恋愛史　続』新潮社、一九五五（昭和三〇）年一二月、二八頁）など。「中年の恋」は今となっては忘れられた流行語であったことがうかがえる。
9 「「燃えさかる焔」エネルギーの最も充実した年は男四十、女三十、此の時の恋は死をもいとはぬ位愛著深刻にして如何ともなし難し」と説明されている。
10 「中年の恋」のモチーフの成立については、山本昌一「風葉『恋ざめ』ノート（一）」（「国文学論輯」国士舘大学国文学会、五号、一九八三（昭和五八）年一二月）を一部参考にした。
11 相馬御風「風葉鏡花二氏の近業」「早稲田文学」第二次、三〇号、一九〇八（明治四一）年五月。真山青果「小栗風葉論」

『新潮』七巻三号、一九〇七（明治四〇）年九月。

12　白石実三「自然主義勃興時代の諸作家」『早稲田文学』二五七号、一九二七（昭和二）年六月。引用は十川信介編『明治文学回想集　下』（岩波文庫、一九九九（平成一一）年二月、二〇九頁）によった。

13　山本昌一「風葉『恋ざめ』ノート（一）」『国文学論輯』国士舘大学国文学会、五号、一九八三（昭和五八）年一二月、六頁。

14　牟田和恵『戦略としての家族――近代日本の国民国家形成と女性』新曜社、一九九六（平成八）年七月、一三一～一三五頁。

15　巌本善治「婦人の地位（下）」『女学雑誌』五号、一八八五（明治一八）年九月二五日、三八頁。

16　「日本の家族（第六）家族幸福の大根底」（社説）『女学雑誌』一〇一号、一八八八（明治二一）年三月一七日、一頁。

17　巌本善治「廃娼論の影響」（社説）『女学雑誌』二四二号、一八九〇（明治二三）年一二月六日、二頁。

18　明治初期の妾論議については、小山静子「明治啓蒙期の妾論議と廃娼の実現」（『日本女性史論集　九』吉川弘文館、一九九八（平成一〇）年六月）を参照した。

19　金子光晴『絶望の精神史』光文社、一九六五（昭和四〇）年九月。引用は講談社文芸文庫（一九九六（平成八）年七月、八一頁）より。

20　『彙報　創作界』『早稲田文学』三二号、一九〇八（明治四一）年七月。

21　棚田輝嘉「田山花袋「蒲団」――語り手の位置・覚え書」（『国語国文』京都大学、五六巻五号、一九八七（昭和六二）年五月）、藤森清「語ることと読むことの間　「蒲団」の物語言説」（『語りの近代』有精堂出版、一九九六（平成八）年四月）、生方智子「プロットと〈欲望〉のパラダイム――田山花袋『蒲団』における「事件」をめぐる語り」（『日本近代文学』六四号、二〇〇一（平成一三）年五月）など。

22　棚田輝嘉「田山花袋「蒲団」――語り手の位置・覚え書」『国語国文』京都大学、五六巻五号、一九八七（昭和六二）年五月、一一～一二頁。

23　渡邉正彦「田山花袋「蒲団」と「女学生堕落物語」」（『群馬県立女子大学国文学研究』一二号、一九九二（平成四）年三月）は、新聞に連載された「堕落女学生」言説をもとに「蒲団」を分析し、藤森清「語ることと読むことの間――田山花袋

「蒲団」の物語言説」(『語りの近代』有精堂出版、一九九六〔平成八〕年四月)は、語りの統辞機能に「一連の行為、出来事を「堕落女学生」物語として語る側面」を見る。また、菅聡子『メディアの時代――明治文学をめぐる状況』(双文社出版、二〇〇一〔平成一三〕年一一月)は、『魔風恋風』について、女学生ヒロインの結末は「どうなるか」はすでにわかっていて、読者の興味は「「どのように」して堕落するか」にあったと指摘。高橋重美「ロマンチックな鏡　田山花袋作『少女世界』巻頭詩群の〈眼差し〉」(「日本近代文学」八八号、二〇一三〔平成二五〕年五月)は、「堕落女学生」小説は、〈上京〉→〈恋愛〉→〈性関係〉→〈不幸な末路〉という物語に〈ミッション系〉〈クリスチャン〉等のイメージを加えて流布すると指摘する。また、西洋文学との比較の上で「煩悶青年」「堕落女学生」を論じた平石典子『煩悶青年と女学生の文学誌「西洋」を読み替えて』(新曜社、二〇一二〔平成二四〕年二月)など。

24　「蒲団」を「告白小説」ではなく「恋愛小説」として読みかえそうとする関肇は、「恋愛小説としての「蒲団」」『恋のかたち――日本文学の恋愛像』和泉選書、一九九六〔平成八〕年一二月)において、「この作品は、基本的に「中年の恋」と「青年の恋」が交差する構図から成り立っている」(一四九頁)とし、ルネ・ジラールの「欲望の三角形」論をもとに、「田中は時雄の意識せざるモデルであり、芳子を自分の恋人にしたいという時雄の密かな欲望が、媒介者である田中を模倣することによって強化されたことは疑いない」(一五五頁)とする。

25　金子明雄「「恋ざめ」から「蒲団」へ――中年の恋の煩悶と時間の論理」「語文」日本大学、一一三号、二〇〇二〔平成一四〕年六月、四二~四七頁。

26　大木しおり「「新しい男」であること――『蒲団』論」(特集　田山花袋『蒲団』「近代文学　研究と資料(第二次)」四号、二〇一〇〔平成二二〕年三月)では、ロマンチック・ラブ・イデオロギーの規範に従って、「性欲を抑制する男」である竹中時雄は、「性欲を簡単に満たさず、抑制や統御することはそれまでとは異なる男性の新しい規範」によって縛られるが、同時に、性欲の抑制することは、「男らしさ」を獲得するために必要なものとしている(二六一~二六六頁)。確かに、性欲の抑制は「新しい男」の条件の一つであるが、時雄は男性の〈性〉のダブルスタンダードを容認しており、「新しい男」と言えない部分もある。また、時雄の〈遂行されなかった欲望〉とは、禁欲や節欲のような性欲の統制につながるものではなく、「煩悶」や「感傷」に繋がってゆくものであると考える。

27　生方智子「『蒲団』セクシュアリティをめぐる語り」『精神分析以前　無意識の日本文学』翰林書房、二〇〇九〔平成二一）年一一月、一三八〜一四〇頁。

28　登張竹風「厭妻的小説」「新小説」一二巻一〇号、一九〇七（明治四〇）年一〇月、一五四〜一六〇頁。

29　関肇「恋愛小説としての「蒲団」」『恋のかたち——日本文学の恋愛像』和泉選書、一九九六（平成八）年一二月、一四五〜一四六頁。

30　小谷野敦「感傷的な作家の賭け」（解説）『明治の文学・田山花袋』筑摩書房、二〇〇一（平成一三）年五月、四三一頁。

31　正宗白鳥は「蒲団」発表当時のことを、次のように伝えている。「田村松魚氏が昔、「アメリカにゐた時、同居してゐた日本人が、笑ひころげて二階から下りて来て、田山花袋がこんなことを書いたといつて『蒲団』の出てゐる「新小説」を突きつけた」（「田山花袋氏について」「週刊朝日」一七巻二三号、一九三〇（昭和五）年五月。引用は、『正宗白鳥全集　二〇巻』福武書店、一九八三（昭和五八）年一〇月、二〇四頁によった）。小谷野敦のいう、「素人娘」に片恋をする「感傷」を描いたことのセンセーショナルは、こうした逸話からも読み取れるだろう。

32　飯田祐子は、時雄の芳子への「恋」や「性欲」に対する苦悶は「家庭をはみ出し増殖すること」なく、「家庭を破壊することは、望まれていない。家庭は、壊す対象ではなく、時雄に葛藤を抱かせる新しい枠組みなのである。／花袋が描いた苦悩は、家庭という枠組みが発生させたものである」と指摘する（「物語としての家族」（特集＝家族とは何か）「現代思想」三二巻一〇号、二〇〇四（平成一六）年九月、一四七頁）。飯田のいう「家庭という枠組み」とは本章で論じるところの一夫一婦制の強化をはじめとする、近代の性規範であると考える。

33　水田宗子「女への逃走と女からの逃走——近代日本文学の男性像」『物語と反物語の風景　文学と女性の想像力』田畑書店、一九九三（平成五）年一二月、六三〜八六頁。

34　真山青果「中年の恋、青年の恋」「新潮」八巻三号、一九〇八（明治四一）年三月、三九頁。

《第6章　田山花袋「蒲団」と性欲描写論争——〈性〉を語る／〈真実〉を語る》

1　平野謙「蒲団」解説『日本現代文学全集　二一』講談社、一九六二（昭和三七）年、四五五頁。

2　澁澤龍彦「日本文学における「性の追求」」『全集・現代文学の発見　九』學藝書林、一九六八（昭和四三）年二月、四六六頁。

3　続いて「モウパッサン然り、トルストイ然り、又我国では花袋、秋声等は此方面に一新境地を開いた人である」。また、「性慾芸術（名）」という項目では「主に性慾上の事柄を取扱つた芸術品。広い意味から見ると芸術は総て性慾の表現であるとも言へる。蓋し美乃至芸術感覚の底には必ず性慾が潜んでゐるからである」（七四頁）とある。

4　「趣味」は性欲描写に関する記事なし。

5　和田敦彦は、雑誌メディアと「性」の関係について、「性」が「雑誌という読書装置」の中に根付き、読者の読みを規制し、「性」を「不健全」「不潔」なものとして囲い込むと同時に、だからこそ読者を「保護、感化」する戦略を雑誌メディアは展開し、「性」的に健全な読者という「幻想の集団」の発生を指摘する（和田敦彦『読むということ　テクストと読書の理論から』ひつじ書房（未発選書四）、一九九七（平成九）年一〇月、二五四〜二七九頁）。

6　高橋一郎「明治期における「小説」イメージの転換——俗悪メディアから教育的メディアへ」「思想」八一二号、一九九二（平成四）年二月、一八五〜一八六頁。

7　メディアにおいて自然主義が出歯亀事件と結びつけられることについては、金子明雄「メディアの中の死——「自然主義」と死をめぐる言説」（岩波「季刊文学」五巻三号、一九九四（平成六）年夏、三〇〜四三頁）に詳しい。しかし自然主義＝出歯亀主義＝猥褻というコードが成立する以前に、つまり、出歯亀事件以前にも自然主義小説の「性」的部分のみを取り上げて揶揄する記事もあり、加えて性欲描写論争において、「性欲（性慾）」＝「生慾」＝人間の真実と読み帰る文学的コードが成立しているので、「性慾」に対するメディア一般と文学側の解釈は乖離しており、自然主義文学＝出歯亀主義という揶揄は、上位文化としての文学を確認する役にたちこそすれ、文学の権威を失墜させる脅威にはならなかったであろう。

8　一九一八（大正七）年三月に刊行された生田長江等編『新文学辞典』（新潮社）では「生慾」が、「性慾」とともに、見出しの項目として登場している。「生慾〔Instinctive desire〕生物としての本然の慾望、即ち本性の慾をいふ。「性慾」よりも其義広し。」「性慾〔Sexual desire〕性、即ちセックス（Sex）の慾、俗にいふ肉慾即ち男女間の慾」。

9　後藤宙外「自然派短評八則」「新小説」一三巻三号、一九〇八（明治四一）年三月、一四七〜一五一頁。

10　金子筑水「理想派文芸の趣味と自然派文芸の趣味」（思潮）（「新小説」一三巻三号、一九〇八（明治四一）年三月）でも、「何等斯くの如き根底なく、何等斯くの如き努力なく、徒らに読者の劣情に訴ふるが如き似而非自然派の文芸は、単に健全な自然派を発達に沮害《そがい》するのみならず、また実に全体の文芸を堕落せしむる病魔である」(六頁)とある。

11 長谷川天渓「文芸時評　文芸の取締に就いて(文芸院の設立を望む)」「太陽」一四巻一四号、一九〇八(明治四一)年一一月、一五七頁。

12 「明治四十三年文芸史料」「早稲田文学」第二次、六三号、一九一一(明治四四)年二月、二頁。

13 谷崎潤一郎は後年、自然主義文学の功績を「恋愛の解放」と「性欲の解放」であると述べている(「恋愛及色情」「婦人公論」一六巻四~六号、一九三一(昭和六)年四~六月)。

14 田山花袋「私のアンナ・マール」『東京の三十年』博文館、一九一七(大正六)年六月、三四一頁。

15 平野謙「田山花袋」『芸術と実生活』講談社、一九五八(昭和三三)年一月、九四頁。

《第7章　日露戦争後の文学と性表現——〈性欲〉に煩悶する時代と〈感傷〉の共同体》

1 平野謙「発売禁止論」「文芸」一九五二(昭和二七)年八月、五一頁。

2 「笑絵」とは、男女閨中の秘儀を描いた枕絵、春画の類のこと。

3 星月夜(島村抱月)「『蒲団』合評」「早稲田文学」第二次、二三号、一九〇七(明治四〇)年一〇月、五四頁。

4 小栗風葉「『蒲団』合評」「早稲田文学」第二次、二三号、一九〇七(明治四〇)年一〇月、三九頁。

5 片上天弦「『蒲団』合評」「早稲田文学」第二次、二三号、一九〇七(明治四〇)年一〇月、四三頁。

6 相馬御風「『蒲団』合評」「早稲田文学」第二次、二三号、一九〇七(明治四〇)年一〇月、五一頁。

7 岡義武「日露戦争後における新しい世代の成長(上)——明治三八~大正三年」「思想」五一二号、一九六七(昭和四二)年二月、一三七~一三九頁。

8 生方敏郎『明治大正見聞史』春秋社、一九二六(大正一五)年一月、一一七頁。

9 「時事新聞」一九〇七(明治四〇)年八月二五日。

10 加藤弘之「青年の煩悶に就て」「太陽」一二巻一二号、一九〇六(明治三九)年九月、四一頁。

11 井上哲次郎「学生の風紀問題に就て」(「太陽」一二巻一三号、一九〇六(明治三九)年一〇月、六三頁)。ほかにも、メディアや教学界で青年の煩悶、虚無感、厭世感について論じたものとして、大塚素江「自殺と青年」（学芸雑纂）（「太陽」九巻八号、一九〇三（明治三六）年七月）、井上哲次郎「精神的危機に対する青年の警戒（学生の自殺に就ての所感）」（「中学世界」六巻九号、一九〇三（明治三六）年七月）、姉崎正治「現時青年の苦悶について」（論説）（「太陽」九巻九号、一九〇三（明治三六）年八月）などがある。

12 与謝野寛「田山花袋氏の『蒲団』」「明星」未年一〇号、一九〇七（明治四〇）年一〇月、一〇四頁。

13 生田長江「『花袋集』合評」「趣味」三巻五号、一九〇八（明治四一）年五月、六七頁。

14 吉田熊次「所謂自然主義の作品を読む（上）」「東亜の光」三巻五号、一九〇八（明治四一）年五月、五八頁。

15 登張竹風「厭妻的小説」「新小説」一二巻一〇号、一九〇七（明治四〇）年一〇月、一五九頁。

16 佐々醒雪「自然主義の小説と青年」「教育界」七巻四号、一九〇八（明治四一）年二月、四頁。

17 吉田熊次「所謂自然主義の作品を読む（上）」「東亜の光」三巻五号、一九〇八（明治四一）年五月、五九頁。

18 高瀬武次郎「自然主義を駁す」「東亜の光」三巻四号、一九〇八（明治四一）年四月、九五頁。

19 内藤鳴雪「国家の一大事なり」「ムラサキ」六巻八号、一九〇九（明治四二）年八月、二四〜二六頁。

20 大塚素江「自殺と青年」（学芸雑纂）「太陽」九巻八号、一九〇三（明治三六）年七月、二〇七〜二一三頁。

21 伊藤公雄『〈男らしさ〉のゆくえ　男性文化の文化社会学』新曜社、一九九三（平成五）年九月、一〇二〜一一六頁。

22 ジョージ・L・モッセ（佐藤卓己・佐藤八寿子訳）『ナショナリズムとセクシュアリティ　市民道徳とナチズム』柏書房（パルケマイア叢書7）、一九九六（平成八）年一一月。

23 筒井清忠「近代日本の教養主義と修養主義――その成立過程の考察」「思想」八一二号、一九九二（平成四）年二月、一五一〜一七四頁。

24 細谷実「大町桂月による男性性理念の構築」「自然・人間・社会」三一号、関東学院大学・経済学部教養学会、二〇〇一（平成一三）年七月、一六五〜一六八頁。

25 大町桂月「男で御座る」一九〇三（明治三六）年。引用は『桂月全集　第九巻』（日本図書センター、一九八〇（昭和五五）一月、六四四頁）によった。

26 エリザベート・バダンテール（上村くにこ・饗庭千代子訳）『XY――男とは何か』筑摩書房、一九九七（平成九）年八月。

27　筒井清忠「近代日本の教養主義と修養主義――その成立過程の考察」「思想」八一二号、一九九二〔平成四〕年二月、一五九頁。

28　後藤宙外「随感録」「新小説」一二巻一〇号、一九〇七〔明治四〇〕年一〇月、一五一頁。

29　相馬御風「『蒲団』合評」「早稲田文学」第二次、二三号、一九〇七〔明治四〇〕年一〇月、五一頁。

30　酒井直樹「「情」と「感傷」　性愛の情緒と共感と主体的技術をめぐって」脇田晴子／S・B・ハンレー編『ジェンダーの日本史・下』東京大学出版会、一九九五〔平成七〕年一月、一四五〜一四六頁。

31　長谷川天渓「現実暴露の悲哀」「太陽」一四巻一号、一九〇八〔明治四一〕年一月、一五三〜一五四頁。

32　片上天弦「未解決の人生と自然主義」「早稲田文学」第二次、二七号、一九〇八〔明治四一〕年二月、二一頁。

33　佐藤泉「『三四郎』――語りうることのあかるみのうちに」『漱石研究　第二巻』翰林書房、一九九四〔平成六〕年五月、一六八頁。

34　小田亮『一語の辞典　性』三省堂、一九九六〔平成八〕年一月、四八頁。

35　斎藤光「「性欲」の文化的標準化」「京都精華大学紀要」六号、一九九四〔平成六〕年一月、一七四頁。

36　Y、T、「色情愛情辨」（「女学雑誌」二五四号、一八九一〔明治二四〕年二月二八日）では、「「ラップ」は高尚なる感情にして、「ラスト」は劣等の情欲なり。（中略）色情は一種の動物本能（Animal Instinct）にして人間があらゆる動物と普通に有する所なり。之に反し愛情は神を除き人間の特有する所にして、人間の万物に霊長たる特色の一なり」（一〇六〜一〇七頁）というように、ラブ＝恋愛は神聖で、高尚な感情、ラスト＝情欲は劣等、動物的なものとしている。このようなキリスト教的な霊肉二元論は、近世において、肉体的な関係を含む「色」という概念を、恋愛よりも下に位置づけるために、しばしば用いられるレトリックである。

《第8章　自然主義の女――永代美知代「ある女の手紙」をめぐって》

1　蒲団のヒロイン　横山よし子「『蒲団』について」「新潮」七巻四号、一九〇七〔明治四〇〕年一〇月、二九頁。

2　岡田美知代は作品の署名に「岡田美知代」「美知代」「永代美知代」を使用している。一九〇九（明治四二）年からは婚姻姓である「永代美知代」を署名としている。本章においては「美知代」を使用し、必要な場合においては「岡田美知代」「永代美知代」と旧姓・婚姻姓を使い分けている。

3　水野仙子ら「文士の放恣なる実際生活を女性作家はどう見て居るか」「新潮」一四巻一号、一九一一（明治四四）年一月、一〇三頁。

4　生まれた子供を花袋の義兄・太田玉茗の寺に里子に出すまでの経緯は花袋「幼きもの」（「早稲田文学」第二次、七四号、一九一二（明治四五）年一月）、美知代「里子」（「スバル」二巻一〇号、一九一〇（明治四三）年一〇月）に作品化されている。このように「縁」対「ある女の手紙」「幼きもの」対「里子」というように、ある事実に対して、師匠と弟子がそれぞれ作品化している。他にも、田山花袋「拳銃」（「早稲田文学」第二次、四一号、一九〇九（明治四二）年四月）、永代美知代「岡沢の家」（「ホトトギス」一四巻四号、一九一〇（明治四三）年一二月）などが、美知代の結婚、出産周辺の事情を描いている。

5　魚住折蘆「九月の小説」「ホトトギス」一四巻一号、一九一〇（明治四三）年一〇月、六四頁。

6　細田枯萍「「生」「妻」「縁」」「芸文」二巻三号、一九一一（明治四四）年三月、一四六頁。

7　中山昭彦「〝作家の肖像〟の再編成――『読売新聞』を中心とする文学ゴシップ欄、消息欄の役割」岩波「季刊文学」第四巻第二号、一九九三（平成五）年春、二四～三七頁。

8　日比嘉高「「蒲団」の読まれ方、あるいは自己表象テクスト誕生期のメディア史」「筑波大学比較・理論文学会文学研究論集」一四号、一九九七（平成九）年三月、八〇頁。

9　狒々男「寸鐵」「新小説」一五巻一〇号、一九一〇（明治四三）年一〇月、二五二～二五四頁。

10　「当世女学生気質」「滑稽界」一号、一九〇七（明治四〇）年八月、一三頁。「蒲団」の発売前であるが、「美代チャん」「田中」という名前からも「蒲団」の芳子と田中を指しているものと思われる。「滑稽界」一号が発行の日付よりも遅れて出版されたためか。

11　阪本俊夫『プライバシーのドラマトゥルギー』世界思想社、一九九九（平成一一）年一〇月、五五頁。

12　真山青果「三人」「新文林」一巻七号、一九〇八（明治四一）年一〇月、四頁。

13　「特別募集　女詩人」第一等当選　北尾愁芳（四谷区永住町二地愛川方）（「新文林」一巻九号、一九〇八〔明治四一〕年一一月、七二～八四頁）。他にも、「淑子は今、帰つて来た。室に入つて机の前に座つた。袂から二三種の薬とシユーソカリーの壜とを取り出して、机の上に並べた。／生殖の力は年頃の女を誘ふのに躊躇しなかつた」（「女詩人」）／「シュウソカリを余程多量に服しても眠られぬとて困つて居た。絶えざる慾望と生殖の力とは年頃の女を誘ふのに躊躇しない」（「蒲団」三）など。作者の眼差しは、女性作家→独身→肉体的「煩悶」→堕落、そして破滅という定式に沿っている。また、最近「自然派」の「肉慾描写」の傾向が出始めた友人の白蝶が、「堕落」した女詩人の物語を小説に書くというメタ構造は、「自然派」と女性作家双方への揶揄として機能している。

14　「女詩人」以外にも、女弟子、女作家、女詩人、女芸術家を素材にした作品として、篠山吟葉「喜劇写実小説」（「文芸倶楽部」一二巻七号、一九〇六〔明治三九〕年五月）、高木親月「閨秀画家」（「新文林」一巻三号、一九〇八〔明治四一〕年六月）、柳川春柳「女優」（「新小説」一三巻一〇号、一九〇八〔明治四一〕年一〇月）、高浜虚子「女弟子」（「中央公論」二七巻六号、一九一二〔明治四五〕年六月）などがある。

15　藤森清「語ることと読むことの間――「蒲団」の物語言説」『語りの近代』有精堂出版、一九九六〔平成八〕年年四月、一一六～一二六頁。

16　M・フーコー（渡辺守訳）『性の歴史Ⅰ　知への意志』新潮社、一九八六〔昭和六一〕年九月、八二頁。

17　無名氏「女の文」（「新文林」一巻七号、一九〇八〔明治四一〕年十月、一一～一七頁）。無署名となっているが、『現代文学史年表』現代日本文学全集別巻（改造社、一九三一〔昭和六〕年一二月）では、作者は五十嵐白蓮とある。夫が朝鮮に行ってしまい日々の無聊を慰めるために雑誌で読み覚えた「自然派」小説を妻が書いている、という設定である。この小説のために「新文林」のこの号は発売禁止となる。「夫が不在《るす》になつて淋しさとしよざい無さに悩まされたから」小説を書き、小説の空想から、ある日芝居小屋で出会った男性と手を握ってしまうというところまで発展したのが、官憲の目にふれたのであろう。

18　飯田祐子は「職業」と「金銭」の関係、読める読者／読めない読者の階層化から、明治四〇年代において文壇の男性ジェンダー化が進められて行くことを論じているが（『彼らの物語』「第二章「作家」という職業」名古屋大学出版会、一九九八〔平成一〇〕年六月、八六～九九頁）、合わせて自然主義文学の男性ジェンダー化は「客観」「観察」の論理の内部にすでに仕込まれているものであり、論理→実作、実作→批評・評価という循環において強固なものとなることを指摘しておきたい。また、同著では塩原心中事件という「事実」を「解釈」（＝書く主体の「誤読」という特権的な身振り）した森田草平『煤煙』が、「均質的な読者共同体」を生産し、その『煤煙』を「読む」ことによって書かれた平塚らいてう『峠』というテクストは対照的に解釈共同体を再生産しないテクスト（非息子共同体テクスト）であると、「文学」のジェンダー構造に参加する／参加しない二つのテクストの戦略を分析している（「第三章　書くこと読むことにおけるジェンダー」一〇五～一三〇頁）。「蒲団」「縁」／「ある女の手紙」もこのような一つの「事実」に対する「解釈の闘争」である点において同著には示唆を得たが、結論的に言えば「ある女の手紙」は「解釈の闘争」を招きながらも、『峠』のように、それに「自覚的」であり、戦略的であったとは言えない。それはらいてうと「自然主義の女」の差異でもあり、その差異は第5節でも述べるように、自然主義の女弟子という環境と、女性の「自覚」を疎外する自然主義教育にあると思われる。

19　島村抱月「文芸上の自然主義」「早稲田文学」第二次、二六号、一九〇八（明治四一）年一月、八四～一一七頁。

20　相馬御風「文藝上主客両体の融会」「早稲田文学」第二次、二三号、一九〇七（明治四〇）年一〇月、六～一二頁。

21　片上天弦「自然主義の主観的要素」（「早稲田文学」第二次、五三号、一九一〇（明治四三）年四月）においては、「物質的人生観の圧迫に対する主観の苦悶動揺を切実なる方法によつて表白」するのが自然主義の目的であるとしているが、これが「排主観、客観尊重」というテーゼと矛盾することについては、動機としての主観と、表白の方法態度としての客観というレベル分けを行っている（二七～三七頁）。

22　島村抱月「今の文壇と新自然主義」「早稲田文学」第二次、一九号、一九〇七（明治四〇）年六月、一～七頁。

23　島村抱月「文芸上の自然主義」（前出）にある図では、構成論として、自然主義の描写の方法態度と描写の目的題材論の二つに分けて説明してある。その「描写の方法態度」は次のようになっている（一一三頁）。

描写の方法態度	純客観的　―写実的―本来自然主義	消極的態度	統一目的―真
	主観挿入的―説明的―印象派自然主義	積極的態度	

抱月の主張では、求めるところは「本来自然主義」と「印象派自然主義」の調和にある。

24　美知代「下賀茂の森」「新声」一五巻三号、一九〇六（明治三九）年九月、二〇～二二頁。
25　柄谷行人は「風景の発見」（『日本近代文学の起源』講談社、一九八〇（昭和五五）年八月）において「風景」は単に「外」にあるものではなく、「孤独で内面的」な「内的人間」によって初めて発見されるという。「下賀茂の森」においても、語り手の孤独な「内面」に親和的な「風景」が見出されている。
26　宮本百合子『婦人と文学――近代日本の婦人作家』実業之日本社、一九四七（昭和二二）年一〇月、七七頁。吉田精一も「古い伝統の軛《くびき》に縛られてゐた女性の世界にも、自然主義は解放の扉をひらいた」と同様のことを言っている（『自然主義の研究　下』東京堂、一九五八（昭和三三）年一月、三三三頁）。
27　正宗白鳥「田山花袋論」「中央公論」四七巻七号、一九一八（大正七）年七月、二八八頁。
28　それぞれの発行年は以下のとおり。「文章世界」（博文館、一九〇六（明治三九）年三月）、「新文林」（白鳳社、一九〇八（明治四一）年四月）、「新文壇」（日本文章学院、一九〇八（明治四一）年一一月）、「女子文壇」（女子文壇社、一九〇五（明治三八）年一月）、「女子文芸」（日本葉書会、一九〇六（明治三九）年三月）。
29　後藤宙外「文学志望と処世難」「新小説」一三巻一〇号、一九〇七（明治四〇）年一〇月、一四六～一四七頁。
30　田山花袋「『徒労』の作者」『インキ壺』佐久良書房、一九〇九（明治四二）年一一月。引用は『定本花袋全集　第一五巻』（臨川書店、一九九四（平成六）年六月、一六～一七頁）によった。
31　平塚らいてう「元始女性は太陽であつた。――青鞜発刊に際して」「青鞜」一巻一号、一九一一（明治四四）年九月、四九頁。
32　「普通の子供や女、其他一般に省察の足りぬ経験の狭い人達の人生観は、甚だ浅薄なものである。人生といふ事がよく判らないから、正しい判断を下すことは出来ない。つまり小主観になつて了ふ」（「創作講話」『新文学百科精講』新潮社、一九一四（大正三）年三月、九六八頁）というように「主観的」「感情的」という言葉は、男性＝理性的、女性＝感情的という性差の枠組みに則って、女性作家の未熟さが批判されるときよく使われるものでもある。拙稿「〈女作者〉が性を描くとき――田村俊子の場合」（「名古屋近代文学研究」一四号、一九九六（平成八年）年一二月、四八頁）参照。
33　川浪道三「Kより其の妻へ」「中央文学」二巻五号、一九一四（大正三）年五月、四六頁。
34　岩野泡鳴「肉霊合致＝自我独存（長谷川天渓氏に答ふ）」「読売新聞」一九〇八（明治四一）年五月二四日。

35 島村抱月「第一義と第二義」「読売新聞」一九〇九〔明治四二〕年六月。
36 金子明雄「メディアの中の死――「自然主義」と死をめぐる言説」岩波「季刊文学」五巻三号、一九九四〔平成六〕年夏、三〇～四三頁。
37 相馬御風「四十三年文壇の総括」「文章世界」五巻一六号、一九一〇〔明治四三〕年一二月、二九頁。
38 島村抱月「文芸上の自然主義」「早稲田文学」第二次、二三号、二六号、一九〇八〔明治四一〕年一月、八四～一一七頁。
39 「テヤ」つまりディァー（Dear）。恋人、愛人の意味であろう。
40 「九月の重なる雑誌」「新潮」一三巻四号、一九一〇〔明治四三〕年一〇月、一三七～一三八頁。
41 片上天弦「文壇現在の思潮」「ホトトギス」一三巻一号、一九〇九〔明治四二〕年一〇月、一五頁。

《第9章 〈発禁〉と女性のセクシュアリティ――生田葵山「都会」裁判を視座として》

1 奥平康弘「検閲制度（全期）」（『講座　日本近代法発達史一一　資本主義と法の発展』勁草書房、一九六七〔昭和四二〕年五月、一五七頁）。出版法政史については、奥平、前掲書、同「日本出版警察法政の歴史的研究序説」（「法律時報」三九巻四～一一号、一九六七〔昭和四二〕年四～一〇月）を参考にした。
2 奥平康弘「「わいせつ文書頒布販売罪」（刑法一七五条）について」「名古屋大法政論集」二〇号、一九六二〔昭和三七〕年九月、五～七頁。
3 中山研一「日本の判例における猥褻性の推移」（「ジュリスト」四七四号、一九七一〔昭和四六〕年三月一五日）、田中久智「文芸裁判と猥褻の概念――猥褻文書等頒布・販売罪（刑法一七五条）と表現の自由」（「言語生活」三〇三号、一九七六〔昭和五一〕年一二月）など。
4 平野謙「発売禁止論」「文芸」一九五二〔昭和二七〕年八月、五〇～五四頁。
5 中山昭彦「小説『都会』裁判の銀河系」三谷邦明編『双書・物語学を拓く二　近代小説の〈語り〉と〈言説〉』有精堂出版、一九九六〔平成八〕年六月、五三～八一頁。
6 松本和也「明治四十二年・発禁をめぐる〈文学〉の再編成――小栗風葉「姉の妹」を視座として」「日本文学」五二巻六

号、二〇〇三（平成一五）年六月、五七〜六七頁。

7　中山昭彦「小説『都会』裁判の銀河系」三谷邦明編『双書・物語学を拓く二　近代小説の〈語り〉と〈言説〉』有精堂出版、一九九六（平成八）年六月、五三〜八一頁。

8　「今度私が大罪を犯して」と告白するお愿が語るには、この姦通事件は、「伊東義五郎とも云はる丶人が私をつけねら」っていが、ただ夫のためと思って中将に仕えていたという。「姦通」を迫られたときは、「軍刀に手をかけ」脅され、「此時の私の心持は実に身を切られたるよりつらく」「絶体絶命と相成りそうらば故手紙を出して自害せん」とまで思い至ったとされる。

9　トニー・タナー（高橋和久・御輿哲也訳）『姦通の文学』朝日出版社、一九八六（昭和六一）年六月、七一頁。

10　馬屋原成男『日本文芸発禁史』創元社、一九五二（昭和二七）年七月、一六一〜一八〇頁。

11　馬屋原成男『日本文芸発禁史』創元社、一九五二（昭和二七）年七月、一七二頁。

12　衣水「不道徳材料の想化」（時評）「帝国文学」一四巻六号、一九〇八（明治四一）年六月、一一九〜一二二頁。

《第10章　猥褻のシノニム——自然主義と諷刺漫画雑誌》

1　前田曙山選「狂句　題　自然主義」（「新小説」一三巻九号、一九〇八（明治四一）年九月、九六〜九七頁）の一等（山城くも子）。以下、章のタイトルに掲げた狂句はここからのもの。

2　田山花袋「蒲団」「新小説」一二巻九号、一九〇七（明治四〇）年九月。

3　ピエール・ブルデュー（石井洋二郎訳）『芸術の規則Ⅱ』藤原書店、一九九六（平成八）年一月、八五頁。

4　「『蒲団』合評」「早稲田文学」第二次、二三号、一九〇七（明治四〇）年一〇月、五四頁。

5　「自然派小説の挿絵」（「滑稽新聞」一五七号、一九〇八（明治四一）年二月）。左下の生田葵山「貧児」（「中央公論」二二巻七号、一九〇七（明治四〇）年七月）は、貧しい家計を助けるために鉄工場で働いている馬之助という頭ばかり大きい子供が、重労働のために過労死してしまう。父母は悲しむよりも見舞金として思わぬ大金がはいったことに満足する。障がい児や貧困、児童虐待をモチーフにした作品であるが、「俺等もだよ、あんな親父や、お母親よりも姉やのほうがいくらいいかも知れやしない……姉やの乳は大分膨んで来たね」と姉になつく馬之助の大人びた言動だけがクローズ・アップされている。右下の西村酔夢「徒然」については未詳。

6 佐藤紅緑「死人」「中央公論」二二巻九号、一九〇七（明治四〇）年九月。

7 「自然主義」「滑稽界」三号、一九〇七（明治四〇）年一一月、一頁。

8 草田杜太郎（菊池寛）「病的性慾と文学」「不二新聞」一九一四（大正三）年二月三日。

9 室生犀星「手と足について」『随筆　女ひと』新潮社、一九五五（昭和三〇）年一〇月、四二頁。

10 相馬御風「四十三年文壇の総括」「文章世界」五巻一六号、一九一〇（明治四三）年一二月、二二頁。

11 清水勲編『近代日本漫画百選』岩波文庫、一九九七（平成九）年二月、二四八頁。

12 「滑稽新聞」は大阪で毎月二回の発行、八年間続いた雑誌である。役人や僧侶、警察や司法などの不正腐敗を批判。筆禍も頻繁に受け、一九〇八（明治四一）年一〇月号を「自殺号」として廃刊。同年一一月から「大阪滑稽新聞」を創刊。

13 「東京パック」（東京パック社、一九〇五（明治三八）年四月創刊、主宰・北沢楽天）、「上等ポンチ」（独歩社、一九〇六（明治三九）年八月創刊、社主・国木田独歩、挿絵・小川未醒）、「滑稽界」（楽天社、一九〇七（明治四〇）年八月創刊、社主・白川夜舟）、「笑」（光村合資会社、一九〇七（明治四〇）年一〇月創刊、挿絵：小杉未醒、竹久夢二。巌谷小波も執筆）。

14 明治四〇年当時で、「滑稽新聞」「滑稽界」は七銭。ちなみに総合雑誌である「太陽」は三〇銭。

15 特集「宮武外骨　反骨のジャーナリスト」「ユリイカ」二五巻九号、一九九三（平成五）年九月、一四五頁。

16 「近来の快事」「滑稽界」一三号、一九〇八（明治四一）年九月、一七頁。

17 金子明雄「メディアの中の死――「自然主義」と死をめぐる言説」岩波「季刊文学」五巻三号、一九九四（平成六）年夏、三八頁。

18 「虚名一覧表」「加減乗除」「滑稽界」三号、一九〇七（明治四〇）年一一月、六～七頁。

19 「春画代用」「滑稽界」一三号、一九〇八（明治四一）年九月、二頁。

20 「萬朝報」の狂句を調査した斎藤光「人々の世間的気分・出歯亀前夜」（「京都精華大学紀要」一四号、一九九八（平成一〇）年三月）では、「自然派の絵書けば春画也」という狂句の投稿があり、自然主義の「春画的あり方」を指摘している（七〇頁）。

21 「女学界の風潮（自然派の小説）」「滑稽新聞」一五七号、一九〇八（明治四一）年二月、二頁。
22 「文庫の肉慾小説」「滑稽界」一四号、一九〇八（明治四一）年一〇月、一四頁。
23 面皮子「銀座街頭　幌馬車中の接吻」「笑」二巻一一号、一九〇八（明治四一）年五月、一三頁。
24 「自然主義の女学生」「滑稽新聞」一六五号、一九〇八（明治四一）年六月、五頁。
25 「自然派の下女」「笑」二巻四号、一九〇八（明治四一）年二月、一三頁。
26 「横町に大変人だかりがして居たから何かと思つて覗いて見たら、犬が自然主義をして居たワ。」（「犬の自然主義」「笑」二巻一二号、一九〇八（明治四一）年六月、一三頁）。
27 前田曙山選「狂句　題　自然主義」「新小説」一三巻九号、一九〇八（明治四一）年九月、九六～九七頁。
28 「自然主義の教育家」（「萬朝報」一九〇八（明治四一）年三月一六日）。早稲田の教育家が、下板橋の「宿場女郎」明石に惚れ込んで落籍し、自宅に引き取った。「教育家」の妻の心中はいかばかりであろう、という記事。
29 いずれも「笑」二巻六号（一九〇八（明治四一）年三月）から二巻九号（同四月）の「わらひ柳」に掲載された狂句。
30 前田曙山選「狂句　題　自然主義」「新小説」一三巻九号、一九〇八（明治四一）年九月、九六～九七頁。
31 「青年子女を有せる家庭への注意」「新公論」二三巻六号、一九〇八（明治四一）年六月、一一頁。
32 「実感挑発の文芸雑誌」「滑稽界」六号、一九〇八（明治四一）年二月、二頁。
33 「自然主義の闊歩」「笑」二巻四号、一九〇八（明治四一）年二月、一五頁。
34 「自然座の人形芝居」「東京パック」四巻一七号、一九〇八（明治四一）年六月、二六〇頁。
35 前田曙山選「狂句　題　自然主義」「新小説」一三巻九号、一九〇八（明治四一）年九月、九六～九七頁。
36 「女学生の頭脳」「東京パック」四巻一四号、一九〇八（明治四一）年五月、二二〇頁。
37 前田曙山選「狂句　題　自然主義」「新小説」一三巻九号、一九〇八（明治四一）年九月、九六～九七頁。
38 「廿世紀的道行　自然主義学士と禅学令嬢」「笑」二巻九号、一九〇八（明治四一）年四月、七頁。
39 藤波楽斎「落語　虎の皮」「笑」二巻一二号、一九〇八（明治四一）年六月、一〇頁。
40 出歯亀事件の詳細については、永井良和『尾行者たちの街角　探偵の社会史1』（世織書房、二〇〇〇（平成一二）年五月、一一～五四頁）を参照。

41 森鷗外「キタ・セクスアリス」(「スバル」七号、一九〇九〔明治四二〕年七月)。のち発禁。
42 「穴を好む国民」「東京パック」四巻三〇号、一九〇八〔明治四一〕年一〇月、一八二頁。
43 「四膳主義」「笑」二巻一〇号、一九〇八〔明治四一〕年五月、四三頁。
44 田山花袋「生」「読売新聞」一九〇八〔明治四一〕年四月一三日～七月一九日。
45 天風「緩調急調」「新声」一八巻七号、一九〇八〔明治四一〕年六月、四五頁。
46 前田曙山選「狂句　題　自然主義」「新小説」一三巻九号、一九〇八〔明治四一〕年九月、九六～九七頁。
47 「狂句〔課題〕裁判」「文芸倶楽部」一四巻九号、一九〇八〔明治四一〕年七月、二九七頁。
48 「新川柳」「新文林」一巻九号、一九〇八〔明治四一〕年一一月、一〇四頁。
49 「自然主義的茶目のいたづら」「東京パック」四巻一八号、一九〇八〔明治四一〕年六月、二八八頁。
50 斎藤光「人々の世間的気分・出歯亀前夜」「京都精華大学紀要」一四号、一九九八〔平成一〇〕年三月、七一頁。
51 ジョン・フィスク〔山本雄二訳〕『抵抗の快楽』世界思想社、一九九八〔平成一〇〕年七月、九～一〇頁。
52 デヴィット・モーレー〔藤田真文訳〕「カルチュラル・スタディーズとテレビ視聴者」『カルチュラル・スタディーズとの対話』〔新曜社、一九九九〔平成一一〕年五月〕参照。
53 徳田秋江は当時の文壇の様子を、「何しろ今日は自然派といふことが大流行です。今の文壇の形勢を以てすれば、「自然派にあらざるものは文学にあらず」とでもいふほどの凄ましい有様です」(「『蒲団』合評」「早稲田文学」第二次、二三号、一九〇七〔明治四〇〕年一〇月、四一頁)と述べている。
54 継続誌として「東京滑稽界」を一号〔一九〇九〔明治四二〕年八月〕だけ発行している。
55 清水勲監修『漫画雑誌博物館4　明治時代編　滑稽界』〔国書刊行会、一九八六〔昭和六一〕年六月、二一四頁〕。同時代でも、井上哲次郎は「発売禁止になることを目的として淫猥なる小説其の他の記事を連載」し、発売禁止で注目を引き、売上を伸ばす「狡猾なる書肆」がある(「道徳と文芸」「教育界」九巻三号、一九〇九〔明治四二〕年一一月、一一頁)と述べている。
56 「愛嬌と卑猥」〔巻頭言〕「滑稽界」一号、一九〇七〔明治四〇〕年八月、一頁。
57 該当すると思われる作品。順に島崎藤村「旧主人」、同「家畜」、小栗風葉「色餓鬼」、未詳、佐藤紅緑「死人」、同「鴨」。

58 小栗風葉、徳田秋江、真山青果ら「肉慾と文芸の調和」「新潮」八巻一号、一九〇八（明治四一）年一月、二〜一〇頁。
59 「助倍文士の陋態（田山花袋を発売禁止せよ）」「滑稽界」一二号、一九〇八（明治四一）年八月、六頁。
60 長谷川天渓「自然主義と本能満足主義との別」「文章世界」三巻五号、一九〇八（明治四一）年四月、八七頁。
61 この時期、自然主義の中心化を図るために、自然主義内部において生田葵山、佐藤紅緑などを亜流の自然主義、「肉慾文学」として切断してゆくことについては、第6章を参照されたい。
62 木全圓壽「青年作家野村董雨」『文化財叢書第六六号　名古屋明治文学史（三）』名古屋近代文学史研究会、一九七五（昭和五〇）年九月、一〜一七頁。
63 清水勲によれば、被告となった野村宦之助（二五歳）、早川友吉（二〇歳）は経営陣としては若すぎるので、いわゆる刑務所出張担当としてダミーの発行人だったという可能性があるとしている（『漫画雑誌博物館4　明治時代編　滑稽界』（国書刊行会、一九八六（昭和六一）年六月、一五七頁）。一八七五（明治八）年六月二八日の新聞紙条例（太政官布達一一一号）では、編集人・社主を責任者として、事後的な制裁を加えることを可能にした（「（本条例中の罰則および讒謗律を）犯シタル時ハ編輯人首ヲ以テ論シ筆者ハ従ヲ以テ論ス持主若クハ社主場ヲ知ル者ハ編輯署名ノ人と同ク論ス」第七条）。奥平康弘によれば、この編輯責任追及体制も「現実の状況をみれば、編輯人が訴追され下獄しても、新しい編輯人の登場にこと欠かず、はなはだしくは禁獄専用の編輯人のごときも案出され、編輯人の地位の形骸化、「わら人形」化の現象が生じた」という（奥平康弘「日本出版警察法政の歴史的研究序説」「法律時報」三九巻四〜一一号、一九六七年（昭和四二）年四〜一〇月）。
64 ジョージ・L・モッセ（佐藤卓己・佐藤八寿子訳）『ナショナリズムとセクシュアリティ』柏書房、一九九六（平成八）年一一月、九頁。
65 「自然派元老の活小説（蚊士の駄小説よりも有害）」「大阪滑稽新聞」二六号、一九〇九（明治四二）年一一月、四頁。

《第11章　女形・自然主義・性欲学――視覚とジェンダーをめぐっての一考察》

1 長谷川善雄『女形の研究』（立命館出版部、一九三一（昭和六）年六月）に寄せられた序詩。

2　戯庵「女優論――優技上、教育上より見たる」「明星」申年六号、一九〇八（明治四一）年六月、一三頁。
3　演劇史、演劇論史については、松本伸子『明治演劇論史』（演劇出版社、一九八〇（昭和五五）年一一月）、小櫃萬津男『日本新劇理念史』（明治前期篇）（白水社、一九八八（昭和六三）年三月）、同（明治中期篇）（未來社、一九九八（平成一〇）年一月）、同（続明治中期篇）（未來社、二〇〇一（平成一三）年三月）を参照した。
4　後、「演芸画報」に吸収される。
5　日本で最初の軽犯罪取締り法令といわれる「違式詿違条例」は、地方の風俗を勘案して各府県下ごとに制定、施行された。「東京違式詿違条例」は一八七二（明治五）年一一月八日に東京府達第七三六号として公布された。異性装を禁止する項目、「第六十二条　男ニシテ女粧シ、女ニシテ男粧シ、或ハ奇怪ノ扮飾ヲ為シテ醜体を露ス者。／但シ、俳優、歌舞妓等ハ勿論、女ノ着袴スル類、此限ニ非ズ。」は、一八七三（明治六）年八月一二日、司法省布達第一三一号により追加された。但し、異性装に関しての項目は、東京府達だけで、大阪、各地方の条例には見られない（『日本近代思想体系二三　風俗　性』岩波書店、一九九〇（平成二）年九月）。
6　「演劇改良会」「読売新聞」一八八六（明治一九）年八月七日。
7　外山正一『演劇改良論私考』丸善書店、一八八六（明治一九）年九月、三二頁。
8　末松謙澄『演劇改良意見』文学社、一八八六（明治一九）年一一月、七〇頁。
9　坪内逍遥（春の家おぼろ）『劇場改良法』大阪出版会社、一八八六（明治一九）年一一月、一九～二〇頁。
10　坪内逍遥（春の家おぼろ）『劇場改良法』大阪出版会社、一八八六（明治一九）年一一月、二〇～二一頁。
11　嶺隆『帝国劇場開幕』中央公論社、一九九六（平成八）年一一月、三三頁。
12　「女俳優」（「東京日日新聞」一八八八（明治二一）年七月一一日）。この記事は団十郎との対談で、「活歴劇」という歌舞伎の改良を行った団十郎のほうが、洋行を体験した福沢に対して、女優の必要を説いている。実際、団十郎は二人の娘を女優として舞台に立たせている。
13　「芝居改良の説（前号の続）」（社説）「時事新報」一八八八（明治二一）年一〇月一〇日。
14　武智鉄二『私の演劇論争』筑摩書房、一九五八（昭和三三）年六月、一四八頁。
15　青柳有美「女優に対して　女優無用論」「中央公論」二六巻一二号、一九一一（明治四四）年一二月、一〇三頁。

16 伊原青々園「帝劇の新女優」「歌舞伎」一三三号、一九一一（明治四四）年六月、四二頁。

17 「日英博覧会にて日本の劇を興行する事はオジヤンとなりしが」（「日英博の余興」「読売新聞」一九一〇（明治四三）年一月二〇日）という記事の他、どのような経緯でロンドン公演が中止になったかは明らかでない。中止の理由については、俳優五〇人のうち、半数を女優か女形という要求がクリアできなかった、財政面での困難、また大勢の有名役者をロンドンへ派遣すれば日本の劇場での上演にさしつかえが出る、などが推測される。

18 田村成義「女優と女形との価値（其二）何十年かの後には」「演芸画報」六巻一号、一九一二（明治四五）年一月、一四一頁。

19 浩々歌客「女優男優の女形比較」「演芸画報」六巻二号、一九一二（明治四五）年二月、一二頁。

20 水口薇陽「女形と女優　附り文士演劇」「演芸画報」三巻一一号、一九〇九（明治四二）年一〇月、七七頁。

21 舞台照明については、日本舞台照明史編纂委員会編『日本舞台照明史』（日本照明家協会、一九七五（昭和五〇）年三月）、遠山静雄『舞台照明学　上巻・下巻』（リブロポート、一九八八（昭和六三）年二月）を参照した。

22 仮名垣魯文「新富座近傍の景況第二立目」「歌舞伎新報」六号、一八七九（明治一二）年三月三〇日、七丁表。

23 遠山静雄『舞台照明五十年』（相模書房、一九六六（昭和四一）年六月、五頁）より引用した。

24 木村錦之助『明治座物語』歌舞伎出版部、一九二八（昭和三）年三月、三四〇頁。

25 楠山正雄「歌舞伎劇の最後の人々――菊五郎、吉右衛門論の終結」「演芸倶楽部」一巻二号、一九一二（明治四五）年五月、一一一頁。

26 坪内逍遥「俳優について」「中央新聞」一九〇七（明治四〇）年一月一日。

27 小山内薫が研究し、紹介したゴルドン・グレイグも俳優の顔を照らすライトの役割を重要視している。「光の論に次いでクレイグは、フツト・ライト即ち舞台前の面燈に就いて論じて居る。西洋でもフツト・ライトは有つてはならんとか、有つても好いとか、大分問題になつて居るものと見えて、クレイグはそんな必要論不必要論を唱へてる暇に、フツト・ライトを取つて終つて、外の光で俳優の顔を照すやうに工夫するのが一番だ、と云つて居る」（小山内薫「演劇美術問答」「歌舞伎」八八号、一九〇七（明治四〇）年八月、三四頁）。

28 三宅雄次郎「女性芸人（文芸協会第一回講演筆記）」（「早稲田文学」一巻六号、一九〇六（明治三九）年六月、八九頁）。

小山内薫も「近代劇にはどうしても女優を使はなければならぬ、現代人の眼はもう男の扮した女を女として感ずることが出来なくなつたのであります」（「女優論」「帝国文学」一六巻六号、一九一〇（明治四三）年六月、一六頁）と述べている。
29 島村抱月「女優に対して 女優と文芸協会」「中央公論」二六巻一二号、一九一一（明治四四）年一二月、九七頁。
30 東儀鉄笛「劇と女」「中央新聞」一九一〇（明治四三）年一月三〇日。
31 劇場での測定ではないのだが、蝋燭（五〇匁）と石油ランプ（筒心五分乳色椀形ホヤ）を比較すると二倍以上の照度があるという実験結果がある（遠山静雄『舞台照明学 上巻』リブロポート、一九八八（昭和六三）年二月、二四九頁。
32 他にも、舞台装置の進歩、特に書割の洋画化・写実化や、劇場構造の「改良」も観客の視線に及ぼした影響が大きい。神山彰は、江戸時代の「劇場図」に見られる舞台を見ていない桟敷の観客の視線が、劇場の近代化によって舞台に視線を集中させる過程を、「劇場構造の「改良」」と「観客の視線の「改良」」として論じている（「視線の「改良」と写実の位相（上）」「歌舞伎 研究と批評」歌舞伎学会、一九八九（平成元）年七月、二六八〜二七六頁）。また清水裕之は視線が複層している古典的な芸能空間から、劇場空間に均質さが要求されるようになる劇場空間の近代化・観客の視線の均質化を論じている（『劇場の構図』鹿島出版会、一九八五（昭和六〇）年一〇月）。
33 島村抱月「女優に対して 女優と文芸協会」「中央公論」二六巻一二号、一九一一（明治四四）年一二月、九七頁。
34 田村俊子「女優と女形の価値（其二）『ね』話」「演芸画報」六巻一号、一九一二（明治四五）年一月、一四四頁。
35 伊原青々園「女方小史」（歌舞伎劇の女形）「演芸画報」七巻一一号、一九二〇（大正九）年一一月、一五二頁。
36 「男女混合芝居」「時事新報」一八九〇（明治二三）年一〇月二〇日。
37 古川誠「性欲と恋愛の第三帝国 通俗的性欲学の時代」「現代思想」二一巻七号、一九九三（平成五）年七月、一二六頁。
38 赤川学『セクシュアリティの歴史社会学』勁草書房、一九九九（平成一一）年四月、一五八頁。
39 「変態」（項目執筆：斎藤光）『民間学事典 事項編』三省堂、一九九七（平成九）年六月、六四頁。
40 生田葵山「女優養成に就て」「演芸倶楽部」一巻一号、一九一二（明治四五）年四月、一七三頁。
41 浩々歌客「女優男優の女形比較」「演芸画報」六巻二号、一九一二（明治四五）年二月、一三頁。また、河竹登志夫によれば、日常的に「女子（おなご）」の格好をして暮した役者は、明治一四、一五年ぐらいまでいたという（「〈女方〉の軌跡」『河竹登志夫歌舞伎論集』演劇出版社、一九九九（平成一一）年一二月、三六二頁）。

42 長谷川伸「変態性慾から観た女形」（歌舞伎劇の女形）「演芸画報」七巻一一号、一九二〇（大正九）年一一月、一五五頁。
43 羽太鋭治・澤田順次郎共著『変態性慾論　同性愛と色情狂』（春陽堂、一九一五（大正四）年六月、三六頁）。サドやマゾは「色情狂各論」として別項目になっている。
44 澤田順次郎『神秘なる同性愛　下巻』天下堂、一九二〇（大正九）年六月、一頁。
45 小熊虎之助『変態心理学講話』東京刊行社、一九二〇（大正九年）一一月、二頁。
46 榊保三郎『性慾研究と精神分析学』実業之日本社、一九一九（大正八）年二月、二二七頁。
47 戯庵「女優論――優技上、教育上より見たる」「明星」申年六号、一九〇八（明治四一）年六月、一六頁。
48 楠山正雄「女形の表現する官能美」（女形観）「演芸画報」八巻一〇号、一九一四（大正三）年一〇月、八九頁。
49 浜村米蔵『歌舞伎の見方』萩廼家社、一九二〇（大正九）年七月、三～六頁。
50 引用は藤田洋編『女形の系図』（新読書社、一九七〇（昭和四五）年四月、三三頁）による。
51 かといって、近世のリアリズムが差別的でないとはいえない。「女かと見れば男の万之助　ふたなり平のこれも俤」（『卜養狂歌集』）、「ふたなり」（両性具有）＝異形のものとする川柳もある。また、近世の女形の存在は、役者そのものが「河原乞食」として差別化される枠組みや「男色」の文化の中で考えなければならないだろう。
52 柳川春葉「女優は大に有望」（女優と女形との価値（其一））「演芸画報」六巻一号、一九一二（明治四五）年一月、四六頁。
53 中村吉蔵「余の見たる外国の女優と日本の女優」（女優に対して）「中央公論」二六巻一二号、一九一一（明治四四）年一二月、九六頁。
54 小山内薫「女優の本質」（女優八面観）「演芸画報」六巻五号、一九一九（大正八）年五月、四七～四九頁。
55 田山花袋「観察と描写　二男と女と」『小説作法』（通俗作文全書第二四篇）博文館、一九〇九（明治四二）年七月、一三九頁。
56 中村星湖「人物描写」「新潮」一四巻三号、一九一一（明治四四）年三月、九九～一〇二頁。
57 毛利三弥・西一祥編著『演劇史と演劇理論　日本演劇の流れをたどり西欧にも目をむける』放送大学教材、一九八八（昭和六三）年三月、一五八頁。

58 楠山正雄『近代劇十二講』新潮社、一九二三（大正一二）年八月、六九～七〇頁。
59 土肥春曙「新女優と女形」「読売新聞」一九〇八（明治四一）年二月二日。
60 田村成義によると、帝劇の女優学校では、尾上梅幸が先生であったが、形式上で、実際は尾上梅助が教えていたという（『芸界通信 無線電話』青蛙房、一九七五（昭和五〇）年一〇月、二八〇頁）。
61 松居松葉「劇術学校の必要」「早稲田文学」第二次、二三号、一九〇七（明治四〇）年一〇月、九一～九二頁。
62 神山彰「表現史におけるリアリズム」「日本演劇学会紀要」三八号、二〇〇〇（平成一二）年、四八頁。
63 楠山正雄「舞台上の自然主義」「早稲田文学」第二次、七六号、一九一二（明治四五）年三月、六頁。
64 小山内薫「舞台上の写実主義」「読売新聞」一九〇八（明治四一）年九月一三日。
65 徳永高志『芝居小屋の二十世紀』雄山閣出版、一九九九（平成一一）年一月、一三二頁。
66 渡辺保『歌舞伎に女優を』牧書店、一九六五（昭和四〇）年六月、一九頁。

《第12章　女装と犯罪とモダニズム――谷崎潤一郎「秘密」からピス健事件へ》

1 古川誠「恋愛と性欲の第三帝国　通俗的性欲学の時代」「現代思想」二一巻七号、一九九三（平成五）年七月、一一三頁。
2 古川誠「恋愛と性欲の第三帝国　通俗的性欲学の時代」「現代思想」二一巻七号、一九九三（平成五）年七月、一一五頁。
3 一九一〇年代のセクソロジーの流行、一九二〇年代の性関係雑誌については、古川誠「恋愛と性欲の第三帝国　通俗的性欲学の時代」（「現代思想」二一巻七号、一九九三（平成五）年七月）、斎藤光『『性科学研究』解説』（不二出版、二〇〇一（平成一三）年六月）を参照した。
4 安田徳太郎「綜合科学としての性科学」「性科学研究」一巻一号、一九三六（昭和一一）年一月、七頁。
5 石崎等「「秘密」の銀河系」『別冊国文学　江戸川乱歩と大衆の二十世紀』二〇〇四（平成一六）年八月、五六頁。
6 鈴木登美「ジェンダーの越境の魅惑とマゾヒズム美学　谷崎初期作品における演劇的・映画的快楽」（『谷崎潤一郎　境界を超えて』笠間書院、二〇〇九（平成二一）年二月、三八頁）。鈴木は「女装やジェンダーの可動性といったモチーフに対する谷崎の関心は、明らかに、変身願望やアイデンティティの可変性への興味、社会的文化的に画定された境界や既存のアイデンティティへの疑念へと結びついている」（四五頁）と谷崎のジェンダー越境の試みを肯定しているが、本章では、谷崎「秘密」から見られる同時代的な正常／異常の境界線の問題、性欲学における女装の「変態」化と、文学における女装のロマン化といった問題に迫りたい。

7　小林幸夫「谷崎潤一郎「秘密」論――〈優位〉と〈哀切〉」（「上智大学国文学科紀要」二一号、二〇〇四〔平成一六〕年三月）によれば、「お高祖頭巾」の流行は明治二十年代で、「束髪の流行とともに廃れる傾向にあり、明治四十年代の和装の被り物としてはベールが最先端」であり、「私」の施した女装は一時代前の粋な芸者の姿であるという。

8　女装の歴史、女装の民俗学については、『女装の民俗学』（批評社、一九九四〔平成六〕年一月）、石井達朗『異装のセクシュアリティ』（新宿書房、二〇〇三〔平成一五〕年二月）、三橋順子『女装と日本人』（講談社現代新書、二〇〇八〔平成二〇〕年九月）を参照した。

9　無署名「最近文芸概観」「帝国文学」一七巻一二号、一九一一〔明治四四〕年一二月、八五頁。

10　安倍能成「十一月の小説」「新小説」一六巻一二号、一九一一〔明治四四〕年一二月、一一一～一一三頁。

11　日本へのクラフト＝エビング移入の経緯については、斎藤光「クラフト＝エビングの『性的精神病質』とその内容の移入初期史」（「京都精華大学紀要」一〇号、一九九六〔平成八〕年二月）を参照。

12　羽太鋭治・澤田順次郎『変態性慾論　同性愛と色情狂』春陽堂、一九一五〔大正四〕年。

13　榊保三郎『性慾研究と精神分析学』実業之日本社、一九一九〔大正八〕年二月、一七七頁。

14　戯庵「女優論――優技上、教育上より見たる」「明星」申年六号、一九〇八〔明治四一〕年六月、一二一～一二四頁。

15　永井敦子「谷崎潤一郎「秘密」論――探偵小説との関連性」（「日本文芸研究」五五巻三号、二〇〇三〔平成一五〕年一二月）など。

16　日高佳紀「蒐集家の夢／眼差しの交感――『秘密』におけるトランスジェンダーの構造」「奈良教育大学国文研究と教育」二五号、二〇〇二〔平成一四〕年三月、四～六頁。

17　三橋順子『女装と日本人』講談社現代新書、二〇〇八〔平成二〇〕年九月、一四二頁。「読売新聞」紙上において、日清戦争後から明治末年まで、「女装の賊」のようなタイトルのついた犯罪は、窃盗九件、強盗二件の合計十一件が確認できるという（一四四頁）。

18 「「秘密」は別にモデルは無いが、ただ、あの時分にやはり向島の寮にゐたものだから、夜始終、竹屋の渡船《わたし》――今は無くなつたが――を渡つて浅草へ行き、独りで遊んだり、悪い所へ行つたり、色々な事があつたので、そのうちにさういふ幻想を感じて書いたのである。実際にあつたことではない」（谷崎潤一郎「「刺青」「少年」など　創作余談（その二）」「別冊文芸春秋」五四号、一九五六（昭和三一）年一〇月）。紅野敏郎・千葉俊二編『資料　谷崎潤一郎』（桜楓社、一九八〇（昭和五五）年七月、六二頁）を参照。

19 花柳はるみは、一八九六（明治二九）年、茨城県の大地主の家に生まれる。本名は糟谷いし。少女時代は文学少女で、「少女世界」へ投稿もしたりしていた。一九一三（大正二）年、島村抱月、松井須磨子らの芸術座の第一期研究生となる。

20 佐藤忠男『増補版　日本映画史』第一巻、岩波書店、二〇〇六（平成一八）年一〇月、一五六頁。

21 帰山教正「活動写真科学講話」「キネマレコード」一九一六（大正五）年八月。

22 帰山教正『活動映画劇の創作と撮影法』正光社、一九一七（大正六）年七月、一〇〇～一一五頁。引用は、『日本映画論言説体系第三期（活動写真の草創期）二五』（ゆまに書房、二〇〇六（平成一八）年一月）による。

23 十重田裕一「建築、映像、都市のアール・ヌーヴォー　谷崎潤一郎『秘密』・〈闇〉と〈光〉の物語」「国文学　解釈と教材の研究」四〇巻一一号、一九九五（平成七）年九月、一〇五頁。

24 「花形女優の表情美」「活動画報」一巻六号、一九一七（大正六）年六月、一〇～一三頁。

25 ELTINGE,Julian　一八八三年、アメリカ、ボストン生まれ。舞台俳優、映画俳優。「女装の快漢」公開以前に、来日している（「男が女になる＝英国俳優エルテンジ氏来る」「読売新聞」一九一九（大正八）年一二月二七日）。

26 『世界映画俳優名鑑　大正十一年度』キネマ同好会、一九二二（大正一一）年八月。引用は、復刻版（ゆまに書房、二〇〇五（平成一七）年八月）による。

27 宝塚少女歌劇団（一九一九（大正八）年設立）など、メディアや芸術における男装の文化と、女装の文化の消費のされ方の違いにも配慮が必要であるが、今回は女装に焦点を絞っている。

28 伊藤秀雄『大正の探偵小説』三一書房、一九九一（平成三）年四月。さらに、映画「ジゴマ」は、「探偵小説　ジゴマ外伝ミット」「探偵奇談　女ジゴマ」「探偵奇談、ジゴマ芸者」などの、探偵小説ブームを起こし、大正時代の探偵小説の火付け役ともなった。

29　大西性次郎は、一八八七〔明治二〇〕年、兵庫県生まれ。父親は神戸で寄席や劇場を経営して裕福であったが、事業に失敗。性次郎は一四歳のときに、貨物列車に潜り込んで東京へ。そこで浅草を縄張りとするスリの親方に出会いスリの腕を磨く。サーカスや壮士芝居の一団に入って全国を回ったこともあった。二二歳までに窃盗罪で三度も服役している。一九〇八〔明治四一〕年、和歌山刑務所を出所したのち、またもや犯罪に手を染める。今度は強盗、日本刀やピストルで脅かし、被害者を針金で縛り、「守神健次」と名乗るという派手な犯行であった。しかし、逮捕。一九一二〔大正一二〕年、大正天皇即位の特赦で出所する。結婚もして、安定な生活を送り始めたに見えたが、一九二五〔大正一四〕年、またピストル強盗を開始する。今度は強盗だけではなく、殺人をも犯し、横浜、品川、大阪と全国に出没し、パニックを引き起こした人物である。ピス健事件については、東京朝日新聞の記事、『新聞集録大正史　第一三巻』〔大正出版、一九七八〔昭和五三〕年六月〕、『大正ニュース事典　第七巻』〔毎日コミュニケーションズ、一九八九〔昭和六四〕年一〇月〕、礫川全次ほか『犯罪の民俗学』〔批評社、一九九三〔平成五〕年五月〕、下川耿史ほか『女装の民俗学』〔批評社、一九九四〔平成六〕年一月〕を参照した。

参考文献

赤川学『セクシュアリティの歴史社会学』勁草書房、一九九九〔平成一一〕年四月。

赤松啓介『夜這いの民俗学』明石書店、一九九四〔平成六〕年一月。

——『夜這いの性愛論』明石書店、一九九四〔平成六〕年七月。

アリエス、フィリップ〔杉山光信・杉山恵美子訳〕『〈子供〉の誕生——アンシァン・レジーム期の子供と家族生活』みすず書房、一九八〇〔昭和五五〕年一二月。

荒井とみよ『女主人公の不機嫌　樋口一葉から冨岡多恵子まで』双文社出版、二〇〇一〔平成一三〕年七月。

飯田祐子『彼らの物語』名古屋大学出版会、一九九八〔平成一〇〕年六月。

——「物語としての家族」〔特集＝家族とは何か〕「現代思想」三二巻一〇号、二〇〇四〔平成一六〕年九月。

石井達朗『異装のセクシュアリティ』新宿書房、二〇〇三〔平成一五〕年二月。

石川松太郎解説『女大学集』東洋文庫、三〇二、平凡社、一九七七〔昭和五二〕年二月。

石子順『日本漫画史〔上下〕』大月書店、一九七九〔昭和五四〕年六月、一〇月。

石崎等「「秘密」の銀河系」『別冊国文学　江戸川乱歩と大衆の二十世紀』至文堂、二〇〇四〔平成一六〕年八月。

石原千秋他「「少女病」を読む」「季刊文学」（岩波書店）、一巻三号、一九九〇（平成二）年夏。

石原千秋「「誤配」された恋人たち――作家の闘争・田山花袋『蒲団』」「すばる」三五巻八号、二〇一三（平成二五）年八月。

伊藤公雄『〈男らしさ〉のゆくえ　男性文化の文化社会学』新曜社、一九九三（平成五）年九月。

――『男性学入門』作品社、一九九六（平成八）年八月。

伊藤秀雄『大正の探偵小説』三一書房、一九九一（平成三）年四月。

井上章一&関西性欲研究会『性の用語集』講談社現代新書、二〇〇四（平成一六）年一二月。

井上章一・斎藤光・澁谷知美・三橋順子編『性的なことば』講談社現代新書、二〇一〇（平成二二）年一月。

ウィークス、ジェフリー（上野千鶴子監訳）『セクシュアリティ』河出書房新社、一九九六（平成八）年四月。

上野千鶴子「解説」『日本近代思想体系二三　風俗　性』岩波書店、一九九〇（平成二）年九月。

――「セクシュアリティの社会学・序説」『岩波講座現代社会学10　セクシュアリティの社会学』岩波書店、一九九六（平成八）年二月。

――『発情装置　エロスのシナリオ』筑摩書房、一九九八（平成一〇）年一月。

臼井吉見「文学の社会的影響について――自然主義文学運動を中心として」「国語と国文学」七巻二号、一九三〇（昭和五）年二月）。

生方智子『精神分析以前　無意識の日本近代文学』翰林書房、二〇〇九（平成二一）年一一月。

馬屋原成男『日本文芸発禁史』創元社、一九五二（昭和二七）年七月。

――「明治・大正・昭和発禁書解題」「国文学　解釈と鑑賞」二九巻一二号、一九六四（昭和三九）年一〇月。

梅本洋一『視線と劇場』弘文堂、一九八七（昭和六二）年一月。

榎本滋民「女形演技と女優演技――日本近代演劇史の病理」「國學院雜誌」八五巻一一号、一九八四（昭和五九）年一一月。

大木しおり「「新しい男」であること――『蒲団』論」（特集　田山花袋『蒲団』）近代文学研究と資料（第二次）、四号、二〇一〇（平成二二）年三月。

大越愛子・高橋哲哉「ジェンダーと戦争責任」（対談）「現代思想」二五巻一〇号、一九九七（平成九）年九月。

大塚英志『少女民俗学　世紀末の神話をつむぐ「巫女の末裔」』カッパ・サイエンス、一九八九（昭和六四）年五月。

大町桂月『大町桂月全集　第九巻』日本図書センター、一九八〇〔昭和五五〕一月。

尾形明子『田山花袋というカオス』沖積舎、一九九九〔平成一一〕年二月。

岡義武「日露戦争後における新しい世代の成長（上）――明治三八～大正三年」「思想」五一二号、一九六七〔昭和四二〕年二月。

荻野美穂「身体史の射程　あるいは、何のために身体を語るのか」「日本史研究」三六六号、一九九三〔平成五〕年二月。

奥平康弘「「わいせつ文書頒布販売罪」（刑法一七五条）について」「名古屋大学法政論集」二〇号、一九六二〔昭和三七〕年九月。

――「検閲制度（全期）」『講座日本近代法発達史一一　資本主義と法の発展』勁草書房、一九六七〔昭和四二〕年五月。

――「日本出版警察法政の歴史的研究序説」「法律時報」三九巻四号、一九六七年〔昭和四二〕年四～一〇月。

小倉敏彦「〈恋愛の発見〉の諸相――北村透谷と日本近代」「ソシオロゴス」二三号、一九九九〔平成一一〕年九月。

押野武志「病　田山花袋「少女病」（明治世紀末イメージ）」「国文学　解釈と教材の研究」四〇巻一一号、一九九五〔平成七〕年九月。

小田亮『一語の辞典　性』三省堂、一九九六〔平成八〕年一月。

笠原伸夫「日本文学における性表現の位相」（エロティシズム・性表現の諸問題）「国文学　解釈と鑑賞」四六巻四号、一九八一〔昭和五六〕年四月。

片桐雅隆『自己と「語り」の社会学　構築主義的展開』世界思想社、二〇〇〇〔平成一二〕年九月。

金子明雄「メディアの中の死――「自然主義」と死をめぐる言説」「季刊文学」（岩波書店）、五巻三号、一九九四〔平成六〕年夏。

――「「恋ざめ」から「蒲団」へ――中年の恋と煩悶の時間と論理」「語文」（日本大学国文学会）、一一三号、二〇〇二〔平成一四〕年六月。

金子光晴『絶望の精神史』光文社、一九六五〔昭和四〇〕年九月。

神山彰「視線の「改良」と写実の位相（上・下）」「歌舞伎　研究と批評」（歌舞伎学会）、三、四号、一九八六〔昭和六四〕年七月、一二月。

――「表現史におけるリアリズム」「日本演劇学会紀要」三八号、二〇〇〇（平成一二）年一〇月。

神山二郎『近代日本の精神構造』岩波書店、一九六一（昭和三六）年二月。

柄谷行人『日本近代文学の起源』講談社、一九八〇（昭和五五）年八月。

河竹登志夫『河竹登志夫歌舞伎論集』演劇出版社、一九九九（平成一一）年一二月。

川村邦光『オトメの祈り　近代女性イメージの誕生』紀伊国屋書店、一九九三（平成五年）一二月。

――『セクシュアリティの近代』講談社選書メチエ、一九九六（平成八）年九月。

菅聡子『メディアの時代』双文社出版、二〇〇一（平成一三）年一一月。

菊池寛『菊池寛全集　第二二巻』高松市菊池寛記念館、一九九五（平成七）年一〇月。

ギデンズ、アンソニー（松尾精文・松川昭子訳）『親密性の変容　近代社会におけるセクシュアリティ、愛情、エロティシズム』而立書房、一九九五（平成七）七月。

木全圓壽「青年作家野村董雨」『文化財叢書第六六号　名古屋明治文学史（三）』名古屋近代文学史研究会、一九七五（昭和五〇）年九月。

キューネ、トーマス編（星乃治彦訳）『男の歴史　市民社会と〈男らしさ〉の神話』柏書房（パルケマイア叢書）、一九九七（平成九）年一一月。

久米依子「少女小説　差異と規範の言説装置」『メディア・表象・イデオロギー　明治三十年代の文化研究』小沢書店、一九九七（平成九）年五月。

黒澤亜里子「〈平塚らいてう〉という身体の周辺――「解剖学的まなざし」「処女」「貞操」「純血イデオロギー」」「日本近代文学」五三号、一九九五（平成七）年一〇月。

五井信「固有名の空白、から　田山花袋『蒲団』前夜」「日本近代文学」五三号、一九九五（平成七）年一〇月。

紅野謙介「女子教育と『若菜集』――恋愛の政治学」『年刊　日本の文学　第二集』有精堂出版、一九九三（平成五）年一二月。

紅野敏郎・千葉俊二編『資料　谷崎潤一郎』桜楓社、一九八〇（昭和五五）年七月。

小関和弘「〈恋愛〉という幻想――恋愛詩の圏域」「国文学　解釈と教材の研究」四一巻一三号、一九九六（平成八）年一一月。

小仲信孝「〈文学〉の裏切り——『蒲団』と自然主義」「国文学研究」（早稲田大学）、一〇〇号、一九九〇〔平成二〕年三月。

小林一郎『田山花袋研究　博文館時代（三）』桜楓社、一九八〇〔昭和五五〕年二月。

小林幸夫「谷崎潤一郎「秘密」論——〈優位〉と〈哀切〉」「上智大学国文学科紀要」二一号、二〇〇四〔平成一六〕年三月。

小櫃萬津男『日本新劇理念史』（明治前期篇）白水社、一九八八〔昭和六三〕年三月。

——『日本新劇理念史』（明治中期篇）未來社、一九九八〔平成一〇〕年一月。

——『日本新劇理念史』（続明治中期篇）未來社、二〇〇一〔平成一三〕年三月。

小森陽一「自然主義の再評価」日本文学協会編『日本文学講座6近代小説』大修館書店、一九八八〔昭和六三〕年六月。

小谷野敦『男であることの困難　恋愛・日本・ジェンダー』新曜社、一九九七〔平成九〕年一〇月。

——『〈男の恋〉の文学史』朝日選書、一九九七〔平成九〕年一二月。

——「感傷的な作家の賭け」『明治の文学・田山花袋』筑摩書房、二〇〇一〔平成一三〕年五月。

——『性と愛の日本語講座』ちくま新書、二〇〇三〔平成一五〕年六月。

小山静子『良妻賢母という規範』勁草書房、一九九一〔平成三〕年一〇月。

——「明治啓蒙期の妾論議と廃娼の実現」『日本女性史論集　九』吉川弘文館、一九九八〔平成一〇〕年六月。

——『家庭の生成と女性の国民化』勁草書房、一九九九〔平成一一〕年一〇月。

斎藤昌三『現代筆禍文献大年表』粋古堂書房、一九三二〔昭和七〕年一一月。

斎藤昌三編『明治大正昭和日本発禁文芸考』あまとりあ社、一九五五〔昭和三〇〕年一二月。

佐藤忠男『増補版　日本映画史　第一巻』、岩波書店、二〇〇六〔平成一八〕年一〇月。

斎藤光「「性欲」の文化的標準化」「京都精華大学紀要」六号、一九九四〔平成六〕年一月。

——「〈性〉としての「性」の出現・普及過程についての研究」「京都精華大学紀要」八号、一九九五〔平成七〕年三月。

——「クラフト＝エビングの『性的精神病質』とその内容の移入初期史」「京都精華大学紀要」一〇号、一九九六〔平成八〕年二月。

——「鈴木大拙の性欲論」「京都精華大学紀要」一一号、一九九六〔平成八〕年八月。

——「人々の世間的気分・出歯亀前夜」「京都精華大学紀要」一四号、一九九八〔平成一〇〕年三月。

佐伯順子『「色」と「愛」の比較文化史』岩波書店一九九八〔平成一〇〕年一月。

酒井直樹「「情」と「感傷」性愛の情緒と共感と主体的技術をめぐって」脇田晴子／S・Bハンレー編『ジェンダーの日本史・下』東京大学出版会、一九九五〔平成七〕年一月。

――「共感の共同体と否認された帝国主義的国民主義――『ゆきゆきて神軍』序説」『現代思想』二三巻一号、一九九五〔平成七〕年一月。

阪本俊夫『プライバシーのドラマトゥルギー』世界思想社、一九九九〔平成一一〕年一〇月。

佐藤泉「『三四郎』――語りうることのあかるみのうちに」『漱石研究　第二巻』翰林書房、一九九四〔平成六〕年五月。

澁澤龍彦「日本文学における性の追求」『全集・現代文学の発見　九』學藝書林、一九六八〔昭和四三〕年二月。

清水勲『明治漫画館』講談社、一九七九〔昭和五四〕年三月。

――『漫画の歴史』、岩波新書、一九九一〔平成三〕年五月。

――『近代日本漫画百選』岩波文庫、一九九七〔平成九〕年二月。

清水勲監修『漫画雑誌博物館4明治時代編　滑稽界』国書刊行会、一九八六〔昭和六一〕年六月。

清水裕之『劇場の構図』鹿島出版社、一九八五〔昭和六〇〕年一〇月。

下川耿史ほか『女装の民俗学』批評社、一九九四〔平成六〕年一月。

ジラール、ルネ（古田幸男訳）『欲望の現象学　ロマンティークの虚像とロマネスクの真実』法政大学出版局、一九七一〔昭和四六〕年一〇月。

城市郎『発禁本』桃源社、一九六五〔昭和四〇〕年三月。

――『発禁本百年　書物にみる人間の自由』桃源社、一九六九〔昭和四四〕年二月。

――『性の発禁本』河出文庫、一九九三〔平成五〕年二月。

『新聞集録大正史　第一三巻』大正出版、一九七八〔昭和五三〕年六月。

新保邦寛『独歩と藤村』有精堂出版、一九九六〔平成八〕年二月。

菅井幸雄『近代日本演劇論争史』未来社、一九七九〔昭和五四〕年二月。

鈴木登美（大内和子・雲和子訳）『語られた自己』岩波書店、二〇〇〇〔平成一二〕年一月。

――「ジェンダーの越境の魅惑とマゾヒズム美学　谷崎初期作品における演劇的・映画的快楽」『谷崎潤一郎　境界を超えて』笠間書院、二〇〇九（平成二一）年二月。

関肇「〈性〉という主題――国木田独歩「正直者」論」「光華日本文学」三号、一九九五（平成七）年八月。

――「恋愛小説としての「蒲団」」『恋のかたち――日本文学の恋愛像』和泉選書、一九九六（平成八）年一二月。

ソンタグ、スーザン（高橋康也等訳）『反解釈』ちくま学芸文庫、一九九六（平成八）年三月。

高橋一郎「明治期における「小説」イメージの転換――俗悪メディアから教育的メディアへ」「思想」八一二号、一九九二（平成四）年二月。

高橋重美「ロマンチックな鏡　田山花袋作『少女世界』巻頭詩群の〈眼差し〉」「日本近代文学」八八号、二〇一三（平成二五）年五月。

高谷伸『日本舞台装置史』、舞台すがた社、一九五二（昭和二七）年一一月。

武智鉄二『私の演劇論争』筑摩書房、一九五八（昭和三三）年六月。

立木定彦『舞台照明のドラマツルギー』リブロポート、一九九四（平成六）年六月。

タナー、トニー（高橋和久・御輿哲也訳）『姦通の文学』朝日出版社、一九八六（昭和六一）年六月。

棚田輝嘉「田山花袋「蒲団」――語り手の位置・覚え書」「国語国文」（京都大学）、五六巻五号、一九八七（昭和六二）年五月。

谷沢永一「文学に現われた〈性〉」（文学における百年の意味）「国文学　解釈と鑑賞」三三巻八号、一九六八（昭和四三）年七月。

田中久智「わが国における猥褻文書概念の研究（一）――その歴史的・社会的考察」「熊本法学」一四号、一九六九（昭和四四）年六月。

――「文芸裁判と猥褻の概念――猥褻文書等頒布・販売罪（刑法一七五条）と表現の自由」「言語生活」三〇三号、一九七六（昭和五一）年一二月。

田村成義『芸界通信　無線電話』青蛙房、一九七五（昭和五〇）年一〇月。

筒井清忠「近代日本の教養主義と修養主義――その成立過程の考察」「思想」八一二号、一九九二（平成四）年二月。

続橋達雄『児童文学の誕生　明治の幼少年雑誌を中心に』桜楓社、一九七二（昭和四七）年一〇月。

十重田裕一「建築、映像、都市のアール・ヌーヴォー　谷崎潤一郎『秘密』・〈闇〉と〈光〉の物語」「国文学　解釈と教材の研究」四〇巻一一号、一九九五（平成七）年九月。

遠山静雄『舞台照明五十年』相模書房、一九六六（昭和四一）年六月。

――『舞台照明学　上巻・下巻』リブロポート、一九八八（昭和六三）年二月。

徳永高志『芝居小屋の二十世紀』雄山閣出版、一九九九（平成一一）年一月。

永井聖剛『自然主義のレトリック』双文社出版、二〇〇八（平成二〇）年二月。

永井良和『尾行者たちの街角　探偵の社会史1』世織書房、二〇〇〇（平成一二）年五月。

中川裕美「『少女の友』と『少女倶楽部』における編集方針の変遷」日本出版史料、第九号、二〇〇四（平成一六）年五月。

中村光夫『風俗小説論』新潮社、一九五〇（昭和二五）年六月。

――『明治文学史』筑摩書房、一九六三（昭和三八）年八月。

中山昭彦「〝作家の肖像〟の再編成――『読売新聞』を中心とする文学ゴシップ欄、消息欄の役割」「季刊文学」（岩波書店）、一九九三（平成五）年春。

――「小説『都会』裁判の銀河系」三谷邦明編『双書・物語学を拓く二　近代小説の〈語り〉と〈言説〉』有精堂出版、一九九六（平成八）年六月。

中山研一「日本の判例における猥褻性の推移」「ジュリスト」四七四号、一九七一（昭和四六）年三月一五日。

中山弘明「『若菜集』の受容圏――〈藤村調〉という制度」「国語と国文学」七〇巻七号、一九九三（平成五）年七月。

永井敦子「谷崎潤一郎「秘密」論――探偵小説との関連性」「日本文芸研究」五五巻三号、二〇〇三（平成一五）年一二月。

西川祐子・荻野美穂編『共同研究　男性論』人文書院、一九九九（平成一一）年一〇月。

『日本映画論言説体系第三期（活動写真の草創期）二五』ゆまに書房、二〇〇六（平成一八）年一月。

『日本近代思想体系二三　風俗　性』岩波書店、一九九〇（平成二）年九月。

日本舞台照明史編纂委員会編『日本舞台照明史』日本照明家協会、一九七五（昭和五〇）年三月。

バーキン、ローレンス（太田省一訳）『性科学の誕生　欲望／消費／個人主義1871-1914』十月社、一九九七（平成九）年一一月。

浜村米蔵『歌舞伎の見方』萩陋家社、一九二〇〔大正九〕年八月。

ヒース、スティーブン〔川口喬一訳〕『セクシュアリティ　性のテロリズム』勁草書房、一九八八〔昭和六三〕年六月。

日高佳紀「蒐集家の夢／眼差しの交感――『秘密』におけるトランスジェンダーの構造」「奈良教育大学国文研究と教育」二五号、二〇〇二〔平成一四〕年三月。

日比嘉高『〈自己表象〉の文学史』翰林書房、二〇〇二〔平成一四〕年五月。

平石典子『煩悶青年と女学生の文学誌　「西洋」を読み替えて』新曜社、二〇一二〔平成二四〕年二月。

平岡敏夫　監修・解説『明治大正文学史集成　八』日本図書センター、一九八二〔昭和五七〕年一一月。

平岡敏夫『短篇作家国木田独歩』新典社、一九八三〔昭和五八〕年五月。

平野謙「発売禁止論」文芸、一九五二〔昭和二七〕八月。

――『芸術と実生活』講談社、一九五八〔昭和三三〕年一月。

フィスク、ジョン〔山本雄二訳〕『抵抗の快楽』世界思想社、一九九八〔平成一〇〕年七月。

布川清司『近代日本　女性倫理思想の流れ』大月書店、二〇〇〇〔平成一二〕年四月。

フーコー、ミシェル〔渡辺守訳〕『性の歴史Ⅰ』新潮社、一九八六〔昭和六一〕年九月。

藤井淑禎「愛の表現における同時代的課題　自然主義前後」「日本近代文学」五三号、一九九五〔平成七〕年一〇月。

『富士川游著作集　第九巻』思文閣出版、一九八〇〔昭和五五〕年一二月。

藤田洋編『女形の系図』新読書社、一九七〇〔昭和四五〕年四月。

藤森清『語りの近代』有精堂出版、一九九六〔平成八〕年四月。

――「田山花袋『蒲団』――ジェンダーと囲い込み」『ジェンダーの日本近代文学』翰林書房、一九九八〔平成一〇〕年三月。

古川誠「恋愛と性欲の第三帝国　通俗的性欲学の時代」「現代思想」二一巻七号、一九九三〔平成五〕年七月。

――「自然主義と同性愛　明治末性欲の時代〔特集：近代日本とセクリュアリティ〕」「創文」三八〇号、一九九六〔平成八〕年九月。

ブルデュー、ピエール〔石井洋二郎訳〕『芸術の規則Ⅱ』藤原書店、一九九六〔平成八〕年一月。

細谷実「大町桂月による男性性理念の構築」「自然・人間・社会」（関東学院大学・経済学部教養学会）、三一号、二〇〇一〔平成一三〕年七月。

本田和子『子どもの領野から』人文書院、一九八三〔昭和五八〕年九月。

牧野正久「年報『大日本帝国内務省統計報告』中の出版統計の解析（下）」『日本出版史料史2』日本エディタースクール、一九九六〔平成八〕年八月。

松本和也「明治四十二年・発禁をめぐる〈文学〉の再編成——小栗風葉「姉の妹」を視座として」「日本文学」五二巻六号、二〇〇三〔平成一五〕年六月。

松本伸子『明治演劇論史』演劇出版社、一九八〇〔昭和五五〕年一一月。

水田宗子『物語と反物語　文学と女性の想像力』田端書店、一九九三〔平成五〕年一二月。

三橋修『明治のセクシュアリティ　差別の心性史』日本エディタースクール出版部、一九九九〔平成一一〕年一二月。

三橋順子『女装と日本人』講談社現代新書、二〇〇八〔平成二〇〕年九月。

「特集　宮武外骨　反骨のジャーナリスト」「ユリイカ」二五巻九号、一九九三〔平成五〕年九月。

嶺隆『帝国劇場開幕』中央公論社、一九九六〔平成八〕年一一月。

ミュシャンブレッド、ロベール（石井洋二郎訳）『近代人の誕生』筑摩書房、一九九二〔平成四〕年九月。

宮本百合子『婦人と文学　近代日本の婦人作家』実業之日本社、一九四七〔昭和二二〕年一〇月。

牟田和恵『戦略としての家族　近代日本の国民国家形成と女性』新曜社、一九九六〔平成八〕年七月。

——「セクシュアリティの公的空間・私的空間」（特集：近代日本のセクシュアリティ）「創文」三八〇号、一九九六〔平成八〕年九月。

毛利三弥・西一祥編著『演劇史と演劇理論　日本演劇の流れをたどり西欧にも目をむける』放送大学教材、一九八八〔昭和六三〕年三月。

モーレー、デヴィット（藤田真文訳）「カルチュラル・スタディーズとテレビ視聴者」『カルチュラル・スタディーズとの対話』新曜社、一九九九〔平成一一〕年五月。

モッセ、ジョージ・L（佐藤卓己・佐藤八寿子訳）『ナショナリズムとセクシュアリティ　市民道徳とナチズム』柏書房（パルケマイア叢書7)、一九九六〈平成八〉年一一月。

矢川澄子「わたしひとりの部屋」『野溝七生子作品集』解説、立風書房、一九八三〈昭和五八〉年一二月。

柳田國男『明治大正史　世相篇』講談社学術文庫、一九九三〈平成五〉年七月。

山田昌弘『近代家族のゆくえ　家族と愛情のパラドックス』新曜社、一九九四〈平成六〉年五月。

山本昌一「風葉『恋ざめ』ノート(一)」「国文学論輯」(国士舘大学国文学会)、五号、一九八三〈昭和五八〉年一二月。

湯本豪一『図説明治事物起源事典』柏書房、一九九六〈平成八〉年一一月。

ヨコタ村上孝之『性のプロトコル　欲望はどこからくるのか』新曜社、一九九七〈平成九〉年一一月。

吉田精一『自然主義の研究　上』東京堂出版、一九五五〈昭和三〇〉年一一月。

――『自然主義の研究　下』東京堂出版、一九五八〈昭和三三〉年一月。

礫川全次・田村勇・畠山篤・下川耿史『女装の民俗学』(批評社、一九九四〈平成六〉年一月。

礫川全次ほか『犯罪の民俗学』批評社、一九九三〈平成五〉年五月。

和田敦彦『読むということ　テクストと読書の理論から』ひつじ書房(未発選書四)、一九九七〈平成九〉年一〇月。

――「視姦　田山花袋『少女病』(小説)(境界を越えて――恋愛のキーワード集)「国文学　解釈と教材の研究」四六巻三号、二〇〇一〈平成一三〉年二月。

和田謹吾「「蒲団」前後」「国語国文研究」四号、一九五一〈昭和二六〉年一二月。

――『描写の時代――もうひとつの自然主義文学』北海道大学図書刊行会、一九七五〈昭和五〇〉年一一月。

渡辺保『歌舞伎に女優を』牧書店、一九六五〈昭和四〇〉年六月。

渡辺正彦「田山花袋「蒲団」と「女学生堕落物語」」「群馬県立女子大学国文学研究」一二号、一九九二〈平成四〉年三月。

――「田山花袋「蒲団」――霊肉二元論的恋のゆくえ」「国文学　解釈と鑑賞」七三巻四号、二〇〇八〈平成二〇〉年四月。

あとがき

「セクシュアリティ」を研究するとは、どういうことなのか。「セックスは両脚のあいだに、セクシュアリティは両耳のあいだにある」と言われるように、セクシュアリティは身体や生理といった肉体的、物質的な問題ではなく、社会や文化といった精神的、心理的な問題である。また、それぞれの国の文化、習俗、しきたりなどによって学習されるものである。そして、ミシェル・フーコーやジェフリー・ウィークスの指摘するように、セクシュアリティとは近代の産物である。そうすると、近代文学を考える上で、セクシュアリティは重要な概念であるはずなのだが、非常にやっかいな概念でもある。

そもそも、いわゆる〈性〉と呼ばれるものはどのように規定されるのだろうか。〈性〉を構成する要素としては、遺伝子、骨格、ホルモン、性器などによって生物学、解剖学的な基準によって規定される〈身体の性／セックス〉、自分が男であるのか、女であるのかを認知する〈心の性／ジェンダー・アイデンティティ〉、社会的にどのような性別として見られ、それに対してどのような表現・行動をとるのか＝〈社会的な性／ジェンダー・ロール、ジェンダー・パターン〉、そして、誰を愛し、欲望の対象とするのか＝〈対象の性／セクシュアル・オリエンテーション〉、大きく分けてこの四つの要素がある。これらの要素の組み合わせは無限であり、〈性〉の形は一つではない。しかし、一つではない〈性〉の形を、男と女という二つのカテゴリーに分類し、〈性〉に関する正常／異常の線引きを行い、異常なものを排除し、異性愛体制《ヘテロセクシズム》を強化してゆこうとしたのが〈近代〉という時代であるだろう。

そして、近代の異性愛体制《ヘテロセクシズム》の構築に大きく関わっているのが、性科学、精神病理学といった科学の分野であり、その科学的知識をもとにした啓蒙主義、教育学、心理学などであるが、そうした科学だけではなく、文学やメディアも「セクシュアリティの近代」の形成に大きな影響を与えたという仮説から出発したのが本書である。科学と文学は一見すると相反するジャンルであるが、「セクシュアリティの近代」においては、車の両輪のようなものであろう。科学と文学との、〈性〉の真理を「語ること」をめぐっての争いは、結果的に〈性〉に何か人間の〈真理〉があるという「セクシュアリティの近代」を強固なものとした。

その中でも、特に自然主義文学は、「肉欲文学」「本能満足主義」等の社会的な批判を浴びながらも、その批判を糧にして、〈性〉を語る特権を手に入れた。そして、作家は、〈性〉の真理を「語る」主体となった。だが、その自然主義文学に描かれている男性主人公は、「特権」や「主体」といった硬派な語感からほど遠いような、「女々しい」男性たちである。田山花袋「蒲団」の竹中時雄がそうであるように、常に「煩悶」し、涙を流す。しかし、そうした文学における〈感傷〉の共同体自体も、「セクシュアリティの近代」の一部であったと考える。文学を通じて、人々は、〈性〉に煩悶し、感傷し、憑かれるからだ。

また、谷崎潤一郎のように、当時、「精神的な病」として排除の対象であった〈変態〉を、パフォーマティブに演じることによって、〈変態〉のロマン化ともいえる技法を編み出した作家もいる。その素地となったのは、やはり一九一〇年代の性欲学の時代と自然主義文学の時代であった。

本書は、従来の〈性〉に関する研究のように、作品に描かれた〈性〉や〈エロス〉といったテーマを追うのでも、ある作品に描かれた〈性〉の様態について語るものでもない。本書の方法論は、〈性〉を語らしめる近代というシステム、〈性〉言説を流布するテクノロジーやメディアについて、そして〈性〉と権力の関係性など、〈性〉の言説分析という手法をとっている。従って、文学テクストそのものの分析よりも、同時代の言説分析への比重が高い。〈性〉の言説分析であれば、何も文学テクストを扱わずとも、性欲学や精神病理学の言説だけを対象にすればいいのではないか、という批判もあるだろう。しかし、先に述べたように、社会的、文化的な産物であるセクシュアリティは、文化によって学習されるものである。近代において、〈性〉の学習媒体としての文学の役割は想像以上に大きかったと思われる。文学は〈性〉の言説化の実践形態である。ゆえに科学的言説と文学的言説を併置しながら、テクストを読み直すことによって、文学場における〈性〉と権力の関係を批判的に捉えなおすことができると考えたからだ。

しかし、こうした「批判的」読みは、文学テクストの読みを窮屈にする懸念もあるだろう。文学には、異性愛体制や、性的な異常を排除する力学といった「セクシュアリティの近代」を解体し、またそこから跳躍する「想像力」という〈力〉があるのではないかと。言説分析や文化研究を行う際のこうしたジレンマは、今でも抱えている。しかし、あえて言えば、こうした「批判的」読みに耐えうる強度が「文学」にはあり、だからこそ、やっかいで面白いのだと思うことにしている。

＊

本書のもとになった論文の大半は、大学院時代に書かれたものである。本書をまとめるのに長い時間がかかってしまった。ひとえに私の怠慢な性格のためである。

金はないが、時間と体力のあった大学院時代、図書館にこもって明治時代や大正時代の文芸雑誌、または性科学雑誌や大衆雑誌を創刊号からできるだけ読んで、気になるところはコピーをしたりデータをとったりする作業をしていた。本書で取り上げている、ろくでもないゴシップ記事や、無名の小説群はこの時期に採集したものだ。これらのように論文に役立ったものもあったが、何に使うのかわからないが、とりあえず記録しておこうというものまで――広告や読者のお悩み相談コーナーといった片隅にあるちょっとした記事が面白かった。資料を眺めているだけで幸せな時代だったかと思う。

大学入学以降、山口、東京、名古屋、韓国、奈良と各地を転々として来た。山口大学時代では、故水本精一郎先生、柴田勝二先生からテクストを精読することを学んだ。修士課程時代には、平野芳信先生のもと近代文学の代表作を読み、文芸学の方法を学んだ。短期間であるが科目等履修生としてお世話になった立教大学では、石崎等先生に夏目漱石と文芸理論を学び、藤井淑禎先生に同時代を探求する「小説の考古学」の手法を学んだ。名古屋大学の博士課程では、最初の指導教官は源氏研究の高橋亨先生、そのあと人類学研究の小谷凱宣先生にお世話になり、最終的には坪井秀人先生のもとで博士論文を提出した。坪井先生にはその後も、「メタモ研究会」等でお世話になっている。院生時代、論文の出来を「ゴロ」「内野安打」と例えられたことがあった。時に厳しく、時にもっと厳しかった坪井先生、そして諸先生方に、「ヒット」と思わせるような仕事をしたいと思います。

根無し草のような院生時代であったが、たくさんの「師」に出会えたことは、本当によかったと思う。さまざまな研究方法、それぞれの先生方の研究への姿勢を学べたことは、私にとって宝物となった。

「師」だけではなく、博士課程時代、長い時間を過ごした名古屋大学大学院・人間情報学研究科は新設の研究科で、文学、語学、映画、哲学など専攻の異なる院生たちが一つの部屋で研究をする、という横断領域的な研究科であった。自分の専門以外の院生と情報を交換できる機会であり、また韓国、台湾などからの留学生も多く、彼等彼女等からも国際的視野にたった日本文学・文化研究への刺激を受けた。

また、井上章一さん、岩見照代さん、三橋順子さん、斎藤光さん、古川誠さん、永井良和さん、赤川学さん、川井ゆうさんらとの「相対研究会」は、一般的にはとるにたらないとされる〈性的なことがら〉を、学術的に語り、また深い愛情をもって、真剣に語り合える場を与えてくれた。多くの方との出会いがあってこその本書だと思う。また、ここには書ききれませんが、研究会、学会等で知り合った方々にも毎回大きな刺激を受けています。また調査先でお世話になった方々、皆さんに御礼申し上げます。

最後に、世織書房の伊藤晶宣さんとの出会いがなければ本書は生まれなかった。長い時間、お待たせしてすみません。そして、ありがとうございます。

なお、本書は、二〇一六年度・奈良大学出版助成を受けている。出版を助成してくれた奈良大学に感謝申し上げる。

二〇一七年一月

光石亜由美

【初出一覧】（いずれの章も加筆訂正を行っている）

序　章　「自然主義文学とセクシュアリティ」（書下ろし）

第Ⅰ部　日本自然主義文学と欲望の問題系

第1章　「恋する詩人の死と再生――田山花袋「少女病」」（原題「田山花袋「少女病」――「恋する詩人」の死と再生」」「名古屋近代文学研究」（名古屋近代文学研究会）、一六号、一九九八（平成一〇）年一二月。
第2章　「〈少女〉という快楽――田山花袋「少女病」をめぐって」一柳廣孝・吉田司雄編『ナイトメア叢書2幻想文学、近代の魔界へ』青弓社、二〇〇六（平成一八）年五月。
第3章　「生殖恐怖?――夫婦の性愛と田山花袋「罠」」「文学批評　敍説」（敍説舎）、Ⅱ-6、二〇〇三（平成一五）年八月。
第4章　「『独歩集』における性規範――「正直者」「女難」を中心に」（日本近代文学会　東海支部第二回研究会（二〇〇〇（平成一二）年一一月二五日　於：愛知県中小企業センター）の発表をもとにした書下ろし）。

第Ⅱ部　性欲・感傷・共同体

第5章　「〈告白〉と「中年の恋」――田山花袋「蒲団」」（書き下ろし。一部、「妻君――田山花袋「蒲団」」（特集・脇役たちの日本近代文学）（「文学批評　敍説」（敍説舎）、Ⅱ-5、二〇〇三（平成一五）年一月）を含んでいる。）
第6章　「田山花袋「蒲団」と性欲描写論争――〈性〉を語る／〈真実〉を語る」（原題「〈性的現象〉としての文学　田山花袋「蒲団」と性欲描写論争」）日本文学（日本文学協会）、五五二号、一九九九（平成一一）年六月。
第7章　「日露戦争後の文学と性表現――〈性欲〉に煩悶する時代と〈感傷〉の共同体」東アジア近代史学会編『日露戦争と東アジア世界』ゆまに書房、二〇〇八（平成二〇）年一月。

第8章　「自然主義の女——永代美知代「ある女の手紙」をめぐって」「名古屋近代文学研究」一七号、一九九九〔平成一一〕年一二月。

第Ⅲ部　自然主義と権力・メディア・セクシュアリティ

第9章　「〈発禁〉と女性のセクシュアリティ——生田葵山「都会」裁判を視座として」「名古屋大学国語国文」（名古屋大学国語国文学会）、九三号、二〇〇三〔平成一五〕年一二月。

第10章　「猥褻のシノニム——自然主義と諷刺漫画雑誌」「文学批評　敍説」（敍説舎）、Ⅱ-5、二〇〇三〔平成一五〕年一月。

第11章　「女形・自然主義・性欲学——視覚とジェンダーをめぐっての一考察」「名古屋近代文学研究」（名古屋近代文学研究会）、二〇号、二〇〇三〔平成一五〕年三月。

第12章　「女装と犯罪とモダニズム——谷崎潤一郎「秘密」からピス健事件へ」「日本文学」（日本文学協会）、五八巻一一号、二〇〇九〔平成二一〕年一一月。

〈著者プロフィール〉
光石亜由美（みついし・あゆみ）
山口県生まれ。名古屋大学大学院人間情報学研究科博士課程満期退学。博士（学術）。韓国・国立木浦大学、仁濟大学を経て、現在、奈良大学文学部国文学科准教授。
共著に『〈介護小説〉の風景』（森話社、2008）、『性欲の研究』（平凡社、2015）、『〈変態〉二十面相――もう一つの日本近代精神史』（六花出版、2016）など、論文に「中島敦「プウルの傍で」における朝鮮人遊廓の表象と〈越境〉への欲望」（韓国日本言語文化学会「日本言語文化」2014）、「日清戦争後における狭斜小説の調査と分析――芸娼妓、私娼を描くことの評価をめぐって」（「奈良大学大学院研究年報」2016）などがある。

自然主義文学とセクシュアリティ
――田山花袋と〈性欲〉に感傷する時代

2017年3月30日　第1刷発行 ©

著　者　光石亜由美
装幀者　M. 冠着
発行者　伊藤晶宣
発行所　（株）世織書房
印刷・製本所　（株）ダイトー

〒220-0042　神奈川県横浜市西区戸部町7丁目240番地　文教堂ビル
電話 045-317-3176　振替 00250-2-18694

落丁本・乱丁本はお取替えいたします　Printed in Japan
ISBN978-4-902163-93-3

索　引

〈人名＋事項＋作品・雑誌・新聞〉

ア行

カ行

サ行

タ行

ナ行

ハ行

マ行

ヤ行

ラ行

ワ行